RICORDA IL SUO NOME

LIBRI DI LISA REGAN

In lingua italiana

Le ragazze svanite

La ragazza senza nome

La sua tomba nascosta

La confessione finale

Le sue ossa sepolte

Il suo pianto silenzioso

I corpi lungo il fiume

Trovarla viva

Salvate la sua anima

Respira un'ultima volta

Silenzio piccolina

Il suo tocco mortale

Le ragazze annegate

Guardala scomparire

Sparita ragazza del posto

La moglie innocente

Chiudile gli occhi

Mia figlia è scomparsa

Affronta la tua paura

L'ultimo segreto

Ricorda il suo nome

Marito scomparso

Il segreto della coppia

LISA REGAN

RICORDA IL SUO NOME

Tradotto da Alessandro Cataoli

bookouture

*In affettuoso ricordo di Sharon Timmer,
una lettrice davvero preziosa. Ci mancherai.*

Un conato di vomito caldo schizzò su per la gola dell'agente Josie Quinn. Le mani le tremavano mentre, con gesti frettolosi, si sfilava i guanti di lattice sporchi di sangue per poi tenerli stretti nel pugno. Si chiuse la bocca con il palmo dell'altra mano e si precipitò fuori superando la porta d'ingresso della grande casa in stile vittoriano nel quartiere centrale della cittadina di Denton. Un miscuglio di bile acida, caffè e pezzi di cibo non ancora digerito le schizzarono tra le dita proprio mentre protendeva il busto oltre la ringhiera del portico. Con gli occhi che lacrimavano, scaricò il contenuto dello stomaco sull'erba sottostante. Fuoriuscendo, l'acido gastrico le bruciò la gola. Perdipiù, piegarsi in avanti non era un'impresa facile con l'ingombrante giubbotto antiproiettile che indossava, allacciato intorno al busto come fosse un involucro d'acciaio.

Una grande mano le batté su una spalla. Era il suo responsabile della formazione sul campo, Artie Peluso, che le disse: «Forza, ragazzina. Cerca di rimetterti un po' in sesto.»

Non c'era volta che, quando le immagini di ciò che aveva visto all'interno della casa le balenavano nella mente, le sue viscere non tornassero in preda agli spasmi. Rivoli di sangue le rigavano gli avambracci e le bagnavano i pantaloni all'altezza delle ginocchia. I guanti in lattice non le erano serviti a un bel niente. Cercò di fare qualche respiro tra un conato di vomito e l'altro, ma un altro grumo di cibo non digerito le si raccolse in mezzo alla gola.

«Ragazzina...» la spronò Peluso, stavolta con più urgenza nella voce. «Vedi di ricomporti o te ne torni in macchina.»

Josie si raddrizzò, aspirando l'aria dal naso, e si pulì la mano viscida sui pantaloni. Non aveva senso chiedere un fazzoletto di carta o uno straccio per pulirsi. Non ce n'erano e Peluso non aveva intenzione di andarne a cercare uno per lei. Solo ai bambini si fanno le coccole, le diceva ogni volta.

Usò la manica per pulirsi il resto del vomito dalla bocca e si voltò a guardarlo: la sua espressione era imperscrutabile. «Sto bene.» gli assicurò.

Poi fece l'errore di girare la testa dall'altra parte: sul marciapiede si erano radunati almeno una dozzina di vicini, che erano rimasti con gli occhi spalancati e fissi su di lei e si erano messi a mormorare qualcosa tra di loro. Alle spalle di quel drappello, si erano raggruppati diversi veicoli della polizia di Denton. Alcuni agenti avevano già cominciato a chiedere in giro se qualcuno avesse visto cos'era successo, mentre altri si attardavano per tenere la folla lontana dall'abitazione. La chiamata al pronto intervento che aveva portato Peluso e Josie a quell'indirizzo era stata fatta da un vicino che aveva sentito delle urla. Alcuni colleghi si limitarono a sogghignare e altri scoppiarono a ridere senza ritegno quando guardarono verso di lei e, addirittura, uno di loro mormorò: «Che pivellina del cazzo...» e lo disse a voce abbastanza alta perché lei potesse sentirlo. Josie sentì le guance avvampare dalla rabbia. Quanto meno, l'agente Dusty Branson, che stazionava in fondo alla scalinata, aveva avuto la buona creanza di distogliere lo sguardo. Era il migliore amico di Ray, suo marito. Aveva un anno più di tutti e due, ma anche lui era nuovo in polizia.

«Ragazzina...» la chiamò ancora Peluso, stavolta con un tono di voce un po' più addolcito. «Guardami.»

Josie distolse lo sguardo dalla folla che aveva appena assistito a quella scena umiliante e si infilò i guanti insanguinati in tasca.

«Te la sei cavata bene là dentro. Con tutto quel sangue, quel macello che è capitato a quelle povere persone... beh, se ci fossi stato io al tuo posto, al mio primo anno di servizio, starei ancora dando di stomaco.»

"Con tutto quel sangue". Le parole di Peluso le fecero rivivere un'altra volta le immagini che aveva visto. Era ovunque. Gocciolava dai soffitti. Era quasi impossibile posare un piede da qualche parte in quella casa senza calpestarne una pozza, senza scivolare. E poi c'erano i corpi. I corpi ridotti a pezzi, le interiora che fuoriuscivano, le mutilazioni. Nei sei mesi in cui aveva lavorato come agente di pattuglia per il Dipartimento di Polizia di Denton, aveva visto il corpo di una persona che era caduta da un tetto, il corpo di un'altra ridotta in poltiglia all'interno di un'auto che era stata sfasciata da un semirimorchio, alcuni resti devastati dalla droga, spenti da un'overdose, e il cadavere di un uomo crivellato dai colpi di un'arma da fuoco. Ma niente di tutto ciò l'aveva preparata a quello che avevano trovato quel giorno.

Peluso le diede una pacca sulla spalla. «Ehi, hai resistito fino alla fine, è questo che conta.»

In effetti, fino a un certo punto era stata bene, anche se non così bene quanto avrebbe voluto; ma, perlomeno, di fronte a quell'orrore era stata in grado di mettere da parte qualsiasi reazione fisica ed emotiva, spingendole nelle profondità del luogo in cui conservava le cose brutte che le erano successe. Ci era riuscita fino a quando non si era ritrovata in ginocchio accanto a una bambina così piccola che le era sembrata una bambola di porcellana e le sue mani avevano cercato automaticamente di ricomporre i brandelli della pelle scorticata del suo piccolo petto.

«Perché mi hai lasciato con quella bambina?» gli chiese Josie con voce strozzata, sentendo il sapore sgradevole della bile pungerle la lingua. «Avresti potuto... hai più esperienza tu con la rianimazione. Non stavo...»

Peluso si protese verso di lei, invadendo il suo spazio personale, e fermandosi con il viso a pochi centimetri dal suo. Josie vide che un muscolo della mascella si contraeva quando le disse: «E tu credi che, in un lavoro come il nostro, abbiamo la possibilità di scegliere, Quinn?»

Lei cercò di indietreggiare, ma andò a sbattere con la schiena contro la ringhiera del portico. «No, io credo che...»

«Lo hai scelto tu di lavorare in questo circo degli orrori, Quinn.» le disse lui con voce bassa e minacciosa. «Qualunque cosa ti capiti, è qualcosa con cui devi fare i conti, qualcosa con cui devi imparare a convivere. Non c'è il privilegio di mollare tutto. Non ti è concesso di giudicare che per te è troppo difficile. Se non ce la fai, allora vai a fare l'archivista in qualche biblioteca del cazzo.»

Deglutendo, Josie gli rispose con un'alzata di mento. La verità era che non era convinta di poter gestire la situazione. Fin da piccola aveva voluto diventare un'agente di polizia. Fin da piccola aveva desiderato il potere di arrestare persone come sua madre. Persone crudeli, malvagie e spietate che mercanteggiavano con la vita di persone innocenti e le schiacciavano senza provare il minimo rimorso. Fin da piccola aveva voluto far parte di una squadra che lotta per migliorare la vita delle altre persone. Quello che aveva dovuto scoprire era che il mestiere dell'agente di polizia altro non era che un susseguirsi senza fine di depravazioni e tragedie, punteggiato da lunghissime ore trascorse a compilare scartoffie a una scrivania. A nessuno importava se le sue intenzioni erano pure. A nessuno importava se voleva proteggere gli innocenti. Fatta eccezione per Artie

Peluso, la squadra alla quale sperava di unirsi era composta da un gruppo di uomini di mezza età che pensavano che sarebbe stato di gran lunga più adatto a lei se fosse andata a sculettare per qualche mancia nello strip club locale o se fosse andata a servire loro da bere quando andavano al bar al termine dei loro lunghi turni.

Persino quelle dannate uniformi che avevano in dotazione non erano fatte per le donne. Era costretta a indossare camicie e pantaloni da uomo, che la facevano sembrare una bambina che giocava a vestirsi con gli abiti da lavoro del padre. Per la prima volta nella sua vita si era maledetta per la sua corporatura esile e per il suo minuscolo girovita. Riuscire a far entrare tutto l'equipaggiamento nella cintura di servizio era un palloso gioco a incastri e portarsi appresso quattro chili di equipaggiamento per ore e ore era a dir poco estenuante. Per non parlare del fatto che la schiena le faceva costantemente male e che, il più delle volte, a fine turno si ritrovava con i fianchi completamente intorpiditi.

E da quel momento sapeva cosa si provava a premere le mani contro il petto di una bambina, di cui riusciva a vedere perfettamente l'osso dello sterno sotto i suoi polpastrelli, mentre sentiva il battito cardiaco che si affievoliva.

Forse sì, sarebbe stato più adatto se avesse fatto l'archivista in qualche biblioteca. Magari era vero, non era in grado di gestire quel tipo di lavoro.

Ma si sarebbe dannata se l'avesse mai confessato a qualcuno, primo fra tutti al suo responsabile di addestramento sul campo. Se c'era una cosa di cui poteva essere sicura era che non aveva intenzione di mostrarsi ancora una debole di fronte a quel manipolo di stronzi sul marciapiede che ridevano di lei. Così, facendo appello a tutto il contegno possibile che riuscì a mettere insieme, disse: «Non vado da nessuna parte.»

Peluso la guardò con gli occhi ridotti a due fessure, tenendo lo sguardo fisso su di lei finché Josie non capì che stava aspettando che lei cedesse; così, si sforzò di mantenere il contatto visivo. Era un brav'uomo, ma se pensava che lei si sarebbe tirata indietro di fronte alla sfida che le aveva lanciato, poteva andare a farsi fottere.

Furono interrotti dal rumore di passi pesanti che si avvicinavano. Erano di Hugh Weaver, uno dei membri della Squadra di Raccolta delle Prove della Polizia di Denton, che saliva i gradini del portico brandendo una pesante valigetta, accompagnato da un leggero sentore di whisky.

Peluso gli mise una mano su una spalla, impedendogli di entrare in casa. «Dov'è il resto della tua squadra?»

Weaver gli rispose con una scrollata di spalle. «Non lo so, ma non ho intenzione di stare ad aspettarli per tutto il giorno.»

Peluso non lo lasciò comunque passare. «C'è un uomo sul retro, ma nessuno entra finché non lo dico io.»

Weaver brontolò qualcosa, ma Peluso non gli prestò attenzione, voltandosi di nuovo verso Josie. «Quinn, vai a prendere il registro della scena e mettiti qui, davanti alla porta. Ti affido la responsabilità di prendere il nome di ogni persona che entra ed esce da questa casa.»

Senza ribattere, Josie scese di corsa i gradini e si fece strada a forza tra la folla di curiosi e tra i colleghi delle autopattuglie fino a raggiungere la sua volante. Alcuni agenti la derisero con lo sguardo o a mezza bocca mentre tornava sul portico, ma lei decise di ignorarli. Per il momento le bastava che Peluso le avesse permesso di restare e le avesse affidato un compito di responsabilità. Registrò rapidamente il nome di Hugh Weaver mentre Peluso andava a controllare come procedevano le cose sul retro della casa.

A forza di stare di sentinella e di osservare la folla di vicini che si assottigliava fino a quando non rimasero che poche persone le venne un bel mal di schiena. Dal fondo della scalinata la raggiunse la voce di Dusty: «Tu lo sai chi ha preso la chiamata di questo caso, vero?»

«Non mi interessa.» disse Josie. «Tutti i detective sono teste di cazzo.»

Dusty ridacchiò. «Questo tizio è il re delle teste di cazzo.»

«Fantastico...» borbottò lei. Proprio quello di cui aveva bisogno. La perfetta ciliegina in cima alla torta di merda del turno che le era toccato.

Come preannunciato, James "Manomorta" Lampson si presentò quindici minuti più tardi. Quel soprannome gli era stato affibbiato perché era solito fermare le ragazzine tra i sedici e i vent'anni per motivi ingiustificabili e farle scendere dal veicolo per poterle "perquisire". Quando Josie andava alle superiori, aveva sentito di diverse ragazze che avevano avuto degli incontri con lui. Era un pervertito e un pedofilo e per questo Josie si era sempre chiesta se avesse fatto qualcosa di più che palpeggiare le sue vittime, ma nessuna si era mai fatta avanti. Era un agente di polizia ed era molto bravo a intimidire le giovani di quell'età. Una ragazza della classe di Josie aveva cercato di denunciarlo quando lui l'aveva toccata in modo inappropriato durante un controllo stradale ed era finita in un centro di detenzione minorile per tre mesi. Era stata una lezione per tutti quelli che gli si ribellavano: non si scherza con Manomorta Lampson.

E adesso Josie se lo vedeva avanzare davanti lungo il marciapiede come aveva fatto per tutto il giorno, con un gran sorriso stampato in faccia come se fosse stato invitato a un barbecue in giardino e non davanti a una scena del crimine in cui una marea di persone erano state selvaggiamente massacrate. Si fermò a scambiare due parole con un paio di agenti in uniforme, scambiando qualche battuta e ridendo. Poi, avvicinandosi al drappello di astanti, senza prestare attenzione agli uomini, si concentrò solo sulle donne, per lo più di una certa età. Non erano il suo tipo. Alla fine, individuò un gruppo di ragazzine sotto i vent'anni raggruppate lungo il bordo del marciapiede.

Avevano tutte il viso umido per le lacrime e si stringevano le braccia intorno al busto.

Josie non poteva credere che Manomorta stesse davvero per mettere in atto il suo spettacolino proprio in un posto del genere, per di più in pieno giorno e davanti a una scena di un crimine!

Tirò un sospiro di sollievo quando vide che si limitava a chiacchierare con le ragazze, mantenendosi a una certa distanza, annotando appunti su un blocco via via che parlavano. Intanto, i minuti passavano e una donna sulla quarantina si avvicinò, si unì al gruppetto e circondò con un braccio le spalle di una delle ragazze. Evidentemente doveva essere la figlia. Si girarono per andarsene e due delle altre ragazze andarono con loro. Così, di quattro ne rimase soltanto una.

Guardando da un capo all'altro della strada, Josie si rese conto che il resto dei presenti si era allontanato di qualche metro da Manomorta Lampson e dalla ragazza. Separando così i deboli dal branco.

Lampson si avvicinò con passi cauti alla ragazza, facendola arretrare finché non andò a premere con la schiena contro una delle volanti della polizia. Cominciarono a discutere tra di loro, tenendo la voce bassa, Lampson faceva ampi gesti verso gli altri veicoli. La ragazza scosse la testa.

«Dusty...» disse Josie.

«Non intendo farmi coinvolgere.»

Josie non riusciva ancora a capacitarsi del perché Ray fosse amico suo.

«Vai da lui. Chiedigli qualcosa.»

«Non intendo farmi coinvolgere.» ripeté lui.

Le labbra della ragazza formarono la parola "no". Lampson accorciò ulteriormente la distanza, avvicinò le labbra al suo orecchio e disse qualcosa che la fece indietreggiare per quanto possibile. Josie fece un passo avanti e il movimento attirò l'attenzione della ragazza. I loro sguardi si incrociarono. Josie riconobbe nei suoi occhi lo sguardo "salvami". Era una donna, dopo tutto.

Sentì un moto di rabbia accendersi nel petto e divampare nelle vene, il cuore agitarsi all'interno della gabbia toracica. Riusciva a malapena a sentire qualcosa sopra al ruggito nella sua testa. A denti stretti disse: «Dusty...»

Lui dovette riconoscere il cambiamento del suo tono, perché si girò e la guardò. «Ah, porca troia.» disse. «Il Capo ti ha già detto di moderare il carattere. Quante volte sono adesso?»

«Solo due volte.» disse Josie tendendogli la cartellina. «Vieni qui e prendi questa. Stacci tu sulla porta.»

«Non ne vale la pena.»

La rabbia che le scorreva dentro ora era incandescente e le bruciava le viscere. «Non ho chiesto la tua opinione, Dusty. Vieni qui e prendi questa. Stacci tu sulla porta.»

Con un sospiro pesante, salì i gradini e prese la cartellina.

«Te ne pentirai.»

UNO

Scostandosi le ciocche della sua chioma nera con una mano, la detective Josie Quinn si servì dell'altra per farsi vento sulla pelle della nuca imperlata di gocce di sudore. Sebbene fossero le nove del mattino, l'aria di luglio era pesante e aveva un che di stucchevole. Si era fermata in mezzo al marciapiede davanti a un'abitazione del quartiere centrale di Denton, rimpiangendo che quel particolare tratto di strada non fosse ombreggiato. Quel quartiere era uno dei più antichi della città, caratterizzato da grandi case in stile vittoriano, la maggior parte delle quali aveva almeno un albero sul davanti che faceva un po' di ombra. Ma quella di fronte alla quale si era fermata faceva eccezione. La prospettiva di godersi un po' d'aria condizionata la chiamava come un canto di sirena dal suo fuoristrada, parcheggiato non molto distante.

«Ecco a te.» Un bicchiere di carta pieno di caffè apparve davanti al suo viso.

Josie lo prese e sorrise all'agente Drake Nally dell'FBI. Era fuori servizio e per questo era vestito in modo informale con una maglietta blu aderente e pantaloni cargo da lavoro beige. Un paio di occhiali da sole nascondevano i suoi occhi castani.

«Caffè macchiato con tostatura blonde?» gli chiese.

«È quello che hai chiesto.»

«Ti ringrazio.» Ne bevve un lungo sorso, sorvolando sul bruciore sulla lingua.

Drake spostò lo sguardo da lei al suo fuoristrada. «Perché non sei rimasta in macchina, con l'aria condizionata?»

Un sorriso incurvò le labbra di Josie che fece un cenno in direzione della casa con la mano con cui reggeva il bicchiere. «Sta' a vedere...»

Drake si voltò a studiare la proprietà: dietro a una recinzione in ferro battuto, sul prato del giardino sul davanti, c'era un Jack Russell Terrier che se ne stava sdraiato sulla schiena, a prendere il sole.

Incrociando le braccia sul petto, Drake disse: «Sembra proprio un focolaio di criminalità.»

Un moto di entusiasmo da anticipazione si agitò nel cuore di Josie. «Aspetta e vedrai.»

«Non dovresti già essere là dentro? Avete risposto a una chiamata, no?»

Josie sorseggiò il suo caffè macchiato, senza curarsi del fatto che una bevanda così calda l'avrebbe fatta sudare ancora di più. «Abbiamo risposto, infatti. Ha chiamato Margaret Bonitz. È una vedova, di una certa età. Lo scorso anno avrà chiamato la polizia una mezza dozzina di volte dicendo che qualcuno entrava in casa sua per rubarle delle cose, ma niente di valore. Cose come i piatti e le posate o il telecomando. Cose senza senso, insomma. E ogni volta gli agenti che sono intervenuti non hanno mai trovato alcuna prova di effrazione. Così abbiamo cominciato a pensare che fosse semplicemente rimbambita.»

Drake fece qualche passo indietro rispetto alla casa e abbassò il mento, osservando Josie con attenzione. «Ma non era rimbambita, dico bene?»

«No, infatti. Alla fine, abbiamo capito che erano i ragazzini del quartiere che si divertivano a farle degli scherzi e allora

Gretchen ha consigliato a Mrs. Bonitz di ordinare una di quelle videocamere di sorveglianza a basso prezzo, gliel'ha fatta installare e così li ha beccati. Comunque, ora quando chiama, veniamo noi. Gretchen le ha detto di chiamare direttamente la squadra investigativa, non la polizia.»

Drake strinse le labbra, con aria impaziente. Non era venuto a Denton in veste ufficiale di agente dell'FBI. Quando faceva un salto in città era solo in compagnia della sua fidanzata, Trinity Payne che, oltre a essere la sorella gemella di Josie, era anche una giornalista affermata, passata dalla conduzione di un notiziario di una rete nazionale a un programma tutto suo, intitolato *Crimini irrisolti con Trinity Payne* e, per l'appunto, in quel momento Trinity si trovava ancora a New York per terminare un episodio. Era molto insolito che Drake si presentasse a Denton senza di lei, tanto meno che chiedesse a Josie qualche minuto di tempo per parlare in privato. Aveva la sensazione che ci fosse qualcosa che non andava; ma, al momento, l'unico dettaglio su cui era concentrata Josie era la porta di casa di Margaret Bonitz.

Rendendosene conto, Drake sospirò, passandosi una mano tra i capelli scuri, rendendo così in qualche modo ancora più affascinante la sua chioma già scompigliata alla perfezione. Convinta che non poteva esserci un compagno più appropriato per sua sorella, Josie poteva solo augurarsi che Drake non si fosse presentato a Denton in anticipo per dirle che stava per scaricare Trinity.

«Ma allora se ti hanno chiamato, perché sei ancora qui fuori?» le chiese.

«Sto aspettando il mio collega. Il nuovo acquisto della squadra.»

Drake rovesciò la testa all'indietro, emettendo un lungo sospiro. «Oh, sì. "Coglione".»

«A dire il vero non dovrei più chiamarlo così. Ad alta voce, almeno. Però, sì, è quello lì.»

Infatti, nella rubrica del telefono, il nome con cui aveva salvato il suo contatto era ancora "Coglione".

Il detective Kyle Turner era stato assunto circa un anno prima per sostituire il loro collega caduto in servizio, il detective Finn Mettner.

Denton era una piccola cittadina della Pennsylvania centrale con quartieri di periferia che si estendevano per venticinque miglia quadrate su strade rurali che si snodavano tra le montagne circostanti; il quartiere centrale della città - quello in cui si trovavano Josie e Drake in quel momento - costruito sulle rive di un ramo del fiume Susquehanna, ospitava una popolazione sufficiente a sostenere un dipartimento di polizia di discrete dimensioni e una squadra investigativa composta da quattro membri che comprendeva Josie, suo marito, il tenente Noah Fraley, la detective Gretchen Palmer e l'ultimo arrivato e più detestabile componente della squadra, Kyle Turner.

«Mi sembra di capire che non è migliorato allora...» commentò Drake.

Josie bevve un altro sorso del suo caffè macchiato. «Beh, diciamo che ora sono più propensa a tirargli un pugno alla gola che a dargli una ginocchiata nelle palle, se questo ti dice qualcosa.»

Drake ridacchiò. «Non saprei dire se questo dica qualcosa più su di lui o su di te.»

«Non c'è una volta che sia puntuale nel compilare i suoi rapporti, che comunque fanno immancabilmente pena e compassione. Per buona parte del tempo non abbiamo idea di dove vada a cacciarsi. E, secondo me, uno di questi giorni gli dovranno rimuovere il telefono dalla mano con un'operazione chirurgica, beninteso che Gretchen non glielo stacchi con tutta la mano prima di allora... e comunque stiamo ancora lavorando sulla sua incapacità di chiamarci con i nostri veri nomi.»

In quel momento, la porta d'ingresso della casa di Mrs. Bonitz si aprì e Turner ne uscì, telefono alla mano, con l'aria infastidita che aveva perennemente stampata in faccia. A giudicare da come la proprietaria di casa lo seguiva subito dopo sul portico, continuando a parlargli e puntandogli un dito artritico in faccia, doveva aver fatto su di lei un'ottima prima impressione, proprio come faceva su chiunque altro. Senza distogliere lo sguardo dallo schermo del telefono, Turner le disse qualcosa che le fece scuotere la testa in segno di disgusto.

Accorgendosi finalmente della presenza della padrona e di Turner, il cane si mise sulle zampe.

«Cosa stiamo aspettando?» chiese Drake.

«Aspetta e vedrai.»

Turner salutò Mrs. Bonitz e si incamminò lungo il vialetto, con la testa china sul telefono e il pollice che scorreva lo schermo. Il cane emise un ringhio. Turner non se ne accorse nemmeno. Il Jack Russell Terrier lo seguì fino al cancello, dove Turner si era fermato ad armeggiare con la serratura per aprirlo, e colse l'occasione per alzare la zampa e manifestare tutto il suo disappunto nei confronti del grosso umano indesiderato.

Josie nascose la risata dietro la tazza di caffè.

Turner si lasciò uscire un fiume di imprecazioni mentre guardava il cane sfrecciare via, tornando al sicuro sul portico accanto alla padrona, che non si era mossa di lì e si godeva la scena con un sorrisetto soddisfatto. Turner si guardò la gamba dei pantaloni fradicia ed emise un gemito. «Non ci posso credere!»

Con un ultimo tentativo riuscì a sbloccare il cancello e si avvicinò a Josie, senza risparmiare uno sguardo a Drake. Turner la sovrastava, i suoi profondi occhi azzurri lampeggiavano di furore mentre le puntava un dito in faccia. «Tu lo sapevi che sarebbe successo, vero?»

Josie non arretrò d'un passo. «Quello che so è che, quando vieni qui, se non te ne vai abbastanza in fretta, il cane di Mrs. Bonitz ti piscia sulla gamba. Non potevo sapere che ci avresti messo così tanto ad aprire quel cancello.»

Turner si guardò di nuovo la gamba dei pantaloni, ringhiando. Tutti i giorni, per andare al lavoro indossava un completo, anche in piena estate. «Incredibile...» mormorò.

Drake lo guardò, con un'aria divertita stampata in faccia.

«Che cosa ha detto Mrs. Bonitz?» gli chiese Josie con innocenza.

«Non te ne frega niente di quello che ha detto Mrs. Bonitz.»

«Non è vero...» ribatté lei.

Turner le puntò di nuovo un dito in faccia. «Ascolta, tesoro...»

Un lento sorriso si allargò sul volto di Josie quando lui si bloccò sul posto. Si avvicinò e gli spinse il braccio verso il basso, poi gli mostrò la mano aperta. «Sborsa, Turner.»

Con la coda dell'occhio vide Drake inarcare un sopracciglio.

Scuotendo la testa, Turner infilò le mani nelle tasche della giacca. «Ancora questa stronzata...»

«Hai detto che eri d'accordo, quindi molla l'osso. Siamo solo a lunedì. Di questo passo, entro la fine della settimana avrò abbastanza soldi per offrire a tutto il dipartimento un giro di bevute.»

Borbottando ancora più maledizioni, Turner iniziò a frugarsi nelle tasche dei pantaloni. Alla fine, trovò una banconota da un dollaro tutta accartocciata e la depositò nella mano di Josie.

«Potresti sforzarti di sembrare un po' meno compiaciuta.» le disse.

«E perché mai dovrei?» ribatté lei, sforzandosi di non storcere il naso quando, chiudendo il pugno intorno alla banconota, si rese conto che era umida. La infilò nella tasca dei pantaloni color cachi e mandò giù il resto del caffè macchiato.

A quel punto Turner girò la testa verso Drake, sottoponendolo a una lenta valutazione. Sia Drake che Turner rasentavano il metro e ottantacinque. Vedendoli faccia a faccia, Josie avrebbe azzardato l'ipotesi che fossero esattamente della stessa altezza.

«E chi diavolo è questo qui?» sbottò Turner. «Sembra un federale.»

Drake si accarezzò il pizzetto e lanciò un'occhiata a Josie. «Ce l'ha di abitudine di parlare delle persone come se non fossero davanti a lui?»

Scrollando le spalle, gli rispose: «Qualche volta.»

Turner alzò gli occhi al cielo e tese una mano a Drake. «Detective Kyle Turner.»

Drake accettò di stringerla e si presentò a sua volta: «Agente speciale Drake Nally.»

«Quindi sei davvero un federale. Lo sapevo. Cosa ci fa qui? Non mi venite a dire che Mrs. Bonitz ha una linea diretta anche con quelli del Bureau, perché dubito fortemente che abbiamo bisogno dell'FBI per capire chi sono quelli del vicinato che continuano a buttare la spazzatura nei bidoni della signora.»

«È qui per me.» disse Josie.

Turner le rivolse uno sguardo confuso. «Sul serio? Il tuo maritino lo sa?»

Drake si avvicinò a Josie e le passò un braccio intorno alle spalle e, senza mostrare la minima esitazione, disse: «Gliel'ho appena detto. Più tardi ci batteremo in un duello all'ultimo sangue per vedere chi se la terrà.»

Josie si godette la momentanea confusione negli occhi di Turner, prima che aggiungesse, riprendendo i toni sarcastici di Drake: «Che vinca il migliore.»

Josie annusò l'aria. «Puzzi di piscio.»

«Grazie a te, dolcez...» ma si interruppe di colpo e si affrettò a correggersi. «Quinn.»

«Conta anche questa.» disse Josie. «Due terzi di "dolcezza" valgono tre quarti di dollaro.»

«Li metterò nel barattolo alla centrale più tardi.» brontolò lui. «Devo andare a casa a cambiarmi i pantaloni. Fammi sapere se qualche altra vecchietta ha bisogno di aiuto per le faccende di casa.»

Drake liberò Josie dalla stretta mentre guardavano Turner allontanarsi, con il telefono di nuovo in mano. «Diamine. Sprizza allegria da tutti i pori, eh?»

Josie si girò a guardarlo, sorprendendosi di quanto si sentisse nervosa. Una goccia di sudore le scese lungo la schiena. «Non badare a lui. Piuttosto, dimmi cosa sta succedendo? Perché tutta questa segretezza?»

Drake si tolse gli occhiali e sorrise. «Niente di cui preoccuparsi. Porto buone notizie. Voglio chiedere a Trinity di sposarmi.»

La preoccupazione di Josie si trasformò in un batter d'occhio in eccitazione. Si sollevò sulle punte dei piedi e gli gettò un braccio intorno al collo, stringendolo in un mezzo abbraccio. «Drake! È fantastico!»

Lui le diede una pacca sulla schiena. Si percepì un filo di apprensione quando disse: «Secondo te mi dirà di sì?»

Liberandolo dall'abbraccio, Josie rise. «Considerando che già pensa che tu ci abbia messo troppo a chiederglielo, direi proprio di sì. Spero che tu abbia in mente qualche programma pirotecnico per la proposta di matrimonio, perché con Trinity le cose sono "o in grande o a monte".»

Drake si passò di nuovo le mani tra i capelli. «Sì, la conosco bene. Sarà difficile battere il salto giù da un burrone, però.»

«Mio marito non si è buttato giù da un burrone di sua volontà. È caduto. Non faceva parte della proposta. Spero che tu abbia preso a Trinity un anello che si vede dallo spazio.»

Drake roteò gli occhi. «Perché credi che mi ci sia voluto così tanto per fare la proposta? Gli impiegati statali non guadagnano tanto quanto occorrerebbe per accontentare tua sorella. Ho dovuto mettere da parte un po' di risparmi.»

Josie rise di nuovo. «Hai la mia benedizione. Non lo dirò a nessuno, a parte Noah. Qual è il tuo piano?»

Quando Drake glielo ebbe esposto, Josie lo guardò sorpresa. «Oh, la vuoi fare questa settimana? Qui?»

Lui annuì e si lasciò uscire un respiro tremante. Era nervoso, cosa che era piuttosto dolce. «Allora, tu e Noah mi darete una mano?»

«Ma certo.»

In quel momento le suonò il telefono; lo prese dalla tasca e rispose alla centrale con un secco «Quinn.» Mentre rimaneva in ascolto, sentì aumentare il battito cardiaco. «Sto arrivando.» annunciò prima di chiudere la chiamata.

Drake si accigliò. «Te ne hanno affibbiato uno brutto?»

Josie si avvicinò alla portiera del lato guida del suo fuoristrada.

«Non lo so ancora. Dalla centrale mi hanno detto che c'è un bambino seduto in un passeggino in mezzo al parco pubblico e non si trovano i genitori.»

DUE

Quando si avvicinò a passo spedito percorrendo uno degli estesi sentieri asfaltati del parco pubblico di Denton, le urla e i pianti di un neonato fecero stridere i denti a Josie. Il sudore le colava ai lati del viso, sia per la tensione che per il caldo. Lungo i sentieri del parco, ricco di fogliame, fiori e arbusti, faceva sempre molto più fresco, ma l'umidità aggiungeva un tipo di calore soffocante alla miscela. Avvicinandosi, cercò di capire con che tipo di pianto avessero a che fare. Josie e suo marito non avevano bambini. Non potevano averne. Perciò, nell'ultimo anno avevano affrontato un lungo percorso per poterne adottare uno. Il mese precedente avevano avuto la visita a casa da parte dell'incaricata dell'agenzia di adozione associata alla loro pratica, che aveva avuto esito positivo e avevano così ricevuto l'autorizzazione a procedere con l'adozione. Nelle settimane successive, avevano quindi iniziato a creare il loro profilo di adozione per essere messi in lista, in attesa di un abbinamento con un bambino.

Ma anche senza avere ancora figli, Josie conosceva già i diversi tipi di pianti dei neonati in base alle necessità del momento dato che, quasi otto anni prima, una delle sue migliori amiche, Misty Derossi, aveva dato alla luce il figlio del suo defunto primo marito, Ray Quinn. Lo aveva chiamato Harris e Josie era stata una delle persone che si erano occupate del piccino fin dalla primissima infanzia. Aveva così imparato a riconoscere il pianto "ho fame", il pianto "ho fame e avete aspettato troppo a lungo per darmi da mangiare", che era così intenso e spaventoso da farle temere che i vicini chiamassero il pronto intervento. Il pianto "cambiatemi il pannolino". Il pianto del "ho qualcosa che non va", che si accompagnava a un divertente gioco di indovinelli per capire se il malessere fosse dovuto ad aria intestinale, dentizione, coliche, infezione all'orecchio o qualcosa di più serio. Il pianto del "ho molto freddo" oppure "ho molto caldo". Il pianto "sono troppo stanco". Il pianto "voglio essere tenuto in braccio".

Madido di sudore, il retro della polo le si era appiccicato alla pelle della schiena. Il sentiero curvava per due volte a formare una S. Le grida del bambino si facevano via via più forti. Dopo i due tornanti, alla fine, intravide il passeggino. Era uno di quei modelli con il seggiolino rimovibile. Josie si sentì riavere quando vide che quantomeno il parasole era stato allungato, in modo da proteggere il bambino da un'insolazione. Uno degli agenti di pattuglia, Dougherty, reggeva il passeggino per il maniglione e lo cullava delicatamente, spingendolo avanti e indietro, e intanto lanciava occhiate piene di apprensione verso il bambino. Il suo collega, l'agente Brennan, si era fermato poco distante e stava parlando alla radio.

Josie si avvicinò di corsa al passeggino e spinse Dougherty fuori dai piedi.

«Questa povera creatura...» disse lui, alzando la voce per farsi sentire sopra gli strilli, «non la smette di piangere. Non so cosa fare. Brennan mi ha detto di tenere il passeggino in movimento, ma non funziona.»

Josie spinse indietro il parasole, ritrovandosi a guardare un neonato dal viso rosso che agitava le manine chiuse a pugno e dimenava le gambine paffutelle con rabbia. A giudicare dalla fascia per capelli con un motivo a fiori e la tutina rosa su cui si leggeva "Versione mini della mamma" non sussistevano dubbi che la creatura fosse una bambina. Il motivo del pianto aveva sicuramente a che fare con il fatto che non voleva più stare nel passeggino. Josie sganciò le cinghie e sollevò la bambina tenendola tra le braccia, stringendola al petto. Dalle dimensioni e dal peso, dedusse che non poteva avere più di quattro o cinque mesi. La fece rimbalzare con leggerezza finché i lamenti non si attenuarono in mugolii affannosi. «Immagino che tu non abbia provato a prenderla in braccio.»

Dougherty scosse la testa. «Non ho figli. Avevo paura di farla cadere.»

«Ragguagliami.»

Dougherty indicò il portabicchieri sul maniglione del passeggino, dove era stato lasciato un cellulare. «È arrivata una chiamata al pronto intervento da questo telefono. Appartiene a una donna di nome Cleo Tate, di trentatré anni. Vive a pochi isolati da qui.»

Brennan si avvicinò per aggiungere: «Non ha detto nulla durante la chiamata. Non si sentiva altro che rumore statico...»

Ma, a prescindere dal fatto che non si sentisse niente, il protocollo prevedeva che gli agenti dovessero comunque intervenire, nel caso si stesse verificando un'emergenza in cui la persona che chiamava non fosse in grado di parlare; tutt'al più, quando la pattuglia fosse arrivata sul luogo e non avesse trovato niente che destasse sospetti, avrebbe semplicemente segnalato che la chiamata era un falso allarme e sarebbe passata oltre.

«Quando siamo arrivati, abbiamo trovato la bambina nel passeggino.» la ragguagliò Dougherty. «Ma la donna, Cleo Tate, non c'era. Abbiamo trovato solo il suo telefono, qui nel portabicchieri sul maniglione. La borsa per il cambio è laggiù.»

Josie seguì lo sguardo di Dougherty fino al margine del sentiero, dove si vedeva una borsa rosa per il cambio della bambina rovesciata su un lato, con tutine, pannolini, salviette e un biberon vuoto sparsi sull'erba.

Erano tutti sporchi di sangue. Una corrente gelida scorse nelle vene di Josie.

«E poi abbiamo chiamato i ragazzi di Hummel.» aggiunse Dougherty.

«E intanto abbiamo perlustrato l'area circostante.» gli andò dietro Brennan, agitando una mano intorno a loro. «L'abbiamo cercata dappertutto. Quando non l'abbiamo trovata, ho chiamato altre unità. Ora stanno perlustrando il resto del parco.»

La bambina strinse una ciocca di capelli di Josie, cercando di mettersela in bocca, ma lei gliela sfilò di mano con delicatezza. Tirò su la bambina e la tenne in alto per controllare che non ci fossero ferite. C'era una macchia rossastra sul retro della tutina, un disegno informe di sangue che si estendeva tra le sue scapole. Tirando il colletto, Josie valutò le condizioni della schiena e si sentì attraversare da un'ondata di sollievo quando vide che la pelle era liscia e intatta.

«Porca puttana!» esclamò Brennan. «Sta perdendo sangue?»

Josie scosse la testa. «No, non è sangue suo. Dobbiamo chiamare altre unità. Ci serve una squadra di agenti per fare un sopralluogo del parco e per parlare con tutte le persone che riusciamo a trovare nei dintorni. Voglio sapere se qualcuno ha visto questa Cleo Tate o qualcosa di sospetto. Voglio che recuperiate la foto della patente di questa donna e che la facciate avere a tutti, in modo che possiate farla vedere alle persone che interrogherete. E già che ci siete, mandatela anche a me.»

«Agli ordini.» disse Dougherty allontanandosi e iniziando a dare disposizioni alla radio.

Brennan tirò fuori il telefono e intanto che digitava in fretta sullo schermo, le chiese: «Vuole chiamare anche l'unità cinofila?»

Una manina ricoperta di saliva si schiantò contro la guancia di Josie, che finse di cercare di afferrarla con la bocca, guadagnandosi una risatina stridula da parte della bambina.

Guardando il visetto angelico e i grandi occhi marroni di quella creatura, Josie fu presa da un vortice di emozioni e immaginò il giorno in cui avrebbe tenuto tra le braccia un bambino suo, esattamente come stava facendo con lei. Poi fu presa dal panico pensando alla madre di quella bambina. La prima cosa a cui pensò fu che fosse stata aggredita e rapita. Oppure che avesse accettato di seguire il suo aggressore di sua spontanea volontà purché risparmiasse la figlia. Non voleva neanche pensare a quanto tempo quella bambina sarebbe rimasta ancora sotto il sole se quella donna non avesse chiamato il pronto intervento. Naturalmente c'era comunque la possibilità che, nel giro un'ora, qualcuno sarebbe passato da quelle parti, ma non c'era alcuna garanzia.

D'altro canto, non avevano idea di quali fossero lo stato mentale, le condizioni psicologiche e la posizione socioeconomica di Cleo Tate. Era possibile, per esempio, che fosse nel bel mezzo di una crisi di nervi. Oppure che si fosse fatta del male. O ancora, poteva avere l'intenzione di abbandonare la sua bambina in un luogo pubblico e la chiamata al pronto intervento le era servita come garanzia che la bambina venisse trovata rapidamente.

«Quinn?» la chiamò Brennan, riscuotendo Josie dai suoi pensieri. «La faccio intervenire l'unità cinofila o no?»

La bambina le afferrò un'altra ciocca di capelli, tirando questa volta con più forza, e cercò di infilarsela in bocca, ma Josie la fermò in tempo. «Finiamo la ricerca nel parco. Se non troviamo la madre a breve, ci penso io a chiamare Luke e Blue.»

«Molto bene. E che si fa con la bambina?»

Josie la tese a Brennan. «Per prima cosa, voglio vedere se ha un ciuccio da qualche parte. Poi vediamo se riusciamo a contattare qualcuno della famiglia della madre... l'ideale sarebbe il marito, così gli diciamo di raggiungerci qui.»

Brennan rivolse alla bambina l'occhiata che avrebbe lanciato se Josie avesse cercato di consegnargli una bomba a orologeria. Possibile che nessuno di quei giovani agenti di pattuglia avesse figli? Nemmeno dei nipotini?

«Prendila e basta...» disse Josie. «Mi serve solo un minuto. Non devi far altro che evitare di farla cadere.»

Lui esitò ancora.

«Brennan!» lo riscosse Josie. «Prendila in braccio.»

Appena la bambina si ritrovò tra le braccia di Brennan, cominciò ad agitarsi. «Mi sembra chiaro che non le piaccio...» annunciò lui.

«Mi basta solo un minuto.» ripeté Josie accovacciandosi davanti al passeggino. Se la bambina usava il ciuccio, era molto probabile che lo avesse tra le sue cose quando la madre la spingeva nel passeggino. Magari le era caduto. Poteva solo sperare di trovarlo da qualche parte nel seggiolino. Pazienza per le tracce, tanto che ormai Dougherty quanto lei avevano già toccato il passeggino, purtroppo. Josie piegò il parasole fino ad aprirlo completamente e si immobilizzò.

La bambina piagnucolava. «Dico sul serio.» la avvertì Brennan. «Non le piaccio. Penso che dovremmo rimetterla nel passeggino. Posso pensarci io a trovare la cosa che sta cercando là dentro, qualsiasi cosa sia. Quinn? Va tutto bene?»

Josie si sentì percorrere la nuca da un brivido di inquietudine.

Con la madre scomparsa quello non era più un semplice caso di rapimento. Una rapida occhiata alla bambina che si dimenava sul petto di Brennan le fece rizzare i peli sulla nuca.

Josie indietreggiò. «Non toccare più il passeggino.»

I lamenti della bambina si trasformarono in un vero e proprio pianto a pieni polmoni con tanto di pugnetti contro il petto di Brennan. Lui si avvicinò di qualche passo, facendo rimbalzare la neonata urlante su e giù come aveva visto fare a Josie, senza però riuscire a ottenere lo stesso effetto tranquillizzante. Insieme, scrutarono la seduta dove era stata lasciata una fotografia che aveva i bordi macchiati di sangue.

«Era sotto la schiena della bambina.» intuì Josie, deducendo che non l'aveva vista perché era troppo intenta a consolare la piccola.

«Siamo sicuri che sia una foto? Mi sembra un po'... strana.» commentò Brennan spostandosi la bambina tra le braccia e piegandosi sulle ginocchia per guardarla meglio. «Ma non riesco a capire cos'ha di insolito.»

«Non ha niente di insolito.» gli assicurò Josie. «È solo una polaroid.»

TRE

Josie si spostò a lato del sentiero, all'ombra di un acero, e si mise a guardare l'agente Hummel, il capo non ufficiale della Squadra di Raccolta delle Prove del Dipartimento di Polizia di Denton, che era tutto preso a scattare fotografie del passeggino. A ogni serie, si avvicinava un po' di più, finché non puntò la macchina fotografica direttamente sulla polaroid al centro del seggiolino. Spostando la bambina tra le braccia, Josie tirò fuori il cellulare, richiamò la galleria fotografica e studiò la foto che aveva scattato poco prima alla polaroid. La qualità era pessima, quasi sfocata. La polaroid stessa era di appena cinque centimetri per cinque. Se fosse stata ancora più piccola sarebbe stata grande quanto un francobollo. I bordi bianchi erano imbrattati di rosso brunito. In un angolo si riusciva a vedere l'impronta parziale di un dito insanguinato. Il soggetto dell'immagine si presentava come una composizione di fango e rocce, molto probabilmente la riva di un fiume. In un angolo c'era una macchia di un azzurro brillante, ma Josie non riusciva a capire a cosa fosse dovuto. Poteva trattarsi tanto di un oggetto abbandonato quanto di un gioco di luci, come il riflesso di qualcosa. Escludeva che potesse essere stata scattata da qualche parte all'interno del parco perché, sebbene il parco pubblico di Denton sembrasse essere rifornito di qualsiasi cosa - persino di una giostra - non c'era niente di simile a uno stagno, un ruscello o qualsiasi altro specchio d'acqua.

Ad ogni modo, giunti al punto in cui si trovavano, non aveva più molta importanza. La chiamata al pronto intervento, la neonata abbandonata e le tracce di sangue rendevano evidente che Cleo Tate si trovava in guai seri e la cosa più importante era capire dove fosse finita. Intanto, Hummel aveva trovato altre gocce di sangue lungo il margine del sentiero. Il sangue era colato nella terra che costeggiava l'asfalto e aveva formato delle perle sulle foglie dei cespugli. Supponendo che quel sangue appartenesse a Cleo Tate, quello che avevano trovato sulla scena non era sufficiente per dedurre che fosse stata ferita gravemente, ma era un segno inconfondibile che si trovava in pericolo imminente.

Squadre di agenti erano già state inviate a perlustrare tutto il parco. La polizia di Denton era stata mobilitata in forze, eppure Josie sentiva i secondi scivolare via come l'acqua che scorre da un rubinetto. La macchina si stava muovendo, ma non sembrava farlo abbastanza velocemente.

Non era mai abbastanza veloce quando c'era una vita in pericolo.

Frustrata, scorse con il pollice la galleria fotografica del telefono per visualizzare la foto della patente di Cleo Tate che Brennan le aveva inviato per messaggio. A differenza della maggior parte delle persone, Cleo aveva sorriso per la foto della patente, come se fosse entusiasta di averla scattata. Aveva gli occhi marroni, che brillavano di allegria. Sulla guancia sinistra era cosparsa una costellazione di nei. Aveva i capelli scuri e lucenti, che le scendevano fino alle spalle, separati da una riga nel mezzo.

«Dove sei finita?» mormorò Josie. Hummel non la sentì, troppo preso dal suo lavoro.

Siccome la bambina si stava facendo pesante, Josie ripose il telefono in tasca e la spostò contro l'altro fianco, tirando un leggero sospiro. Sotto l'albero faceva decisamente più fresco e si sollevò anche una brezza che le scompigliò i capelli, dandole ancora più sollievo. Sarebbe stato utile se le avessero portato un altro passeggino al più presto. Prima che Hummel raggiungesse la scena, si erano avvicendati diversi altri agenti in uniforme a cui Josie aveva affidato la bambina, ma a quanto sembrava, lei era l'unica persona in grado di tenerla calma, tanto che, se non fosse stata così preoccupata per sua madre, si sarebbe concessa di sentirsi un po' più orgogliosa di questo onore. Ogni aspetto della faccenda della maternità la rendeva già abbastanza nervosa di suo, così che quando un neonato che non conosceva si sentiva abbastanza a suo agio da addormentarsi tra le sue braccia, lo prendeva come un buon segno. Il modo in cui la piccina aveva appoggiato la testa contro la sua spalla le ricordava il modo in cui Harris le si addormentava in braccio quando aveva la stessa età, lasciandole immancabilmente una notevole macchia di saliva sulla maglietta.

Brennan la raggiunse superando la curva. Con i capelli scuri resi lucidi dal sudore e l'aria leggermente affaticata, spingeva un passeggino verso di lei. Quello che le aveva portato era un passeggino elegante, con il sedile rivolto in avanti e inclinato all'indietro. Era del modello che sul davanti aveva una sola ruota grande e dietro ne aveva due ancora più grandi, tutte progettate per terreni più impegnativi di un marciapiede cittadino. «Questo è il meglio che sono riuscito a trovare.» annunciò Brennan. «Ce l'ha prestato Conlen, che ha dei figli.»

«Ottimo.» disse Josie, cercando di trattenere la delusione nella voce. Non era sicura che quel particolare modello fosse adatto a un bambino di quattro o cinque mesi, ma quanto meno aveva delle cinghie che potevano tenere ferma la bambina; per il momento dovevano arrangiarsi con quello che avevano.

Brennan tirò fuori anche una confezione con tre tutine,

ancora sigillate nella loro confezione, che aveva portato sotto il braccio, e le porse a Josie. «Uno dei nostri ragazzi è corso al negozio per prendere queste. Non ci è sembrato il caso che dovesse rimanere con quella che indossa, considerando poi che è coperta di sangue.»

«Hai fatto bene.» disse Josie, sorvolando sul fatto che le tutine che avevano preso erano per bambini di età compresa tra i sei e i nove mesi. Tenendo la piccola vicino al petto con un braccio, aprì la confezione e ne estrasse una. Le sarebbe stata grande, ma non si sarebbe lamentata.

«Ci siamo messi in contatto con il marito di Cleo Tate, Remy.» continuò Brennan. «Turner lo sta accompagnando al parco.»

«Ci sta pensando Turner?» esclamò Josie senza riuscire a trattenere l'incredulità nella sua voce. Era noto a tutti che tendeva a sparire nel bel mezzo del turno. Quando era andato a casa a cambiarsi i pantaloni dopo l'incontro con il cane di Margaret Bonitz, Josie aveva pensato che non l'avrebbe rivisto fino al successivo turno che avrebbero fatto insieme. Lo aveva chiamato subito dopo aver trovato la polaroid, lasciandogli un messaggio vocale dettagliato su quanto stava accadendo, ma non si era aspettata che rispondesse, né tanto meno che tornasse al lavoro. Per precauzione, si era preparata a far intervenire Gretchen, per quanto sapesse che era stata occupata tutta la mattina con il ritrovamento del corpo di un uomo che galleggiava nel fiume Susquehanna.

«Sì.» confermò Brennan con un'alzata di spalle. «Dougherty ci ha chiamati via radio. Turner gli ha detto che ci avrebbe avvertito non appena fosse arrivato.»

Dall'altra parte del sentiero, Hummel mormorò: «Sta nevicando all'inferno, allora.»

Senza badargli, Brennan fece cenno al passeggino dei Tate. «Quinn, non voglio passare per un idiota, ma non ho avuto il tempo di cercare su Google. Che cos'è una polaroid?»

Senza alzare lo sguardo dal suo lavoro, Hummel disse: «Non ci credo che tu non lo sappia. Non sei molto più giovane di noi.»

Brennan si passò una mano sulla fronte. «Sono piuttosto sicuro che tu sia vecchio quanto basta da passare per mio padre...»

Questo commento gli valse un'occhiataccia. «Non ho nemmeno quarant'anni, ragazzino ignorante. Tu quanti ne hai? Venticinque?»

«Ventisette.»

Josie fece cenno a Brennan di tenere fermo il nuovo passeggino mentre lei controllava le cinghie. Aveva la sensazione che chiedergli di trovare i freni e di inserirli avrebbe richiesto una quantità di tempo spropositata.

«Le polaroid sono foto istantanee. Appena si scatta la foto, questa esce immediatamente dalla macchina fotografica. Bisogna aspettare qualche minuto perché si sviluppi, ma è comunque molto veloce. Mia nonna ne aveva una negli anni Ottanta. Alcune delle foto che mi ha fatto da bambina le ha scattate con la polaroid.»

Hummel lasciò la macchina fotografica appesa al collo e poi andò dove aveva lasciato la sua attrezzatura per prendere una busta per le prove. «Stanno tornando di moda. Gli adolescenti le adorano.»

«Come fai a saperlo?» gli chiese Brennan.

La bambina scalciava con le sue gambine paffute mentre Josie la posava sul passeggino e cercava di cambiarle la tutina, e cominciò a dimenarsi ancora di più quando Josie le strinse le cinghie di sicurezza addosso prima di infilare la confezione con i vestiti rimasti nella rete sotto il sedile e passava a Hummel quella macchiata di sangue come prova.

«Perché in molti dei casi a cui abbiamo lavorato negli ultimi anni, in cui erano coinvolti degli adolescenti, sono saltate fuori delle polaroid.» gli spiegò Josie.

Hummel annuì mentre con un pennarello scribacchiava qualche parola sulla busta delle prove. «Una volta abbiamo avuto un ragazzo che aveva convinto la sua ragazza a lasciarsi fotografare nuda con la polaroid. Sosteneva che in questo modo non potevano essere condivise sui social.»

Brennan fece una smorfia. «Aspetta che indovino: appena ha potuto, ha scattato delle foto col telefono alle polaroid.»

Hummel depositò la tutina insanguinata nel sacchetto delle prove. «Ci hai preso. È stato un vero incubo.»

«Ma con questo...» Brennan agitò una mano verso il passeggino. «Che ragione può esserci per scattare un'istantanea di un mucchio di rocce ricoperte di fango e lasciarla nel passeggino?»

«L'alternativa è fare una foto digitale e farla stampare in qualche negozio.» disse Josie, stringendo le cinghie intorno alla bambina, che ora la guardava con curiosità. «Ma in tal caso, dovresti lasciare un nome, quasi sicuramente dovresti pagare con la carta di credito. E se anche riuscissi a entrare in un negozio e fartela stampare sul posto o se te la facessero stampare da solo, saresti comunque ripreso nei video delle videocamere di sorveglianza. E ci sarebbero la clientela e il personale che potrebbero testimoniare di averti visto.»

«Ma perché, non basterebbe stamparla a casa con una di quelle stampanti a colori?»

«Oh, sì potresti.» gli rispose Hummel. «Sarebbe un modo sicuro per non farsi rintracciare, a meno che tu non lasciassi delle impronte sulla foto. E parlando di impronte, sembra che qui ce ne sia una parziale, beninteso che potrebbe benissimo essere di Cleo Tate. Comunque, tornando alla tua domanda, se fossimo in grado di localizzarti in qualche modo, quasi sicuramente riusciremmo a recuperare la foto digitale su uno dei suoi dispositivi.»

La bambina si mise un pugnetto in bocca. Per fortuna, non scoppiò a piangere, ma non c'era dubbio che presto o tardi avrebbe avuto fame. Non c'era modo di sapere se Cleo Tate la allattasse al seno o le desse il latte artificiale, ma in ogni caso non c'erano biberon pieni nella borsa della bambina.

«Ormai ci sono talmente tante polaroid sul mercato che, ammettendo anche che riuscissimo a rintracciare la marca o il produttore dalla foto, non riusciremmo mai a rintracciare la persona che l'ha scattata.» aggiunse Josie.

«È la vecchia scuola.» commentò Hummel. «Finché non lasciano impronte sulla foto, non esistono. E comunque, quand'anche ne trovassi, non ci basterebbero per avere un identificativo senza un riscontro nel Sistema di Identificazione delle Impronte. L'unico modo per avere un riscontro sarebbe confrontando le impronte della scena una volta ottenuto l'identificativo a seguito di un eventuale arresto.»

Il che significava che chi aveva lasciato la polaroid aveva pensato con largo anticipo alle mosse che avrebbe compiuto. Josie avrebbe scommesso una settimana di stipendio che l'impronta parziale sulla polaroid era di Cleo Tate e non della persona che l'aveva lasciata; e comunque, se anche non fosse stata della madre della bambina, non era affatto scontato che la qualità dell'impronta fosse abbastanza buona da permettere a Hummel di inserirla nella banca dati. La foto era una specie di messaggio e l'istinto di Josie le diceva che nessuno avrebbe gioito una volta che fossero riusciti a chiarirne il significato.

La radio di Brennan gracchiò. «Turner è qui con il marito di Cleo Tate. Li trovate all'ufficio del parco.»

Josie spinse il passeggino lungo il sentiero. «Andiamogli incontro.»

QUATTRO

L'aria calda scendeva sul viso di Josie mentre spingeva il passeggino verso l'ufficio del parco. La temperatura nel piccolo edificio di mattoni era di almeno cinque gradi meno rispetto all'esterno, regalandole una sensazione magnifica.

Appena superate le doppie porte c'era una grande scrivania di metallo, sulla cui superficie si trovavano un computer portatile e un telefono, ma nessuno la presidiava.

Josie diede una rapida occhiata alla bambina, ormai addormentata, e superò la scrivania per raggiungere il breve corridoio che si apriva subito dopo.

«Mi sembrava che avesse detto che sarebbero stati qui.» sentì dire da un uomo chiaramente in preda al panico dietro la prima porta a sinistra.

Un attimo dopo la raggiunse la voce di Turner. «Saranno qui a momenti.»

Josie usò la ruota anteriore del passeggino per spingere la porta e non appena questa si aprì, l'enorme figura di Turner riempì l'ingresso. Si era cambiato con un completo blu e, nonostante il caldo di metà mattina, indossava ancora la giacca. Da una delle tasche faceva capolino una lattina della sua bevanda energetica preferita. Si fece da parte per permettere a Josie di manovrare il passeggino in quella che era una stanza molto piccola, alle cui pareti erano addossati scaffali che contenevano attrezzi, barattoli di vernice e altre forniture per esterni. Un'altra scrivania vuota occupava una buona porzione della stanza. Una finestra si affacciava su un boschetto di alberi. Un uomo più basso e magro di Turner lo superò per raggiungere il passeggino; nonostante l'aria condizionata fosse accesa, i suoi capelli, di un castano chiaro, erano increspati per l'umidità e la camicia bianca a maniche corte che indossava gli si era appicci-cata addosso, bagnata di sudore, mettendo in evidenza la canot-tiera che portava sotto. Una cravatta verde gli pendeva con un nodo allentato intorno al collo.

Si inginocchiò e cominciò a slacciare le cinghie del passeg-gino. «Oh, mio Dio! Gracie, piccola mia.»

«Questo qui è Remy Tate.» annunciò Turner. «Il marito di Cleo Tate.»

L'uomo prese la figlia tra le braccia e la cullò dolcemente. La bambina, per tutta risposta, continuò a sonnecchiare. Guar-dando la testolina della bambina, il padre chiese: «Sta bene? Pensa che stia bene?»

Josie allargò il colletto della polo, scuotendolo dal collo per rinfrescarsi. «Sembra che stia bene, ma se preferisce farla visi-tare in ospedale, saremo felici di accompagnarvi.»

Premendo le labbra sulla fronte della piccola Gracie e sospi-rando di sollievo, Mr. Tate non si accorse nemmeno di quello che Josie gli stava dicendo. Ma in un attimo la sua espressione si trasformò, il suo corpo si irrigidì, rivelando il terrore che provava e, incrociando lo sguardo di Josie, disse: «Il detective Turner mi ha detto cosa è successo. Mi ha raccontato che mia moglie ha chiamato il pronto intervento, che ha lasciato Gracie da sola in mezzo al parco e che poi è scomparsa. Lei sa dirmi cos'è successo?»

«Sfortunatamente, no.» ammise Josie. «Non in questo

momento, almeno. Abbiamo inviato delle squadre a setacciare l'intero parco alla ricerca di qualsiasi traccia di sua moglie o di qualcuno che possa averla vista. Quando è stata l'ultima volta che ha parlato con lei?»

«Questa mattina...» disse, spostando la bambina in modo che lei potesse appoggiare la guancia contro il suo petto. «Sono uscito di casa verso le sette. Cleo stava dando il latte alla piccola. Ho dato un bacio a entrambe e poi sono uscito per andare al lavoro. Abbiamo una di quelle videocamere di sicurezza della Ring. È così che ho visto che Cleo è uscita con Gracie verso le otto e mezza.»

«Mr. Tate mi ha fornito quel filmato e ho già estratto il fermo immagine. Possiamo farla girare.» Turner si appollaiò sul bordo della scrivania e riportò la sua attenzione su Mr. Tate. «Lei e sua moglie avete litigato di recente?» gli domandò.

Mr. Tate gli rivolse uno sguardo sconcertato. «Come dice? No! Non di recente. Voglio dire, è vero che siamo esausti, ma è una cosa del tutto naturale, avendo una neonata. Magari sì, ultimamente ci siamo saltati addosso di più l'uno con l'altra, ma a parte questo, va tutto bene.»

«Ne è sicuro?» insistette Turner. «I bambini possono essere causa di non poche tensioni.»

Mr. Tate fissò Turner a bocca aperta.

Josie si intromise. «Avete altri figli?»

«No. Gracie è la prima...» disse Mr. Tate sorridendo al visetto assonnato della sua bambina.

Turner prese a tamburellare le dita contro il bordo della scrivania. «Sua moglie fa la mamma a tempo pieno?»

«No. È in maternità. Per qualche colpo di fortuna, ha ottenuto sei mesi. È stata una benedizione. Io ho avuto solo due settimane e anche se lo so che è più di quanto riceve la maggior parte dei padri, mi sarebbe piaciuto lo stesso stare a casa con le mie ragazze più a lungo. E, prima che me lo chiediate, lavoro per il tribunale, nell'ufficio del cancelliere, in qualità di funzionario del registro generale civile. È così che ho conosciuto mia moglie.»

«Di cosa si occupa sua moglie?» chiese Josie, convenendo silenziosamente che Cleo Tate era stata davvero fortunata, considerando che il Dipartimento di Polizia di Denton concedeva solo sei settimane di congedo retribuito per maternità e ancora meno in caso di adozione.

«È un avvocato della Harbor Insurance Company. Dovrebbe tornare al lavoro tra un paio di mesi.»

Il che significava, pensò Josie, che la piccola Gracie aveva quattro mesi, proprio come aveva stimato lei. In quel momento, vedendo che Turner tirava fuori il telefono, si sentì franare la terra sotto i piedi: aveva davvero intenzione di farsi gli affari suoi nel bel mezzo di un interrogatorio? Turner dovette essersi accorto della sua occhiataccia, perché rimise il telefono in tasca con un sospiro. «Mr. Tate, com'è stata d'umore sua moglie negli ultimi tempi? A lei ha dato l'impressione che le piaccia stare a casa con una bambina piccola?»

Quanta finezza.

Mr. Tate rise, con una punta di nervosismo nella voce. «Non vede l'ora di tornare al lavoro. Però è di buon umore. Cosa sta insinuando, mi scusi? Che abbia avuto una specie di esaurimento nervoso e che abbia abbandonato di proposito Gracie in mezzo al parco? Mia moglie non farebbe mai una cosa del genere. Abbiamo abbastanza sostegno da parte di amici e familiari che, se avesse avuto bisogno di prendersi una pausa, non avrebbe avuto problemi a chiederlo.»

A giudicare da quella domanda, non c'era dubbio che qualcuno avesse detto a Turner del sangue che avevano trovato insieme alla borsa del cambio per la bambina e alla polaroid. Tuttavia, non potevano escludere che Cleo Tate si fosse fatta del male di proposito e avesse orchestrato tutta la scena. Naturalmente non era la cosa più probabile, secondo l'esperienza di Josie, ma non era di certo impossibile.

Anziché rispondere alla domanda di Mr. Tate, Turner gliene pose un'altra. «Ha sofferto di depressione post partum, o che altro?»

Mr. Tate scosse la testa. La bambina cambiò posizione tra le sue braccia e con uno dei suoi piccoli pugnetti si aggrappò alla camicia del padre. «Niente di tutto questo. Mia moglie sta bene. A me sembra che la stiate accusando di aver deliberatamente abbandonato la nostra bambina in questo posto. Ma ve lo ripeto: Cleo non avrebbe mai fatto una cosa del genere.»

Josie lanciò a Turner un'occhiata di avvertimento. Lui le rispose alzando gli occhi al cielo e tirò fuori di nuovo il telefono, al che il volto di Mr. Tate divenne rosso peperone e i suoi lineamenti si indurirono.

«Non stiamo accusando sua moglie di nulla.» si affrettò ad assicurargli Josie. «Stiamo solo cercando di farci un'idea di cosa sia successo oggi, in modo da poter trovare sua moglie il prima possibile. Sa dirci se sua moglie porta Gracie al parco di frequente?»

La bambina sospirò nel sonno e quando il padre abbassò lo sguardo sulla sua creaturina la sua espressione si addolcì all'istante. «Sì. Se il tempo è bello, la porta qui. Cerca di portarla sul presto, prima che faccia troppo caldo, perché stando all'aria fresca trova il modo di stancare un po' Gracie e, nel frattempo, di approfittarne per fare un po' di esercizio.»

«Sua moglie le ha mai parlato di aver avuto problemi con qualcuno qui nel parco?» gli chiese Josie. «Magari di qualcuno che l'ha seguita o che l'ha messa a disagio?»

«Cosa? No, per niente.» rispose Mr. Tate coprendo l'orecchio della bambina come se cercasse di proteggerla dalle implicazioni di quella domanda e di quelle che sarebbero seguite.

Turner alzò gli occhi dal telefono. «Sua moglie è mai stata importunata o molestata da qualche sconosciuto?»

«No, per niente.»

«Nemmeno da qualche ex che non riusciva a lasciarsela alle

spalle?» continuò Turner. «Oppure da qualche collega o da un vicino di casa? O da chiunque altro si dimostrasse un po' troppo interessato a lei? O magari da qualcuno con cui sua moglie ha avuto dissensi o vere e proprie discussioni?»

«Niente di tutto questo.» insistette Mr. Tate. «Non c'è stato nessuno che l'abbia importunata né niente di lontanamente simile nella sua vita. Me lo avrebbe raccontato altrimenti.»

Lo sguardo di Turner tornò allo schermo del suo telefono, il pollice riprese a scorrere ritmicamente. Josie non sapeva cosa avrebbe dato per poterglielo strappare di mano. «È possibile che abbia piantato lei e la bambina in asso?» gli chiese.

Mr. Tate spalancò gli occhi. «Pensate che mia moglie mi tradisca?»

Josie passò accanto a Mr. Tate e il passeggino, mettendosi tra lui e Turner. «Mr. Tate, so che sono domande a cui è difficile rispondere, ma dobbiamo fargliele. L'unica cosa che ci interessa è cercare di capire se c'è una persona nella vita di sua moglie, una persona qualsiasi, che potrebbe avere avuto qualche motivo per farle del male.»

Alle sue spalle, sentì Turner sospirare.

Mr. Tate scosse la testa, accarezzando la schiena della bambina.

«No. Assolutamente no.»

Con un altro sospiro, Turner scompigliò i capelli di Josie. «Ne è sicuro?»

Un moto di furia balenò negli occhi azzurri di Mr. Tate. Alzò lo sguardo e superò Josie, fissando Turner negli occhi. «C'è qualche problema?»

«Non lo so. Ce lo dica lei.»

CINQUE

Josie ebbe la netta impressione che, se non avesse avuto tra le braccia la figlioletta di quattro mesi, Remy Tate si sarebbe avventato su Turner. Perciò, si fece avanti e gli mise una mano nella piega del braccio, accompagnandolo verso la porta. «Ci occorre farle solo un altro paio di domande prima che la lasciamo andare, Mr. Tate. Lei o sua moglie possedete una macchina fotografica polaroid?»

La sorpresa di quella domanda distese i lineamenti del suo viso. «Co-come dice?»

Josie tirò fuori il telefono e gli mostrò la polaroid trovata sul seggiolino del passeggino. Si era presa il tempo di ritagliare i bordi insanguinati. «Questa è stata trovata nel passeggino di sua figlia.»

Lui scosse la testa. «Non capisco.»

«Per caso lei o sua moglie possedete una polaroid?» gli chiese ancora.

«No. Ormai usiamo entrambi il telefono per fare praticamente tutto. Non sapevo nemmeno che le producessero ancora.»

«E che mi dice della foto in sé?» lo incalzò Josie. «Le sembra familiare?»

Mr. Tate spostò lo sguardo dalla foto al suo viso. «Mi sta chiedendo se un mucchio di sassi mi sembrano familiari? Certo che no. Ma scusate, non dovreste cercare di trovare mia moglie?»

«È quello che stiamo cercando di fare, amico.» gli fece notare Turner, senza distogliere lo sguardo dal telefono. «A meno che lei non abbia un motivo per non farcelo fare.»

Una sfumatura di rosso sbocciò sulle guance di Mr. Tate e le sue labbra si assottigliarono in una linea rabbiosa. Prima che potesse scatenare la sua ira su Turner, Josie si affrettò ad accompagnarlo oltre la porta. «È tutto quello che poteva fare per noi, al momento. La ringrazio per aver risposto alle nostre domande.»

Mr. Tate si girò per guardare Turner, ma Josie lo guidò lungo il corridoio fino alla prima scrivania, a cui nel frattempo si era seduto Brennan che, quando li vide, balzò in piedi. «Questo è il mio collega, l'agente Brennan.» annunciò Josie. «Da qui in poi sarà lui a occuparsi di lei e sua figlia. Vi aiuterà con tutto quello di cui avete bisogno. Gli dica se vuole portare Gracie all'ospedale o se preferisce semplicemente andare a casa.»

Con un evidente accesso di rabbia stampato in faccia, Mr. Tate lanciò un'occhiata in fondo al corridoio, come se si stesse aspettando di vedere arrivare Turner. Per distrarlo, Josie gli porse un biglietto da visita. «Noi dobbiamo tornare alle ricerche di sua moglie. Cleo è la nostra priorità in questo momento.» Vedendo che non le rispondeva, lei ripeté ciò che aveva appena detto, questa volta più lentamente e Mr. Tate si riscosse dai suoi pensieri sbattendo le palpebre e prese il biglietto da visita.

Con discrezione, Josie fece segno a Brennan di sostituirla. Poi tornò nell'altra stanza, dove trovò Turner ancora appoggiato alla scrivania, intento a guardare qualcosa sul telefono. Allora

Josie sbatté la porta e gli si avvicinò, strappandoglielo dalla mano.

Turner la guardò con occhi spalancati dallo stupore. «Che diavolo stai facendo, zucchero?»

«Chiedi a me cosa diavolo sto facendo? A me?» sbraitò lei in risposta, agitando il suo telefono in aria. «Cosa diavolo pensavi di fare tu, punzecchiando quell'uomo in quel modo? Ha una bambina di quattro mesi che è stata appena ritrovata abbandonata nel bel mezzo del parco pubblico, con il caldo di luglio e di sua moglie non c'è traccia!»

Turner incrociò le braccia sul petto. «Quel tizio non ha un alibi.»

Josie si bloccò. «Cosa?»

«Non era al lavoro quando sono andato a prenderlo. Ha timbrato il cartellino alla solita ora e poi è uscito dall'ufficio alle otto e trenta. Ovvero, alla stessa ora in cui la moglie è uscita di casa con la bambina. Ha detto al suo capo di aver dimenticato il portatile a casa e poi è andato a prenderlo. È lì che l'ho trovato. Mentre la mogliettina portava la piccola a fare un giro nel parco, il maritino tornava a casa, o almeno così ha detto. E indovina dove era il suo computer?»

Josie sentì il cuoio capelluto prudere per il disagio. «In ufficio.»

Turner non disse nulla, ma il suo sguardo compiaciuto le fece capire che ci aveva preso. Le mani le caddero mollemente lungo i fianchi, ma riuscì a tenere la presa sul telefono di Turner. «C'era qualcun altro con lui?» gli chiese.

«Nessuno di cui mi sia accorto. Mi ha fatto entrare solo in soggiorno, ma gli ho chiesto se potevo usare il bagno.»

Non c'era da stupirsi che lo avesse fatto: ovunque andassero, in tutti i locali, Turner chiedeva di usare il bagno. Era il suo modo di fare una perquisizione a vista, nella speranza di poter acquisire prove immediatamente individuabili nei limiti imposti dal Quarto Emendamento contro le perquisizioni senza mandato.

«La maggior parte delle porte del piano di sopra di casa Tate erano aperte. Non ho visto segni di colluttazione e non c'era sangue da nessuna parte. Resta comunque il fatto che non ho potuto guardare dappertutto. Per esempio nel seminterrato.»

«Cosa mostrava la ripresa della telecamera di sorveglianza?»

Turner tese la mano per prendere il telefono. «Hanno una sola videocamera, piazzata all'ingresso. Mi ha mostrato il filmato della mattina in cui lo si vede uscire per andare al lavoro e poi si vede la moglie che porta fuori la bambina. Invece, non c'è nessun video che lo ritrae quando arriva a casa. Hanno un portico abbastanza grande e molti arbusti. Sono abbastanza sicuro che la videocamera non riprenda il vialetto, e se non hanno videocamere sul retro...»

Josie gli pose il telefono in mano. «Poteva intrufolarsi in casa senza apparire nelle riprese.»

«E in questo modo, la moglie che era qui al parco, non avrebbe ricevuto una notifica dall'applicazione collegata alla videocamera di sorveglianza che il marito era tornato a casa.»

«Il che significa che non avrebbe saputo a che ora è rientrato in casa...» specificò Josie, «e quando otterremo un mandato per analizzare il contenuto del suo telefono, non lo sapremo nemmeno noi. Ci sarebbero i dati del GPS della sua auto, però...»

«Ma il parco è raggiungibile a piedi.» le fece notare Turner. «Potrebbe anche aver parcheggiato la macchina a casa, in modo da far credere di essere tornato, ma poi non avrebbe avuto problemi a venire fin qui a piedi. La chiamata al pronto intervento è arrivata verso le dieci, cioè un'ora e mezza dopo che Tate era uscito per andare al lavoro. I tempi sono stretti, ma non è implausibile che possa aver raggiunto la moglie.»

«Quindi pensi che sia stato lui?»

«Penso solo al fatto che non ha un alibi.»

Un uomo disposto a inscenare il rapimento della propria moglie non avrebbe certo esitato a mettere in pericolo la propria figlia di quattro mesi lasciandola al sole e incustodita in mezzo al parco.

«Ce l'hai quel fermo immagine?»

Turner inserì il codice d'accesso nel telefono, fece un paio di passaggi e poi lo girò verso di lei: a riempire lo schermo c'era una foto a colori di Cleo Tate che spingeva il passeggino fuori dalla porta di casa. La foto la mostrava solo di profilo, ma non era importante. La cosa che più che importava era che adesso sapevano cosa indossava quando era scomparsa. Pantaloni neri da yoga e una maglietta blu marino. I capelli scuri erano raccolti in un berretto bianco.

Turner inviò a Josie un messaggio con la foto.

«Se non è stato il marito a farla sparire...» disse Josie, «allora l'unica spiegazione per cui si è intrufolato nella sua stessa casa quando la moglie non c'era è che abbia una relazione.»

«In questo caso...» disse Turner infilandosi in tasca il telefono, «il marito si potrebbe scagionare da solo, ma noi potremmo ritrovarci ad avere per le mani un'amante gelosa. Può darsi che la moglie davvero non conoscesse nessuno che volesse farle del male, ma suo marito sì.»

Josie non disse nulla, troppo presa a muovere sul tavolo i pezzi di un puzzle che si stava già costruendo nella sua testa. «Ma il problema è che non possiamo ottenere mandati per il GPS del suo veicolo, né per qualsiasi dispositivo elettronico, e non possiamo ottenere nemmeno un mandato di perquisizione per la casa dei Tate perché non abbiamo un motivo valido a giustificare un'indagine sul marito.»

«Non ancora...» precisò Turner.

«Penso che sia il caso di convocarlo in centrale per un interrogatorio formale e definire i vari passaggi della sua versione dei fatti. Dobbiamo chiedergli il consenso per guardare il contenuto del suo telefono e poi partiamo da quello che troviamo. Hai messo degli agenti a controllare la strada in cui vivono i Tate per vedere se qualcuno ha visto Remy Tate tornare a casa?»

«Non è il mio primo giorno di lavoro.» le ricordò Turner ficcandosi una mano in tasca e tirando fuori un'altra banconota da un dollaro sgualcita.

«So che non ti è sfuggito che ti ho chiamato "zucchero" poco fa, nonostante il mio brillante lavoro investigativo, quindi lo vuoi il mio dollaro o vuoi farmi una delle tue lavate di capo?»

Josie fissò la banconota e le venne da storcere il naso appena si ricordò di quella che le aveva dato in mattinata, umida di qualcosa a cui non voleva nemmeno pensare.

«Lo sai che ti va...» la incitò lui. «Dai, Quinn. Siamo pari.»

Josie tirò fuori il suo telefono e mandò un messaggio con la foto di Cleo Tate agli agenti Brennan e Dougherty, con l'ordine di diffonderla al resto degli agenti occupati nelle operazioni di ricerca e perlustrazione. «Abbiamo del lavoro da fare.» disse. «Tieniti il tuo dollaro, Coglione.»

SEI

Josie si lanciò di gran carriera lungo il marciapiede, con Turner che la seguiva a ruota. Sentì lo schiocco della linguetta quando aprì la sua bevanda energetica, seguito dallo sfrigolio di bollicine e poi dai gorgoglii di Turner che la tracannava. In quel momento avrebbe voluto tanto un altro dei suoi caffè macchiati con tostatura blonde. Tenne lo sguardo fisso davanti a sé, guardando Dougherty che stava parlando con una donna sulla trentina. Aveva scritto sia a lei che a Turner che aveva una pista. Passando accanto a una fila di case proprio di fronte al perimetro alberato del parco pubblico, si trovarono ad appena cinque minuti dall'ingresso principale.

Sentendo il collega che accartocciava la sua lattina, Josie gli disse da sopra la spalla: «Buttala in un cestino.»

Lui sbuffò. «Che rompipalle. Ma con tuo marito...»

Lei inchiodò di colpo e si girò verso di lui, costringendolo a indietreggiare di un passo con solo un'occhiataccia. Lui alzò le mani. «Va bene, va bene, va bene. Voglio dire, non l'ho nemmeno detto.»

«Stavi per farlo, però.»

«Ma non l'ho fatto, Quinn. Ti ho detto che avrei lavorato sui miei...» e prima di continuare alzò le dita per fare le virgolette, «"commenti inappropriati" e lo sto facendo.»

Alzando gli occhi al cielo, Josie si voltò di nuovo e riprese a camminare. «Ti dovremmo mettere un barattolo anche per quelli.»

Turner si affrettò a raggiungerla, accorciando poi il passo per restare al suo fianco. «Già così tu e Parker... Palmer mi state mandando sul lastrico con questi barattoli da bambini idioti, quindi scordatevelo di farmi cominciare con un altro. Ma guarda che sono aperto a suggerimenti. Magari potrei fare uno di quei cartelli che dicono: "Sono passati quarantasette giorni dall'ultimo commento inappropriato da parte di Kyle Turner".»

Josie fece una risata ironica. «Sì, come se tu fossi in grado di resistere quarantasette giorni di fila senza dire qualcosa di completamente inappropriato sul posto di lavoro. Ora vedi di chiudere la bocca. Voglio sentire cosa ha da dire questa testimone.»

Si aspettò che lui le rispondesse con qualche altra frecciatina, ma invece non fece niente se non sospirare. Delle due l'una: o quella bevanda energetica non aveva ancora fatto effetto oppure quelle che le piaceva considerare come le misure di "correzione del comportamento" che Noah aveva messo in atto stavano davvero funzionando.

Un forte odore di vernice fresca ricoprì la gola di Josie mentre raggiungevano Dougherty e la testimone. «Questi sono la detective Josie Quinn e il detective Kyle Turner.» le disse.

La donna aveva i capelli biondi, che si era pettinata all'indietro, fermandoli con una fascia. Indossava una canottiera gialla sotto una tuta bianca macchiata di gocce di vernice di un blu brillante ancora lucide, quindi fresca. Questo spiegava l'odore. Quando Dougherty si allontanò e iniziò a parlare alla radio, Josie e Turner le mostrarono i rispettivi distintivi, che lei guardò con un'occhiata superficiale. «Mi chiamo Charlotte Thompson...» disse. Indicò la pittoresca casa a due piani alle sue spalle, mostrando altre macchie di vernice sul polso e sull'avambraccio. «Vivo qui. L'ho appena comprata.»

Turner osservò le striature di vernice che le erano colate sulla parte davanti della tuta. «Quanti anni hai? Quindici? Sembri giovane per avere una casa tutta tua.»

Josie gli diede una gomitata decisa, ma lui non ci badò. Come accadeva immancabilmente. «Miss Thompson...» disse lei, incapace di lasciar correre. «Mi scuso per il mio collega. Visto che non ha intenzione di farlo di sua iniziativa.»

Turner si voltò a guardarla con un profondo cipiglio in cui Josie poteva praticamente leggere la domanda che gli fluttuava nella mente: "Si può sapere che diavolo di problema hai, dolcezza?".

Poteva pretendere il dollaro di punizione per un commento inappropriato, seppur taciuto?

Da parte sua, Turner doveva aver ricevuto il suo promemoria mentale, perché sospirò di nuovo e si voltò verso la giovane. «Mi scuso per essere stato irriguardoso.»

Josie non avrebbe saputo dire se fosse sincero o se lo avesse detto tanto per darle un contentino, ma sentirlo scusarsi le diede comunque una grande soddisfazione.

Charlotte Thompson lo studiò per un attimo prima di rispondere: «Accetto le sue scuse. Non che siano affari suoi, in ogni caso, ma ho vent'anni. Ho un fratello maggiore che ha cofirmato l'acquisto della casa. Lo trovate dentro, se vi occorre.»

Turner decise di continuare con le domande, indicando con un gesto la vernice sulla tuta della ragazza. «Sei una specie di artista o stai solo dando una sistemata a questo posto?»

«Sto solo dando una sistemata a questo posto.» rispose lei. «Vi piace il colore che ho scelto? Dicono che il blu dovrebbe avere un effetto rilassante.»

Non appena Turner aprì la bocca Josie capì che stava per ribattere qualcosa come "non esattamente", così si affrettò a chiedere alla ragazza: «Ha visto Cleo Tate stamattina?»

Miss Thompson puntò un dito verso il lato opposto della strada, dove erano parcheggiate diverse auto. «Ho detto all'altro agente che questa mattina c'era un'auto bianca parcheggiata laggiù. Sono uscita sul portico per prendere un pacco consegnato tramite corriere e ho visto questa coppia - o almeno mi è sembrato che fosse una coppia - che camminava lungo la strada. In quella direzione.»

Una porta sbatté e Josie alzò lo sguardo verso il portico dove vide emergere un uomo in maglietta bianca e pantaloni da imbianchino, con i capelli scuri e un'espressione pensierosa. Si appoggiò al muro e incrociò le braccia sul petto, osservandoli.

«Sembra un tipo simpatico.» mormorò Turner.

Josie tirò un sospiro di sollievo vedendo che la ragazza pareva non averlo sentito. «Cosa le ha fatto pensare che fossero una coppia?»

Miss Thompson si grattò il viso, spalmandosi una macchia blu sulla guancia e il suo sguardo si fissò ancora una volta sulla fila di auto di fronte a loro. «Le teneva il braccio. Così.» Si avvicinò a Turner e gli chiuse una mano intorno al braccio subito sotto la spalla. Turner abbassò lo sguardo allarmato e Josie capì che era preoccupato per il suo completo. Tra una cosa e un'altra, i suoi completi diventavano una costante ragione di preoccupazione. Per puro miracolo, non protestò e, anzi, disse: «Di solito le coppie si tengono per mano, no?»

Quando Miss Thompson lo liberò dalla sua presa, Josie si soffermò a chiedersi se fosse sbagliato provare tanta soddisfazione per l'impronta blu che era rimasta sulla manica della giacca di Turner.

«Appunto...» convenne la ragazza. «All'inizio ho proprio avuto l'impressione che quella donna non si sentisse bene e che il compagno la stesse aiutando. Anche da quaggiù si vedeva che era piuttosto pallida. Solo quando si sono avvicinati ho avuto come una strana sensazione. Camminavano a passo molto affrettato e lei mi sembrava a disagio, quasi spaventata. A quel punto mi è balzato in mente che forse stavo assistendo a un episodio di maltrattamento. La donna aveva una mano avvolta in una specie di panno bianco. Sembrava una maglietta o una specie di strofinaccio.»

Josie si chiese subito se non fosse una delle tutine di Gracie presa dalla borsa del cambio. «Ha visto del sangue?» le domandò.

«No, niente sangue.»

«La donna ha guardato in questa direzione, verso di lei?» chiese ancora Josie spostando lo sguardo dalla casa di Charlotte Thompson al veicolo dall'altra parte della strada. «L'ha guardata negli occhi?»

«Sì.» confermò la giovane annuendo. «Ci siamo guardate negli occhi per un istante e lei ha subito distolto lo sguardo e lo ha tenuto fisso davanti a sé. Intanto lui le stava dicendo qualcosa all'orecchio, ma non sono riuscita a sentire nulla di quello che diceva. Erano troppo lontani. A un tratto si sono fermati davanti a un'auto bianca, che era parcheggiata proprio di fronte a noi, e lui l'ha fatta salire sul sedile del passeggero. Con una spinta. Poi si è messo al volante e sono partiti. Stavo per chiamare la polizia, ma poi mi sono fermata a pensare: "E che cosa potrei dire? Che quella donna aveva una mano fasciata? Che sembrava spaventata?" A conti fatti non era successo nulla e così non ci ho più pensato fino a quando non è arrivato un agente a fare domande e mi ha fatto vedere una foto dove si vedeva la stessa donna, da quello che posso dire in base ai vestiti che indossava e al colore dei capelli. Ne sono sicura.»

Intanto, Dougherty era tornato. «Le ho mostrato il fermo immagine delle riprese di sorveglianza in cui si vede Cleo Tate mentre esce di casa.»

Mrs. Tate poteva essere apparsa impaurita a Miss Thompson, ma quando l'uomo l'aveva fatta salire in macchina, lei non aveva cercato di scappare. Una spiegazione possibile era che la trattenesse sotto la minaccia di un coltello; d'altra parte, l'aveva già ferita una volta ed era molto probabile che fosse così che l'aveva convinta ad abbandonare la piccola Gracie in mezzo al parco. I due dovevano aver incrociato più di una persona avvicinandosi all'uscita del parco e percorrendo quella strada residenziale, eppure Cleo Tate non aveva fatto alcun tentativo per scappare o per chiedere aiuto, nemmeno quando aveva incrociato lo sguardo di Charlotte Thompson, il che faceva presumere che doveva credere di essere in pericolo di vita: se avesse reagito avrebbe potuto spingere quell'uomo a darle una pugnalata fatale; perciò, era intuibile che la scelta di assecondarlo fosse uno stratagemma di autoconservazione che doveva aver escogitato nella speranza di sopravvivere per poter tornare a casa dalla sua bambina.

Con la coda dell'occhio, Josie vide il fratello di Charlotte Thompson allontanarsi dal muro e avvicinarsi alla ringhiera, a cui si appoggiò con gli avambracci piegando il busto in avanti. Li stava studiando. Aveva un che di quasi inquietante.

Turner si spostò di lato, impedendo a Josie la vista del giovane, chiedendole: «Sapresti dirci se quell'uomo era armato o meno? Hai visto un coltello o qualcos'altro che ti sembrasse un'arma?»

«No, niente. Avrei sicuramente chiamato il pronto intervento se fosse stato armato. Anche se ora che mi ci fa pensare...» disse asciugandosi il sudore dalla fronte. «L'uomo teneva l'altro braccio di traverso, sopra al petto, come se lo stesse stringendo sotto il gomito della donna. In questo modo.»

Come aveva fatto un attimo prima, strinse il braccio di Turner sotto la spalla, facendogli strabuzzare gli occhi prima di rivolgere uno sguardo di impotenza su Josie che, da parte sua, non riuscì a fare altro che una piccola scrollata di spalle. Charlotte Thompson posizionò l'altro braccio in orizzontale sopra l'addome, come se fosse una sbarra, e la mano macchiata di vernice scomparve sotto il gomito, tra il suo corpo e quello di Turner. «Può darsi che avesse qualcosa e che fosse così che voleva tenerlo nascosto.» Turner sussultò quando lei lo colpì alle costole. Quello era in assoluto il più bel turno che Josie avesse trascorso in coppia con Turner da quando aveva cominciato a lavorare al Dipartimento. Intanto, la ragazza aveva ripreso il suo resoconto: «Ma non potevo vederlo per il modo in cui camminavano, perché lui le stava davvero molto vicino.»

Turner si liberò dalla presa, facendole un sorriso a denti stretti. «E che ci dici dell'uomo, invece? Che aspetto aveva?»

«Sicuramente non era alto come lei...» disse la ragazza, rovesciando la testa all'indietro per guardarlo dritto negli occhi. «Direi che era un po' più basso del vostro collega.»

Turner superava il metro e ottantacinque; Dougherty, invece, era qualche centimetro più basso.

«Diciamo che era tra il metro e settantacinque e il metro e ottanta?» suggerì Josie.

«Sì, a occhio direi di sì. Bianco, non molto magro, ma neanche sovrappeso. Normopeso, direi.»

«Sai chi altro corrisponde a questa descrizione?» disse Turner rivolgendosi a Josie, facendole intuire che si stava riferendo a Remy Tate.

«Ne parliamo dopo.» disse lei. «Continui pure, Miss Thompson.»

La ragazza rivolse lo sguardo a Turner, come se aspettasse di vedere se avrebbe aggiunto qualcos'altro, ma vedendo poi che non lo faceva, continuò: «Indossava un paio di pantaloni lunghi, come quelli che indossano i giardinieri in estate, avete presente? O come quelli che portano i meccanici. Di colore nero. E una maglietta blu marino. Portava un cappello, proprio come la donna, quindi non sono riuscita a vedere il colore dei capelli.»

«Che tipo di cappello portava?» chiese Josie.

«Se per caso mi sta chiedendo se era uno di quei berretti con il logo o qualche scritta, mi dispiace dirvi che da qui non sono stata in grado di vederlo.» rispose Miss Thompson. «Ho visto soltanto che aveva uno di quei motivi a foglie che di solito indossano tutti gli appassionati di caccia qui in zona. Sono spiacente. Non sono riuscita a vederlo bene nemmeno in faccia.»

«Non fa niente.» la tranquillizzò Josie. «Quello che ci ha detto finora ci è già molto utile. C'è qualcos'altro che può dirci di quest'uomo? Aveva dei tatuaggi, per esempio? O delle cicatrici? Aveva la barba? Insomma, qualche segno di particolare?»

Charlotte scosse la testa. «Nessuna di queste cose. O perlomeno, io non me ne sono accorta. Mi dispiace davvero.»

«Indossava dei guanti?» chiese ancora Josie.

«Non mi sembra. A meno che non fossero come quelli in lattice trasparente. Ma erano troppo lontani per poterlo dire. Oh, un momento! Aveva con sé una specie di zainetto monospalla. Sapete di quelli strani con una sola cinghia che si portano a tracolla intorno al corpo? Era nero.»

«L'ha colpita qualcosa in particolare di questo zainetto?» chiese Josie.

Un attimo prima sembrava così orgogliosa di sé, ricordandosi di quel dettaglio e un attimo dopo sul suo viso campeggiava un'espressione dubbiosa.

«No. Scusatemi.»

«Non c'è niente di cui scusarsi. Sta andando benissimo. Tutto quello che ci sta dicendo ci tornerà utile. Vorrei farle vedere una cosa...» disse Josie tirando fuori il telefono e recuperando in un batter d'occhio l'account Instagram di Cleo Tate. Aveva impostazioni di visualizzazione limitata, ma nella foto del profilo la si vedeva insieme al marito e alla bambina. Era una foto fatta da un professionista. «Un secondo solo...»

Turner le si avvicinò in tempo per vedere che ritagliava la madre e la bambina dalla foto. Se la ragazza non avesse riconosciuto Remy Tate, non valeva la pena correre il rischio che se ne andasse in giro a dire ad altre persone che la polizia stava cercando il marito di Cleo Tate come principale indiziato del suo rapimento. Quando Josie girò lo schermo verso Charlotte Thompson, le chiese: «È questo l'uomo che ha visto?»

La ragazza studiò la foto per un lungo momento e poi scosse lentamente la testa. «Non glielo so dire. Mi scusi. Non dico di no, ma, come ho detto, non l'ho visto abbastanza da vicino.»

Turner si guardò la manica, allungando il collo per dare un'occhiata alla vernice che gli era rimasta sulla giacca. «E, invece, il signor Raggio Di Sole, lassù? Nemmeno lui ha visto niente?»

Miss Thompson schermò gli occhi dal sole con il palmo della mano e alzò lo sguardo verso il fratello e, apparentemente non offesa dall'insulto di Turner, disse: «No, era in casa.»

«Ha idea di che modello fosse quell'auto?»

«Una Hyundai, mi pare. O forse una Honda... non sono molto sicura. Come ho detto, era bianca. Quattro porte. Non ho fatto caso alla targa perché non ho pensato che fosse importante.»

«Uno dei lettori di riconoscimento automatico delle targhe ha individuato una Hyundai bianca a circa tre isolati da qui.» intervenne Dougherty. «È registrata a nome di una certa Sheila Hampton, che vive dall'altra parte della città.»

Erano già tre le autopattuglie del Dipartimento di Denton sulle quali erano stati installati i lettori di riconoscimento automatico delle targhe che permettevano di eseguire l'identificazione immediata di tutti i veicoli, tanto di quelli in movimento quanto di quelli parcheggiati, che si trovavano nelle vicinanze e di segnalare quelli per i quali era stato emesso un mandato di sequestro o che erano stati rubati o che avevano la targa scaduta. Avevano avuto una grande fortuna che uno dei dispositivi si trovasse nelle vicinanze al momento del rapimento di Cleo Tate. Chissà che non avessero una pista valida.

«Avete messo delle unità a setacciare le registrazioni di

sorveglianza della zona per rintracciare quell'auto e cercare di determinarne il percorso?» si informò Josie.

«Ci stanno già lavorando.» confermò Dougherty. «Se troviamo qualcosa, sarete i primi a esserne informati.»

«Immagino che allora il prossimo passo sia andare a parlare con questa Sheila Hampton.» disse Turner.

SETTE

Lei si scostò i capelli dal collo, sventolando una mano sulla pelle umida. Lui era seduto al posto di guida e la fissava con occhi scuri, senza battere ciglio. Si era scordata di quanto fosse inquietante; aveva dimenticato quanto fosse destabilizzante il peso del suo sguardo, come le facesse accapponare la pelle. Non avrebbe mai dovuto permettergli di costringerla a entrare in macchina con la forza, ma ora doveva pagare la troppa paura che aveva avuto di fare una scenata con l'impulso irrefrenabile, che le faceva tremare le gambe, di aprire la portiera e lanciarsi fuori dall'auto. Lui non avrebbe reagito bene, ne era più che sicura. Dopo tutto, era un mostro. E inoltre aveva il vantaggio che erano soli.

Non c'era anima viva per chilometri e chilometri. Salire in macchina con lui era stata la più pessima delle idee.

Ormai non si poteva più tornare indietro.

«Hai paura di me.» disse arricciando il labbro superiore in un ghigno di soddisfazione.

Lei si augurò che lui non si accorgesse del brivido che la attraversava dalla testa ai piedi. «Perché non dovrei averne?

Sappiamo entrambi cosa...» Il resto della frase le morì sulla lingua quando lui si allungò sulla console.

Puzzava di caffè e di sudore stantio. Come un vecchio calzino da ginnastica non lavato da mesi. Doveva aver lavorato all'aperto per tutta la mattinata. Le ci volle uno sforzo considerevole per non farsi venire un conato di vomito. La maniglia della portiera le si conficcò sotto la gabbia toracica mentre indietreggiava per non stargli vicino.

«Mi ricordo di te.» le disse.

Lei si sentì sprofondare in un baratro. Non avrebbe mai pensato che si sarebbe ricordato di lei; ci aveva contato, in effetti.

Quando una mano tozza si aggrappò alla sua coscia lei gli allontanò il braccio schiaffeggiandolo con entrambe le mani e cercò di allontanarsi di più, ma con le dita lui le scavò nella carne. Un grido di dolore le uscì dalla gola. «Smettila! Smettila!»

La pressione si allentò quando lui allentò la presa, ma non la lasciò andare. Il cuore le batteva al galoppo. Le vertigini facevano girare il mondo intorno a lei. Tra un respiro affannoso e l'altro riuscì a dire: «Non ti devo niente. Ora me ne vado. Lasciami andare.»

Un sorriso da lupo gli si allargò sul volto. Mollando la presa sulla coscia, fece scivolare la mano sul suo corpo fino a chiuderle le dita intorno alla gola. Una scossa di terrore le percorse il cuore e l'aria nei polmoni fu risucchiata all'improvviso.

«Tu non vai da nessuna parte.» le disse.

OTTO

«E con questo fanno una pisciata di cane e una manata di pittura in un solo giorno...» si lamentò Turner, intanto che Josie metteva in moto e si avviava lungo la strada in cui vivevano gli Hampton. Abitavano in un ranch a due piani che si trovava in una zona a nord del campus dell'Università di Denton. Era un quartiere caratteristico e tranquillo, popolato da nuclei familiari della piccola borghesia, prevalentemente composti da insegnanti, infermieri e commercianti. Anche molti degli agenti di pattuglia della Polizia di Denton vivevano nelle strade alberate di quello stesso quartiere.

«Scommetto che quel simpaticone Pugsley Addams si è divertito a guardare la sua sorellina che mi imbrattava di vernice.»

«Io di sicuro.»

«Sono felice di essere utile, Quinn.»

Josie lo guardò, fingendo serietà. «Non so perché, ma non mi sembra che tu dica sul serio. Passando ad altro, hai mandato quella foto ad Amber?»

«Oh, intendi l'addetta stampa che non si presenta mai al lavoro?»

Josie sospirò, rallentando davanti all'indirizzo che Dougherty aveva segnalato. C'era una sola auto parcheggiata in un vialetto chiaramente destinato ad accoglierne due. «Hai sostituito l'amore della sua vita, Turner. Occupi la scrivania che usava lui.»

«E non sono nemmeno bravo come lui.» aggiunse.

«Bada che l'hai detto tu, non io.»

«Certo, certo, ho sentito tutto. Comunque, non deve essere male per lei lavorare da casa.»

Josie parcheggiò lungo la strada. Avrebbe potuto obiettare che praticamente anche lui lavorava da casa, considerando la frequenza con cui spariva tra un turno e l'altro, ma non stette a farglielo notare perché sarebbe stata solo una perdita di tempo. «Insomma, gliel'hai mandata quella foto, sì o no?»

«Certo che gliel'ho mandata.» ribatté lui facendo apparire il telefono in una mano e mostrandole in un attimo lo schermo: aveva recuperato un post da una delle piattaforme dei vari social media della Polizia di Denton che riportava la foto di Cleo Tate affiancata a una richiesta di aiuto da parte della popolazione per localizzarla. Josie scorse il resto del testo, assorbendone i punti salienti. Rapita nel parco pubblico verso le dieci del mattino, era stata vista con un uomo caucasico, di altezza tra il metro e settantacinque e il metro e ottanta alla guida di una berlina bianca.

A quel punto a Josie non restava che sperare che Brennan avesse messo al corrente Remy Tate come gli aveva chiesto. Non gli avevano detto del sangue che avevano trovato sulla scena del crimine e avevano confermato l'ipotesi del rapimento dopo aver parlato con lui; se quello che nascondeva era una relazione, non voleva che scoprisse dai social media o dal notiziario di mezzogiorno che sua moglie era stata rapita.

Spense il motore. Scesero e percorsero il piccolo sentiero di cemento fino alla scalinata d'ingresso. Turner la superò e suonò il campanello. Vedendo che nessuno rispondeva, provò di nuovo. Non c'erano videocamere di sorveglianza intorno alla porta: gli Hampton non ne avevano bisogno. Come membro della polizia di Denton, Josie sapeva che in quella particolare zona della città il tasso di criminalità era scarso se non nullo.

«Stiamo perdendo tempo.» mormorò Turner. Tirò la maniglia della zanzariera, che si aprì scricchiolando.

«Turner...» lo ammonì Josie, ma era troppo tardi, perché Turner stava già bussando con un pugno contro la porta d'ingresso, facendola tremare nell'intelaiatura.

Pochi secondi dopo, un uomo aprì la porta, sbattendo le palpebre contro la luce del giorno. A una stima sommaria, Josie valutò che in altezza doveva rasentare il metro e ottanta. Ciocche di capelli biondi e ondulati gli ricadevano sulla fronte. Una barbetta incolta gli scuriva la mascella e gli punteggiava il labbro superiore. Le borse scure sotto gli occhi suggerivano che non dormiva bene da tempo. E, sempre a un'occhiata sommaria, Josie stimò che dovesse avere tra i trenta e i trentacinque anni. Indossava pantaloncini da basket neri e una maglietta grigia degli ex alunni dell'Università di Denton, che mettevano in evidenza le braccia e le gambe magre, ma piuttosto toniche, di un corridore.

«Posso aiutarvi?» chiese con la voce rauca come se l'avessero svegliato da un sonno profondo. Sbatté di nuovo le palpebre e lo sguardo gli si posò sulla pistola che Josie portava alla cintola. «Oh, giusto. Entrate.» disse facendoli accomodare all'interno. «Mia moglie mi ha detto di aver chiamato la polizia, ma ha lavorato tutta la mattina. Ho pensato di aspettare fino a oggi pomeriggio e se non avessi visto arrivare nessuno, avrei chiamato di nuovo.»

Josie e Turner non avevano avuto nemmeno la possibilità di identificarsi o di presentargli le loro credenziali. Il soggiorno in cui entrarono era fresco e buio, le pareti erano di un grigio tenue con accenti di bianco. Appena dentro la porta c'era uno stretto tavolino pieno di biglietti di condoglianze. Di fronte a questo c'era una coperta tutta sgualcita che giaceva nell'angolo più lontano del divano, tra le cui pieghe sbucava una scatola di fazzoletti. Il tavolino era pieno di flaconi arancioni di medicinali, un telecomando e un romanzo di Shawn Andre Cosby. Dietro a tutte queste cose si trovava una grande foto incorniciata di una giovane. Era una foto scolastica che la raffigurava dalle spalle in su. La ragazza sorrideva a labbra serrate e i suoi occhi castani scintillavano di malizia, dando l'impressione che stesse trattenendo le risate. I riccioli biondi le ricadevano sulle spalle, risaltando in netto contrasto con il generico sfondo blu.

«Te l'ho detto che ho chiamato!» disse una donna da un'altra parte della casa. «Quindi non mi hai creduto, dico bene?»

L'uomo iniziò a roteare gli occhi, ma si fermò subito quando la moglie entrò da quella che presumibilmente doveva essere la cucina. Una lunga chioma di capelli neri, striati di grigio, le scendeva lungo la schiena. Aveva un corpo piuttosto muscoloso, avvolto da una canottiera verde e da un paio di pantaloncini di jeans. Evidentemente marito e moglie dovevano essere entrambi appassionati di corsa. In altezza era tranquillamente alla pari con il marito, ma di età dimostrava di avere almeno una decina d'anni in più di lui. Il sorriso che le si stese sul volto era tutt'altro che caloroso ed era rivolto al marito, il quale si voltò verso Josie e Turner, fissandoli come se si fosse accorto soltanto in quel momento che non indossavano l'uniforme. Turner indossava il vestito buono della domenica, mentre Josie indossava la polo d'ordinanza della polizia di Denton e i pantaloni color cachi. Lo sguardo dell'uomo si soffermò sul viso di Josie. «Ma, scusi, lei non è quella giornalista? Cosa ci fa qui? Con tutto il rispetto, non siamo in grado di parlare con una...»

«Isaac, ma per favore!» lo interruppe la moglie. «Non lo vedi che ha una pistola? Non è la giornalista!»

«Mi sta scambiando per mia sorella. Trinity Payne. Siamo gemelle.» spiegò Josie tirando fuori il distintivo per mostrarlo a entrambi.

Anche Turner sventolò il suo distintivo e guardandosi intorno per esaminare la stanza, chiarì: «Non siamo della stampa. Siamo detective del Dipartimento di Polizia di Denton.»

La donna si fece avanti mentre riponevano le loro credenziali e allungò una mano. «Vi prego di scusare la maleducazione di mio marito. Sono Sheila Hampton e questo è mio marito, Isaac.»

Turner le strinse la mano per primo, studiando le dita affusolate ed eleganti che sfioravano la manica della sua giacca. Ritrasse la mano come se lei gliel'avesse bruciata, dimostrando ancora una volta quanto ci sapesse fare con le persone. Tuttavia, Sheila Hampton non diede a intendere di averci fatto caso.

Isaac Hampton, invece, non fece il minimo cenno di voler stringere la mano a nessuno dei due e, anzi, si giustificò: «Non sono stato affatto maleducato.»

«Al massimo direi che non volevi essere maleducato.» lo corresse la moglie. «Però, lo sei stato.»

Optando per la tranquillità al posto di iniziare una discussione, Mr. Hampton preferì rivolgersi ai due detective. «Sono confuso. È la norma che mandino dei detective a indagare sulle auto rubate?»

«Di solito è uno dei nostri agenti di pattuglia a occuparsi della parte iniziale della denuncia...» spiegò Josie, sentendosi sprofondare la terra sotto i piedi.

Turner si sfregò qualcosa sul polsino della giacca e con aria accigliata sbottò: «Ehi, Mrs. Hampton, aveva qualcosa sulla mano?»

«Turner!» lo ammonì Josie sottovoce.

«Oh, mi scusi tanto.» disse Mrs. Hampton pulendosi i palmi delle mani sui pantaloncini. «Pensavo di averla lavata via tutta quanta. È colla. Sono una designer industriale.»

«Che diavolo sarebbe?» chiese Turner.

Mrs. Hampton si grattò una striscia lucida sull'avambraccio

lasciata presumibilmente da un'altra goccia di colla. «Mi occupo della progettazione e dello sviluppo dei prodotti. Qualsiasi articolo, dagli elementi d'arredo alle attrezzature mediche, dagli elettrodomestici ai componenti elettronici, tutto quello che le viene in mente, insomma. In particolar modo, sono specializzata in attrezzature di sicurezza sul lavoro. Stavo lavorando a un prototipo per un apparecchio antirumore di ultimissima generazione che andrebbe a sostituire quelle scomode cuffie. Sono progettate per i cantieri, soprattutto. È un modo come un altro per tenersi occupati finché rimango qui.»

«Sheila.» la richiamo il marito con tono di avvertimento.

«Sarebbe a dire che lei non vive qui?» domandò Turner.

«Siamo separati.» spiegò Mrs. Hampton. «Ci siamo separati da circa un anno, da quando ho accettato un lavoro a New York e non sono riuscita a convincere Isaac a venire con me, anche se potrebbe svolgere il suo lavoro ovunque. È uno specialista dell'assistenza tecnica per un'applicazione bancaria di un istituto che ha filiali anche a New York.»

«Sheila.» ripeté Mr. Hampton, questa volta con la voce che assomigliava a un ringhio, ma la moglie continuò imperterrita come se lui non avesse parlato. «Così, quando mi sono trasferita, ci siamo separati. Ora vivo in questa città solo perché…» lasciò la frase incompiuta, mettendo su per la prima volta un'aria triste e incerta. Con le unghie trovò di nuovo la striscia lucida, scavando nella pelle, molto più forte questa volta.

Lo sguardo di Josie fu di nuovo attratto dai biglietti di condoglianze, tutti in verticale come piccole sentinelle orgogliose che proclamavano il loro grido di battaglia contro il dolore. *Vi penso nel momento della vostra perdita. Con le più sentite condoglianze. Che possiate trovare conforto nei vostri ricordi affettuosi.* C'era un'apparente incoerenza tra le parole e il cartoncino su cui erano stampate.

«Avete appena perso una persona cara…» disse. «Vi faccio le mie condoglianze.»

Mr. Hampton si voltò verso la fotografia sul tavolino. «Abbiamo perso nostra figlia, Jenna. Un mese fa. Stava per iniziare l'università. Aveva una patologia cardiaca.»

Il cuore di Josie prese a battere all'impazzata quando si voltò a guardare di nuovo la fotografia, stavolta sotto una nuova prospettiva. Non c'era da stupirsi che in quella stanza, in tutta la casa, si percepisse un'atmosfera così pesante e piena di tristezza.

Turner era concentrato su tutt'altro. «Doveva essere giovane quando l'avete avuta. Mi riferisco a lei, Isaac, non a sua moglie.»

Josie dovette sforzarsi di resistere all'impulso di dargli una gomitata nelle costole. Mr. Hampton non badò a quella domanda. «Preferirei non parlare di nostra figlia.»

Josie colse l'occasione per cambiare argomento di conversazione; il tempo stava scorrendo in fretta per Cleo Tate. Offrendo a Mrs. Hampton un sorriso comprensivo, chiese: «Ci dica, quindi, le hanno rubato la macchina?»

«Una berlina Hyundai bianca, esatto?» aggiunse Turner leggendo il numero di targa che Dougherty aveva dato loro.

«Sì, è quella.» disse Mrs. Hampton. «È ancora registrata a questo indirizzo.»

Aveva rubato una macchina che non poteva essere ricondotta al ladro, aveva rapito una donna in un parco senza videocamere di sorveglianza e aveva lasciato una fotografia che non poteva in alcun modo essere collegata al rapitore: l'uomo che aveva sequestrato Cleo Tate si stava dimostrando ancora più furbo di quanto avessero immaginato all'inizio. Il pensiero provocò a Josie un nodo allo stomaco, soprattutto considerando il fatto che, non avrebbero avuto molti elementi su cui lavorare per identificarlo, a meno che non avesse lasciato impronte nell'auto o sulla fotografia. E, considerato che fino a quel momento aveva già preso tante precauzioni, Josie dubitava fortemente che fosse così poco accorto da lasciarsi dietro una scia di impronte. O comunque, quand'anche ne avesse lasciate, l'unico modo grazie al quale quelle impronte non sarebbero risultate automaticamente inutili era che quell'uomo avesse commesso un altro crimine in passato per il quale fosse stato arrestato e schedato; in caso contrario, per la squadra investigativa non sarebbe stato possibile trovare un riscontro nel Sistema Automatico di Identificazione delle Impronte Digitali.

Turner grattò via i residui di colla secca dalla manica.

«Questa storia si sta trasformando in una caccia alle farfalle del cazzo.» mormorò sottovoce.

«Mi scusi, che cosa ha detto?» disse Mr. Hampton.

Josie fece un sorriso finto. «Niente. Il mio collega stava solo dicendo che dovremmo farle alcune domande. C'è la possibilità che il suo veicolo sia stato usato per il rapimento di una donna avvenuto nel parco pubblico questa mattina.»

Mrs. Hampton sussultò, portandosi una mano al petto. «Che cosa? Ma è terribile! Ne siete sicuri?»

Constatando che la televisione era spenta, Josie arguì che era altamente probabile che Mrs. Hampton non avesse visto la notizia del rapimento di Cleo Tate, ammesso che avesse effettivamente lavorato tutta la mattina come aveva detto, e che non avesse invece passato la mattinata sui social media; quanto a Mr. Hampton, invece, doveva aver visto il servizio, a giudicare dal modo in cui il suo viso aveva perso ogni colore.

«Stiamo ancora indagando.» disse Josie a Mrs. Hampton.

Turner abbassò lo sguardo su Josie e tenendo di nuovo la voce bassa disse: «Buon Dio. Ci impiegheremo una vita.»

«Perché, hai un posto più interessante dove andare?» ribatté lei, riuscendo a tenere la voce abbastanza bassa da non farsi sentire dagli Hampton. Turner si comportava nella maggior parte dei casi come se davvero avesse di meglio da fare e Josie era pronta a scommettere che da un momento all'altro avrebbe fatto saltar fuori il telefono dalla tasca e si sarebbe messo a farsi gli affari suoi. Con un altro sorriso forzato, disse a Mrs. Hampton: «Perché non ci parla della sua macchina?»

NOVE

Sheila Hampton si avvicinò al divano e prese un fazzoletto dalla scatola dei Kleenex per passarselo sulla macchia di colla sul braccio, ma senza riuscire a rimuoverla. «Siccome ieri ho dimenticato la tazza da viaggio che tengo sempre in macchina, questa mattina sono uscita verso le otto per prenderla ed è stato allora che ho visto che la macchina non c'era più. Non so da quanto tempo fosse sparita. Quando sono tornata ieri sera, verso l'ora di cena, l'ho parcheggiata nel vialetto.»

«Non ci sono videocamere di sorveglianza?» chiese Turner.

«No.» rispose Mrs. Hampton. «Questa non è mai stata una strada pericolosa. Ma è possibile che alcuni dei vicini ne abbiano installata qualcuna. Potreste chiedere a loro...»

«Senz'altro.» disse Josie. «Lo faremo. Si ricorda quando ha visto l'auto per l'ultima volta, Mr. Hampton?»

«Quando sono andato a letto, verso le nove, ho guardato fuori prima di chiudere a chiave la porta e la macchina era ancora lì.»

«Nessuno di voi due ha sentito qualche rumore durante la notte?» chiese Josie.

Marito e moglie scossero la testa.

Evidentemente annoiato dalla conversazione, Turner tirò fuori il telefono e digitò il codice di accesso.

«Chiama la centrale...» gli disse Josie, «e avverti che abbiamo bisogno dell'intervento di qualche unità per aiutarci a bussare a qualche porta del vicinato. E, già che ci sei, invia le informazioni sulla macchina ad Amber, in modo che le possa trasmettere alla stampa.»

Ma Turner aveva già preso a scorrere col dito. Josie gli si avvicinò per dare una sbirciata a quello che stava guardando sullo schermo, ma lui si allontanò di un passo, facendole capire chiaramente che spettava a lei completare il giro di domande.

«L'auto era chiusa a chiave?»

Le guance di Mrs. Hampton si tinsero di rosso. Intanto, un'altra macchia rossastra le era apparsa sull'avambraccio a forza di sfregarci sopra con il fazzoletto.

«Mi vergogno ad ammetterlo, ma non l'ho chiusa a chiave. Come ho detto, questa non è mai stata una strada pericolosa. Per questo l'abbiamo scelta.»

«Ma la macchina ha il GPS.» disse Mr. Hampton prendendo con gesti pacati il fazzoletto dalla mano della moglie per infilarselo in tasca, prima di accarezzare con tocco delicato il punto in cui si era scorticata la pelle, come per tranquillizzarla. «Non riuscite a rintracciarla in questo modo?»

«Certamente.» rispose Josie con il cuore che andava in fibrillazione. «Grazie per aver risposto alle nostre domande. Faremo venire qui delle unità per informarsi se qualcuno dei vicini ha una ripresa da farci vedere. Nel frattempo, uno dei nostri agenti verrà per fare un rapporto più dettagliato e non appena il vostro veicolo sarà localizzato, sarete avvisati.»

Mr. Hampton li seguì fuori. «Avete detto che l'auto è stata usata per rapire una persona. Ne siete sicuri?»

«Stiamo ancora indagando.» gli rispose Josie.

Mr. Hampton abbassò la voce, come a evitare che la moglie potesse sentirlo dall'interno. «Si tratta di quella donna, vero?

Quella che è su tutti i social? Al notiziario hanno riferito che è stata rapita dal parco pubblico. Quindi è vero?»

«Stiamo ancora indagando.» ripeté Josie. Intanto Turner era già arrivato al marciapiede, con gli occhi incollati al telefono.

Mr. Hampton si passò una mano sul viso. Macchie di colla secca, trasparenti e scintillanti alla luce del sole, gli si appiccicarono alle guance. Si prese una pausa per studiare il palmo della mano. «Riesce ad appiccicare questa roba dappertutto. Dappertutto.» Dal tono sembrava infastidito, ma Josie aveva la sensazione che il suo fastidio nascondesse un sentimento molto più profondo e doloroso. «Mi perdoni. Mi distraggo facilmente in questi giorni. La donna del parco... la sua famiglia deve essere... non riesco proprio a immaginarlo.» La sua voce si fece roca e si prese un momento per ricomporsi, deglutendo più volte.

Josie resistette a un irrefrenabile impulso di abbracciarlo. Nel corso degli anni, dalla perdita del primo marito, Ray, dell'amata nonna, Lisette, e del collega, Mettner, il dolore degli altri, in particolar modo quando lo si percepiva più crudo e palpabile, aveva la tendenza a trapassare l'armatura professionale che aveva costruito intorno al suo cuore per riuscire a fare il suo lavoro; riuscì a tappare mentalmente quella falla, ricordando a sé stessa che la piccola Gracie Tate aveva bisogno di sua madre. Era l'unica cosa che contava in quel momento.

Mr. Hampton si schiarì la gola. «Mi dispiace. Sono ridotto a un disastro da quando Jenna è morta. Ora ogni cosa che capita sembra avere un effetto più duro.»

«Lo capisco.» disse Josie. «Mi permetta di rinnovarle le mie più sentite condoglianze per la vostra perdita.»

Ma quelle parole sembravano prive di significato, come le percepiva immancabilmente quando si trovava di fronte a una grande tragedia; tuttavia, non c'era niente di meglio che potesse dire: qualunque altra cosa avesse detto sarebbe risultata banale, insincera, se non addirittura offensiva, e certe volte anche tutte e tre le cose insieme, e lei ne aveva accumulata parecchia di esperienza in materia.

«Grazie.» disse Mr. Hampton. «Ci faccia sapere se ha bisogno di qualcos'altro da noi.»

E con questo tornò dentro, chiudendosi silenziosamente la porta alle spalle.

Josie si precipitò sul marciapiede. «Turner!»

Senza alzare lo sguardo dal telefono, le fece un cenno di assenso con la mano. «Sì, sì, ci penso io, ci penso io. Chiamare la centrale. Richiedere unità. Targa dell'auto. Avvertire la stampa.»

«Andiamo.» lo esortò lei; vedendo però che lui non accennava a muoversi, lo afferrò per un gomito e cominciò a trascinarlo verso la macchina.

Lui le strappò il braccio dalla presa. «Ehi, sta' un po' attenta, Quinn. Sei stata tu che mi hai detto che non ti dovevo mettere le mani addosso in continuazione senza il tuo permesso.»

Josie si avvicinò al lato di guida del suo fuoristrada. «Perché infatti non devi farlo. Mi dispiace, ma certe volte è davvero difficile attirare la tua attenzione.»

Un sorrisetto si allargò sul suo viso. «Hai appena detto "mi dispiace?" A me?»

Josie aprì la portiera con uno strattone. «Adesso me ne vado, così posso tornare alla centrale e preparare un mandato per le coordinate GPS dell'auto di Sheila Hampton. Il sistema di infotainment auto della Hyundai è Bluelink. Saranno in grado di disattivare il motore a distanza. Se non sali su questa macchina nei prossimi tre secondi, giuro che ti lascio qui.»

Turner aprì la portiera e si accomodò sul sedile del passeggero e, mentre Josie metteva in moto e faceva manovra per rimettersi in strada, chiamò la centrale per chiedere che le unità della zona perlustrassero la strada dove vivevano gli Hampton e per far stilare un rapporto completo sul veicolo rubato.

«Visto che ti sei scusata con me, scriverò io il mandato per Bluelink quando torneremo.» annunciò alla fine.

«Faremo più in fretta se lo faccio io.» ribatté lei.

«Dici sul serio? Sai che faccio questo lavoro da più tempo di te, vero?»

«Faremo più in fretta se lo faccio io.» ripeté lei.

«Sei incredibile. Sei davvero convinta che io sia così lento quando si tratta di preparare delle scartoffie, o sei solo una maniaca del controllo?»

A conti fatti la risposta più plausibile era "entrambe le cose", ma Josie si limitò a dire: «Vuoi la verità? Sei lento. Ci metti una vita a completare le pratiche, se mai le completi del tutto. Sparisci nel bel mezzo di... ogni cosa. Se adesso ti lascio preparare il mandato, come faccio ad avere la garanzia che non te ne andrai nel bel mezzo del lavoro e non tornerai fino alla prossima settimana?»

Con la coda dell'occhio riuscì a vedere che lo aveva lasciato a bocca aperta. Avrebbe dovuto menzionare il fatto che non si staccava mai dal telefono, già che c'era, ma al momento il suo cervello era impegnato solo per metà in quella ridicola conversazione. L'altra metà si stava chiedendo quanto velocemente avrebbero potuto localizzare l'auto usata per rapire Cleo Tate.

«Me ne occupo io del mandato.» ribadì.

«Hai un'opinione molto bassa di me, vero?»

Dal tono sembrava offeso, ma nonostante le circostanze, Josie rise. «Perché, pensavi il contrario?»

«Senti, lo so che Parker... Palmer non mi sopporta e che anche il tuo maritino non è entusiasta di me, anche se devo ammettere che è stato abbastanza corretto nei miei confronti e di gran lunga più cordiale rispetto a voi due pollastre... merda, volevo dire signore. Donne. Ah, chi se ne frega.»

«Detective va più che bene.» gli fece notare in tono irritato.

«Come ti pare. In ogni caso, avevo l'impressione che io e te andassimo d'accordo.»

Lei gli lanciò una rapida occhiata, perplessa e insicura su come reagire, nel constatare che aveva un'aria seria. «È questa la tua idea di "andare d'accordo"? Sai una cosa? Non abbiamo tempo per queste scemenze in questo momento.»

Ci furono alcuni istanti di silenzio. Poi Turner disse: «Lascia che ci pensi io al mandato. Sarò veloce e così potrai scusarti di nuovo con me perché, te lo dico, questa è la mia nuova cosa preferita. Josie Quinn che si si scusa con Kyle Turner.»

Josie si prese un attimo per valutare brevemente se valesse la pena di subire un'azione disciplinare qualora gli avesse mollato un pugno in faccia. Ma Noah le aveva detto più di una volta che dovevano trovare il modo di imparare a lavorare con Turner. «Allora ti lascio alla stazione di polizia e intanto io vado a prendere qualcosa da mangiare e i caffè. Se non hai finito per quando torno, ti sostituisco e lo finisco io.»

«E se invece l'avrò finito, ti scuserai?»

«No.»

Aspettò che lui continuasse a darle il tormento, ma lui rimase sorprendentemente in silenzio finché lei non schiacciò sul pedale dell'acceleratore.

«Rallenta, Quinn.»

Ma Josie non aveva alcuna intenzione di rallentare. Ogni momento che passava nelle ricerche di Cleo Tate era critico. L'istinto e l'esperienza le dicevano che a ogni minuto che loro perdevano, quella donna dispersa si avvicinava alla sua morte.

DIECI

Josie rimase a guardare la barista del Komorrah's Koffee che preparava il suo caffè macchiato caldo con tostatura blonde con l'acquolina in bocca. Una tazza di Red Eye, il tipo di caffè preferito del capo della polizia, Bob Chitwood, era già stata preparata e lasciata in un portabicchieri sul bancone. Accanto c'era un sacchetto di carta pieno di pasticcini, uno di ogni tipo tra quelli che piacevano di più alla sua squadra. A differenza della quantità di gente che si era seduta, occupando praticamente quasi tutti i tavolini e i divanetti del bar, in fila davanti al bancone c'era soltanto Josie, troppo impegnata a chiedersi se fosse il caso di prendere due bicchieroni di caffè macchiato per accorgersi della folata d'aria calda che la investì alle spalle quando entrò un nuovo cliente. Era una presenza imponente quella che si profilò dietro di lei, insolitamente vicina. Un respiro caldo le sfiorò la tempia. Non poteva essere Turner. Era impossibile che avesse già finito di stendere il mandato. Per una frazione di secondo, si soffermò a pensare a quale fosse il modo migliore per difendere il suo spazio personale, scegliendo tra l'uso delle parole e un colpo accidentale all'inguine non appena si fosse girata per guardare l'uomo che si era messo dietro di lei. Ma, un attimo dopo, il profumo del dopo-barba di suo marito sovrastò l'odore del caffè e dei pasticcini, e lei si sentì pervadere da un senso di sollievo. Noah le diede un bacio sulla guancia e le posò una mano sulla schiena e lei si appoggiò contro di lui, lasciando che, come accadeva di solito, quel tocco alleviasse parte della tensione che le si era accumulata addosso.

«Il capo mi ha chiamato.» le disse.

Josie alzò lo sguardo per guardarlo diritto in quei suoi occhi color nocciola. A giudicare da come i suoi capelli erano scuri e mossi dall'umidità, doveva essersi appena fatto la doccia.

«Gretchen è impegnata con un cadavere che è stato trovato nel fiume.» gli disse. «Sta completando i rapporti in questo momento. Quindi ci siamo solo io e Turner, ma questa è sicuramente una situazione che richiede l'impegno di tutta la squadra. Turner sta lavorando al mandato per la Bluelink mentre parliamo. O, almeno, me lo auguro.»

Noah le sorrise e le sistemò una ciocca di capelli dietro l'orecchio, sfiorandole il mento con la punta delle dita, con un tocco così leggero che riuscì a placare almeno in parte la frenetica ansia che le montava dentro. «Mi sorprende che tu glielo abbia permesso.»

La barista porse a Josie il suo caffè macchiato e passò a Noah per prendere il suo ordine che comprendeva un caffè per sé e uno per Gretchen e un secondo caffè macchiato per Josie. Già metà di quello che aveva in mano era sparito. Mentre aspettavano che l'ordine di Noah fosse pronto, lui tirò Josie da una parte verso il bancone. «Il capo mi ha fatto avere le informazioni salienti della situazione: so già della polaroid, ho visto i post sui social media con la foto di Cleo Tate e so già che l'auto con cui il sospettato ha portato via quella donna dal parco era rubata. Cos'altro devo sapere?»

Josie gli raccontò di ciò che aveva detto Remy Tate e della teoria di Turner secondo la quale il marito poteva avere un ruolo nella scomparsa della moglie. Dopodiché, lo aggiornò sul colloquio che avevano avuto con Isaac e Sheila Hampton.

«Quando le nostre unità hanno passato al setaccio la strada dove vivono gli Hampton, hanno parlato con un vicino che abita in una casa con le videocamere di sorveglianza all'estremità opposta dell'isolato. In una ripresa si vede l'auto che passa e si allontana dalla casa degli Hampton in direzione ovest, intorno alle tre del mattino. I nostri ragazzi sono riusciti a seguirla con altre riprese per circa tre isolati, ma alla fine l'hanno persa. Solo questa mattina una delle nostre unità con lettore di riconoscimento automatico delle targhe è riuscita a rintracciarla, al parco. Una volta che si è allontanata, Dougherty è riuscito a trovare una ripresa in cui la si vede passare davanti a una lavanderia a gettoni a pochi isolati di distanza, ma poi l'ha persa di nuovo. Comunque, a prescindere da questo, nulla di tutto ciò avrà importanza una volta che avremo ottenuto il rapporto dei dati GPS.»

«Parliamo del marito di Cleo Tate, allora...» propose Noah. «Hai detto che Turner pensa che possa essere lui il responsabile della scomparsa della moglie. Se fosse stato lui a rubare l'auto, avrebbe dovuto raggiungere la casa degli Hampton a piedi. Secondo te ne sarebbe stato in grado?»

Josie calcolò la distanza e il tempo necessario. «È senz'altro possibile, ma gli ci sarebbe voluto un bel po' di tempo per raggiungere il quartiere dove vivono gli Hampton, arrivandoci a piedi. Senza contare che i Tate hanno una bambina di quattro mesi. Quante probabilità ci possono essere che la bambina abbia dormito tutta la notte e che Cleo non si sia accorta che suo marito è uscito di casa nelle prime ore del mattino?»

Noah sorrise alla barista che gli stava porgendo il suo ordine su un portabicchieri. Infilò il bicchiere di Red Eye per Chitwood nell'ultimo scomparto, prese il sacchetto di carta con i pasticcini e uscirono insieme. «Il problema è che Cleo Tate non è qui per dirci se ha effettivamente visto che suo marito usciva di casa nel bel mezzo della notte. Quindi, l'unica alternativa è che lui abbia davvero un'amante, la quale lo avrebbe aiutato a tornare a casa in tempo, in modo tale che la moglie non si accorgesse che era uscito tra le due e le tre del mattino.»

Josie sorseggiò il suo caffè macchiato mentre si incamminavano verso la stazione di polizia. «È possibile, ma questo non spiega la polaroid.»

«Hai ragione.»

Con la mano libera, tirò fuori il telefono dalla tasca posteriore dei pantaloni e recuperò la foto per mostrarla a Noah.

«Non è criptica per niente...» commentò lui con sarcasmo.

«Non riesco a capire cosa possa significare né per quale motivo sia stata lasciata su quel passeggino...» disse Josie. «Che possa significare che dobbiamo cercare Cleo Tate in un luogo all'aperto?»

«Quella foto potrebbe essere stata scattata ovunque in un luogo all'aperto.» le fece notare Noah. «Non c'è modo di capire che posto sia. Per quanto si direbbe che sia la riva di un fiume, il Susquehanna si estende per chilometri e ci sono troppi affluenti per poterli perlustrare tutti in tempi sufficientemente rapidi. Non possiamo permetterci di investire le nostre risorse in questa fotografia a meno che non maturiamo una ragionevole speranza che ci conduca a quella donna.»

«Sì, sono d'accordo. In questo momento, la scommessa migliore che possiamo fare è quella di localizzare l'auto.»

La stazione di polizia apparve davanti a loro: era un imponente edificio che si sviluppava su tre piani, a sovrastare gli edifici circostanti. Costruito in pietra, con un campanile in un angolo e finestre ad arco bifore, ricordava più un castello che una stazione di polizia; un tempo quello stesso palazzo aveva ospitato il municipio, ma quasi settant'anni prima era stato convertito in quartier generale delle forze dell'ordine e, dal momento che era iscritto nel registro storico della città, il Dipartimento di Polizia non aveva sostanzialmente alcuna autorizzazione per effettuare lavori di ristrutturazione e ammodernamento all'interno dei suoi locali.

Vedendo che proprio davanti erano stati parcheggiati due furgoni dell'emittente locale, la WYEP, Noah disse: «Scommetto che troveremo i giornalisti ad aspettarci nel parcheggio sul retro. Entriamo dall'ingresso principale.»

Nell'ingresso trovarono Dallas Jones, il giornalista più giovane e ambizioso della WYEP, che camminava avanti e indietro mentre teneva il cellulare premuto contro l'orecchio e sussurrava rabbiosamente: «Vicky, te l'ho già detto. Sto facendo del mio meglio, ma qui non dicono niente. Non fanno che rispondermi "Non abbiamo dichiarazioni da fare". Non posso mica costringerli a darmi le informazioni!»

Dietro a un bancone con vetrata sedeva il sergente Dan Lamay che scuoteva la testa, a significare che non riusciva a liberarsi di quel giovane.

Dallas Jones si fermò quando vide Josie e Noah che entravano e li accolse esclamando: «Detective!» abbassando il cellulare lungo il fianco, impedendo loro di attraversare la porta dalla quale avrebbero avuto accesso agli altri locali del piano terra. «Per favore, aspettate.»

«Non abbiamo dichiarazioni da fare.» tagliò corto Noah.

Dallas Jones abbassò le spalle, deluso, e una ciocca dei suoi capelli scuri accuratamente laccati all'indietro scivolò ricadendo sul lato del viso. La camicia bianca con collo button-down che indossava era tutta una piega e da sotto le ascelle spuntavano macchie di sudore. Josie si rallegrò di vedere che nemmeno lui era immune alla calura, perché la infastidiva immancabilmente il fatto che i giornalisti apparissero sempre e comunque impeccabili, indipendentemente dalle condizioni meteorologiche; per dirne una, non riusciva ancora a capacitarsi di come Trinity riuscisse a sembrare già pronta per le videocamere anche appena scesa dal letto.

«Per favore.» insistette Dallas Jones riportando il cellulare all'orecchio e dicendo a Vicky che l'avrebbe richiamata a breve, prima di riattaccare. «I nostri telespettatori vogliono sapere come si sta muovendo la Polizia per trovare Cleo Tate.»

«I vostri telespettatori? O il suo produttore?» lo incalzò Josie puntando un dito al suo telefono. «Era con lei che stava parlando, dico bene?»

Il giornalista serrò le labbra in una linea sottile. Era giovane, aveva finito l'università solo da pochi anni e stava cercando di mettersi alla prova. «Sì. Mi sta col fiato sul collo, ma d'altra parte è il suo lavoro. Questo è un servizio importante e i nostri telespettatori sono preoccupati, vogliono sapere se è sicuro andare al parco pubblico.»

«Siamo consapevoli delle preoccupazioni dei cittadini in merito alla sicurezza del parco.» disse Josie. «Organizzeremo una conferenza stampa in un secondo momento...» e con questo, lo spinse da parte e si diresse verso la porta con Noah al seguito.

«Andiamo!» la supplicò Dallas Jones. «Datemi qualcosa su cui lavorare. Avete qualche sospettato? Qualche pista da seguire? Una cosa qualsiasi che io possa riferire al pubblico, insomma.»

Il giovanotto sperava di farsi un nome a Denton per poter calcare il palco della scena nazionale, proprio come aveva fatto Trinity, e Josie rispettava la sua determinazione, ma non avrebbe mai compromesso un'indagine. «Non abbiamo dichiarazioni da fare.» gli disse infine.

Noah le tenne la porta aperta per farla passare, aggiungendo: «Ora abbiamo del lavoro da fare. Ci vediamo alla conferenza stampa.»

«Abbiamo fatto un servizio sul marito della donna scomparsa!» gridò Dallas Jones alle loro spalle.

Josie e Noah si immobilizzarono a metà della soglia, aspettando che continuasse.

«L'abbiamo registrato circa tre mesi fa.»

«La guarderemo sul sito web della WYEP.» disse Noah.

«Non potete. Vicky, la mia produttrice, non ha voluto mandarlo in onda.» Lasciò che le sue parole restassero sospese nell'aria, come un'esca.

Josie lo fissò con aria truce. «Voglio sperare che non ci stia proponendo di fare uno scambio di informazioni, Mr. Jones. Qualora lei o la sua produttrice foste al corrente di dettagli che potrebbero consentirci di localizzare Cleo Tate, sareste tenuti a dircelo subito. Altrimenti, rischiereste di incorrere in un'accusa per intralcio alla giustizia.»

Dallas Jones cercò di rimettere a posto la ciocca ribelle, ma non riuscì a tenerla ferma. «Lo so bene. Non è uno scambio quello che sto cercando di proporvi, ma se poteste darmi qualcosa...»

«Non è così che funziona.» lo ammonì Noah scuotendo la testa.

«Capisco.»

«Non credo proprio.» lo contraddisse Josie. «Se è al corrente di informazioni rilevanti per la nostra indagine, allora ce ne deve parlare. Non abbiamo tutto il giorno per stare qui a giocare con lei. Stiamo cercando una donna scomparsa, madre di una bambina di quattro mesi.»

A questo, quantomeno, Dallas Jones ebbe la buona creanza di sembrare imbarazzato. «Mi dispiace. È solo che, quando ho scritto quell'articolo su Remy Tate, lui mi è sembrato... non so come dire... strano. Era un servizio di contorno, noioso da morire, ma Vicky aveva detto che lo avrebbero messo da parte per un giorno in cui non ci fossero state molte notizie. Lavora per il cancelliere del tribunale. È un funzionario del registro generale civile. Il servizio riguardava la digitalizzazione di tutti i fascicoli cartacei. Sapete, tutta la storia che Denton si adegua ai tempi moderni e cose del genere. Vi assicuro, però, che quel tizio mi è parso, come dire... fuori fase.»

Noah incrociò brevemente lo sguardo di Josie, facendole intuire che stava pensando la stessa cosa a cui stava pensando lei: Dallas Jones sperava che facessero qualche passo falso e gli dessero inavvertitamente qualche indicazione sul fatto che Remy Tate fosse un sospettato, o almeno un indiziato, oppure che si lasciassero sfuggire di averlo già escluso da ogni sospetto.

Noah fece un passo verso di lui, andando quasi a sfiorargli il petto con il portabicchieri dei caffè. «Vuoi davvero darci a bere queste sciocchezze? Avresti passato cinque minuti con un tizio per scrivere un articolo che risale a... quanto tempo fa, tre mesi a dir tanto? E questo basta a farti pensare che l'opinione che ti sei fatto su di lui sia rilevante per la nostra indagine? Stammi a sentire, Jones. "Fuori fase" non significa nulla. Non ti è passato per la testa che magari lo avevi beccato in una brutta giornata? Ha una bambina piccola, può darsi che fosse solo stanco. Oppure, può darsi che semplicemente fossi tu a non piacergli. Quello che so per certo è che Cleo Tate non ha tempo per le tue stronzate.»

Il telefono di Dallas Jones squillò e lo schermo mostrò l'immagine di una donna con lunghi capelli biondi e un sorriso arcigno. Il nome sopra la foto del contatto era Vicky Platt. Il giovane giornalista trasferì la chiamata della responsabile alla segreteria telefonica e continuò: «Quando ho scritto quell'articolo non sapevo che avesse una bambina. Non abbiamo parlato della sua vita privata. Ma vi assicuro che, quando ho mostrato il filmato dell'intervista a Vicky, anche lei ha pensato che ci fosse qualcosa di strano in quell'uomo ed è per questo che non lo ha mandato in onda.»

«Smettila di farci perdere tempo.» gli disse Josie prima di varcare la soglia seguita da Noah, chiudendo la porta in faccia al giornalista.

UNDICI

Salirono su per la rampa di scale che conduceva direttamente alla grande sala al secondo piano. Era un ampio ambiente a pianta aperta con file di scrivanie, la maggior parte delle quali era utilizzata dagli agenti di pattuglia quando rientravano per sbrigare le pratiche e i rapporti. Alcune scrivanie erano state unite a formare un rettangolo; erano quelle fisse, assegnate alla loro squadra investigativa, composta da Josie, Noah, Gretchen e Turner. L'unica altra scrivania fissa era stata assegnata ad Amber Watts, la loro addetta alle relazioni con la stampa. L'ufficio del capo Chitwood era a pochi metri dalla loro piccola formazione. Quando raggiunsero il pianerottolo del piano di sopra, sentirono la voce di un uomo che andava alzandosi.

«Chissà cosa avrà fatto Turner per far arrabbiare il capo questa volta...» mormorò Noah mentre spingeva la porta con la schiena.

Ma non era il capo che stava urlando. Josie si ritrovò ad assistere con sgomento alla scena di un uomo di una certa età, a giudicare dai capelli bianchi, che puntava l'indice contro il petto del capo Chitwood, gridando: «Per cortesia professionale, mi aspetto la massima trasparenza su questa indagine.»

Josie non aveva mai visto il viso butterato dall'acne del capo Chitwood così rosso, ma il suo tono era attentamente controllato, calmo come nessuno di loro lo aveva mai sentito prima, quando spinse via la mano dell'altro uomo e disse: «Una cortesia professionale, dice? Lei è in pensione. E come se non bastasse, è anche un familiare della vittima. Pertanto, con tutto il rispetto, non le permetterò di entrare nella mia stazione e di iniziare a chiedere i dettagli di un'indagine aperta e in corso di svolgimento. Sa che non posso farlo. Vada a casa. Quando avremo aggiornamenti, glieli comunicheremo.»

Seduta alla sua scrivania, Gretchen si godeva la scena. Turner stava parlando con qualcuno al telefono. Quando vide Josie, le fece un cenno, sventolando un documento. Possibile che avesse davvero preparato il mandato nella mezz'ora in cui lei era andata a prendere i caffè? Sì, era certamente possibile, ma avrebbero comunque dovuto farlo firmare da un giudice e poi inoltrarlo alla Bluelink.

«Non metterò a repentaglio l'integrità dell'indagine...» insistette l'altro uomo, a voce ancora più alta. «Si sta comportando in modo ridicolo. Sa quante volte mi sono trovato nel bel mezzo di situazioni come questa?»

Josie studiò l'uomo. C'era qualcosa di familiare nel suo aspetto. Aveva diversi anni più del capo Chitwood, che era sulla sessantina. Il suo viso era solcato da profonde rughe. Ma sembrava fuori posto in quella stanza, dove tutti gli altri indossavano completi eleganti o polo della polizia di Denton. Con i pantaloncini cachi stirati e una maglietta da golf blu, sembrava appena uscito dal campo da golf, per l'appunto. Aveva la pelle rugosa e colorata da un'abbronzatura intensa, come se avesse trascorso un'infinità di ore a giocare.

Quando gli rispose, ancora una volta Josie rimase sbalordita dal modo in cui il capo riusciva a mantenere la calma. In qualsiasi altra situazione, si sarebbe lanciato in una tirata ai limiti dell'irrazionale, così caustica da far salire la pressione sanguigna a tutti i presenti nella stanza. Invece, si stava dimostrando ragionevole, quasi compassionevole. «È proprio per questo che non dovrebbe essere qui.»

«Mi dia solo i dettagli che non ha rilasciato alla stampa.» insistette l'uomo.

Il capo scosse la testa. «Non posso farlo.»

Prima di sedersi, Noah porse a Gretchen il suo caffè, insieme al sacchettino con i pasticcini, allungandosi sopra la scrivania. Josie, invece, rimase in piedi accanto alla sua sedia, a osservare quello spettacolo. Turner le si avvicinò e le sussurrò: «Ma chi cazzo è questo imbecille?»

Gli rispose Noah: «È Kellan Neal. È un procuratore distrettuale in pensione.» Ecco perché aveva un'aria familiare.

L'avvocato Neal abbassò leggermente la voce. «Non divulgherò alcuna informazione. Ha la mia parola, senza contare che i decenni che ho trascorso al servizio di questa città parlano da soli.»

Turner guardò Josie. «Ma tu te lo ricordi?»

«Ero ancora di pattuglia quando è andato in pensione, però sì, ora che ho sentito il suo nome, me lo ricordo. Era spietato. Nonché un'autentica spina nel fianco. Dov'è il mio mandato?»

«E io rispetto il suo lavoro presso l'ufficio del procuratore distrettuale.» concesse il capo. «Così come i risultati che ha ottenuto. Ma non posso e non voglio fornire dettagli sensibili sul caso in questione, per il momento.»

Turner sollevò uno dei risvolti della giacca per mostrare a Josie il mandato accuratamente piegato che si era infilato nella tasca interna. «Ho anche chiamato la Bluelink. Data l'urgenza della nostra richiesta, hanno detto che effettueranno immediatamente una ricerca sulla vettura e poi disattiveranno il motore. Mi manca solo di far firmare questo mandato dal giudice e consegnarlo alla Bluelink nel corso della giornata.»

Josie provò un senso di sollievo e di eccitazione in egual misura.

«Andiamo...» disse l'avvocato Neal con tono supplichevole. «Stiamo parlando di mia figlia. Mia figlia! La mia Cleo.»

Dunque, Cleo Tate era la figlia di un ex procuratore distrettuale della città. Sebbene questo non avrebbe influito sul modo in cui avrebbero condotto le loro indagini, avrebbe potuto scatenare potenziali ripercussioni.

«Il numero dei nostri sospettati potrebbe essere appena aumentato in modo esponenziale.» mormorò Josie.

«E molto più in vista.» disse Turner.

Noah sfilò la tazza di caffè dal portabicchieri. «Il sindaco ci starà col fiato sul collo adesso. Per non parlare del fatto che sicuramente Kellan Neal terrà una conferenza stampa non appena uscirà da qui.»

Josie sospirò. «Non possiamo fare niente per impedirglielo.»

Per quanto il capo Chitwood si mostrasse impassibile di fronte all'appello emotivo dell'ex procuratore, disse: «Nessuno meglio di me sa cosa significhi essere in questa situazione. Glielo posso assicurare. Ciononostante, sono certo che non sia necessario ricordarle, in qualità di ex procuratore, che ogni vittima è la figlia, il figlio o la persona amata di qualcun altro. Ci lasci fare il nostro lavoro. Le comunicherò quanto potrò dirle e quando potrò farlo, e me ne occuperò personalmente, se questo può esserle d'aiuto.»

«Non è di alcun aiuto.» sbottò l'avvocato Neal. «Non posso starmene in disparte a guardare. Devo fare qualcosa.»

Turner fece un passo avanti. «Vuole fare qualcosa?»

Kellan Neal si voltò con aria incuriosita. Sembrava ignaro della tensione che aveva riempito il resto della stanza.

Josie lanciò un'occhiata al capo, che per tutta risposta inarcò un folto sopracciglio in un'espressione che Josie conosceva bene: Turner era finito su un terreno scivoloso e infatti, quando notò l'espressione del capo, modificò il tono della voce per sembrare meno aggressivo. «Chieda a suo genero cosa stava facendo questa mattina mentre Cleo veniva rapita.»

Il viso dell'avvocato Neal perse colore. «Che cosa?»

Turner fece un passo avanti, sovrastando l'ex procuratore. «Chieda a suo genero per quale ragione ha lasciato l'ufficio proprio quando sua moglie è uscita con la bambina per andare al parco. Gli chieda perché non compare nelle riprese delle videocamere di sorveglianza, anche se è a casa sua che l'ho trovato quando sono andato a parlargli stamattina.»

Uno dei telefoni fissi iniziò a squillare.

«Remy?» disse l'avvocato Neal.

Turner annuì. «Si informi sul suo alibi.»

L'ex procuratore si voltò a guardare Chitwood, che incrociò le braccia sul petto. Josie sentì Gretchen rispondere al telefono, parlando a bassa voce con chiunque fosse all'altro capo. Per un attimo, l'avvocato Neal sembrò smarrito, come se in quella stanza piena di agenti di polizia ci si fosse appena svegliato di colpo senza avere idea di come ci fosse finito. Josie lo ricordava come una presenza feroce e autorevole in ogni stanza in cui metteva piede. Conduceva le conferenze stampa con un'autorità divina. Ma in quel momento sembrava un vecchietto fragile e confuso. Abbassò lo sguardo sul pavimento e annuì, quasi a se stesso.

«Vi farò sapere.» disse con un filo di voce da cui era sparita ogni traccia di spavalderia e se ne andò.

Non appena la porta si chiuse, Gretchen disse: «Abbiamo trovato la macchina.»

DODICI

«Riconosco questo posto.» disse Gretchen.

Soffiava una brezza leggera che rinfrescava il viso di Josie. Il caldo era ancora opprimente e là, in quel terreno vuoto e ricoperto di erbacce, il sole era implacabile. Proteggendosi gli occhi con una mano, Josie osservò i membri della Squadra di Raccolta delle Prove che giravano intorno alla Hyundai di Sheila Hampton. Secondo il rappresentante della Bluelink, l'auto era rimasta parcheggiata in quel terreno dalle dieci e mezza di quella mattina, cioè sei ore prima, perciò, considerando quanto poco tempo era trascorso tra il rapimento di Cleo Tate e le dieci e mezza, e quante ore l'auto era rimasta ferma in quel terreno prima del loro arrivo, Josie non aveva dubbi che non avrebbero gradito ciò che avrebbero trovato. Tuttavia, insieme a Noah, Gretchen e a una mezza dozzina di agenti di pattuglia avevano quasi battuto il record di velocità su terra per arrivare lì. Turner, invece, era rimasto alla centrale per preparare i mandati per accedere al telefono di Cleo Tate.

L'auto era vuota. Tutti avevano trattenuto il respiro quando avevano aperto il bagagliaio. Non conteneva altro che una ruota di scorta. Il loro sollievo era palpabile, ma era stato presto sostituito da un moto crescente di ansia. Dov'era Cleo?

La ricerca iniziale nell'area circostante l'auto non aveva portato a nulla e alla fine, nonostante non avessero trovato il corpo della donna, Josie si sentiva addosso ancora la sgradevole sensazione che fosse troppo tardi per aiutarla. Quanto a loro, non potevano far altro che sperare che il suo rapitore avesse lasciato qualche traccia nell'abitacolo che consentisse loro di identificare lui e di localizzare lei.

«Perché ci siamo già passate.» disse Josie. «Durante il caso dell'Incidente dello Scuolabus dei Cinque Bambini di West Denton.»

Gretchen si guardò intorno lentamente, studiando un'altra volta l'ambiente che le circondava. L'enorme appezzamento di terreno su cui si trovavano in quel momento era proprio di fronte a una fila di abitazioni. Alberi ad alto fusto impedivano ai residenti di vedere quell'appezzamento di terreno che era accessibile solo passando attraverso una stretta apertura tra gli alberi, abbastanza grande da consentire il passaggio di un camion. Josie aveva riconosciuto quel posto praticamente nell'esatto momento in cui erano arrivate e aveva scorto il gigantesco cartello affisso a margine della strada con la scritta *Vendesi terreno di venti ettari* con sotto il numero di telefono di un agente immobiliare commerciale. Il testo era notevolmente sbiadito rispetto all'ultima volta che erano state in quel posto.

«Giusto.» osservò Gretchen. «Un attimo prima avevamo trovato il corpo di quella donna scomparsa e un attimo dopo quella ragazzina ci aveva quasi messe sotto con il furgone del padre. E in tutti questi anni non è stato costruito nulla qui.»

«Evidentemente gli immobiliaristi devono essere ancora nel bel mezzo di una battaglia con l'associazione civica...» constatò Josie.

«Pensi che questo possa essere il luogo in cui è stata scattata la polaroid?»

«Non è da escludere, anche se sembrerebbe che la foto sia stata scattata vicino a un corso d'acqua. Ma chissà, questo posto è abbandonato da così tanto tempo che potrebbe esserci dell'acqua stagnante.»

«Da qui quanto siamo lontane dalla casa dei Tate?» chiese Gretchen.

Josie fece un rapido calcolo della distanza e del tempo di percorrenza. «Da otto a dieci chilometri. Se ti stai chiedendo se questo luogo esclude il coinvolgimento di Remy Tate, la risposta dipende da cosa troviamo qui. Dubito seriamente che senza un aiuto avrebbe potuto farcela ad arrivare fin quaggiù e tornare a casa sua prima che Turner suonasse al campanello.»

«In tal caso, non dovremmo escludere che abbia avuto un complice, in particolar modo se non è in grado di fornirci un alibi.» sentenziò Gretchen voltandosi verso la strada. Nonostante il fatto che gli alberi ostruivano una buona parte della vista sulle abitazioni, c'erano piccole aperture nel fogliame che permettevano di intravedere quello che sembrava un vialetto o un giardino. «Se non ricordo male, in nessuna di quelle abitazioni dall'altra parte della strada ci sono videocamere.»

«Sì, ma ho detto agli agenti incaricati di chiedere comunque agli inquilini.»

«Ci servirà una geo-recinzione. Vuoi chiamare quel coglione o lo faccio io?»

Josie rimase un attimo a guardare Noah che si muoveva sulla scena, parlava con un agente della Squadra di Raccolta delle Prove e poi dava istruzioni a un gruppo di agenti in uniforme. «Approfittiamone, visto che quel coglione oggi è in vena di scrivere mandati. Ci penso io a chiamarlo.»

Gli agenti si dispersero per effettuare una ricerca più ampia del terreno e nel frattempo Josie telefonò a Turner per dargli istruzioni di preparare un mandato per una geo-recinzione, sorpresa che una volta tanto lui non si lamentasse, anche se forse era solo perché così poteva godersi l'aria condizionata dell'ufficio mentre gli altri sudavano come matti sul campo.

Relativamente nuovo nell'arsenale di strumenti di cui disponevano le forze dell'ordine, quello della geo-recinzione permetteva alla polizia di tracciare un confine virtuale attorno a una determinata area geografica grazie al quale era possibile rintracciare quali dispositivi smart, compresi i telefoni cellulari e i sistemi di infotainment dei veicoli, erano passati all'interno di quella specifica area durante un determinato periodo di tempo. Le forze dell'ordine avevano iniziato a fare ricorso ai mandati per le geo-recinzioni nel 2016 e da allora erano in molti ad aver protestato contro il loro utilizzo, sostenendo che costituivano una violazione della privacy. In risposta alle proteste, in tempi recenti Google aveva modificato i metodi di memorizzazione della cronologia della posizione degli utenti, rendendo più difficile per le forze dell'ordine ricorrere ai mandati per ottenere le geo-recinzioni; eppure, nonostante queste condizioni, la pratica era ancora legale nel Commonwealth della Pennsylvania e valeva comunque la pena provare.

Dopo aver riattaccato con Turner, Josie chiamò la loro unità cinofila composta dal suo ex fidanzato, Luke Creighton, e dal suo segugio, Blue. Non erano ufficialmente impiegati dalla città di Denton: Luke lavorava per un'organizzazione non profit che forniva, a un costo simbolico, cani da ricerca e soccorso ai dipartimenti di polizia che non potevano permettersi di mantenere unità cinofile a tempo pieno. Dal momento che venti ettari erano un'area troppo vasta perché gli agenti del dipartimento di Denton potessero coprirla a piedi, Blue sarebbe stato in grado di prendere la traccia dal sedile del passeggero e, auspicabilmente, seguire il percorso di Cleo Tate da lì. Così, sarebbe anche stato in grado di rintracciare l'assassino.

Riattaccò proprio quando Noah le si avvicinò. «Ero al telefono con Luke. Ha detto che possono raggiungerci qui in una ventina di minuti.»

«Ottimo.»

Josie percepì dalla tensione nella sua espressione che non era latore di buone notizie riguardo al resoconto che gli avevano fatto i colleghi. «Che cosa c'è?»

«Nessuno del vicinato ha visto nulla. Nessuna abitazione dall'altra parte della strada ha le videocamere... è stato tutto inutile.»

«Possiamo ancora sperare nella geo-recinzione.» lo rassicurò Josie. «Turner ci sta lavorando. Non è emerso niente dall'auto?»

Noah si asciugò il sudore dalla fronte con l'avambraccio. «Se intendi sangue o segni di colluttazione, niente di tutto questo. La porteranno al deposito per le analisi e per vedere se riescono a rilevare delle impronte, ma ci vorrà del tempo.»

Poco oltre l'auto di Sheila Hampton c'erano cumuli di terra, ora ricoperti di sterpaglie, alcuni alti come una casa. Il resto del terreno si presentava ricoperto di vegetazione. Josie cercò di mettersi nei panni del rapitore. Era riuscito a rapire Cleo Tate e l'aveva portata immediatamente in quel posto. Era riuscito a farlo prima che la sua foto o le informazioni sull'auto fossero diffuse alla stampa. Poteva essere rimasto lì per un'ora, due al massimo. Josie non voleva neanche soffermarsi a pensare a cosa potesse aver fatto a quella povera donna in quel lasso di tempo. Se alla fine avesse deciso di sbarazzarsene, il passo successivo più logico sarebbe stato quello di condurla nel mezzo del bosco vicino, aggredirla sessualmente - se quello era il suo intento - ammazzarla, abbandonare il suo corpo e andarsene a piedi.

Noah, che aveva un'impareggiabile capacità di leggerle nel pensiero, disse: «Ho già mandato delle unità a setacciare le strade intorno alla proprietà nel caso fosse scappato a piedi. Josie, siamo a un punto morto. Credo che dovresti andare a casa. Ci hai lavorato tutto il giorno. Da qui ci pensiamo io e Gretchen. Manderò a casa anche Turner, appena avrà finito con i mandati.»

«Noah...» ma non c'era bisogno che concludesse la frase;

entrambi sapevano che c'era un'alta probabilità che per Cleo Tate non ci fosse più niente da fare, che ormai la questione si fosse ridotta a quanto tempo ci avrebbero messo a trovarne il corpo e se l'assassino si fosse lasciato alle spalle prove sufficienti perché lo prendessero e lo facessero pagare per il suo crimine. Perciò, con o senza la sua presenza, il risultato sarebbe stato lo stesso; ma, come al solito, Josie non aveva voglia di tornare a casa. Voleva portare a termine l'indagine, al diavolo mangiare e riposarsi. Ma sapeva bene che se si fosse spinta troppo oltre avrebbe ottenuto solo di ostacolare le fasi successive dell'indagine e il lavoro dell'intera squadra.

«Se scopri qualcosa...» gli disse.

«Ti chiamo subito.» le promise. «Ti tengo aggiornata via via. Tua sorella e Drake sono già da noi. Anche i tuoi genitori stanno arrivando. Dovresti andare a casa e stare un po' con loro.»

In quel momento le venne in mente che presto o tardi avrebbe dovuto dirgli la notizia di Drake. «Ci vediamo a casa, allora.»

TREDICI

Si appisolò al volante dell'auto, con l'aria condizionata che ce la metteva tutta a rinfrescare l'abitacolo. In quello stato di sospensione a metà tra il sonno e la veglia, la sua mente vagò verso di lei. Non la lasciava mai, rimaneva appena sotto la superficie della sua coscienza. Capelli scuri, labbra morbide, seno sodo. Prima vennero le fantasie su ciò che avrebbe voluto farle, su tutti i modi in cui aveva pianificato di usare il suo corpo e far uscire le urla da quelle sue belle labbra. Poi quei pensieri meravigliosi furono scacciati. Il suo cervello riprodusse l'espressione di disgusto che si era dipinta sul suo viso quando lui aveva cercato di prendere ciò che lei gli aveva sottilmente offerto per settimane, dimostrando di non essere altro che una puttanella tentatrice. Ma andava bene così, perché ciò che era successo in seguito gli aveva regalato un sollievo che non aveva mai provato prima. In quei momenti frenetici, lui era diventato un dio.

Il suo dio.

Anche in quel momento, quel pensiero gli faceva diventare il cazzo duro e gli faceva affiorare una patina di sudore sul labbro superiore. Allungò la mano verso la bocchetta dell'aria condizionata più vicina, ruotando la manopola per cercare di aumentare il flusso d'aria. Scaglie rossastre si staccarono dalle sue unghie e svolazzarono all'interno dell'abitacolo. Non aveva avuto il tempo di lavarsi le mani. Ora doveva tornare indietro o sarebbe finito nei guai. Chiudendo gli occhi, ancora una volta richiamò alla mente il suo viso. Quegli ultimi momenti. Il modo in cui lei era stata completamente sua, impotente, alla sua mercé.

Un grugnito involontario gli sfuggì dalle labbra, il suo corpo fu scosso da uno spasmo. Il ricordo era così vivido nella sua mente che non ebbe nemmeno bisogno di toccarsi per venire.

Magari tutta la faccenda con la donna di quella mattina era un segno. Magari era arrivato il momento di smetterla di negare a sé stesso, di smetterla di imprigionare ciò che portava dentro di sé. Magari era arrivato il momento in cui avrebbe dovuto trovare una persona nuova. Farla sua. Essere il suo dio.

QUATTORDICI

Il vialetto di casa loro sembrava essere stato trasformato in un parcheggio. Da tutte le finestre del pianterreno usciva una luce dorata e accogliente, e nonostante i suoi pensieri fossero ancora rivolti alla povera Cleo Tate, mentre saliva con gran fatica i gradini davanti alla porta d'ingresso e sentiva le risate ovattate della sua famiglia, parte della tensione nel suo corpo si dissipò. Una volta all'interno, le fu subito chiaro che si erano riuniti tutti quanti in cucina. Nessuno la sentì entrare, nemmeno il loro Boston terrier, Trout, che non le corse incontro all'ingresso come faceva di solito. Questo poteva significare solo una cosa: c'era da mangiare in tavola. Josie e Noah facevano del loro meglio per non dargli bocconcini di quello che mangiavano loro, ma Trout sperava sempre che qualcuno facesse cadere un assaggino delizioso sul pavimento.

Per l'appunto, Trout le lanciò un'occhiata distratta e un rapidissimo movimento di eccitazione con la coda quando la vide raggiungere la porta della cucina, per poi tornare subito a fissare Trinity che era presa a tagliare le verdure sul bancone e di tanto in tanto faceva cadere una rondella di carota che lui divorava in un sol boccone. Anche vestita con un paio di semplici jeans e una delle enormi magliette dell'FBI di Drake, Trinity sembrava appena uscita dalle pagine di una rivista. I suoi capelli neri avevano una lucentezza sfavillante e il trucco leggero che aveva applicato la faceva sembrare pronta per un servizio fotografico.

Da sopra una spalla, Trinity disse: «Mamma, perché non fai vedere a Drake la casa per cui avete appena fatto un'offerta, visto che non è lontana da qui?»

I loro genitori, Shannon e Christian Payne, erano seduti con Drake al tavolo della cucina. Josie rimase appoggiata allo stipite della porta e li osservò uno per uno. Anche dopo tanti anni dalla loro ricongiunzione, la normalità di quella scena e l'allegria che la presenza della sua vera famiglia le trasmetteva le sembravano ancora incredibilmente surreali. Quando lei e Trinity avevano appena tre settimane vivevano con i genitori in una città a due ore di distanza da Denton. Una sera, in cui Shannon e Christian erano usciti e avevano lasciato le bambine alle cure di una tata, una donna di nome Lila Jensen, che aveva lavorato per il servizio di pulizie domestiche a cui si rivolgevano i Payne, si era intrufolata in casa loro, aveva rapito Josie e aveva appiccato un incendio che aveva raso al suolo la casa. La tata era riuscita a mettere in salvo Trinity. Quanto a Josie, i vigili del fuoco che erano intervenuti avevano creduto che fosse morta nell'incendio.

Shannon frugò nella borsa appesa allo schienale della sedia. «Fammi cercare sul telefono. Ho scaricato quell'applicazione immobiliare...»

Lila Jensen aveva portato Josie a Denton e se ne era servita come motivo per tornare insieme al suo ex fidanzato, Eli Matson. All'epoca non esistevano i test del DNA per corrispondenza ed Eli non si era mai neanche sognato di mettere in dubbio le parole di Lila quando lei gli aveva detto che aveva dato Josie alla luce nell'anno in cui erano stati separati e che era figlia sua. Perciò, Eli l'aveva ripresa con sé e aveva accettato di buon grado il suo ruolo di padre, tanto che aveva amato Josie con tutto il cuore fino al giorno in cui era morto. Josie all'epoca aveva solo sei anni e si era ritrovata da sola con quella donna a dover affrontare gli anni più terribili della sua vita. La madre di Eli, Lisette, l'unica nonna che Josie avesse mai conosciuto, aveva lottato con tutte le sue forze per ottenerne la custodia e salvarla dagli abusi della nuora; le ci erano voluti otto anni, ma alla fine era riuscita a vincere la battaglia legale.

Christian si infilò un paio di occhiali da lettura e tirò fuori il telefono. «Ce l'ho qui, Shannon.»

Una volta che Lisette aveva ottenuto la custodia esclusiva di Josie, Lila era scomparsa per sedici anni; poi, quando Josie ne aveva trenta, era tornata per sconvolgere ancora una volta la sua vita. Nel frattempo, la complessa rete di bugie che Lila aveva tessuto nel corso di tutto quel tempo si era sgretolata ed era stato allora che Josie e Trinity avevano scoperto di essere sorelle. Di punto in bianco, Josie si era ritrovata ad avere una famiglia: una sorella gemella, due genitori e persino un fratello più piccolo, di nome Patrick. Per Josie scoprire che tutto ciò che aveva sempre pensato di sapere sulla sua vita era in realtà una menzogna e assumere il suo posto nella famiglia Payne era stato un cambiamento imponente, ma si era rivelata una delle cose migliori che le fosse mai capitate.

Christian porse il telefono a Drake. «È molto più piccola di quello che abbiamo adesso, ma a conti fatti non abbiamo più bisogno di tanto spazio da quando Patrick è andato all'università.»

Shannon rise. «Non ci serviva tutto quello spazio nemmeno prima che lui partisse per l'università.»

Quando Josie aveva ristabilito i contatti con la famiglia, Shannon e Christian vivevano a due ore di distanza e visto che finalmente stavano andando in pensione, avevano deciso di trasferirsi a Denton. Patrick si era stabilito in zona ed erano tutti entusiasti di vivere più vicino a Josie, soprattutto considerando che insieme a Noah stavano cercando di adottare un bambino.

Trinity lasciò cadere un'altra rondella di carota sul pavimento che Trout divorò avidamente e, senza alzare lo sguardo dalle carote che stava tagliando e disse: «Josie, hai intenzione di startene nascosta lì dietro per tutta la sera o pensi di unirti a noi prima o poi?»

Continuava ancora a essere strano avere una gemella.

Josie si avvicinò al tavolo e si chinò per abbracciare entrambi i genitori. «Sembri così stanca, tesoro...» le disse Shannon guardandola con sguardo preoccupato.

«Abbiamo visto il notiziario...» disse Drake. «Non siete riusciti a trovare quella donna?»

«Non ancora.» rispose Josie. Attraversò la stanza e si appoggiò con un fianco al bancone per guardare Trinity che versava le carote affettate a rondelle in un'enorme insalatiera.

«Immagino che questo significhi che Noah non tornerà per cena.» constatò Trinity mentre iniziava ad affettare un cetriolo.

«No, infatti.» rispose Josie prendendo il cellulare per vedere se c'erano novità, nonostante fosse passata soltanto un'ora da quando aveva lasciato la squadra. Le ricerche avrebbero richiesto tempo.

«Conosco un ottimo fotografo che sarebbe disponibile per venire qui a Denton a fare qualche scatto a te e Noah per il vostro profilo di genitori adottivi.» annunciò Trinity. «Oh! E ho convinto uno dei miei produttori e la mia troupe a raggiungervi per aiutarvi a realizzare il vostro video.»

«Trinity...» le disse Drake con il dovuto tatto, «io penso che spetti a Josie e a Noah la decisione di come vogliono mettere insieme il loro profilo...»

Lei gli agitò il coltello davanti. «Guarda che lo so bene! Non ho mica detto che devono usare la mia troupe. Sto solo suggerendo che gli converrebbe farlo.»

«Trinity!» la richiamò Shannon mentre Josie e Christian scoppiavano a ridere.

Trout piagnucolò per implorare altre carote.

«Apprezzo il tuo aiuto, Trinity...» disse Josie. «Ma Noah e io vogliamo che il nostro profilo e il video che faremo riflettano... il modo in cui siamo fatti noi. Non può essere altrimenti. In fin dei conti, stiamo chiedendo a delle persone di darci il loro bambino.»

Trinity alzò gli occhi al cielo. «Rimarreste comunque voi stessi. La presentazione servirebbe soltanto a dare l'impressione che...»

«Che la famosa giornalista Trinity Payne, nonché sorella di Josie Quinn, si sia messa in mezzo e abbia fatto tutto al posto suo?» la apostrofò il padre. «Trinity, sarebbe meglio che permettessi a Josie e a Noah di fare a modo loro. D'altra parte, sono arrivati fin qui.»

«Sapevi che esistono aziende che ti aiutano a creare il tuo profilo?» continuò Trinity. «Una volta ho scritto un articolo in cui facevo una classifica dei...»

Un gemito collettivo si levò nella stanza. Non c'erano limiti agli argomenti sui quali Trinity aveva scritto un articolo nel corso della sua carriera.

Trout guaì e alzò una zampa, implorando altre carote.

Trinity si allontanò dal bancone e si voltò verso di loro brandendo il coltello. «Adesso potete anche lamentarvi della mia conoscenza sterminata, ma lo vedremo quando arriverà il giorno in cui uno di voi avrà bisogno di informarsi su qualcosa che non si trova su Internet.»

Drake si alzò e le si avvicinò, cingendole la vita con un braccio e posandole un bacio sulla fronte. «Adoro la tua conoscenza sterminata. Da quando ci siamo conosciuti non ho più usato Internet.»

Un sorriso compiaciuto si dipinse sul volto di Trinity.

Ai loro piedi, Trout emise un sospiro di sconfitta e si allontanò con passo lemme per andare a sdraiarsi sulla soglia della cucina.

Il cellulare di Josie vibrò nella sua tasca. Prima che potesse tirarlo fuori per vedere se le stavano scrivendo aggiornamenti nelle indagini su Cleo Tate, Trout balzò in piedi, iniziò ad abbaiare e corse verso la porta d'ingresso così velocemente che le zampe scivolarono sul parquet dell'ingresso. Josie lo seguì, prendendo il telefono e digitando il codice di accesso mentre camminava. C'era un messaggio da Noah, ma prima che potesse leggerlo, sullo schermo le apparve un'altra notifica, questa volta dall'applicazione connessa alla videocamera di sicurezza. C'era Turner davanti all'entrata.

Trout abbaiava sempre più forte, intanto che aspettava che lei aprisse la porta. Una volta che lei lo ebbe rassicurato che fuori non c'erano pericoli, lui smise di abbaiare e si limitò a ringhiare piano. Allora aprì la porta e guardò Turner con aria accigliata.

«E tu che ci fai qui? E come hai avuto il mio indirizzo?»

Turner era sul primo gradino sottostante il pianerottolo, trovandosi così praticamente faccia a faccia con lei. Sotto la luce esterna, il suo viso appariva smunto. Si tirò la barba, spostando lo sguardo da Josie alla sua auto, parcheggiata dall'altra parte del vialetto, e poi di nuovo lei.

Da dietro la zanzariera, Trout continuava a ringhiare. «Quinn...» cominciò e, per la prima volta nei mesi in cui avevano lavorato insieme, quella fastidiosa spavalderia sessista che lei aveva imparato a conoscere e a odiare era scomparsa. Al suo posto c'era un uomo stanco in un completo sgualcito, con una macchia di vernice sulla manica della giacca, che spostava nervosamente il peso da un piede all'altro.

«Turner...» disse Josie. «Non hai risposto a nessuna delle mie domande.»

Dandosi un altro pizzicotto alla barba continuò: «Le... ehm, ricerche con l'unità cinofila non hanno portato a nulla.»

«Com'è possibile?» esclamò Josie tornando a guardare il telefono per aprire il messaggio in cui Noah le aveva scritto che Blue aveva seguito la traccia di Cleo Tate attraverso i venti ettari del terreno, fino a giungere a una strada residenziale, dove l'aveva persa. Perciò, l'unica spiegazione possibile era che l'avessero fatta salire su un altro veicolo. Josie scrisse rapidamente: *E la geo-recinzione?*

Non sapeva se Turner avesse visto cosa aveva scritto nel messaggio, ma lui disse: «Mi sono già fatto firmare il mandato per la geo-recinzione. Stiamo aspettando i risultati. Il fatto, Quinn, è che... ascolta, ho un...»

In quel momento il suo sguardo si spostò da Josie alla porta alle sue spalle. Trout tacque all'improvviso e da dentro casa li raggiunse la voce di Trinity: «Ma che succede? Si tratta di Misty, per caso? Volevo parlarle di... oh.»

Josie si voltò e vide Trinity sulla soglia, intenta a fissare Turner. Nell'espressione di sua sorella si intravedeva un inequivocabile segno che lo aveva riconosciuto.

«Miss Payne...» la salutò Turner.

«Kyle.» rispose Trinity. «Che ci fai qui?»

Lui scosse la testa, come per dire che non era il momento adatto e tornò di nuovo a concentrarsi su Josie. «Quinn, ho un problema davvero grosso.»

QUINDICI

Josie sentì il telefono vibrare nella mano. Era un messaggio di Noah in cui le diceva la stessa cosa che le aveva appena detto Turner. Lei lo notò a malapena e rimise il telefono in tasca. L'unica cosa su cui riusciva a concentrarsi in quel momento era il fatto che Trinity e Kyle Turner si conoscevano già. Come diavolo si spiegava? Possibile che Trinity non gliene avesse mai parlato in tutti quei mesi che Josie aveva passato a lamentarsi di lui? Ma, in effetti, quando le aveva parlato del nuovo collega, non aveva mai usato il suo vero nome. Lo aveva sempre chiamato "Coglione".

«Quinn...» disse Turner. «Mi hai sentito? Ho un problema serio.»

«Kyle...» disse Trinity. «Conosci mia sorella?»

Ma lui non la guardò nemmeno di sfuggita. Josie sentì lo stomaco stringersi al pensiero sgradevole che il motivo per cui si conoscevano fosse perché avevano avuto una relazione, più o meno approfondita. Non era impossibile.

«Lavoro con lei.» le rispose Turner laconicamente. «Quinn, ti sta venendo un ictus o un colpo apoplettico? Ho bisogno del tuo aiuto!»

No, no, no. Trinity non avrebbe mai fatto una cosa del genere. Doveva averlo conosciuto a livello professionale nella sola veste di giornalista. Non poteva essere altrimenti.

«Non ci posso credere!» esclamò Trinity senza fiato. Si fece strada fuori dalla porta e raggiunse Josie sul pianerottolo. «Questo sarebbe il detective "Coglione"? Mi prendi in giro?»

Josie moriva dalla voglia di chiedere a Trinity in quali circostanze avesse conosciuto Turner. Ma, prima di tutto, voleva sapere perché per lei era una tale sorpresa che Kyle Turner fosse il detective "Coglione". A chiunque sarebbe bastato trascorrere anche solo cinque minuti in sua compagnia per capire immediatamente a che cosa fosse dovuto quel soprannome. Drake lo aveva capito in un batter d'occhio.

Josie guardò Turner con aria interrogativa. Perché non aveva reagito in alcun modo quando Trinity le aveva chiesto se fosse lui il detective soprannominato "Coglione"? Lui si tirò di nuovo la barba in quel modo, questa volta con più forza. Aveva una gran varietà di tic nervosi, ma quello non lo aveva mai visto prima. «Insomma, che ti è successo? Che cosa hai combinato?»

«Io non ho combinato proprio niente!» ribatté lui puntando il pollice verso la sua auto. Stavolta, guardando con più attenzione, Josie riuscì a intravedere una figura sul sedile del passeggero. «C'è la tua addetta stampa nella mia auto.»

«E che ci fa Amber nella tua auto?» disse Josie.

«Io stavo lavorando sui mandati quando Kellan Neal è tornato alla stazione di polizia per dirci che è andato a parlare con Remy Tate riguardo ai fatti di questa mattina e non ha ammesso di avere una relazione. Non ha ammesso nulla. Neal gli ha detto che, come atto di buona fede, anche per non sprecare tempo prezioso nelle indagini andando nella direzione sbagliata, avrebbe dovuto permetterci di perquisire la sua auto e i suoi dispositivi elettronici, ma Remy Tate si è rifiutato.»

Non era una sorpresa che Remy Tate nascondesse qualcosa. La domanda era se si trattasse di una semplice relazione extraconiugale o di un più serio coinvolgimento nella scomparsa di sua moglie. Era difficile pensare che, se anche non avesse giocato alcun ruolo in ciò che era accaduto a Cleo Tate, avrebbe ammesso a suo suocero, un procuratore distrettuale in pensione, di avere una relazione extraconiugale. Fornire un alibi avrebbe dovuto essere una cosa semplicissima, ma sembrava che stesse temporeggiando, come se si aspettasse che Cleo potesse tornare a casa prima di compromettersi. Una volta che avesse ammesso di avere una relazione, il danno sarebbe stato irreversibile e Josie si ricordava abbastanza bene di com'era fatto Kellan Neal da rendersi conto che, a suo avviso, la presenza di un'amante avrebbe solo reso Remy Tate ancora più sospetto.

Intanto, Josie cominciava a percepire la presenza di Trinity al suo fianco, ma non sarebbe stata in grado di dire se si stesse trattenendo ancora sulla soglia perché conosceva Turner o perché era interessata ai dettagli della loro indagine. Quasi sicuramente per entrambe le cose.

Di Amber vedeva solo la sagoma scura; non si muoveva. «Questo non mi spiega perché Amber sia nella tua auto.» osservò.

Turner sospirò. «Stavo parlando con Neal quando lei è entrata per occuparsi di questo casino con Cleo Tate. Neal le ha detto che voleva fare un appello pubblico e Amber ha convenuto che era una buona idea, specie mettendo in risalto il servizio reso da Neal alla città, in modo da agevolare la sua richiesta di aiuto alla cittadinanza per ritrovare sua figlia. Così, ha organizzato tutto affinché lui e il capo potessero tenere una conferenza stampa nel giro di un'ora.»

Josie gli passò accanto e si diresse verso l'auto. «Arriva al punto, Turner.»

«Dopo che Neal se n'è andato, mi sono messo a cercare una cosa nel cassetto della scrivania di Mettner e uno dei cassetti si è bloccato.» continuò lui seguendola. «Ho dovuto tirarlo fuori a strattoni.»

Amber non si voltò nemmeno quando Josie allungò la mano verso la maniglia della portiera, ma Turner le afferrò delicatamente il polso, per impedirle di aprirla, beccandosi così un'occhiataccia fulminante che lo invitò a lasciarla andare. Abbassando la voce fino a sussurrare, disse: «Il cassetto era bloccato da questo portachiavi con attaccate un paio di chiavi. Niente di importante. Ma sopra c'era scritto "Zio Finn". Lei se n'è accorta e ha cominciato a dare di matto. Ha perso completamente la testa, Quinn. Non sapevo cosa fare.»

Josie si fermò un attimo prima di lasciarsi sfuggire che l'unica cosa che lui sapeva fare bene con le donne era farle piangere, anziché consolarle quando avevano qualche problema, ma guardandolo di nuovo sotto la fioca luce del lampione si fermò. Aveva un'espressione che non gli aveva mai visto prima. «Non dirmi che sei... preoccupato per lei?»

Turner alzò gli occhi al cielo. «Non si tratta di me, pasticcino. Ah, porca... insomma, parlaci e basta, d'accordo? Non sapevo cosa diavolo fare. Non potevo lasciarla seduta in quel dannato ufficio con tutta quella gente che entrava e usciva in continuazione vedendola in quello stato, ti pare?»

Incredibile a dirsi, ma quel coglionazzo di Turner sembrava avere un cuore, dopotutto. Josie si affrettò a scacciare quel pensiero.

«L'ho portata via da lì in fretta e furia...» riprese Turner, «e prima che tu me lo chieda, lei ha detto che le andava bene. Così l'ho fatta salire in macchina e tra gli strilli e i pianti, mi ha detto di accompagnarla da te... è stata lei a darmi l'indirizzo.»

Josie diede due colpetti leggeri sul vetro del finestrino, ma Amber non si voltò. «Avresti potuto chiamare per dirmi di venire a prenderla.»

Turner grugnì e si tirò di nuovo la barba. «Sì, così mentre aspettavo che arrivassi il parcheggio veniva invaso da un'orda di giornalisti? Dammi tregua, Quinn. Ti sembro il tipo d'uomo disposto a passare così tanto tempo con una donna in lacrime? Ci mettevo meno io a portarla da te che a far venire te.»

Sentì di nuovo la vibrazione del telefono, ma lei lo ignorò. Aprì la portiera e sfiorò la spalla di Amber che rimase ancora immobile. Poi arrivò Trinity, che spinse Turner da una parte e aiutò Josie a convincere Amber a uscire dall'auto. Trinity era stata al suo fianco la notte in cui avevano perso Mettner. Dopo che gli avevano sparato, si era stesa accanto a Josie nel letto d'ospedale e l'aveva confortata come nessun altro sarebbe stato capace di fare, nemmeno Noah. Trinity conosceva tutti i membri del piccolo mondo della famiglia che Josie si era costruita ed era ben consapevole della portata che la perdita di Mettner aveva avuto su Amber.

Cingendole la vita con un braccio, Trinity aiutò Amber ad alzarsi. «Certe volte il ricordo ci colpisce e basta...» sussurrò. «Sei venuta nel posto giusto.»

Amber si appoggiò a Trinity mentre questa la aiutava a entrare in casa. Josie rimase a guardarle allontanarsi, con un insolito nodo alla gola. Il dolore era un'emozione subdola. Può passare un anno, o anche di più, dalla perdita e magari cominci a credere che ormai saresti in grado di superarla, ti convinci che finalmente hai iniziato a fare progressi, che prima o poi dovrà arrivare un giorno in cui il dolore si sarà fatto abbastanza sopportabile da permetterti di respirare di nuovo a pieni polmoni. E poi, senza preavviso, basta una cosa piccola come un dannatissimo portachiavi a ricordarti che il dolore può ancora metterti in ginocchio.

«Ora devo andare.» disse Turner. «Tu, ehm, sembra che tu abbia un bel da fare. Ci vediamo domani mattina.»

Si diresse verso la portiera del lato guida, ma prima che salisse Josie gli disse: «Grazie.»

Poteva contare sulle dita di una mano le volte in cui lo aveva ringraziato per qualcosa. Non che questo cambiasse le cose: rimaneva invariabilmente e assolutamente insopportabile. Con lui l'autocompiacimento poteva andare avanti per giorni. Senonché, per una volta, lui si limitò ad annuire.

«Turner...» disse Josie. «Hai detto che stavi rovistando nella scrivania di Mettner.»

Con le dita cominciò a tamburellare sul tettuccio della macchina. «Esatto.»

«Non la tua scrivania?»

Con un sospiro, disse: «Quinn, sono molte cose, ma stupido non lo sono di sicuro. Quella scrivania non sarà mia fino a quando non me la sarò guadagnata.»

Per un attimo, Josie rimase senza fiato. Poi Turner le sorrise e batté il palmo della mano sul tettuccio dell'auto. «Ora voglio andarmene a dormire, bambolina, perché so che domattina, appena metterò piede in quella stazione di polizia, mi starai col fiato sul collo per assicurarti che faccia ogni singola cosa nel modo in cui la grande Josie Quinn ritiene opportuno che quella cosa debba essere fatta.»

Una fiammata di irritazione divampò come acido nello stomaco di Josie ma si trattenne dal rispondergli d'impulso che le cose non andavano fatte come lei riteneva opportuno, ma come la legge e la procedura imponevano che fossero fatte. Ma non disse questo; si voltò, iniziò a risalire il vialetto e da sopra una spalla gli gridò di rimando: «Mi aspetto due dollari nel mio barattolo domani mattina presto.»

Mentre rientrava in casa, le sembrò di sentirlo ridere.

Tirò fuori il cellulare e lesse l'ultimo messaggio di Noah.

Ho l'impressione che abbiamo a che fare con un tizio abbastanza intelligente da non farsi catturare con una geo-recinzione. Né da lasciare impronte digitali.
Hummel ha analizzato il sangue trovato nel parco.
Corrisponde al gruppo sanguigno di Cleo Tate. Sta
facendo gli straordinari per recuperare ogni traccia possi-

bile dall'auto. Il capo sta facendo analizzare i campioni di DNA con urgenza.

Josie sospirò. Avevano già dato per scontato che il sangue appartenesse a Cleo Tate, pertanto non c'era da stupirsi. Ogni dettaglio che avevano scoperto corrispondeva a quello che già sapevano: quella donna era in guai seri. Qualche volta, nell'area del Commonwealth della Pennsylvania, anche richiedere che campioni di DNA venissero analizzati in tempi rapidi poteva significare vedere i risultati dopo settimane, se non mesi, a seconda della quantità di campioni su cui il laboratorio statale doveva operare. E comunque, quand'anche i risultati fossero arrivati nel giro di una o due settimane, se il rapitore non fosse stato già inserito nel database nazionale di profili del DNA, loro non sarebbero stati più vicini a identificarlo. E allora, se Noah aveva ragione e il giorno successivo avesse portato a un vicolo cieco dopo l'altro, l'unico indizio che avevano a disposizione era la polaroid.

SEDICI

A Josie bruciavano gli occhi e la vista le si appannava impedendole di leggere il testo sulle pagine che stava esaminando da mezz'ora. Aveva già bevuto uno dei suoi caffè macchiati. Quel giorno era stata abbastanza previdente da ordinarne due contemporaneamente prima di presentarsi al lavoro. Prese il secondo che aveva lasciato sulla scrivania e ne bevve metà. Sbattendo le palpebre, afferrò di nuovo la cartella contenente i tabulati telefonici di Cleo Tate. Trascorsa un'altra mezz'ora, appariva chiaro che non c'era nulla che potesse aiutarli a trovare quella donna. Josie aveva esaminato centinaia di trascrizioni tra messaggistica, e-mail, messaggi privati sui social media, ma non c'era niente che spiccasse. Da quanto poteva capire, Cleo amava sinceramente essere madre. Era anche evidente che fosse esausta di prendersi cura della piccola Gracie, cosa che faceva prevalentemente da sola. A quanto sembrava, anche quando il marito tornava a casa dal lavoro, non si assumeva molte responsabilità né cercava di dare il cambio alla moglie perché si concedesse un po' di riposo.

Mamma ha bisogno di riposarsi, aveva scritto Cleo in un

messaggio alla sorella, che viveva in California, pochi giorni prima del rapimento.

Come ho fatto a non accorgermi prima che mio marito è completamente inutile?

La sua galleria fotografica conteneva ben oltre cinquecento foto della piccola Gracie. Josie si sentì stringere lo stomaco al pensiero che quella povera bambina rischiava con molte probabilità di crescere senza una madre.

Nel complesso, il contenuto del telefono era innocuo. Non c'era niente che dimostrasse che quella donna fosse stata pedinata o molestata prima del giorno precedente o che il rapporto con suo marito si stesse deteriorando in modo irreparabile.

Neanche i risultati della geo-recinzione erano stati d'aiuto. Che le nuove politiche di Google avessero aiutato il rapitore a rendersi invisibile all'interno del perimetro virtuale o che avesse trovato un altro modo per disattivare il GPS sul veicolo con cui era fuggito, la sua identità rimaneva un mistero. Anche le ricerche nelle aree circostanti il terreno di venti ettari dove Blue aveva perso le tracce di Cleo Tate non avevano portato ad alcun risultato. Non c'erano videocamere nel campo visivo che comprendeva il perimetro del terreno; quindi, anche quella pista era da scartare. Noah le aveva raccontato tutto questo quando si era infilato nel letto accanto a lei nelle prime ore del mattino. Lei non era riuscita a chiudere occhio per tutta la notte, tra i pensieri ossessivi su Cleo Tate e i tentativi di confortare Amber a cui poi si era aggiunta anche la piccola, fastidiosa domanda su come facessero Trinity e Kyle Turner a conoscersi. Alla fine, non aveva avuto modo di chiederglielo una volta rientrata in casa e neanche dopo che Shannon e Christian se ne erano andati e Drake era andato a letto, quando lei e Trinity erano rimaste sveglie fino a tardi a parlare con Amber. Poi Josie aveva sistemato Amber nell'altra camera degli ospiti. Una volta che Noah era tornato a casa, avvolgendola con il suo corpo grande e caldo, lei era riuscita a dormire un paio d'ore, ma quando si era svegliata per prepararsi per il turno, il resto della casa era ancora avvolto nell'immobilità e nel silenzio. Persino Trout era rimasto a letto con Noah.

Ora si trovava in ufficio, alla stazione di polizia, da sola. Turner non era ancora arrivato e a quel punto aveva accumulato più di un'ora di ritardo. Josie gettò da parte il rapporto e si alzò, allungando le braccia sopra la testa per stiracchiarsi. Si avvicinò alla bacheca di sughero che il capo Chitwood aveva comprato più di un anno prima e che avevano iniziato a usare per visualizzare i vari elementi di ogni caso importante. Gretchen si era incaricata di stampare e di fissare con le puntine gli elementi che avevano accumulato fino a quel momento. Davanti a sé, Josie aveva una cartina di gran parte del centro urbano di Denton che era stata ricomposta utilizzando stampe prese da Google. Gretchen aveva evidenziato la casa dei Tate, l'area del parco dove Cleo era stata rapita, il luogo dove Charlotte Thompson aveva visto Cleo salire su un'auto bianca con un uomo, la casa di Sheila e Isaac Hampton e l'ultima aggiunta, quella del terreno di venti ettari dove era stata ritrovata l'auto.

Oltre a questo, l'unica cosa attaccata alla bacheca era una copia della polaroid.

Josie lo stava studiando quando Turner finalmente fece la sua comparsa. Come al solito, indossava un completo elegante con una lattina della sua bevanda energetica preferita che spuntava da una delle tasche della giacca e, telefono alla mano, scorreva con il pollice senza sosta. «Si ricomincia a fissare le foto...» disse.

Nel corso dell'ultimo caso importante su cui avevano lavorato, avevano rinvenuto il disegno di una bambina di cui Josie aveva passato giorni e giorni a cercare di decifrare il significato. Turner le aveva detto che, a parer suo, era inutile, ma alla fine si era rivelato fondamentale per risolvere l'indagine.

«Hai qualche idea migliore?» gli chiese Josie.

Turner si fermò alla sua scrivania e mise due dollari nel barattolo di Josie. «Sì: guardare alle prove concrete. Come impronte digitali o qualcosa del genere.»

«Mi devi ancora tre quarti di dollaro, Turner...» gli ricordò lei.

Lui sbuffò e si frugò nelle tasche finché non ne tirò fuori qualche spicciolo che infilò nel barattolo. «Ho solo trentacinque centesimi. Non posso sganciare di più.»

Considerando quello che aveva fatto per Amber la notte precedente, era propensa a sorvolare sui quaranta centesimi che le doveva ancora e passò oltre, dicendo: «Hummel non è riuscito a ricavare impronte dalla foto. Ha trovato diverse impronte nell'auto, ma in gran parte non hanno dato risultati nel Sistema di Identificazione delle Impronte. Ce n'era una serie che ci ha rimandato a un tizio di nome Edgar Garcia, di ventotto anni; è stato portato in giudizio per aggressione semplice e si è beccato una condanna per reato minore di secondo grado per cui ha scontato quasi due anni.»

Turner si sedette sulla sedia alla scrivania e prese la piccola palla da basket di gommapiuma accanto al computer. La strinse tra le dita. «Qualcuno ha già interrogato questo tizio?»

Josie scosse la testa. «Hummel ha appena chiamato per comunicarmi i risultati. Ho cercato informazioni su di lui. Lavora in un'autofficina vicino all'università. Schock's Auto Repair.»

Turner lanciò la pallina verso il piccolo canestro accanto al suo blocco per appunti. Come al solito, lo mancò. «È possibile che Sheila Hampton si sia rivolta a quest'autofficina?»

Josie tornò alla sua scrivania e bevve un altro sorso di caffè macchiato. «Sì. Ho già chiesto direttamente a lei. In realtà, Hummel e Chan sono a casa sua in questo momento per rilevare le impronte digitali sue e di suo marito. Ma continuo a pensare che qualcuno dovrebbe andare a fare quattro parole con questo Edgar Garcia.»

Turner aprì la lattina della sua bevanda energetica. «Mi stai offrendo volontario?»

Josie appoggiò le mani sulla scrivania e si sporse verso di lui. «Non lo escluderei...»

«Non vuoi venire con me?»

«Non ci tengo particolarmente. Come fai a conoscere Trinity?»

Il pomo d'Adamo gli fece su e giù mentre tracannava la sua bevanda, guardandola per tutto il tempo. Quando ebbe finito, schiacciò la lattina nella mano e la gettò nel cestino della spazzatura. Spostando alcuni fogli sulla scrivania, disse: «Non te l'ha detto?»

«Non ho avuto tempo di chiederglielo.»

Turner si alzò e si avvicinò alla bacheca. «Questo tizio ci ha lasciato una foto per un motivo.»

Ora che Josie voleva sapere qualcosa, improvvisamente anche lui era interessato alla polaroid. «Ci sei tagliato per questo mestiere, vedo...»

Passò un dito sopra l'oggetto blu nella polaroid. «Cos'è questo?»

Josie andò a posizionarsi accanto a lui. «Sto cercando di capirlo da quando l'ho visto per la prima volta. Però, non hai risposto alla mia domanda.»

Si avvicinò, socchiudendo gli occhi. «Sembra che sia fatto di legno.»

«L'ho pensato anch'io.»

«Parte di un edificio? Un gradino? Una rimessa? Cosa può essere?»

«Non lo so.» Josie tracciò con il dito il bordo dell'oggetto blu. «Vedi la parte inferiore? Sembra quasi curva. Smettila di evitare la mia domanda. Come conosci mia sorella?»

Con un sospiro, Turner abbassò la mano, tamburellando con le dita sulla coscia. «Questo te lo deve dire lei.»

Il latte macchiato che aveva appena bevuto le si agitò nello stomaco. «No, non dirmelo... non avrete mica... non è che tu e Trinity avete...»

Lui le lanciò un'occhiata colpita, inarcando un sopracciglio. «Rilassati, pasticc... Quinn. Non c'è stato niente del genere. E comunque, anche se così fosse stato, potresti biasimarla? Insomma, mi hai guardato bene?»

Josie alzò gli occhi al cielo. «Sai, se qualcuno ha una personalità davvero fastidiosa, questa tende a renderlo poco attraente. Quando l'hai incontrata?»

Lui ridacchiò. «Sai, sei come uno di quei cagnolini che ti mordicchiano le caviglie e abbaiano continuamente. È stato subito dopo la messa in onda dei vostri episodi su *Dateline*.»

Il che significava che lo aveva incontrato prima di Drake. Dopo che Lila Jensen era stata arrestata e Josie si era ricongiunta con la famiglia Payne, Trinity l'aveva convinta a rilasciare alcune interviste andate in onda sulla rivista televisiva *Dateline* in merito alla loro storia particolare; dopo tanti anni, Josie continuava a detestare il fatto che fossero state pubblicate. «Vuoi dire che li hai visti?»

«Non li ha visti mezzo paese? Cavolo, quella Lila ha fatto un bel numero praticamente a tutti quelli che ha incontrato, eh? È ancora viva?»

A Josie regalava sempre uno strano senso di pace ricordarsi che Lila era morta da un pezzo, che non c'era assolutamente alcuna possibilità che potesse fare del male ad altre persone, nemmeno in prigione. «No. È morta sei anni fa. Ho sparso le sue ceneri nel Col...»

Ma lasciò la frase in sospeso, distratta da un pensiero sul caso su cui aveva lavorato proprio nel periodo in cui Lila era morta e il cuore prese a batterle forte nel petto. «Turner...» disse. «Credo di sapere dove è stata scattata questa foto.»

Le sue dita si fermarono. «Dici sul serio? E dove?»

Josie si avvicinò alla scrivania e afferrò le chiavi della macchina. «Vieni con me.»

DICIASSETTE

Josie si sarebbe aspettata che Turner protestasse all'idea di seguirla senza sapere dove stavano andando. Il suo superpotere era quello di darle fastidio per il semplice gusto di farlo. Invece, la seguì giù per la tromba delle scale, in mezzo alla folla di giornalisti riuniti all'ingresso posteriore della stazione di polizia e fino al suo fuoristrada. Poteva essere anche solo un modo per evitare la conversazione su come avesse conosciuto sua sorella. Solo quando Josie ebbe lasciato il parcheggio a tutta velocità, Turner le chiese: «Dov'è che stiamo andando?»

«Nella parte sud di Denton, al confine con la contea di Lenore, scorre un affluente che sfocia nel Susquehanna. Si chiama Cold Heart Creek.»

Josie sentiva lo sguardo di Turner fissato sul suo viso. «Aspetta. Hai sparso le ceneri di Lila Jensen in un posto chiamato Cuore di Ghiaccio? Non pensavo avessi senso dell'umorismo.»

Si fermò al semaforo rosso. «Avevamo aperto un'indagine proprio in quella zona, più o meno nel periodo in cui è morta Lila. Avevamo scoperto una comune nella contea di Lenore i cui membri continuavano a morire. Uno dei corpi era stato trovato sulle rive del Cold Heart Creek; in seguito, avevamo scoperto che c'era un piccolo torrente che scorreva da lì quando il livello dell'acqua saliva. All'epoca, c'era una barca a remi incagliata nel fango vicino al torrente. Era piuttosto malridotta.»

Il semaforo divenne verde. Turner si aggrappò alla maniglia quando Josie schiacciò il pedale dell'acceleratore. «Bene, hai trovato una barca. E allora?»

«Era di un colore azzurro misto a un verde acqua sbiadito. Se è ancora laggiù, potrebbe essere l'oggetto della foto.»

«Mi sembra un'ipotesi azzardata.» disse Turner.

Josie girò la testa quel tanto che bastava per lanciargli un'occhiataccia. «Posso accompagnarti da Edgar Garcia mentre vado a controllare.»

Lui non rispose nulla, tirò fuori il cellulare e iniziò a farsi gli affari suoi. Ci volle una buona mezz'ora per raggiungere il confine tra Denton e la contea di Lenore, passando attraverso il tentacolare quartiere degli affari che costituiva il fulcro di quella zona della città, percorrendo lo stretto e poco trafficato South Bridge per poi addentrarsi in una zona boschiva che si estendeva per diversi chilometri. Ritrovando la strada a una corsia che correva parallela al fiume, Josie si rese conto di aver dimenticato quanto fosse remota quella zona, priva com'era di abitazioni o attività commerciali. Non c'erano nemmeno aree per pescare. Né punti di riferimento di qualsiasi sorta. Era il luogo perfetto per scaricare un cadavere.

«Come diavolo pensi di trovare questo posto?» le chiese Turner.

«Più avanti dovrebbe esserci un'ansa del fiume. Possiamo lasciare la macchina sul ciglio della strada e da lì proseguire a piedi.»

«Dobbiamo inoltrarci nel bosco?» le chiese incredulo.

Josie non badò a rispondergli. Nel giro di pochi minuti, apparve l'ansa del fiume che gli aveva descritto. Trovò uno spiazzo erboso lungo il ciglio della strada dove fermò la macchina e smontò, aspettando che Turner le andasse dietro. Quando lui uscì dall'auto, scrutando la parete di alberi di fronte alla riva del fiume, un'espressione di disgusto gli si dipinse sulla faccia. «È troppo tardi per chiederti di accompagnarmi da Edgar Garcia?»

Josie si incamminò verso la linea degli alberi e voltandosi gli disse: «Ti converrebbe davvero investire in abiti da lavoro più adatti a questi luoghi.»

I ramoscelli scricchiolarono sotto i suoi piedi quando lui si incamminò bofonchiando: «Oppure la gente potrebbe smetterla di scomparire e di lasciare cadaveri in questi boschi del cazzo.»

Josie si sarebbe aspettata che Turner si lamentasse per tutto il tempo che avrebbero trascorso insieme procedendo a fatica tra gli alberi, cercando lungo la riva del Cold Heart Creek, ma Turner si fece insolitamente silenzioso. Più che il sole saliva alto nel cielo, più i suoi raggi facevano capolino tra il fogliame sopra le loro teste. Non era umido come il giorno prima, ma non ci volle molto prima che entrambi fossero madidi di sudore e circondati da zanzare.

«Sei sicura di sapere dove si trova questo posto?» chiese Turner dopo che ebbero camminato a vuoto per un'ora. Il più delle volte era lui a dover rallentare per adeguarsi al passo più breve di Josie, ma quel giorno era lei a precederlo. Solo che stava cominciando a dubitare di sé stessa. Non si era più avvicinata al Cold Heart Creek dal giorno in cui vi aveva sparso le ceneri di Lila Jensen.

«Se è qui che hanno portato Cleo Tate, sembra uno sforzo davvero enorme.» disse Turner. «E poi come fai a sapere che quella barca è ancora qui?»

Non lo sapeva infatti. Più tempo passavano in quei boschi, più dubitava di quella teoria. Eppure, quello era il luogo perfetto per commettere un crimine: era lontanissimo dalla civiltà, non c'era una videocamera per chilometri ed erano pochissime le persone che si spingevano così in profondità tra gli alberi; il che significava che, se quello era il luogo prescelto dal rapitore dove portare Cleo Tate, le possibilità che qualcuno li avesse visti erano praticamente pari a zero.

Quando la mano di Turner si chiuse sulla spalla di Josie lei si immobilizzò e si voltò a guardarlo. Alzando la mano, lui indicò alla loro destra. «Laggiù.»

Più avanti, il torrente piegava bruscamente, ma tra i tronchi di due aceri Josie intravide una macchia azzurrognola, un colore completamente inaspettato tra il verde delle fronde degli alberi e il marrone bruno del terreno fangoso. Turner le fece un cenno con la testa. Lei fece strada, con il cuore che le batteva all'impazzata nel petto. Man mano che si avvicinavano, si resero conto che l'aria era pervasa dall'inconfondibile odore di decomposizione. A livello istintivo, Josie aveva già capito cosa avrebbero trovato, eppure non riusciva ad arginare la tristezza travolgente che la pervadeva. Tutto ciò che riusciva a vedere era il viso angelico della piccola Gracie Tate. Prima che le emozioni prendessero il sopravvento nella sua coscienza, le rinchiuse nella sua cassaforte mentale. Al momento, l'unico modo in cui poteva aiutare quella povera bambina era continuare a lavorare con quello che aveva.

Superata l'ansa, Josie vide la barca sul lato opposto del torrente. La poppa era ancora impantanata nel fango, talmente a fondo che nemmeno l'acqua impetuosa riusciva a smuoverla. Il resto era deperito con il tempo. La struttura era marcita, con un lato che si era adagiato sulle rocce, l'erba e i cespugli sottostanti che spuntavano dal fondo della barca, reclamandola come parte della foresta.

«Non capisco...» disse Turner, sussurrando benché nessuno potesse sentirli. «Che motivo poteva avere di lasciare sulla scena una foto di questo posto?»

Il cuore di Josie batteva così rumorosamente e così veloce che faceva fatica a sentire cosa le diceva. «Attraversiamo.»

Turner esitò. «Vuoi che attraversi questo torrente?»

«Quanto ci sarà all'altra sponda? Tre metri al massimo? Dai, forza.» lo incalzò Josie raggiungendo il margine della riva. Nel punto più profondo, l'acqua le arrivava alle ginocchia. A scapito degli scarponi bagnati che le rendevano più difficile camminare, la bassa temperatura dell'acqua le rinfrescò la pelle accaldata. Turner la seguì schizzando acqua dietro di lei, borbottando qualcosa sui suoi mocassini e sui pantaloni eleganti. Un ronzio forte e pervasivo riempiva l'aria e l'odore della morte si faceva più forte in quel punto, le invadeva le narici e le ricopriva la lingua e la gola; poi, il suo cuore cominciò a battere in modo irregolare quando si fu avvicinata abbastanza da vedere delle dita insanguinate aggrappate al bordo della barca.

«Porca puttana...» esclamò Josie, costringendo i piedi a continuare a portarla avanti. Turner faceva fatica a tenere il suo passo, ma avanzava più veloce.

Gli scarponi affondarono nel fango quando raggiunsero la riva opposta. Altri orrori racchiusi nello scafo fatiscente della barca vennero alla luce. Il rosso del sangue contrastava con l'azzurro sbiadito dello scafo e il verde che li circondava. Cleo Tate giaceva riversa su un fianco, con le gambe distese come se stesse correndo. Teneva un braccio piegato sotto il corpo, mentre l'altro era stretto al fianco della barca. Sangue secco le incollava i capelli scuri.

Un nugolo di mosconi le ronzava intorno, rimbalzando sulla pelle bianca del viso, delle braccia e dei polpacci. Erano attratti dai cadaveri e comparivano pochi minuti dopo la morte. Si confondevano con il colore della camicetta blu scuro, a decine formavano un unico ammasso turbolento che ondeggiava sul suo torace, con il dorso di un blu metallico e verde che brillava ai raggi del sole che filtravano attraverso le fronde degli alberi, come piccoli lustrini di morte. Ogni manciata di secondi, una o due mosche si staccavano, svolazzando verso il suo viso, alla ricerca di un orifizio in cui deporre le uova. Gli esemplari femmina del moscone blu della carne possono deporre fino a duecentocinquanta uova ciascuna in età adulta. Josie ne vedeva diverse scomparire nell'orecchio di Cleo Tate per poi strisciare fuori, una dopo l'altra. Una si posò sul labbro inferiore prima di scappare dentro la bocca. Altre la seguirono. Altre ancora attaccarono le palpebre, cercando di entrare. Diverse emersero dalle narici, facendo spazio ad altre mosche blu che entravano, con movimenti a scatti e frenetici.

Una brezza soffiava tra gli alberi, sfiorando il corpo della donna. Una ciocca dei capelli si sollevò. Lo strato increspato di mosche che le ricopriva il torace si spostò in risposta al movimento, arrampicandosi l'una sull'altra. Si formò uno spazio abbastanza grande da permettere a Josie di vedere una grande ferita da arma da taglio all'altezza del rene. Attraverso i lembi spalancati della ferita si vedevano i piccoli corpi perlati dei vermi che si contorcevano a decine e decine, riversandosi fuori fino a quando i corpi dei mosconi non ricoprirono nuovamente la ferita, indifferenti a ogni altra cosa che non fosse il loro compito.

Sopra il ronzio persistente degli insetti, Josie sentì Turner imprecare.

Non aveva senso controllare il battito. Cleo Tate era morta da tempo.

DICIOTTO

Josie scacciò le zanzare e i moscerini che le assalivano il viso. Non importava dove si mettesse, la seguivano e la avvolgevano come una nuvola. Alla fine, decise di fermarsi e, appoggiandosi al tronco di un grande acero, rimase a osservare le operazioni della Squadra di Raccolta delle Prove e del medico legale, la dottoressa Anya Feist. Dopo che Hummel e i suoi aiutanti avevano isolato la scena delimitando il perimetro con il nastro giallo, avevano montato una tenda pop-up sopra la barca. Quando Josie e Turner avevano fatto le loro telefonate per avvisare tutti gli specialisti necessari a esaminare la scena e gli agenti in uniforme per metterla in sicurezza, erano riusciti a tenere le comunicazioni lontano dai radar della polizia che la stampa e molti cittadini privati seguivano. Più a lungo riuscivano a mantenere il segreto del ritrovamento di Cleo Tate, meglio era. Remy Tate e Kellan Neal dovevano ancora essere avvisati. Ciononostante, c'era comunque la possibilità che la stampa lo scoprisse e che la WYEP mandasse un elicottero sul posto.

Il suono umido del fango che risucchiava gli scarponi di qualcuno che le si avvicinava attirò l'attenzione di Josie: era uno degli agenti in uniforme che le si avvicinava a gran fatica, l'agente Conlen. Proprio come tutti gli altri, sudava copiosamente. Era stato lui a fornire il passeggino alla piccola Gracie Tate la mattina precedente e adesso era lì con loro ad aiutarli a esaminare il corpo di una madre che era stata brutalmente strappata alla sua bambina, mentre i suoi bambini erano a casa con la loro mamma. Per un attimo, Josie ebbe la tentazione di chiedergli se la cosa lo turbasse. Lei aveva sempre avuto un certo talento nel tenere la vita privata e il lavoro ben separati, ma, prima di poter scacciare quel pensiero, si chiese se sarebbe stata in grado di farlo anche una volta che lei e Noah avessero avuto un figlio loro.

«Abbiamo suddiviso l'area in quadranti.» annunciò Conlen. «In modo da iniziare le ricerche in linea. Augurandoci che questo mostro abbia lasciato qualche traccia.»

«Se dovessi portare qui una donna rapita per ucciderla...» disse Josie, «prenderei la strada più breve, quella che viene da nord.»

Conlen annuì. «Inizieremo da là, allora.»

«Tienimi aggiornata.» si raccomandò Josie guardandolo allontanarsi. Turner era andato a interrogare Edgar Garcia. Prima di andarsene, aveva promesso anche di parlare con la famiglia di Cleo Tate. Un nodo di apprensione le strinse lo stomaco al pensiero di lasciare che fosse Turner a informare il marito e il padre di quella donna che ne avevano trovato il corpo, ma non poteva farci niente. Era fin dall'arrivo di Turner che Noah le aveva martellato la testa col discorso che, fintanto che lui avesse lavorato al Dipartimento, avrebbero dovuto trovare un modo per lavorare al suo fianco; per lei, conviverci significava trattenersi dal supervisionare con eccessiva pignoleria ogni minimo aspetto di ogni singola indagine pur di tenere Turner in disparte.

L'agente Jenny Chan si abbassò per passare sotto il nastro giallo che delimitava la scena del crimine e le si avvicinò. Con la manica della tuta in Tyvek si asciugò il sudore dalla fronte. Tra le mani teneva una macchina fotografica. «Abbiamo trovato diverse impronte parziali intorno alla barca...» le disse girando la macchina fotografica in modo che Josie potesse vedere lo schermo e scorrere diverse foto. «Però non siamo riusciti a trovarne nessuna completa.»

«Queste impronte sembra che siano state lasciate da un paio di scarponi...» osservò Josie.

L'agente Chan annuì. «Tenderei a dire che dovremmo riuscire a restringere il campo delle marche grazie al database delle calzature dell'FBI, ma non ci metterei la mano sul fuoco che possa tornarci molto utile, perché non abbiamo abbastanza elementi per determinare il numero di scarpe che indossa, ammesso che la ricerca non porti alla luce altre impronte.» Josie guardò alle spalle dell'agente Chan, dove la dottoressa Feist era china sul corpo di Cleo Tate. «Nient'altro?»

«A quanto pare, il nostro assassino si è lasciato dietro l'arma del delitto.» disse Chan. Passò in rassegna diverse altre foto fino a quando non ne trovò una che ritraeva un grosso coltello coperto di sangue. «L'abbiamo trovato sul fondo della barca, vicino ai piedi della vittima.»

Doveva aver accoltellato quella povera donna svariate volte, per poi lasciar cadere il coltello ai suoi piedi e andarsene.

La foto successiva mostrava il righello che Jenny Chan aveva posizionato accanto al coltello per misurarne la lunghezza. La lama era lunga venti centimetri, il manico era nero e ne misurava quattordici e mezzo. «È un coltello da cucina.» constatò Josie, pensando che ne aveva uno simile a casa infilato nel ceppo portacoltelli.

«Esatto.» concordò Chan. «Una volta pulito e analizzato per rilevare le impronte e il DNA, potremo cercare di capire di che marca si tratta.»

Josie aveva lo stomaco vuoto, che bruciava al pensiero di quella lama conficcata nel corpo di Cleo Tate. Chiunque fosse stato a pugnalarla così doveva aver causato un macello colossale.

Era impossibile che l'assassino fosse riuscito a ucciderla senza sporcarsi di sangue. Se avevano fortuna, le squadre di ricerca in linea avrebbero trovato delle gocce di sangue lungo il percorso che l'assassino aveva seguito per uscire dal bosco.

Gli occhi di Josie tornarono a posarsi sull'acqua del torrente che scorreva tranquillamente. L'assassino poteva anche essersi lavato un po' sul posto, ma sarebbe stato comunque grondante del sangue della sua vittima. Ne avrebbe avuto sui vestiti, sulle scarpe, sul berretto. Dappertutto. E considerando quanto era remota quella zona, era possibile che fosse uscito da quei boschi ancora coperto di sangue e che fosse salito su un veicolo senza essere visto; ma così in ogni anfratto di quel veicolo sarebbero rimaste tracce del DNA di Cleo Tate.

La dottoressa Feist, ancora accanto al corpo, fece un cenno a Josie. «Si metta la tuta e venga a dare un'occhiata qui...» le disse.

Josie ringraziò l'agente Chan e si avvicinò alla postazione improvvisata che Hummel aveva allestito con tutta l'attrezzatura necessaria alla sua Squadra di Raccolta delle Prove per svolgere il proprio lavoro. Cercando di fare più rapidamente possibile, si infilò la tuta in Tyvek, si raccolse i capelli sotto una cuffia, calzò i copriscarpe sopra gli scarponcini e si infilò un paio di guanti nonostante le mani sudate. L'agente in uniforme di guardia davanti alla scena del crimine registrò le sue informazioni sul blocco note prima di sollevare il nastro per permetterle di passarci sotto e andare a unirsi alla dottoressa al fianco della barca. L'odore di decomposizione si era fatto più forte e le si attaccava addosso, invadendo i suoi sensi. Mosconi dai corpi luccicanti di un verde bluastro metallico si tuffavano rabbiosi sulle loro teste. Continuavano a brulicare sul corpo di Cleo Tate, cercando di tornare a banchettare a ogni tentativo che la dottoressa faceva per scacciarli. Dopo che il sangue della donna si era seccato, i suoi vestiti si erano irrigiditi. Da vicino, Josie poteva vedere come il sangue si era ridotto in scaglie lungo la sua pelle nuda.

«Sono certa che ormai non sia necessario ripeterle che tutto ciò che sto per dire si basa sulle mie impressioni iniziali.» cominciò la dottoressa. «Quindi non potrò darvi risposte definitive finché non avrò concluso l'esame e l'autopsia.»

«Proceda pure...» rispose Josie.

«Basandomi esclusivamente sulla comparsa dei vermi, stimerei che il decesso ha avuto luogo tra le venti e le ventiquattro ore fa.»

Josie sapeva già che i vermi nascono dalle uova dei mosconi nel giro delle ventiquattro ore dalla loro posa nelle aperture del corpo.

«Questo vuol dire che è stata uccisa non molto dopo essere stata rapita.» constatò Josie, facendo due conti nella sua testa: l'assassino non aveva perso tempo, anzi, doveva aver ucciso Cleo poco dopo averla portata in quel luogo. Doveva riconoscere, tuttavia, che l'omicidio non le sembrava frutto di un atto impulsivo; tutt'altro, rubare l'auto degli Hampton e abbandonarla in quello spiazzo vuoto aveva il preciso scopo di mettere la polizia in difficoltà, depistare le loro operazioni, obbligarli a perdere tempo e risorse. Era tutto un diversivo che lasciava intendere che c'era molto di più in tutta quella storia di quanto sembrasse a prima vista. E infatti, Josie aveva già la sgradevole sensazione che non avessero nemmeno scalfito la superficie.

La dottoressa indicò un bernoccolo viola che spuntava dall'attaccatura dei capelli della donna, all'altezza della tempia. «Ha una contusione alla testa e c'è una lacerazione superficiale alla mano sinistra. Ma, a parte questo, se guardiamo lo stato degli avambracci, non notiamo ferite da difesa.»

«L'ha messa al tappeto.» disse semplicemente Josie.

«Oppure, quando l'ha ferita, l'ha disorientata al punto da renderla docile.» suggerì la dottoressa.

«La presenza dei lividi ci indica che è rimasta in vita per un po', dopo che lui l'ha colpita, ma che era incapace di reagire quanto bastava da non opporgli resistenza quando lui ha iniziato ad accoltellarla.»

La dottoressa annuì, scacciando altri mosconi che si alzarono in volo formando una nuvola. «Finora ho contato tre ferite da taglio su tutto il corpo. Una qui...» disse indicando il petto della donna, «un'altra qui...» questa volta indicò l'addome, «e l'ultima qui...» all'altezza del rene. All'interno di ciascuna ferita si intravedevano nidi di vermi che si contorcevano gli uni sugli altri.

Josie distolse lo sguardo giusto il tempo necessario per vedere due paramedici avvicinarsi con una barella.

Riconobbe immediatamente uno dei due: era Sawyer Hayes.

Prima che Lisette Matson, la nonna di Josie, morisse, Sawyer era entrato nella sua vita con un test del DNA con il quale le aveva dimostrato che lui era il suo vero nipote. Eli Matson era suo padre: lo aveva avuto da una relazione con un'altra donna di cui nessuno sapeva niente, nel periodo in cui lui e Lila Jensen si erano separati. La madre di Sawyer non gliene aveva mai fatto parola e aveva tenuto lontano il bambino dalla famiglia paterna per evitare l'ira di Lila. Quindi, rapendo Josie, Lila aveva fatto in modo che Sawyer non conoscesse mai né suo padre né la sua parte di albero genealogico fino a quando non era diventato adulto.

La dottoressa Feist si avvicinò ai piedi di Cleo, indicando i polpacci: sulla pelle sopra i calzini bianchi c'erano striature rosa e rosse. «Se guardiamo da vicino, si possono vedere minuscoli frammenti di vernice azzurra attaccati alla sua pelle.»

«Questo potrebbe indicare che lui l'ha trascinata fino allo specchio di poppa, ma poi lei si è girata, o lui l'ha costretta a guardarlo, e a quel punto lei è caduta all'indietro, o lui l'ha spinta a terra, e ha iniziato a colpirla con le coltellate.» ipotizzò Josie.

La dottoressa scacciò altre mosche dal viso di Cleo. «In

realtà sono dell'opinione che non sarebbe stata in grado di camminare con quella ferita alla testa...»

«Allora può averla portata in spalla e quando l'ha lasciata cadere qui, sulla schiena, i polpacci si sono abrasi contro la barca.»

La dottoressa emise un verso di assenso, ma la strada era lunga per trasportare in spalla una donna adulta, specialmente con quel caldo.

Josie lanciò un'occhiata a Sawyer. Aveva avuto pochissimo tempo a disposizione da passare con Lisette e lei sapeva che lui la incolpava per la morte della nonna. Josie aveva fatto del suo meglio per instaurare un rapporto con lui, ma il più delle volte era ancora difficile. Quel giorno, però, lui le aveva rivolto un ampio sorriso che l'aveva un po' stravolta, non solo perché era uno dei rari sorrisi calorosi che le avesse mai rivolto, ma anche perché ogni volta che lo vedeva, ritrovandosi di fronte alla somiglianza tra Sawyer ed Eli, aveva come la sensazione di ritrovarsi davanti al fantasma dell'uomo che per buona parte della sua vita aveva considerato come suo padre. Era possibile che le poche volte che lei e Noah lo avevano invitato a cena negli ultimi due mesi avessero contribuito a migliorare il rapporto tra di loro.

In risposta, lei gli fece un cenno con la mano e tornò al compito che stava svolgendo. «Ma sarebbe stata in grado di muoversi, dico bene?»

La dottoressa scacciò una mosca dalla guancia. «Non posso dirlo con certezza. Dipende dalla gravità della ferita alla testa. A prima vista mi sembrerebbe abbastanza grave da averle impedito di opporre resistenza e da renderla più docile, ma non sono in grado di determinare se fosse completamente priva di sensi. Almeno, non lo sarò finché non avrò effettuato l'autopsia. Perché me lo chiede?»

Scorrendo sul corpo della donna, lo sguardo di Josie si soffermò sulle dita della mano destra aggrappate al bordo dello scafo, come se avesse cercato di tirarsene fuori. «Mi chiedo se sia finita in quella posizione da sola o se sia stato lui a sistemare il suo corpo in quel modo.»

«Purtroppo ho paura che non saremo in grado di rispondere a questa domanda.» disse la dottoressa facendo un gesto con la mano a indicare l'intera scena. «La fase del rigor mortis è già passata, ma non c'è da stupirsi, vista questa calura. Tende ad accelerare la decomposizione. Mi aiuti a girarla.»

Josie si inginocchiò accanto alla barca, alle spalle di Cleo, assicurandosi di tenere la bocca chiusa e augurandosi che nessuna mosca provasse a entrarle nel naso. Piccoli sassolini le pungevano le ginocchia. La dottoressa la raggiunse, allungandosi oltre il corpo per staccare le dita dal bordo della barca. Con cautela tirò la parte superiore del corpo verso di sé, mentre Josie girava la parte inferiore. Come previsto, ogni centimetro di pelle che era rimasto a contatto con il fondo della barca e le sedute di legno frantumati era di un rosso violaceo intenso. Il livor mortis aveva fatto il suo corso. In assenza di attività cardiaca e circolazione, la gravità aveva fatto sì che il sangue si accumulasse nei punti in cui il corpo era più vicino al terreno, causandone lo scolorimento. Dodici ore dopo la morte, era diventato permanente. Lo sguardo di Josie fu attirato da un taglio sul lato dell'addome, subito sopra l'anca. I corpi arricciolati delle larve si riversarono fuori. Indicò la ferita alla dottoressa.

«La vedo. La tenga ferma mentre prendo la macchina fotografica. Voglio...» ma lasciò la frase incompiuta, tenendo gli occhi puntati su qualcosa sul fondo marcito della barca, che spuntava da sotto una delle sedute incurvate. Josie cambiò posizione, allungando il collo per vedere cosa avesse attirato l'attenzione della dottoressa. Lì, nascosta in mezzo alla vegetazione che era spuntata dalle assi scheggiate dello scafo, sotto la tavola dove si trovava la spalla di Cleo Tate, c'era una foto polaroid.

DICIANNOVE

«Si sta prendendo gioco di noi...» sentenziò Gretchen.

Josie si allontanò dalla bacheca di sughero e annuì. L'intera stazione di polizia era in fermento: agenti in uniforme andavano e venivano, redigevano rapporti, comunicavano quello che avevano scoperto e poi tornavano sul campo per portare a termine ulteriori compiti nell'ambito delle indagini sul caso in corso. Gretchen e Turner erano seduti alle loro scrivanie, mentre Josie era in piedi accanto a Noah e studiava l'ingrandimento della polaroid trovata sotto il corpo di Cleo Tate. Il capo Chitwood entrava e usciva dal suo ufficio, borbottando sottovoce e sparando domande a raffica. C'era persino Amber, appollaiata sul bordo della sua scrivania, che li osservava uno per uno con espressione composta.

«Guarda qui...» disse Noah. «C'è del sangue intorno alla cornice, ma non sulla foto stessa.»

«Significa che l'ha messa sotto il corpo di Cleo Tate dopo averla uccisa.» ne dedusse Josie. «In uno dei pochi punti in cui non si sarebbe impregnata del suo sangue.»

«Considerando che non ci sono dubbi che voleva che la trovassimo...» disse Gretchen, «ha corso un bel rischio. Se quella polaroid fosse rimasta sotto il corpo più a lungo, l'immagine avrebbe potuto rimanere danneggiata da una serie di fattori come, per esempio, il processo di decomposizione, le condizioni meteorologiche avverse o gli animali...»

Nonostante l'aria condizionata rinfrescasse tutto l'ufficio, Josie si sentì scuotere la schiena da un brivido al pensiero che Gretchen avesse ragione: se fosse rimasta ancora un po' sotto al corpo, la foto si sarebbe potuta danneggiare. Già così la qualità non era delle migliori. Proprio come la prima polaroid che avevano trovato, anche la seconda era un po' sfocata in alcuni punti, come se fosse stata scattata troppo in fretta. In base a quello che Josie riusciva a capire, in primo piano c'era una striscia d'asfalto nero attraversata da una linea bianca orizzontale. Una porzione di un'altra linea bianca si estendeva verso il margine della foto; insieme, le due linee si univano a formare una T troncata. Sopra la linea orizzontale, un fascio di luce tagliava la scena quasi a metà. In lontananza, oltre la linea, si intravedeva quella che sembrava essere parte di un edificio, ma tutto ciò che si riusciva a distinguere con chiarezza era una fila di finestre. La parte dell'edificio che si riusciva a vedere era leggermente sfocata. C'era qualcosa che le sembrava vagamente familiare, ma si chiese se fosse solo perché poteva trattarsi di un qualsiasi parcheggio davanti a un edificio che ospitava qualche attività commerciale o una serie di uffici.

«Sai di cosa si tratta, Quinn?» le chiese Turner. «Hai indovinato l'ultima volta.»

Josie si voltò e lo vide lanciare la pallina da basket di gommapiuma verso il canestro, mancandolo. «La domanda più importante è dove si trova.» ribatté lei.

«Ci deve pur essere qualcosa che ci aiuti a identificarlo.» disse Gretchen. «Si è assicurato di includere parte della barca quando ha scattato la prima foto, in modo che uno di noi capisse che l'aveva scaricata vicino a Cold Heart Creek.»

«Uno di noi?» disse Turner. «Intendi Quinn.»

Noah scosse la testa. «Ho lavorato anch'io al caso di Cold Heart Creek. Ero presente il giorno in cui abbiamo visto la barca. Ma, molto semplicemente, non ci ho proprio pensato quando ho visto la polaroid.»

«Senza contare che queste foto sono troppo sfocate...» disse Gretchen. «Dei luoghi che mostrano si vedono solo frammenti, eppure ormai è chiaro che questo tizio vuole che scopriamo dove sono state scattate.»

Per alcuni secondi nessuno parlò. Lo stomaco di Josie bruciava al pensiero di cosa avrebbero potuto trovare se fossero riusciti a capire dov'era stata scattata quella foto. Turner si mise a tamburellare con le dita sul bordo della scrivania. «Mi pare di capire che nessuno di voi ha voglia di dire come stanno le cose ad alta voce, quindi lo farò io. Se scopriamo dove è stata scattata questa foto e andiamo lì, troveremo un altro cadavere. Giusto?»

«A meno che non riusciamo a capirlo abbastanza in fretta da batterlo sul tempo e arrivare prima che qualcun altro venga ucciso.» rispose Noah.

«È un'operazione difficile da portare a termine...» ribatté Turner.

«Ma non gli sarebbe impossibile.» gli fece notare Noah. «Se il luogo che si vede in questa polaroid è abbastanza remoto, potrebbe lasciare la prossima vittima legata per un indeterminato periodo di tempo e, se non la troviamo entro lo scadere del conto alla rovescia, la potrebbe uccidere.»

«E così si aspetta che giochiamo a un gioco che si è inventato lui senza nemmeno dirci le regole.» si lamentò Turner.

«Tenendo conto che non ci sta cronometrando con l'intenzione di lasciare in vita la prossima vittima - mossa che non sarebbe molto intelligente se la vittima riuscisse a identificarlo - e dal momento che ci ha lasciato un'altra polaroid...» Gretchen non concluse il ragionamento.

«Vuole farci capire che sta ancora uccidendo.» completò Josie. «E continuerà a uccidere finché non riusciremo a fermarlo. Ci conviene iniziare a cercare tutte le donne che risultano scomparse nell'ultimo giorno o giù di lì.»

Turner lanciò di nuovo la pallina, anche stavolta senza riuscire a mandarla a canestro. «Ma se così fosse non avremmo ricevuto una denuncia di scomparsa?»

«No, se era semplicemente stato richiesto di controllare lo stato di salute, nel caso che gli agenti intervenuti non avessero avuto alcun motivo valido per entrare nell'abitazione.» disse Gretchen.

Turner si voltò verso di lei. «Quindi stiamo parlando di una pollastra che...»

Gretchen si irrigidì, fissandolo con aria minacciosa. «Nessuno dice più "pollastra".»

Turner le sorrise. Tra tutti, sembrava che Gretchen gli desse più soddisfazioni quando la stuzzicava. «Giusto...» disse, «allora stiamo parlando di una zitellaccia che...»

«Turner!» sbottò Josie.

Lui girò la testa nella sua direzione, con gli occhi sgranati. «Che ho detto adesso?»

La sedia di Gretchen scricchiolò quando lei si alzò. Una banconota da un dollaro apparve nella sua mano. «Te lo dico io cosa c'è.» Si chinò e infilò la banconota nel barattolo sulla scrivania di Turner. «Sei proprio un coglione.»

Noah sospirò. «Gretchen, non è così che funziona questo sistema e tu lo sai bene.»

Ma Gretchen non ci badò. Josie poteva vedere la soddisfazione in ogni linea del suo viso. Josie cominciava a pensare che le piacesse dargli del coglione direttamente in faccia più di quanto le piacessero i croissant alle noci pecan che, almeno in teoria, avrebbe dovuto smettere di mangiare.

Turner prese il suo barattolo e lo fece roteare, facendo svolazzare i pochi dollari che conteneva. «Non criticarla, tenente. Non mi dispiace recuperare un po' dei soldi che ho buttato via cercando di non offendere queste due.»

Josie guardò i barattoli sulla sua scrivania e su quella di Gretchen, pieni zeppi di banconote. «Forse dovremmo procurarci uno di quei cartelli di cui parlavi, Turner.»

Lui scoppiò in una risata sincera e di cuore. Poi le fece l'occhiolino. Josie cercò di trattenersi un'espressione di repulsione.

Con un altro profondo sospiro, Noah disse: «Gente, stiamo perdendo di vista l'obiettivo e il tempo stringe. Dato che ultimamente non abbiamo avuto casi di persone scomparse, il tipo di segnalazioni che cerchiamo è quello in cui amici o parenti fuori città hanno chiesto di controllare le condizioni di salute di donne che vivono da sole e di cui non si hanno notizie da alcuni giorni, o forse da più tempo. Anche i datori di lavoro potrebbero richiedere controlli sulle condizioni di salute di una persona, qualora questa non si presenti al lavoro e non chiami per avvertire.»

«E che facciamo se questo pazzo ha già catturato un'altra donna e non è ancora stata fatta la denuncia di scomparsa per la suddetta?» si informò Turner.

«Non possiamo fare altro che lavorare con quello che abbiamo.» gli rispose Noah. «Finché non riusciremo a capire dove è stata scattata questa foto, o a meno che i ragazzi di Hummel o il laboratorio statale non riescano a ricavare impronte digitali o campioni di DNA che corrispondano a una persona già inserita in uno dei nostri database, dobbiamo accontentarci di quello che abbiamo a disposizione.»

«Le ricerche condotte nei pressi di Cold Heart Creek non hanno portato a nulla.» ricapitolò Josie. «Ho preparato un mandato per una geo-recinzione di quell'area, ma considerando che non abbiamo ottenuto niente né nel parco pubblico né nel terreno abbandonato, immagino che non otterremo niente nemmeno con quest'ultima geo-recinzione. Questo tizio è bravo, non ci sta lasciando neanche mezzo indizio.»

La sedia di Gretchen scricchiolò quando si girò verso il

computer. «Intanto io faccio una ricerca sulle donne scomparse.»

«Dovremmo controllare anche le denunce di auto rubate.» sottolineò Noah. «Il nostro assassino ha rubato l'auto di Sheila Hampton e l'ha usata per portare via Cleo Tate. Perciò, se ha già rapito un'altra donna o se avesse intenzione di farlo a breve, potrebbe aver rubato un'altra auto.»

«Ci penso io.» si offrì Josie, lasciandosi cadere sulla sedia e accendendo il computer.

«Notizie dall'autofficina?» si informò Noah. «Niente sul meccanico di cui abbiamo trovato le impronte nell'auto di Sheila Hampton?»

«Edgar Garcia.» disse Turner. «Ci ho fatto quattro chiacchiere. Non ha un alibi. Dice che è stato a casa a dormire tutta la mattina, perché è il suo giorno libero. In realtà, mi è sembrato un po' losco... e aveva un atteggiamento ostile. In sostanza, ha detto quello che già mi aspettavo avrebbe detto: che ha lavorato sull'auto qualche settimana fa, dopo che la Hampton ha messo sotto un cervo. Ecco perché ci sono le sue impronte all'interno. Così gli ho chiesto di darmi il permesso di perquisire il contenuto del suo telefono e lui mi ha risposto che potevo scordarmelo.»

«Ho dato un'occhiata alle foto che Hummel ha caricato.» disse Noah con un sospiro. «I punti in cui sono state trovate le impronte del meccanico nell'auto sono esattamente quelli in cui ci saremmo aspettati di trovarle, considerando i lavori che ci ha fatto. E, siccome è successo alcune settimane fa, è ancora plausibile che abbiamo rilevato le sue impronte.»

«Ci serve qualcosa di più per ottenere un mandato di perquisizione.» concluse Josie. «Qualcosa che indichi il suo coinvolgimento nel crimine.»

«È un vicolo cieco.» sentenziò Noah.

Turner si alzò e lo raggiunse alla bacheca. «Stavo pensando...»

«Questa è una novità.» mormorò Gretchen.

Turner incrociò lo sguardo di Josie. «Forse Parker... Palmer ha bisogno di un cartello.»

Josie lo ignorò e tornò a guardare i rapporti sulle auto rubate della settimana precedente.

«Stavo pensando che ormai non ci sono praticamente più auto che non siano dotate di sistemi GPS.» continuò Turner. «E sono tutte accessoriate con sistemi di infotainment di cui possiamo servirci per localizzare un veicolo rubato e persino disattivarlo, come nel caso dell'auto della Hampton. Se il nostro appassionato di fotografia voleva che trovassimo le sue vittime, perché non ha semplicemente usato l'auto per guidarci? Se è abbastanza intelligente da sapere come non lasciare tracce, come evitare le videocamere e tutte quelle stronzate, deve sapere che abbiamo la capacità di trovare praticamente qualsiasi veicolo rubi.»

Josie lanciò uno sguardo alla bacheca, giusto il tempo di vedere il capo avvicinarsi a Turner e Noah. Con quei suoi occhi da falco guardava la polaroid più recente.

«Sta cercando di sottolineare qualcosa di molto specifico con le foto.» concluse Josie.

«Che non sa usare una macchina fotografica?» suggerì Turner.

Il capo alzò il telefono. «Ho appena parlato con Kellan Neal. Tra un'ora terrà una conferenza stampa fuori dalla residenza dei Tate.»

Amber si schiarì la voce. Era rimasta così in silenzio che Josie aveva quasi dimenticato che non si era ancora mossa dalla sua scrivania. Tutti si voltarono verso di lei. «Intende fare un altro appello alla popolazione perché ci aiuti a trovare l'assassino?»

Il capo annuì e si lisciò alcuni capelli bianchi che gli ricadevano sulla fronte. «Non è una cattiva idea, vista la scarsità di indizi. Ha anche convinto alcuni amici, vicini di casa e vecchi colleghi a mettere insieme una ricompensa per chiunque fornisca informazioni che portino all'arresto dell'assassino.»

Noah disse: «Beh, male non può fare.»

Amber prese il cellulare. «Lo chiamo per coordinarci e definire tutti i dettagli.»

«Gli ha chiesto dell'alibi di suo genero?» lo incalzò Turner.

«Sì.» rispose il capo Chitwood inarcando una delle sue folte sopracciglia. «Mi ha detto che Remy Tate "sembra essere a posto".»

«"Sembra essere a posto?"» ripeté Gretchen con una risata. «Tutto qui?»

«Mi sembrava di aver capito che questo signore è stato un procuratore distrettuale...» commentò Turner. «E non sa come funzionano le indagini penali?»

«Credo che conti sul fatto che lo lasceremo in pace proprio perché è stato un assistente procuratore distrettuale.» disse il capo. «Ma non è così che funzionano le cose qui, quindi appena finita la conferenza stampa, voglio che uno di voi porti qui Remy Tate. Voglio un interrogatorio registrato e una sua dichiarazione scritta. Facciamogli raccontare la sua versione dei fatti. Chiedetegli il permesso di perquisire il contenuto del suo telefono. Se gli interessa davvero trovare l'assassino di sua moglie, non avrà alcuna riserva. Domani mattina, per prima cosa, voglio interrogare gli amici e i familiari di Remy e Cleo Tate. Non mi interessa se Kellan Neal pensa che vivessero felici e contenti o che suo genero "sembrasse essere a posto". Al momento non abbiamo altro, quindi cominciamo a scavare a fondo nella vita del nostro amico.»

VENTI

I lividi scuri a forma di impronta di dita impressi sulla coscia le pulsavano. Il dolore era profondo come un mal di denti. Mettendosi in piedi davanti allo specchio a figura intera appeso alla porta dell'armadio della sua camera da letto, girò la gamba da una parte e dall'altra, e le venne da fare una smorfia constatando il modo in cui lui l'aveva marchiata. Avrebbe dovuto indossare pantaloni lunghi per i giorni successivi. Altrimenti, i lividi avrebbero attirato troppo l'attenzione. Non c'era modo di nasconderli e non riusciva a pensare a una spiegazione plausibile che giustificasse come se li era procurati senza che suonasse come una bugia bella e buona. Aveva commesso un grave errore di valutazione. Di nuovo.

Da una parte, lui ricordava troppe cose. Dall'altra, lei non si aspettava che lui fosse così brutale. Non in un momento del genere. Non si era aspettata affatto che lui la aggredisse. Lo strano bagliore nei suoi occhi quando le aveva stretto la mano intorno alla gola le aveva quasi fatto fare la pipì addosso. Un attimo prima non era nient'altro che un patetico surrogato di uomo, che trascinava la sua vita con il peso del mondo sulle spalle, e un attimo dopo si era trasformato in una bestia che implorava di essere liberata. Era come se fosse scattato un interruttore. Non l'aveva mai visto in quel modo prima, anche se sospettava che potesse esserlo. Come avrebbe potuto non sospettarlo? Sospettare e sperimentare in prima persona erano due cose molto diverse. Aveva dovuto fare appello a tutta la sua capacità di persuasione per uscire da quell'auto.

I suoi occhi indugiarono sul suo riflesso, come per assicurarsi di avercela fatta, di essere tornata sana e salva a casa, nella sua camera da letto. Si tolse i pantaloncini e indossò un paio di pantaloni larghi di lino. Poi bevve il bicchiere di vino che aveva lasciato sulla cassettiera. Il terzo della serata. Una rapida occhiata fuori dalla finestra le diede conferma che lui non era in strada appostato in macchina, con l'intenzione di portare a termine ciò che aveva iniziato. Lui non conosceva il suo indirizzo. Soltanto il giorno prima avrebbe pensato che fosse troppo stupido per scoprirlo, ma in quell'istante non ne era più tanto sicura. E se davvero fosse stato in strada a guardarla? Poteva anche aver visto quante volte si era affacciata per controllare che non la stesse spiando. Sapeva che lui lo avrebbe interpretato come un invito, perché era così che funzionava la sua mente. Era malato.

Spegnendo la luce, si lasciò scivolare sul pavimento accanto alla finestra. Doveva ricalibrare la situazione. Doveva elaborare un nuovo piano. Oppure poteva dimenticare tutto e tornare alla vita normale. Lasciare che i lividi scomparissero e fingere che quel giorno non fosse mai esistito. Ma il suo timore era di aver risvegliato di nuovo il mostro che era in lui, e adesso che lo aveva fatto, nessuno era più al sicuro.

VENTUNO

Per la quindicesima volta, Josie distolse lo sguardo dalle immagini delle videocamere a circuito chiuso per posarlo sullo schermo del suo telefono sul quale si vedeva la foto che aveva scattato alla seconda polaroid. Sbatté le palpebre, sperando di alleviare il bruciore degli occhi, e tornò a guardare il grande televisore che mostrava un Remy Tate stravolto che continuava a parlare con Noah e Gretchen in una delle due sale interrogatori della centrale di polizia di Denton. Erano già ore che andavano avanti in quel modo. L'orologio alla parete segnava l'una passata. Fino a quel momento Remy Tate aveva ammesso di avere una relazione extraconiugale, ma non aveva rivelato l'identità della sua amante.

In un primo momento Noah aveva assunto il ruolo del poliziotto buono, mettendo su con grande disinvoltura l'atteggiamento cordiale e amichevole che il più delle volte sfoggiava quando doveva interrogare quegli indiziati o quei sospettati di sesso maschile che sapevano di aver commesso qualcosa di sbagliato, ma che avevano paura di ammetterlo. Adesso Noah stava avvicinando la sedia a quella di Mr. Tate, tanto che le loro ginocchia quasi si toccavano. Abbassò la voce come se Gretchen non fosse nella stessa stanza con le braccia conserte sul petto e non lo stesse guardando con aria minacciosa. «Senti, Remy, ti capisco, d'accordo? La gravidanza di tua moglie è stata difficile. Poi è nata la bambina e tua moglie ha smesso di dormire. E immagino che fosse piuttosto irritabile, dico bene? Così, alla fine, era troppo stanca per fare l'amore. Ormai non si sentiva più attraente, non si sentiva dell'umore giusto e bla bla bla. E chissà, magari ti rispondeva pure male o ti respingeva quando provavi a toccarla.»

Josie sapeva perfettamente che Noah non avrebbe mai detto cose del genere in circostanze normali, che semplicemente in quel momento stava interpretando il personaggio dell'uomo che capiva e condivideva una morale discutibile. Un uomo di cui Remy Tate poteva fidarsi. Infatti, pur tenendo gli occhi fissi sulle sue ginocchia, annuì.

«Dev'essere stata dura...» continuò Noah. «So che adori tua figlia. Diventare padre è un evento fantastico, vero?»

Mr. Tate gli rispose con un altro cenno di assenso.

«Però, siamo realistici: abbiamo dei bisogni, giusto? Partiamo dal presupposto che tradire tua moglie è stato un errore, su questo penso che siamo d'accordo, dico bene?»

«Sì.» rispose Mr. Tate. «Ma il fatto è che, tecnicamente, io non ho tradito mia moglie.»

Noah sorrise con aria complice. «Capisco cosa intendi. Davvero, lo capisco. Ma mi chiedo se tua moglie l'avrebbe vista nello stesso modo. Lo sai come sono fatte le donne...»

Mr. Tate annuì. «Giusto, è proprio vero. Cleo l'avrebbe sicuramente vista nel modo sbagliato. Lo ammetto, non sono orgoglioso di come mi sono comportato. Vorrei poter tornare indietro.»

Noah fece una scrollata di spalle. «Ma sono cose che capitano. Non puoi cancellare quello che hai fatto. Quello che puoi fare è darci il nome della tua amante, così lei ti potrà scagionare e noi potremo continuare a cercare il vero assassino di tua moglie. Che ne dici?»

«Io...» rispose con un sospiro Mr. Tate, «io non posso proprio.»

Josie saltò per lo spavento al lungo gemito che sentì risuonare alle sue spalle. Voltandosi per vedere chi fosse, vide il capo. Non lo aveva sentito entrare, nonostante la sala di osservazione fosse grande all'incirca quanto una cabina armadio. Anche lui si era messo a guardare l'interrogatorio, rimanendo in silenzio e immobile, con un braccio di traverso sul petto e strofinando il mento con l'altra mano. «La sua amante è sposata.» sentenziò.

Josie aveva pensato la stessa cosa.

«O peggio...» aggiunse Chitwood.

Josie si agitò sulla sedia al pensiero che Remy Tate potesse aver avuto una relazione sessuale con una ragazzina minorenne; in effetti, era difficile immaginare per quale altro motivo avrebbe custodito così gelosamente il suo segreto. Ma era ancor più difficile immaginarsi che Kellan Neal potesse nascondere una cosa simile: era improbabile che gli interessasse soltanto proteggere la reputazione di suo genero, quanto piuttosto che volesse evitare che la notizia della relazione extraconiugale di suo genero finisse sui giornali e distogliesse l'attenzione dalle ricerche del vero assassino di sua figlia; sicuramente non ci pioveva sul fatto che Neal non avrebbe mai protetto Remy Tate sapendo che aveva commesso un crimine.

«Dovremmo cercare tra le babysitter.» suggerì il capo.

«Non si erano ancora rivolti a nessuna babysitter...» disse Josie. «Era Cleo che si occupava di tutto.»

Gretchen finalmente fece un passo avanti e sbottò: «Scegli Remy: puoi dirci chi è questa donna di tua spontanea volontà oppure guardarci mentre distruggiamo pezzo dopo pezzo tutta la tua vita finché non lo scopriamo comunque. Domani mattina presto, la nostra squadra interrogherà la tua famiglia, i tuoi amici, i tuoi colleghi... tutti quelli che conosci. Ci faremo firmare un mandato per il contenuto del tuo telefono, dato che ti sei rifiutato di acconsentire alla perquisizione, e alla fine la troveremo. E se pensi che la stampa non si accorgerà di quanto ti stiamo tenendo sotto torchio, ti sbagli di grosso. Non ti conviene davvero farti giudicare dal tribunale dell'opinione pubblica. La gente penserà che sei stato tu a fare fuori tua moglie o che hai assunto qualcuno per farlo al posto tuo.»

Ma anche dopo questo avvertimento, Mr. Tate, per quanto apparisse sconvolto, si rifiutò di fornire loro alcun nome e l'interrogatorio andò avanti. Di questo passo, sarebbero rimasti lì tutta la notte. Josie tornò a studiare la polaroid. Il capo si sedette sulla sedia pieghevole accanto alla sua. «Dovresti andare a casa a dormire. Come Turner.»

«E lei pensa davvero che riuscirei a dormire in questo momento?» disse lei, senza distogliere lo sguardo dalla foto. Chitwood allungò la mano e toccò lo schermo del telefono con una delle sue lunghe dita. «Perché sai dove si trova questo posto.»

Josie si lasciò uscire una risata. «Se sapessi dove si trova, ci saremmo già andati ore fa.»

«Se tu non sapessi dove si trova, non ti ci staresti arrovellando così tanto.» rispose lui. «Ho visto a lungo come lavori, Quinn, e conosco quello sguardo.»

Josie sospirò e tenne il telefono in posizione orizzontale, guardando la polaroid da un'altra angolazione. «Che sguardo sarebbe?»

«Lo sguardo che hai quando sei a un passo dalla soluzione. La risposta è da qualche parte nella tua mente, ma non riesci a coglierla bene.»

Lei incrociò il suo sguardo severo e sorrise. «Non sapevo di avere un'espressione che si adattasse a questo genere di situazioni.»

«Beh, ce l'hai. Quindi andiamo al sodo. Cosa ci sta mostrando questo tizio?»

Intanto, nelle riprese delle videocamere a circuito chiuso, si vedevano i tentativi di Noah e Gretchen con Remy Tate che giravano in tondo.

Josie spinse il telefono sul tavolo in modo da piazzarlo in mezzo a loro. «Una striscia d'asfalto, una linea bianca, un edificio in lontananza. Una fila di finestre. Potrebbe essere ovunque.»

«No. Non può essere ovunque. Se abbiamo ragione su ciò che sta succedendo qui, questo tizio intende rapire una donna, portarla in questo luogo esatto e accoltellarla a morte. Non può farlo ovunque.»

Josie annuì. «Sì, lo penso anch'io. Deve essere un posto isolato. Finora è riuscito a stare lontano dalle videocamere, quindi sceglierebbe un posto dove è difficile che venga ripreso al suo arrivo, fintanto che ci rimane e al momento in cui se ne va.»

«Queste specifiche escludono il centro di Denton e tutte le aree commerciali densamente popolate...» dedusse il capo. «Continua.»

«Beh, vediamo... allora dovrebbe essere una zona di periferia, ma stiamo parlando comunque di un'area enorme da coprire. Dovendosi però trattare di un luogo dove non ci sono persone, o perlomeno non molte, che vanno e vengono. Oppure, come minimo, dovrebbe essere un luogo che rimanga vuoto abbastanza a lungo da permettergli di commettere un omicidio. E se anche ci dovessero essere delle videocamere, è improbabile che ne coprano l'intera area, come il parcheggio.»

«Edifici abbandonati, quindi...» disse il capo. «Potrebbe essere un edificio adibito a uffici.»

Josie toccò la parte superiore destra della foto. «Un edificio con molte vetrate e molte finestre.»

«Un edificio adibito a uffici rimasto incompiuto, eventualmente.»

«Potrebbe essere.» convenne Josie.

Intanto, nella sala interrogatori, Gretchen aveva cambiato

argomento, passando dall'identità dell'amante di Remy Tate a come era iniziata la relazione.

Il capo Chitwood indicò il fascio di luce che attraversava il centro della foto. Qualunque cosa ci fosse tra l'asfalto e l'edificio - arbusti, parcheggi, qualsiasi cosa potesse aiutare a restringere il campo - era stata coperta dal fascio di luce. «Ma c'è il sole. Guarda questo bagliore. Certo, immagino che possa essere benissimo solo il flash della fotocamera che si riflette sulle finestre. Ricapitolando: edifici abbandonati o incompiuti con molte finestre, un parcheggio asfaltato, nella periferia della città.»

Ma questo non restringeva di certo il campo. Senza attraversare in auto tutte le zone montuose più remote della città – cosa che avrebbe richiesto ore, se non giorni – alla ricerca di tutti gli edifici commerciali abbandonati con parcheggi asfaltati, o cercare di ottenere i permessi per vedere i progetti di costruzione nei quartieri di periferia della città - cosa che avrebbe richiesto comunque molto tempo - non sarebbero mai riusciti a trovare quel posto.

Restava il fatto che l'assassino voleva che lo trovassero. Josie ne era certa. Era un gioco. Se da ciò che si vedeva in quella foto non fossero riusciti a capire dove dovevano andare, non avrebbero potuto giocare. In ogni caso era da escludere che l'assassino avesse dato loro un indizio che non fossero in grado di decifrare e seguire, per quanto oscuro potesse essere. Doveva guardare la scena in modo diverso. Per esempio, avrebbe dovuto capire perché mai avesse dato loro una foto con un riflesso così forte. Un riflesso così forte che il resto quasi non si riusciva a vedere. L'alternativa era che non fosse affatto un riflesso.

«È una luce.» esclamò Josie.

«Cosa?» fece il capo.

Prese il telefono e ingrandì la parte della foto nel punto in cui finiva l'asfalto e iniziava la striscia di luce. «Come un faretto incassato nel cemento.»

Il capo aggrottò la fronte. «Può darsi.»

Qualcosa di velato nei ricordi di Josie gridava per essere portato alla luce. Il suo battito cardiaco accelerò. «Non "può darsi". È proprio un faretto incassato.»

«Che tipo di parcheggio ha delle luci incassate nel terreno?»

Gli occhi di Josie furono nuovamente attratti dalle linee bianche, a formare una T. Ma poteva anche non essere affatto una T. Non riuscivano a cogliere il quadro completo perché l'assassino aveva mostrato loro solo ciò che voleva che vedessero. «Non è un parcheggio.»

Se non era la forma di una T, allora cosa era? Perché c'erano dei faretti incassati nel cemento? E il vetro! C'era qualcosa che non andava nel vetro. La posizione isolata, in periferia della città. Il capo disse: «Se non è un parcheggio, allora che roba è?» Il velo che copriva la memoria di Josie cadde. «È un eliporto.»

VENTIDUE

Josie sentì le spalle irrigidirsi per la tensione quando vide la chiamata in arrivo sul suo cellulare. Dopo essersi sistemata una delle spalline del giubbotto antiproiettile, diede un'attenta occhiata alla strada di montagna isolata dove avevano appena parcheggiato più di una dozzina di veicoli della polizia. Erano le due del mattino passate. Il buio pesto li avvolgeva da ogni parte. L'unica fonte di illuminazione proveniva dai fari delle auto e dal cellulare di Josie che squillava. Una volta capito dove era stata scattata la foto, aveva lasciato un messaggio vocale alla proprietaria dell'immobile. Non potevano entrare finché Josie non avesse parlato con lei; poteva solo augurarsi che fosse ancora sveglia a quell'ora tarda. Mentre aspettavano che richiamasse, il capo aveva radunato il maggior numero possibile di agenti e avevano formato un perimetro intorno alla proprietà, compito non facilissimo, considerando che era circondata dai boschi. Tuttavia, dovevano essere cauti e procedere in modo strategico, nell'evenienza in cui l'assassino fosse stato ancora sul posto o avesse lasciato una trappola ad accoglierli. Josie dubitava forte-mente che qualcuno vivesse o soggiornasse in quella casa, ma dovevano scoprirlo.

Gretchen si avvicinò con calma e indicò il telefono. «Vuoi che risponda io?»

Se doveva dirla tutta, Josie avrebbe preferito non rivolgere mai più la parola a Kim Rowland, ma preferiva ancora meno permettersi che le sue emozioni personali influenzassero il suo lavoro. Scorse un dito sul comando di risposta.

«Quel mostruoso edificio di vetro in cui viveva mio padre è finalmente andato a fuoco?» le domandò Kim senza giri di parole.

Josie lottò con tutta sé stessa per non far trasparire l'irritazione dalla sua voce. L'unica residenza in città con un eliporto privato era la casa del defunto Peter Rowland. Originario di Denton, aveva fatto fortuna sviluppando sistemi di sicurezza e sorveglianza all'avanguardia. Aveva mantenuto un'abitazione a Denton, per quanto raramente ci tornasse. Quando era morto, sua figlia aveva ereditato il suo impero. Per di più, Kim era sociopatica fino al midollo, proprio come lo era stato suo padre. Anni prima, Kim era arrivata in città per sfuggire al suo fidanzato, associato con la malavita, seminando il caos ovunque andasse. Il fidanzato di Josie all'epoca era Luke Creighton, che aveva avuto una relazione con Kim dopo che lei lo aveva convinto a coprire un duplice omicidio e a nasconderla in casa sua. Così facendo, aveva distrutto la sua relazione con Josie e aveva posto la parola fine alla sua carriera. Le altre macchinazioni di Kim avevano minacciato la vita di Harris, il figlio di quella che era diventata una delle migliori amiche di Josie. All'epoca era nato da appena una settimana. Il ricordo di averlo strappato alle gelide e impetuose acque del fiume Susquehanna, e da una morte certa, la faceva ancora tremare fin nelle ossa.

E quella era solo la punta dell'iceberg.

«È ancora in piedi...» le rispose. «Ma potremmo avere un cadavere all'interno. Dobbiamo perquisire la proprietà e per farlo abbiamo bisogno del tuo permesso.»

«Diamine.» disse Kim. «Questo abbasserà il valore della proprietà, vero?»

Naturalmente, non nutriva alcuna preoccupazione per la vittima. Avrebbe potuto vendere la proprietà anni prima, ma non lo aveva fatto.

«Abbiamo il tuo permesso o no?» la incalzò Josie.

Ci fu un sospiro profondo. «Va bene. Tanto non mi interessa.»

«Grazie. C'è qualcuno che vive all'interno della proprietà?»

«No.» le rispose Kim. «Chi mai vorrebbe viverci?»

Josie non perse tempo a rispondere a quella domanda e le chiese: «Il sistema di sicurezza è attivo?»

«Non ne sono sicura, ma posso verificarlo. Mi sono affidata a una società di servizi immobiliari che si occupa della manutenzione e della cura del giardino. Mandano il loro personale solo una volta al mese. Non c'è altro.»

Sulla base di ciò che avrebbero trovato, Josie avrebbe preparato un mandato per ottenere tutte le riprese di sorveglianza disponibili dal sistema di sicurezza. «L'eliporto è stato utilizzato?» chiese Josie. «Riteniamo che le luci che lo circondano possano essere accese.»

«No, nessuno ha più utilizzato quella rampa...» rispose Kim, «ma la società di gestione immobiliare ha installato delle luci collegate a un timer in tutta la proprietà, in modo che si accendano a una certa ora della notte e rimangano spente durante il giorno. Lo scopo è quello di scoraggiare qualche ladro dal manomettere qualche cosa, dato che la casa è praticamente vuota.»

«Ottimo, grazie.»

Prima che Josie potesse riagganciare, Kim aggiunse: «Ti vedi ancora con Luke?»

Stringendo i denti, Josie disse: «Devo andare...», rispondendole con tono neutro, ma i muscoli delle scapole si erano tesi a tal punto da farle male. Riattaccò prima che Kim potesse aggiungere altro.

Gretchen fece un basso fischio piano. «Abbiamo una bella fortuna che quella ragazza abbia deciso di trasferirsi a New York invece di stabilirsi qui.»

Josie si sistemò di nuovo il giubbotto antiproiettile e controllò che la radio funzionasse. «Andiamo.»

Con Noah ancora alla stazione di polizia a parlare con Remy Tate e Turner a casa sua - o sotto qualunque roccia vivesse — c'erano solamente loro due e gli agenti in uniforme. C'erano anche i ragazzi della Squadra di Raccolta delle Prove, in attesa di mettersi al lavoro, e un'ambulanza. Josie e Gretchen aprirono la strada lungo il vialetto, con le pistole spianate e le torce posizionate sotto l'impugnatura. Diverse coppie di agenti in uniforme le seguivano. Il vialetto era asfaltato, ma curvava in diversi punti e sembrava continuare per chilometri, anche se Josie sapeva che non era così lungo. In quel punto era più buio. Il miscuglio del gracidare delle rane e del frinire dei grilli era assordante. Di tanto in tanto, tra gli alberi che costeggiavano il vialetto si aprivano dei varchi con piccole radure. I fasci di luce delle torce illuminavano le strane sculture esposte al loro interno. Josie ricordò che l'ultima volta che era stata in quel posto aveva pensato che quel luogo le ricordava "Alice nel Paese delle Meraviglie". Si ricordò anche che si stavano avvicinando alla casa quando delle lanterne a LED apparvero su entrambi i lati del vialetto, illuminando il resto del percorso. L'abitazione si ergeva in lontananza, come se una mano gigante l'avesse rovesciata dal cielo. Era piatta, ma distribuita su più livelli, ognuno dei quali diventava via via più piccolo, man mano che saliva verso gli alberi soprastanti. Le pareti del pianterreno erano quasi interamente in vetro. L'interno era illuminato da luci soffuse. I divani bianchi che Josie ricordava di aver visto quando aveva fatto visita a Peter Rowland quasi otto anni prima erano ancora nel soggiorno. Si chiese se Kim avesse mai messo piede in quel posto. La casa sembrava intrappolata nel tempo.

«Auto.» annunciò uno degli agenti dietro di loro. Immediatamente, lo sguardo di Josie fu attirato alla sua destra, dove una Toyota Camry vecchio modello era parcheggiata accanto a una scultura raffigurante diversi conigli che correvano su un tronco. Josie e Gretchen continuarono a guardarsi intorno mentre i due agenti in uniforme si avvicinavano, illuminando l'interno dell'auto con le loro torce.

«Vuota.» disse uno di loro.

«Contatta via radio le unità sulla strada.» gli ordinò Josie. «Fornisci loro il numero di targa in modo che possano rintracciare il proprietario.»

Una volta che l'agente ebbe eseguito l'ordine, proseguirono, avvicinandosi alla casa. Il bagliore delle luci a LED del vialetto e del sentiero che conduceva alla casa era sovrastato dalla chioma degli alberi sopra di loro, conferendo all'intero ambiente un'atmosfera ultraterrena. Josie sentì la pelle d'oca sulle braccia nude.

«Eccolo lì.» disse Gretchen, puntando la torcia e la pistola verso sinistra, in direzione della piccola pista di atterraggio per elicotteri situata vicino all'ingresso della casa. Questa volta non c'era nessun elicottero parcheggiato lì. I fasci di luce delle luci incassate si allungavano verso l'alto nell'oscurità. Sopra le loro teste, un'apertura tra i rami degli alberi rivelava centinaia di stelle scintillanti. Una bellezza mozzafiato che illuminava una scena dell'orrore. Di fronte alla figura distesa sull'asfalto, il cuore di Josie andò in frantumi. Sapeva bene verso che cosa si stavano avvicinando, ma ancora una volta, proprio come era successo al ritrovamento di Cleo Tate, il suo cuore si riempì di tristezza per la perdita di una vita e la consapevolezza che un'altra famiglia stava per ritrovarsi distrutta.

Intanto che Josie, Gretchen e altri due agenti si avvicinavano all'eliporto, gli altri si precipitarono verso la casa per ispezionarla e controllare i dintorni. Kim aveva chiesto alla società di gestione immobiliare di inviare loro un codice per poter entrare in casa. I quattro rimasti all'esterno camminavano con circospezione per non alterare eventuali prove. L'odore di decomposizione colpì Josie come uno schiaffo in faccia, molto più forte di quello che aveva sentito sulle rive del Cold Heart Creek. Era una combinazione nauseante di carne marcia, pesce andato a male, escrementi, uova scadute e, inaspettatamente, un accenno di naftalina. Josie ci era abituata; invece, uno degli agenti in uniforme dietro di lei ebbe un conato di vomito. Tirando a indovinare, doveva essere il più giovane e quello doveva essere il primo cadavere che vedeva, o almeno il primo che era entrato nella seconda fase di decomposizione. L'odore era inconfondibile. Quando poterono vedere il corpo della vittima nella sua interezza, i conati di vomito del giovane agente si intensificarono.

Da quanto Josie poteva capire, la vittima era una donna. Giaceva riversa a pancia in giù, con la testa girata di lato e lunghi capelli biondi sparsi sull'asfalto. O era stata uccisa poco dopo l'omicidio di Cleo Tate, oppure il caldo e l'umidità del mese di luglio avevano accelerato notevolmente il processo di decomposizione, perché il suo corpo era gonfio; quindi, l'autolisi aveva avuto inizio subito dopo il decesso. Gli enzimi del corpo avevano distrutto le cellule e i batteri presenti nel tratto gastrointestinale avevano iniziato a digerire gli intestini. Alla fine, i batteri intestinali si erano diffusi nel resto del corpo, causando un accumulo di composti organici e gas, tra i quali metano, solfuro di idrogeno, cadaverina, putrescina, scatolo e indolo. I gas avevano riempito le cavità interne, causando il gonfiore del corpo, che in taluni casi raggiungeva il doppio delle sue dimensioni originarie.

Dalla direzione della casa si levarono più volte le urla degli agenti che avvertivano: «Libero!», finché ogni centimetro della proprietà non fu ritenuto sicuro. Josie puntò la torcia sul corpo. Il sangue coagulato intorno al torso della donna si confondeva con l'asfalto. Gocce di sangue secco erano sparse sulle sue guance marmorizzate. La lingua sporgeva dalle labbra socchiuse e gli occhi erano fuoriusciti dalle orbite, spinti verso l'esterno dai gas che si erano accumulati all'interno del corpo, dentro e intorno al quale nugoli di insetti avevano iniziato a brulicare, molto più numerosi e attivi di quanto non fossero quelli sulla scena dell'omicidio di Cleo Tate, il che significava che la seconda vittima era rimasta esposta agli elementi per più tempo.

Il giovane agente alle sue spalle minacciò seriamente di dare di stomaco, mugugnando: «Mi viene da vomitare.»

«Non sulla mia scena del crimine.» gli intimò Josie. «Vattene di qui.»

Lui non se lo fece dire due volte. La cosa successiva che Josie sentì furono i passi del giovane collega che correva giù per il vialetto. Poi, un ultimo conato di vomito. «Novellini del cazzo...» commentò l'altro agente.

Gretchen sospirò. «Non avviciniamoci. Chiamo Hummel e la dottoressa Feist via radio.»

Mentre si allontanava, Josie continuò a illuminare il corpo con la torcia. I faretti incassati nel cemento lungo il perimetro dell'eliporto emanavano una luce fioca che non era sufficiente per distinguere i dettagli. Vestita con un paio di jeans, una delle gambe della donna era stesa mentre l'altra era piegata all'altezza del ginocchio. Una delle sue mani era premuta sull'asfalto accanto alla guancia, mentre l'altra era allungata sopra la testa e toccava il prato che circondava l'eliporto. Si sarebbe detto che avesse cercato di strisciare via. Facendosi luce sull'area circostante il cadavere, Josie notò che c'era un oggetto vicino ai piedi della donna. Un coltello. Era simile a quello che avevano trovato vicino al corpo di Cleo Tate, a indicare che l'assassino aveva lasciato di nuovo l'arma del delitto. Una volta poteva essere stato un errore dovuto alla disattenzione e all'adrenalina; due volte era intenzionale. Il problema era capire cosa stava cercando di affermare.

La radio di Josie gracchiò per una comunicazione da una

delle unità dall'esterno del perimetro. «L'auto appartiene a Stella Townsend, ventiquattro anni, residente a Denton.»

«Ricevuto.» rispose Josie. Uno sguardo al telefono le rivelò che era tardi, ma non troppo tardi per mandare qualche agente a casa di Stella Townsend a controllare che stesse bene. La sua Toyota Camry non era nella lista delle auto rubate di recente. Così, comunicò la sua richiesta via radio e furono inviate delle unità. Tornò a farsi luce con la torcia per osservare la scena finché il suo sguardo non si posò sul nuovo pezzo del gioco contorto di quel serial killer.

In quel momento Gretchen tornò annunciando: «La Squadra di Raccolta delle Prove sta arrivando. La dottoressa Feist sarà qui tra mezz'ora.» Puntò la torcia verso l'eliporto. «Spero che questo tizio non abbia lasciato la prossima polaroid sotto il corpo di questa donna, perché a quest'ora non ne sarebbe rimasto niente.»

«No, non l'ha fatto.» disse Josie puntando la luce su una delle tasche posteriori dei jeans della donna, dove si intravedeva un quadrato bianco. «È proprio lì.»

«Porca puttana...» disse Gretchen.

Qualche ora dopo, una volta che la Squadra di Raccolta delle Prove ebbe finito di esaminare attentamente la maggior parte della scena del crimine, Hummel sfilò la foto dalla tasca della vittima per mostrarla a Josie e a Gretchen e diede loro il tempo di scattarne qualche foto con il cellulare prima di metterla in una busta per le prove. Un'altra scena all'aperto. Un'altra veduta frammentaria di qualcosa. L'angolo superiore sinistro della polaroid era riempito dal cielo blu. Il resto era sfocato, ma era l'estremità di un edificio, presumibilmente, con un rivestimento bianco. Sopra l'edificio c'era una forma più scura e distorta che attraversava il rivestimento bianco. Forse la grondaia che scendeva da un tetto.

Qualunque cosa fosse, ovunque fosse, Josie era certa che era il luogo in cui la terza vittima di quell'assassino aveva già esalato il suo ultimo respiro.

VENTITRÉ

Josie si sentì percorrere dalla testa ai piedi da un brivido quando Noah le posò una mano sulla parte bassa della schiena: la stava accompagnando fuori dalla tromba delle scale e verso il seminterrato del Denton Memorial Hospital, dove si trovavano i locali all'obitorio comunale. Quel reparto dell'ospedale era invariabilmente deserto - tanto che i loro passi riecheggiavano lungo il corridoio vuoto -; fatta eccezione per le stanze presiedute dalla dottoressa Anya Feist, tutte le altre stanze erano inutilizzate. Non c'era una finestra in tutto il piano e con quelle piastrelle sporche e ingiallitesi negli anni e quelle pareti di un bianco ingrigito, logorate dal tempo e dallo sporco, sembrava uscito da un film dell'orrore. Man mano che si avvicinavano alla sala dove la dottoressa conduceva i suoi esami, l'aria si riempiva dell'odore misto di decomposizione umana a prodotti chimici per le pulizie.

Si avvicinò di più a Noah, inarcando la schiena contro la sua mano, e inspirò il suo dopobarba per cercare di compensare quell'odore. Era pomeriggio inoltrato, ma entrambi erano appena usciti dalla doccia. Josie era rimasta a casa di Peter Rowland fino a quando il corpo della donna non era stato predisposto per essere portato via. Poi era tornata alla stazione di polizia per iniziare a redigere i rapporti. La pattuglia incaricata di andare all'appartamento di Stella Townsend non aveva potuto controllare lo stato di salute della donna perché nessuno era venuto a rispondere alla porta, che era chiusa a chiave, e la Polizia di Denton non aveva motivi validi per entrare con la forza o per chiedere al proprietario dell'immobile di farli entrare. Almeno, non ne aveva ancora. Anche Noah aveva fatto un salto in centrale per completare le pratiche relative all'interrogatorio che aveva condotto con Remy Tate, il quale aveva accettato di rilasciare una dichiarazione scritta, ma si rifiutava ancora di rivelare il nome della sua amante.

Noah le diede un rapido bacio sulla tempia fintanto che erano ancora soli. «Non dovremmo dormire fino a tardi così tante volte.»

Josie gli sorrise e un brivido di piacere le percorse la schiena al ricordo delle mani e delle labbra del marito sulla sua pelle nemmeno un'ora prima. «Tutto l'opposto.»

Una volta che Josie e Noah avevano finito di compilare i documenti nelle prime ore del mattino dopo aver scoperto il secondo cadavere e dopo aver passato un tempo eccessivo a studiare la nuova polaroid senza riuscire a capire dove fosse stata scattata, erano tornati a casa insieme. Gretchen, invece, era rimasta in ufficio, dopo che il capo Chitwood aveva acconsentito a cambiare i turni, dato che Josie e Noah dovevano essere entrambi presenti alla proposta di matrimonio di Drake a Trinity la sera successiva. In questo modo, con suo grande sollievo, Josie aveva potuto prendersi una pausa da Turner, nonostante questo implicasse il grosso rischio che Gretchen lo uccidesse prima della fine del turno. Lei e Noah avrebbero dovuto approfittarne per dormire quella mattina, ma quando erano tornati a casa, l'avevano trovata vuota: Drake aveva portato Trinity a fare colazione; Shannon e Christian avevano un appuntamento con il loro agente immobiliare. Così, non avevano potuto fare a meno di approfittare pienamente del tempo che potevano trascorrere da soli, riposando pochissimo, ma recuperando sulle ultime settimane in cui erano stati troppo impegnati o con turni di lavoro diversi e occupati con gli ospiti per potersi dedicare l'uno all'altra.

Adesso, ritrovandosi di fronte alla porta della sala autopsie dell'obitorio comunale, i residui di quello stato di beatitudine che fino a poco prima aveva pervaso il corpo di Josie stavano svanendo e lei cercò di aggrapparsi ancora un istante a quelle ultime sensazioni perché, una volta varcata quella soglia, sarebbero stati completamente immersi nell'orrore del caso che stavano cercando di risolvere. Il petto le si strinse al pensiero che da qualche parte potesse esserci già un'altra vittima che aspettava che loro capissero dove era stata scattata la polaroid per rinvenire il cadavere. Fece un respiro profondo mentre Noah apriva la porta, tenendola aperta in modo che potesse passare per prima.

Dall'interno della sala autoptica li raggiunse la voce di Turner: «Non ci sto provando con lei, dottoressa, glielo giuro. Sto solo cercando di conoscerla meglio, dato che dobbiamo lavorare insieme...»

Videro il collega appoggiato al bancone in acciaio inossidabile che correva lungo la parete sul lato opposto della stanza, oltre i due letti autoptici, sui quali erano stati stesi i corpi delle vittime avvolti in teli bianchi. A pochi metri di distanza c'era la dottoressa Feist, che stava in piedi con lo sguardo fisso sullo schermo del suo computer e che, con un sospiro, gli rispondeva: «Non le occorre sapere nulla di personale su di me per poter lavorare insieme.»

Noah borbottò qualcosa di incomprensibile mentre attraversavano la stanza. Josie alzò lo sguardo verso di lui e vide che aveva la mascella contratta.

«Ehi, piccionci... tenente, Quinn.» li salutò Turner, sorridendo come se fossero vecchi amici.

«Che sta succedendo qui?» chiese Noah.

Turner guardò la dottoressa, ma lei rimase concentrata sul suo portatile. Josie studiò il linguaggio del suo corpo: era annoiata, leggermente infastidita, ma non spaventata né arrabbiata.

«È venuto per discutere i risultati dell'autopsia delle vostre due vittime.» rispose la Feist.

Noah guardò Turner. «E poi?»

Turner alzò gli occhi al cielo. «Non ho fatto niente! Stavo solo facendo conversazione.»

Finalmente la dottoressa lo guardò con l'aria di chi non crede alle proprie orecchie. «Ha un modo strano di fare conversazione.»

«È socialmente inetto.» spiegò Josie. «È uno dei suoi innumerevoli talenti.»

«Chi ha bisogno di un cartello adesso?» brontolò Turner. «Non è passato neanche un giorno da quando Quinn mi ha insultato.»

«Basta così.» intervenne Noah. «Turner, dovresti andare a casa e riposare un po'. Ci pensiamo noi adesso.»

Turner tirò fuori il telefono e digitò il codice di accesso. «Non volete che prima vi dia gli ultimi aggiornamenti?»

«Te li sei segnati sul telefono?» gli chiese Josie.

Con il pollice digitò qualcosa e scorse all'ingiù e senza distogliere lo sguardo dallo schermo, disse: «Adesso sì. Il mio... qualcuno mi ha parlato di questa applicazione per prendere appunti. Ne avete mai sentito parlare?»

Una fitta di dolore trafisse il cuore di Josie ripensando a Mettner che usava sempre un'applicazione per prendere appunti su cui teneva traccia dei dettagli di ogni indagine. Cercò di pronunciare qualche parola, ma non riuscì a emettere alcun suono. Fortunatamente, Turner continuò il suo resoconto: «Il cadavere ritrovato a casa di Rowland ha un tatuaggio sull'avambraccio che dice: "Io sono la tempesta". Sapendo che questo assassino ha rubato un'auto l'ultima volta, e dato che l'auto sulla scena del crimine apparteneva a Stella Townsend e lei non ha risposto alla porta né ieri sera né questa mattina, ho pensato che fosse meglio considerarla fin da subito come la vittima. E infatti, quando mi sono fatto un giro sui suoi profili social, ho trovato una foto in cui il tatuaggio si vede bene.»

Girò il telefono verso Josie e Noah, mostrando loro un post su Instagram in cui si vedeva Stella Townsend com'era quando era in vita. Non la si vedeva negli occhi perché erano nascosti da un paio di occhiali da sole, ma esibiva un ampio sorriso che le illuminava tutto il viso a forma di cuore. Una folata di vento faceva volare le punte dei suoi capelli biondi. E anche se indossava una camicetta bianca a maniche lunghe e una gonna nera aderente, teneva tra le braccia un piccolo anatroccolo. Aveva taggato il Rifugio per animali selvatici di Denton, ringraziando il personale per la visita. *A breve una storia*, aveva aggiunto. Si era arrotolata le maniche della camicetta fino ai gomiti. Turner ingrandì l'immagine in modo che potessero vedere meglio l'avambraccio destro, dove si intravedeva un tatuaggio impresso a caratteri neri, che recitava: "Io sono la tempesta". Non sarebbero riusciti a vedere quel tatuaggio sulla scena del crimine, data la posizione del corpo e tutto quel sangue.

«È lo stesso.» confermò la dottoressa. «Il vostro collega è riuscito a trovare la sua cartella dentistica e a portarla qui. Tutto corrisponde.»

Turner sorrise, come se aspettasse un complimento, ma non ricevendo alcuna reazione, tornò a guardare il telefono e ricominciò a scorrere. «Viveva da sola. Il parente più vicino è sua madre, che vive in Virginia.»

«Ho chiesto all'ufficio del coroner locale di provvedere alla notifica del decesso.» disse la dottoressa. «Ora vi parlerò delle mie conclusioni, così...» a questo lanciò un'occhiata carica di significato verso Turner, «potrete andarvene tutti e tre. Sono sicura che avete molto lavoro da fare...»

Ma Turner era troppo occupato a guardare il suo telefono

per accorgersi di quello che stava dicendo. Di sicuro si era messo a guardare qualcosa che non aveva niente a che fare con il lavoro e che aveva catturato completamente la sua attenzione.

«Ho già sentito tutta questa roba. Ci vediamo alla caffetteria, dopo che avrete ascoltato il discorsetto della dottoressa, così vi parlerò delle ultime cose che ho scoperto e potrò tornarmene a casa.»

Senza neanche aspettare una risposta e senza nemmeno alzare lo sguardo dallo schermo, imboccò la porta e uscì.

Noah sospirò. «Dottoressa, se Turner è un problema...»

Lei alzò una mano per interromperlo, mettendosi a ridere. «È completamente innocuo, Noah. È solo un tipo... fastidioso. E strano. Ma posso gestirlo.»

«Cosa le ha chiesto?» si informò Josie. Non avrebbe dovuto interessarle, ma una parte di lei era curiosa.

«Voleva sapere, qualora mi ritrovassi intrappolata su un'isola deserta, ma avendo accesso a un lettore DVD e potendo guardare solo tre film per il resto della mia vita, quali film sceglierei.»

«Ma che roba...?» disse Noah.

La dottoressa scosse la testa. «Come ho detto, è un tipo strano. So che non si trattava di informazioni personali nel vero senso della parola, ma lui insisteva nel dire che se gli avessi detto i film che sceglierei gli avrei fatto capire molto su di me. Ma il fatto è che... sono stanca e non avevo voglia di avere a che fare con lui.»

«Comprensibile...» disse Josie.

«Non le ruberemo molto tempo, anche perché abbiamo un sacco di lavoro da fare.» le assicurò Noah. «Quindi perché non ci parla delle sue conclusioni?»

VENTIQUATTRO

Invitandoli a seguirla, la dottoressa si avvicinò a uno dei tavoli autoptici e sollevò il lenzuolo fino a scoprire la parte superiore del corpo di Cleo Tate. La costellazione di nei sulla guancia sinistra risaltava contro il pallore innaturale della sua pelle. Aveva gli occhi chiusi. Si sarebbe detto che si fosse semplicemente addormentata, se non fosse stato per le grandi ferite da taglio visibili sul torace, una nella parte superiore sinistra del petto e l'altra sull'addome, appena sotto l'ombelico. Tutti gli insetti erano stati lavati via. «Come ho detto a Josie sulla scena del crimine, c'è una lacerazione superficiale sulla mano sinistra di questa donna.» esordì la dottoressa. «Ci sono in totale quattro ferite da taglio, ma tenderei a dire che è quella sul petto che ne ha causato il decesso. La lama del coltello le ha perforato la pelle, lo sterno, il pericardio e l'aorta. Sarà morta dissanguata in pochi minuti. Il tempo medio necessario per morire dissanguati a causa di una rottura o una lacerazione dell'aorta è compreso tra i due e i cinque minuti. In base alla temperatura del suo corpo, tenendo conto della temperatura del luogo in cui è stata trovata, delle condizioni del suo corpo e della decomposizione accelerata, ho stimato che il decesso abbia avuto luogo lunedì in un momento compreso tra le undici e trenta del mattino e l'una e trenta del pomeriggio.»

«Quindi l'ha uccisa entro due ore dal rapimento.» ne concluse Noah.

«Precisamente.» confermò la Feist indicando il bernoccolo sulla testa di Cleo Tate. «La ferita sulla fronte era grave. Non sono riuscita a capire con che tipo di arma l'abbia colpita. Sono stata in grado solo di determinare che è stata colpita con un oggetto smussato. Indipendentemente dalla natura dell'oggetto in sé, il colpo non sarebbe stato fatale. Tuttavia, sarebbe stato quasi certamente abbastanza grave da causare perdita di coscienza, commozione cerebrale e disorientamento.»

«Rendendole difficile cercare di sfuggirgli o resistergli.» completò Josie.

Con un cenno di assenso, la dottoressa continuò: «Eppure non c'è alcun segno di violenza sessuale.»

Noah girò di scatto lo sguardo sul medico legale. «Sul serio?»

«Sì, sul serio. Vale anche per me, pure io sono rimasta sorpresa. Di solito, la violenza sessuale è il motivo per cui un uomo rapisce una donna e la porta in un luogo isolato. E invece non ho trovato alcuna prova che questa donna avesse avuto rapporti sessuali di recente.» Questo era coerente, considerando quanto avevano appreso del matrimonio della vittima e della recente relazione extraconiugale del marito.

«Vuol dire che ha avuto intenzione di ucciderla fin dall'inizio.» affermò Josie fissando la ferita sul petto di Cleo Tate. «Gli ci sarà voluta una forza notevole per raggiungere l'aorta.»

«Infatti...» concordò la dottoressa. «Una forza estrema.»

«In altre parole, l'assassino è molto forte oppure in quel momento era molto arrabbiato.» disse Noah. «O entrambe le cose.»

«Partendo dalle caratteristiche delle ferite, sembrerebbe che lui fosse in piedi sopra di lei quando ha affondato il coltello.» Lo sguardo della dottoressa passò in rassegna le altre ferite. «Questa donna non ha avuto alcuna possibilità.»

L'assassino l'aveva portata nel profondo del bosco. L'aveva scaraventata o lasciata cadere sul fondo distrutto della barca e poi si era avventato su di lei con una furia tale da perforare le ossa. C'era qualcosa di preciso e allo stesso tempo incredibilmente confuso nell'omicidio di Cleo Tate. Era chiaro, infatti, che doveva aver pianificato ogni sua mossa con cura; ma, una volta che aveva portato Cleo Tate dove voleva, aveva perso il controllo.

Noah si passò una mano tra i capelli. «Che cosa può dirci di Stella Townsend, invece?»

La dottoressa sistemò il lenzuolo sul corpo della prima vittima e si avvicinò al tavolo autoptico di fianco, scoprendo il busto della seconda vittima. Macchie viola scuro e rossastre ricoprivano la pelle del torace e di una delle guance, nei punti in cui il sangue si era raccolto fino a rendere permanente la decolorazione.

«Anche in questo caso, tenendo conto di tutti i fattori ambientali, ho stimato che il decesso abbia avuto luogo lunedì in un momento compreso tra le quattro e le sei del pomeriggio...» cominciò la dottoressa.

Il che significava che aveva rapito e ucciso Stella Townsend solo poche ore dopo aver rapito e ucciso Cleo Tate.

La dottoressa Feist indicò la testa della donna. «Non si vede a causa dei capelli, ma anche lei presenta una grave ferita alla testa. Questa alla base del cranio. Anche in questo caso, causata da un oggetto contundente.»

Un tipo di ferita che permetteva di concludere che l'assassino aveva aggredito Stella Townsend alle spalle. «Inoltre, proprio come nel caso della prima vittima, non c'è alcun segno di violenza sessuale.»

Josie scambiò un'occhiata con Noah: ipotizzando che quei crimini avessero avuto origine da motivazioni di natura sessuale e che Cleo Tate fosse stata il primo tentativo dell'assassino, si poteva in ogni caso ipotizzare che le cose non fossero andate come lui aveva immaginato e che il tentativo avesse portato all'omicidio prima che lui potesse aggredirla; era un tipo di dinamica che si osservava in quei casi in cui gli assassini agivano motivati da ragioni di natura sessuale quando decidevano una volta per tutte di provare a trasformare in realtà le loro fantasie violente e deviate. Ritrovandosi però di fronte alla sua seconda vittima, che non aveva subito violenza carnale, se ne doveva dedurre che gli omicidi non erano a sfondo sessuale. Non che fosse una cosa sorprendente, ma, in un certo senso, era inaspettata.

«Come già sapete, l'arma del delitto era un coltello.» continuò la dottoressa. «I coltelli trovati sulle due scene del crimine sono identici, della stessa marca e delle stesse dimensioni. Hummel mi ha detto che si possono trovare praticamente in qualsiasi negozio che vende utensili da macelleria.»

Josie contò rapidamente cinque coltellate sul petto e allo stomaco della loro seconda vittima, oltre a un'altra alla gola. «Vale a dire che non possiamo rintracciare l'assassino attraverso i coltelli.»

«Queste sembrano ferite da taglio piuttosto semplici.» osservò Noah. «C'è qualcos'altro che dovremmo sapere?»

«Sì.» confermò la dottoressa facendo un gesto con la mano indicando il torace di Stella Townsend. «Tutte le ferite sul corpo di questa donna sono qui, lungo la parte anteriore del corpo, tra il torace e il collo. Considerando le caratteristiche delle ferite, ritengo che l'assassino fosse in piedi sopra di lei quando l'ha accoltellata, proprio come nel caso di Cleo Tate.»

«L'ha colpita alla nuca in modo da farla cadere.» disse Josie, ricordando la posizione del corpo quando lo avevano trovato. «Lei si è girata sulla schiena e lui l'ha pugnalata. Poi lei si è rigirata a pancia in giù e ha cercato di strisciare via, ma è morta dissanguata prima di riuscirci.»

«In realtà...» disse la dottoressa alzando un dito in segno di obiezione, «non può aver avuto modo di strisciare via. La pugnalata alla gola è profonda. Le ha reciso la colonna cervicale, danneggiando il nervo che innerva i muscoli dal torace in giù. Se fosse sopravvissuta, sarebbe rimasta paralizzata.»

Noah guardò la Feist perplesso. «E non potrebbe essere stata quella alla gola l'ultima ferita? Lei non potrebbe aver cercato di strisciare via, dopo le prime coltellate, in modo che allora lui avrebbe dovuto girarla verso di sé per inferire la coltellata alla gola?»

«Avrebbe comunque dovuto riposizionarla.» disse Josie. «L'ha spostata.»

«Esatto.» disse la dottoressa. «Indipendentemente dall'ordine con cui le ha inferto queste ferite, Josie ha ragione. Che le abbia inflitto la ferita paralizzante per prima o per ultima, avrebbe dovuto rimetterla a pancia in giù, per poi lasciarla lì.»

L'immagine della mano di Stella Townsend che cercava di afferrare l'erba fece breccia nella mente di Josie. «Quindi l'ha messa in posa in modo che sembrasse che stesse cercando di strisciare via.»

Il perché era un'altra questione.

«Sta cercando di dirci qualcosa.» affermò Noah.

La dottoressa Feist coprì delicatamente il corpo di Stella Townsend. «Mi auguro proprio che lo scopriate al più presto. Preferirei davvero non avere un'altra delle sue vittime nel mio obitorio.»

VENTICINQUE

Non gli era stato difficile scoprire dove viveva. Lei non era stata prudente quando era fuggita dall'auto, permettendogli di seguirla senza problemi; in questo modo, gli aveva fatto capire che stava soltanto facendo la difficile. Per lei era tutto un gioco. Si divertiva a giocare con lui. Ma non sarebbe salita in macchina se non avesse voluto qualcosa. Qualcosa che lui sarebbe stato più che felice di darle. Non era affatto facile ignorare il modo in cui lei aveva tremato sotto il suo tocco, il modo in cui i suoi occhi si erano spalancati né i sussulti che le erano sfuggiti dalle labbra socchiuse. Anche in quel momento, fermo ai margini del parcheggio dove aveva fermato la sua auto, il ricordo di come lei aveva reagito a quel contatto lo eccitava. Non la vedeva da molto tempo. Tutti i tentativi che aveva fatto in precedenza per ritrovarla erano falliti e dire che non aveva risparmiato le forze nel frenetico tentativo di scoprire dove fosse.

Era sparita nel nulla, come un fantasma. Aveva sconvolto la sua vita e poi si era dileguata come se non fosse mai esistita, tant'era che, in certi momenti, si era ritrovato a chiedersi se non fosse stata solo frutto della sua immaginazione. Addirittura, a dirsi che se fosse stato come uno di quei personaggi del cinema con un disturbo di personalità multipla – o in qualsiasi altro modo andasse di moda chiamarlo – e che lei faceva la parte di una delle sue tante personalità, che gli sussurrava menzogne all'orecchio. Alla fine, aveva rinunciato a cercarla. Ma non l'aveva mai dimenticata.

I suoi occhi la scrutarono da capo a piedi mentre la guardava uscire dall'edificio. Avrebbe corso un rischio troppo grande a prenderla in quel momento, di fronte al palazzo in cui viveva, in piena luce del giorno e con videocamere ovunque; ma neanche questo impediva a un flusso di euforia di scorrergli nelle vene. L'incontro in macchina aveva ridato vita alla sua anima vuota. Con dita tremanti, fantasticò su tutti i modi in cui avrebbe potuto farle pagare quanto gli doveva. Finalmente avrebbe potuto farle capire cosa gli aveva fatto, a che cosa lo aveva ridotto. Poi se ne sarebbe trovata un'altra. Dopotutto, aveva già le mani sporche di sangue. Molto sangue. E se c'era una cosa che il passato gli aveva insegnato, era che lui era intoccabile.

VENTISEI

Dopo essere stati all'obitorio, i profumi della caffetteria dell'ospedale li accolsero con gradita sorpresa. Josie prese subito a catalogare ogni singola fragranza via via che passavano davanti ai vari banconi: pollo alla griglia, patatine fritte, pizza, frittura al salto, pasta condita con salsa di pomodoro. Tutto questo miscuglio le faceva brontolare lo stomaco, anche se lei e Noah avevano mangiato prima di presentarsi in ufficio. Erano famosi tra amici e familiari per la loro totale incompetenza nel preparare anche i piatti più semplici, Josie più di Noah. Si erano anche fatti dare qualche lezione di cucina dalla loro amica Misty in modo che, se - a quel punto, quando - avessero adottato un bambino, sarebbero stati capaci di cucinare qualcosa, ma comunque tutto ciò che non preparavano con le loro mani aveva un sapore migliore delle loro misere creazioni. Quando arrivarono al bancone del caffè a Josie venne l'acquolina in bocca.

«Vai a cercare Turner.» le disse Noah. «Io prendo un paio di caffè.»

Lo trovò a un tavolino in un angolo, davanti a sé una fetta di pizza mangiata a metà. Come al solito, stava guardando qualcosa sul telefono. Josie cercò di vedere cosa c'era sullo schermo mentre gli si avvicinava, ma lui fu più svelto a percepire la sua presenza alle spalle e mise rapidamente il telefono a schermo in giù sul tavolo.

Josie si sedette di fronte a lui. «Vuoi dirmi come fai a conoscere mia sorella?»

Turner diede un morso alla sua pizza, masticando lentamente. Evitava l'argomento. Noah scivolò sulla sedia accanto a Josie, spingendo una tazza di caffè verso di lei e, guardando Turner, gli chiese: «Allora, che novità hai?»

Turner si prese il tempo necessario per deglutire e per pulirsi le dita con un tovagliolo prima di prendere il telefono e scorrere alcune volte lo schermo, presumibilmente per aprire l'applicazione dei suoi appunti. «Stella Townsend era una studentessa dell'Università di Denton. Era iscritta alla facoltà di comunicazione. Aveva lasciato gli studi per un po', ma aveva rinnovato l'iscrizione per questo autunno. Fino a poco tempo fa lavorava a tempo pieno come assistente di produzione alla WYEP, poi è passata al part-time. Ho parlato con alcuni suoi colleghi e vicini di casa. Mi hanno detto tutti quanti che non aveva nessun fidanzato e nemmeno ex fidanzati molesti, e che non erano a conoscenza di qualcuno che le avesse dato problemi negli ultimi tempi. Non preoccupatevi, ho avuto la garanzia dal capo della ragazza che non avrebbero divulgato nessuna informazione sulla sua morte fino a quando non avessimo dato loro il via libera.»

Sembrava controintuitivo fidarsi della stampa, soprattutto dopo il tentativo di ricatto di Dallas Jones alla centrale, ma Josie sapeva che i vertici della WYEP non avrebbero voluto bruciare i ponti con la polizia di Denton. Non se speravano di mantenere buoni rapporti per future notizie.

«Ho fatto emettere dei mandati per i tabulati telefonici e il GPS della sua auto.» continuò Turner. «Inoltre, sul sedile posteriore della sua auto c'era una borsa a tracolla che conteneva il suo computer e così ho ottenuto un mandato anche per quello. Sto aspettando che mi arrivino le informazioni.»

«E sei riuscito a scoprire quando è stata vista l'ultima volta?» gli domandò Josie. «Per sapere da dove potrebbe essere scomparsa...»

Turner sorrise di nuovo con aria compiaciuta, facendo scorrere il pollice sullo schermo del telefono. «Oh pasticcino, aspetta di vedere questo...»

Josie allungò una mano a palmo aperto e senza nemmeno guardarla, Turner fece scomparire la mano libera sotto il tavolo per cercare nella tasca della giacca da cui tirò fuori una banconota da un dollaro che fece scivolare sul tavolo verso di lei. Almeno questa non era umida. Girò il telefono verso di loro. «Questo è un filmato ripreso lunedì alle tre e mezza del pomeriggio dal parcheggio del complesso residenziale in cui viveva Stella Townsend.»

Era lo stesso momento in cui quasi tutte le risorse della polizia di Denton erano concentrate nelle ricerche di Cleo Tate nel terreno di venti ettari dove era stata lasciata l'auto di Sheila Hampton. Il filmato era a colori, ma la videocamera era puntata verso il basso, da un'altezza considerevole, presumibilmente in cima a un lampione. Questo rendeva difficile vedere il volto dell'uomo che si faceva strada attraverso il parcheggio fino a trovare la Toyota Camry di Stella Townsend, soprattutto perché indossava lo stesso berretto descritto da Charlotte Thompson. Era troppo lontano per distinguere il logo sopra la visiera. Si riusciva a vedere la tracolla del suo zaino monospalla. Si appoggiava alla portiera del lato guida. Con le braccia conserte sul petto, si metteva ad aspettare.

«Ho provato a seguirlo con le altre videocamere di sorveglianza.» disse Turner. «L'ho visto passare davanti ad alcuni negozi nelle vicinanze, ma alla fine l'ho perso e non sono mai riuscito a vederlo bene in faccia.»

«È troppo prudente.» disse Noah.

Nell'angolo in alto a destra della ripresa i secondi scorrevano. Finalmente appariva Stella Townsend: indossava gli stessi vestiti con cui era stata trovata morta, oltre a una borsa di maglia e alla borsa a tracolla di cui aveva parlato Turner. Si fermava a pochi metri dall'uomo, indicando la sua auto.

«Purtroppo non c'è l'audio.» disse Turner. L'uomo diceva qualcosa, ma lo si poteva capire unicamente perché lo si vedeva aprire e chiudere la bocca, ma l'angolazione della videocamera non permetteva di vedere le labbra, il che era una vera sfortuna dato che Noah era molto bravo a leggere il labiale. Più lui parlava, più la ragazza gli si avvicinava. La conversazione durava un minuto e diciassette secondi, poi la ragazza gli faceva cenno di salire a bordo. Una volta entrati entrambi in macchina, metteva in moto e partiva.

«Che strano...» commentò Noah.

«Non sembra che la stia minacciando.» aggiunse Josie avvertendo una sensazione di agitazione che le riempiva il petto. «Ma lei sale in macchina di sua spontanea volontà, da quello che sembra. Evidentemente lo conosceva.»

«È quello che ho pensato anch'io.» disse Turner. «Nessuno dei colleghi o dei vicini con cui ho parlato mi è sembrato sospetto. Dovremo scavare più a fondo nella vita di questa ragazza. Non frequentava alcun corso all'università da circa due anni, ma potrei comunque parlare con alcuni dei suoi professori e chiedere a loro se ricordano che avesse problemi con qualcuno. Qualunque informazione riusciremo a ricavare dal suo telefono e dal suo computer potrebbe tornarci utile. Non si può dire lo stesso dei suoi account sui social media, dove non era particolarmente attiva. Non era su quei canali che forniva molte informazioni personali.»

Josie bevve un sorso di caffè. «La proprietà di Rowland è isolata. Se Stella ha guidato fin là e lui ha lasciato lì la sua auto...»

«Significa o che se n'è andato a piedi o che qualcuno lo ha

aiutato... qualcuno è andato a prenderlo.» la interruppe Turner. «La società di gestione immobiliare di Rowland ha consegnato i filmati delle videocamere di sorveglianza dell'edificio, ma non ci sono immagini chiare dell'eliporto. Si vedono delle figure in movimento, ma sono troppo lontane dalla videocamera per essere utili. Ho già richiesto un mandato di perquisizione per l'area circostante la proprietà di Rowland. Il capo ha mandato tutti lì all'alba per setacciare la zona nel caso fosse tornato a casa a piedi. Ma non hanno trovato nulla. Ho anche richiesto un mandato per il GPS dell'auto della ragazza, per vedere se si è fermata da qualche parte lungo il tragitto verso la casa di Rowland. I risultati mi dovrebbero arrivare da un momento all'altro.»

Niente. Questo era tutto quanto quel caso aveva da offrire. Niente, niente e ancora niente. Josie cercò di non sentirsi sconfitta, eppure l'immagine di quella terza polaroid era lì, impressa nella sua mente, e la tormentava. Le ricordava che da qualche parte c'era un'altra donna e che presumibilmente era già morta.

«Speriamo che Hummel abbia qualcosa da darci. Ci sono ancora impronte e DNA da prelevare dall'auto, dal coltello, dalla polaroid. Dai vestiti di Stella...» ma anche mentre cercava di convincersene, aveva la sensazione che alla fine Hummel non avrebbe trovato nulla di utile.

«Speriamo che i profili del DNA dell'omicidio di Cleo Tate arrivino il prima possibile.» disse Noah. «Se ci fosse una corrispondenza nel database nazionale, avremmo una possibilità di mettere le manette a questo maniaco.»

«Certo, tenente.» disse Turner senza entusiasmo. «Se lo dici tu...»

«E che ci dici dei tabulati telefonici di Remy Tate?» continuò Josie.

«Sto aspettando anche per quelli.» rispose Turner, tamburellando con le dita sul tavolo. Indizio che non si sarebbe trattenuto ancora per molto. «Ora come ora sto aspettando per ogni cosa, ma per quando vi rivedrò, avrete gli occhi in mano per come sarete sommersi dai rapporti.»

E non si rivelò un'iperbole. Alla fine del turno, a Josie gli occhi bruciavano da morire per la stanchezza, irritati dalle innumerevoli ore trascorse a passare al setaccio migliaia di pagine, tanto che riusciva a malapena a tenerli aperti. Non si sarebbe mai immaginata di desiderare di vedere Turner, ma davvero moriva dalla voglia di vederlo arrivare per dare loro il cambio alla mezzanotte. Non si infastidì nemmeno quando lui fece il suo ingresso in ufficio con mezz'ora di ritardo, tracannando una delle sue disgustose bevande energetiche e salutandola in mezzo a un rutto e poi, lanciandole un'occhiata, sorrise dicendo: «Per la miseria... a vederti così sembra che ti abbiano trascinata dietro a un'auto nelle ultime otto ore.»

Noah alzò lo sguardo dai documenti che stava esaminando. «Turner. Non cominciare...»

Josie sospirò e si stiracchiò allungando le braccia sopra la testa. «E anche così, rimango sempre più bella di te...»

Turner si lasciò cadere sulla sedia e iniziò a svuotare le tasche della giacca. Altre tre bevande energetiche, il suo telefono, un caricabatterie e alcuni fogli di carta tutti stropicciati. «Hai trovato qualcosa di interessante? Prove concrete che possiamo usare?» le chiese.

L'aggiornamento da Hummel non era stato incoraggiante: il profilo del DNA preso dal coltello usato per uccidere Cleo Tate e dalla sua auto non era ancora arrivato. Il campione di DNA preso dalla scena dell'omicidio di Stella Townsend era stato inviato al laboratorio, ma i risultati avrebbero richiesto ancora tempo. Aveva prelevato un paio di serie di impronte sconosciute dall'interno dell'auto di Stella Townsend, ma nulla dal coltello o dalla polaroid. A tutto questo si aggiungeva che la geo-recinzione fatta intorno alla proprietà di Peter Rowland non aveva portato a nessun risultato. Nel frattempo, Josie si era convinta che l'assassino avesse un complice, data la lontananza tra le scene del delitto, ammesso che non avesse pensato con sufficiente anticipo a nascondere un altro veicolo nelle vicinanze. In tal caso, il veicolo che aveva usato doveva essere di un modello più vecchio, privo di un sistema di infotainment o di un GPS; oppure, nel caso avesse usato un veicolo più recente, doveva essere riuscito in qualche modo a disattivare il GPS o a bloccarne i dati. Un'operazione che sarebbe stata piuttosto complicata, oltre che illegale, ma non impossibile.

«Niente che possiamo usare per il momento...» gli rispose Noah.

Josie sfogliò le pagine dei tabulati telefonici di Stella Townsend finché non trovò una serie di messaggi che aveva contrassegnato in precedenza. Li passò a Turner allungandosi sopra la scrivania. «Quando hai interrogato i colleghi di Stella Townsend alla WYEP, hai parlato con una produttrice di nome Vicky Platt?»

Turner scorse rapidamente i messaggi. «Quella biondona... cioè, la donna bionda? Sì. Stella era la sua assistente personale. Era piuttosto sconvolta. Ma questo non le ha impedito di fare la civetta con me.»

Josie alzò gli occhi al cielo. «Non è che tutte le donne con cui parli ci provano con te...»

Lui non alzò lo sguardo dai documenti che aveva tra le mani. «Non preoccuparti, l'ho troncata sul nascere.»

«Come ci sei riuscito? Sei rimasto te stesso?»

Con una straordinaria dimostrazione di maturità, o forse di autocontrollo, Turner non le rispose. «Questi messaggi non sono affatto criptici...»

«Ho lasciato un messaggio vocale a Vicky Platt chiedendole di venire in centrale domattina per discuterne...» disse Josie.

Turner diede un'ultima occhiata allo scambio prima di restituirle i fogli. «Beh, buona fortuna allora. Ma com'è possibile che tra i tabulati telefonici di Stella Townsend e quelli di Remy Tate, non ci ritroviamo in mano altro che carta straccia?»

Noah voltò un'altra pagina. «Puoi provarci tu a trovare qualcosa, se vuoi. Guarda, ti lasciamo l'ultima parte...»

«Grazie infinite...» mormorò Turner.

Josie stava per chiudere lì la giornata quando la sua attenzione fu attirata da una nuova serie di messaggi nei tabulati telefonici di Stella Townsend che, per un attimo, la lasciò confusa a chiedersi se lei e Noah si fossero scambiati i rapporti delle due donne, ma intanto, più che continuava a leggere più le saliva l'adrenalina, spazzando via ogni traccia di stanchezza.

«Porca vacca...»

«Che c'è?» le chiese Noah con uno sbadiglio.

«L'amante di Remy Tate era Stella Townsend.»

VENTISETTE

Josie si sentiva trafiggere dai pianti della piccola Gracie Tate; anche attraverso la parete che separava la sala interrogatori dalla sala di osservazione, riusciva a sentirla se teneva abbassato il volume del monitor collegato alle videocamere a circuito chiuso. Desiderava con ogni cellula del suo corpo correre nella stanza adiacente per calmare la bambina. Guardò dietro di sé, per vedere cosa faceva Gretchen: era appoggiata al muro e stava bevendo un altro frappè alle noci pecan e, a giudicare dalla ruga che le solcava la fronte, anche lei sembrava profondamente turbata da quei pianti.

Erano passate poco più di sei ore da quando Josie aveva trovato la lunga serie di messaggi che Stella Townsend e Remy Tate si erano scambiati nel mese precedente. Dopodiché, lei e Noah erano tornati a casa per dormire un po', lasciando Turner a esaminarli con estrema attenzione, alla ricerca di qualsiasi dettaglio potesse rivelarsi utile a Noah per quando avrebbero riportato Mr. Tate alla centrale per interrogarlo. Turner aveva fornito a Noah un resoconto sorprendentemente dettagliato una volta che erano rientrati in servizio. Quando Josie e Noah erano andati a prendere Mr. Tate a casa sua per accompagnarlo alla centrale in vista dell'interrogatorio, lui aveva insistito per portare la bambina con sé, sostenendo di non avere nessuno da chiamare per badare a lei, nemmeno per un'ora o due. Josie gli aveva elencato una serie di suggerimenti, per esempio di lasciarla con i suoi genitori o con la madre di Cleo, oppure all'amica più cara di Cleo o anche a qualche vicino. Alla fine, Mr. Tate aveva accettato di chiamare sua madre che, pur vivendo fuori Denton, aveva promesso di incontrare il figlio alla stazione di polizia per prendere Gracie con sé. Fino ad allora, lui avrebbe aspettato nella sala interrogatori con la sua bambina che era molto irrequieta.

Noah entrò nella stanza di osservazione portando tra le mani una pila di stampe dei messaggi presi dal telefono di Remy Tate. Con una smorfia, disse: «La si sente dall'altra parte del corridoio. Che cosa sta combinando quest'uomo?»

Sui monitor si vedeva Mr. Tate seduto su una delle sedie, curvo con i gomiti sulle ginocchia. Alternava momenti in cui nascondeva il viso tra le mani a momenti in cui cullava svogliatamente avanti e indietro il passeggino della bambina. Non faceva alcun tentativo per prenderla in braccio. Era decisamente diverso dal padre preoccupato che era il giorno in cui sua moglie era stata rapita e Josie non faticò a immaginare che quattro giorni passati a occuparsi da solo della figlioletta lo avessero logorato.

Gretchen gettò la tazza vuota nel cestino sotto la scrivania: «Io sarei anche propensa a dargli il beneficio del dubbio, dato che sua moglie è stata appena ammazzata, ma considerando quello che si legge nei tabulati telefonici di sua moglie, non credo che abbia mai avuto molto interesse a essere un padre presente.»

Da parte sua, Josie trovava strano che, data la mancanza di istinto paterno di quell'uomo e nonostante che sua moglie fosse appena stata uccisa, Remy Tate si ritrovasse a prendersi cura di sua figlia da solo: solitamente, era in momenti di quel genere che i familiari tendevano a stare accanto al coniuge in lutto, cercando di aiutarlo in ogni modo possibile. Veniva quindi da chiedersi se nessuno dei loro conoscenti si fosse offerto di aiutare padre e figlia, o se fosse stato Remy Tate a tenere tutti quanti lontano, magari perché pensava che le persone avrebbero fatto troppe domande, o magari perché erano già sospettose nei suoi confronti.

Di sicuro, se non lo erano state fino a quel momento, lo sarebbero diventate molto presto, perché era difficile credere che sarebbero riusciti a tenere segreta la sua relazione extraconiugale dopo quel giorno. Avrebbero reso pubblica la notizia dell'omicidio di Stella Townsend una volta parlato con Kellan Neal e Remy Tate. Josie non aveva alcun interesse a scatenare un delirio mediatico, ma ritrovandosi praticamente senza alcun indizio a disposizione, fatta eccezione per una polaroid sfocata, non avevano altra scelta che chiedere aiuto alla comunità. Non ci sarebbe voluto molto prima che la notizia della relazione tra Stella Townsend e Remy Tate si diffondesse a macchia d'olio; e, tra i vecchi compagni di corso di Stella Townsend all'università, c'era almeno una persona che ne sapeva qualcosa: la sua amica, Abbie Roads, che si era trasferita nello Stato dell'Oregon un paio di anni prima dopo la laurea, ma che aveva continuato a tenersi in contatto con Stella, più recentemente riguardo alla relazione. In particolar modo perché non si trattava affatto di una relazione; ma, come c'era da aspettarsi, la stampa non avrebbe riportato questo dettaglio.

Josie aveva rintracciato il numero di Abbie Roads e le aveva lasciato un messaggio, a dispetto di quanto scarse fossero le speranze che nutriva in merito alla quantità di informazioni che potesse ancora offrire per aiutarli a mandare avanti le indagini. L'ultimo scambio, avvenuto una settimana prima, era allo stesso tempo curioso e istruttivo, dato che Noah stava per interrogare Remy Tate sull'argomento.

Stella: *Ho davvero combinato un pasticcio. Remy sta diventando insistente ormai. Troppo insistente. Non avrei mai dovuto permettergli di baciarmi.*

Abbie: *Non avresti mai dovuto lasciare che le cose arrivassero a questo punto.*

Stella: *Lo so!!!! È sposato.* facendo seguire diversi emoji in lacrime. *Cosa dice di me il fatto che mi sento davvero attratta da lui? O meglio, provo attrazione e repulsione allo stesso tempo.*

Abbie: *Tradisce sua moglie, è ripugnante. Punto e basta.*

Stella: *Ma in realtà non l'ha tradita davvero. Non siamo mai andati a letto insieme.*

Abbie: *Ragazza mia, è un fedifrago. Non solo ci hai fatto altre cose, ma il modo in cui ti ha riservato certe attenzioni fin dal primo giorno... In nessun matrimonio si potrebbe tollerare una cosa del genere. Magari non si tratterà tecnicamente di un tradimento fisico, ma è tradimento emotivo ed è molto peggio.*

Stella: *Vuole rivedermi. Da solo, a casa sua, mentre sua moglie è fuori. Dio mio, perché sono fatta così? Come posso essere attratta da quest'uomo? Remy non è migliore di LUI e nemmeno di mio padre.*

Abbie: *Direi proprio di no. Solo in luoghi pubblici. Non puoi andare da lui. Non è solo poco professionale, è anche immorale e contrario all'etica. La tua credibilità ne risulterebbe compromessa e, una volta fatto il danno, potresti dire addio alla tua carriera da giornalista.*

Potresti dire addio a tutto quanto, persino a un contratto per un libro.

Stella: *Anche se posso contare su un'arma segreta che mi sostiene?*

Abbie: *Certo, anche in quel caso.*

Gracie Tate passò da un pianto sommesso a vere e proprie urla. Aveva fame. Com'era che il padre non se ne accorgeva? Almeno lo aveva portato il biberon?

Gretchen aveva preso a camminare avanti e indietro. «Dov'è Kellan Neal?»

«Il capo lo porterà qui tra pochi minuti.» disse Noah. «Si è opposto a farsi portare nella sala interrogatori.»

«Non stento a crederlo.» mormorò Gretchen.

Josie si alzò. «Quella bambina ha fame.»

Noah si frappose tra lei e la porta. «Ci vado io. Ho già instaurato un certo rapporto con lui. Può darsi che, se riesco a far smettere la bambina di piangere, lui sarà più propenso a parlare con me una volta che sua madre sarà venuta a prendergliela.»

Josie tornò a sedersi. Pochi secondi dopo, Noah apparve sul monitor collegato alla videocamera a circuito chiuso. Lo vide posare le stampe sul tavolo e dire qualcosa a Mr. Tate, che indicò il passeggino. Noah prese la bambina tra le braccia e la cullò dolcemente. La crisi di pianto si placò un po', finché non si rese conto che non le avrebbero dato da mangiare. Allora Noah indicò la borsa riposta nel vano portaoggetti del passeggino e Mr. Tate la prese, preparò un biberon e lo porse a Noah. Pochi secondi dopo, un silenzio benedetto calò in tutto il piano mentre Gracie beveva avidamente il suo latte artificiale. Per un attimo, Josie rimase incantata a vedere suo marito che teneva tra le braccia una bambina e le dava il biberon.

«Oh Dio santo...» sussurrò. «Questo mi farà esplodere le ovaie.»

Gretchen scoppiò a ridere. Josie aveva visto Noah con Harris quando era piccolo e con la sua nipotina quando era ancora una neonata, ma era successo molto tempo prima che decidessero di comune accordo di avere figli. Da allora era tutto diverso. Pochi istanti dopo, vide Noah che stava accarezzando la schiena di Gracie per farle fare il ruttino. Una piccola quantità di saliva gli era colata sulla polo. Assistere a tutto questo suscitò in Josie emozioni che non avevano posto in quell'edificio. Doveva rimanere concentrata. Fortunatamente per lei, la madre di Remy Tate arrivò per prendere in consegna la nipotina. Noah gliela consegnò e poi aiutò la signora a portare il passeggino giù per le scale. Quando tornò nella sala interrogatori, Josie alzò il volume. Noah lesse a Mr. Tate i suoi diritti. Lui non chiese un avvocato. Con un sospiro pesante, Noah gli sedette il più vicino possibile. Si premurò di chiedergli come si sentisse, esprimendogli la sua solidarietà. Ad ogni parola, la postura di Mr. Tate si rilassava. Poi Noah spostò la conversazione su Stella Townsend. «Sono sicuro che sai perché sei qui.»

Mr. Tate si tolse un pelucchio dai pantaloni della tuta. «Perché avete frugato nel mio telefono. Quindi, ehm, sapete di Stella.»

Noah sparse le stampe sul tavolo. «Quello che sappiamo è che Stella era molto riluttante ad avere una relazione fisica con te, nonostante i tuoi... sforzi.»

Gretchen rise di naso. «Noah è davvero bravo a parlare la lingua di questo tizio. "Sforzi". È così che quei sacchi di merda bugiardi chiamano l'adescamento delle ragazze al giorno d'oggi?»

Sebbene Mr. Tate si fidasse chiaramente di lui, Noah non si stava comportando nel modo così disinvolto e sessista di cui aveva dato sfoggio durante l'ultimo interrogatorio, quasi certamente perché non era necessario. Gli scambi di messaggi tra

Remy Tate e Stella Townsend erano piuttosto compromettenti. Non provavano il suo coinvolgimento in nessuno dei due omicidi, ma di certo non dipingevano un quadro favorevole.

Mr. Tate si prese la testa tra le mani. «Lei non capisce, detective. Stella è bellissima ed era interessata a me. Davvero interessata. Se non fossi stato sposato, mi avrebbe conquistato immediatamente.»

Considerando i messaggi tra Stella Townsend e la sua amica dell'università, Abbie Roads, Josie aveva qualche dubbio che Stella avrebbe ceduto "immediatamente". C'era qualcos'altro in gioco. Solo che non riusciva a capire che cosa. Non ancora, perlomeno.

«Hai conosciuto Stella circa un mese dopo la nascita di Gracie.» continuò Noah. «Alla WYEP stavano preparando un servizio su di te, giusto?»

Mr. Tate inclinò la testa all'indietro, sbattendo contro il muro. «Non su di me in particolare, lo stavano preparando sulla revisione dei registri comunali e giudiziari e sul costo della digitalizzazione dei registri più vecchi e su cosa avremmo fatto con le copie cartacee una volta completata l'operazione. C'era anche Stella. Il giornalista non sembrava particolarmente interessato alla storia, a voler essere sinceri, anche se è stato lui a mettersi in contatto con me. In seguito, è stata Stella a occuparsi di tutta la fase seguente, chiamandomi per chiarire alcune cose e per farmi altre domande. Abbiamo semplicemente iniziato a parlare e a mandarci messaggi. So che non è bello, ma lei mi piace, chiaro? Non volevo che succedesse. È successo e basta.»

Gretchen rise di nuovo. «Sono abbastanza sicura che "è successo e basta" sia il tormentone di tutti gli uomini che tradiscono.»

Ma non era successo per caso. Il contenuto dei primi messaggi che Stella Townsend aveva inviato a Remy Tate era di natura puramente professionale, ma gli aveva fatto così tante domande di approfondimento che alla fine lui le aveva suggerito di incontrarsi per pranzo. Non c'era modo di sapere cosa fosse successo durante quell'incontro - sebbene Josie non avrebbe mai creduto alla versione di Remy Tate - ma dopo quell'episodio, i messaggi erano cambiati e Stella Townsend aveva iniziato a tempestarlo di domande personali. Si sarebbe quasi detto che lo stesse intervistando. Josie non era sicura di quali fossero le motivazioni nascoste di Stella o quale "storia" stesse cercando e tanto meno sapeva per quale motivo la sua amica Abbie avesse menzionato un contratto per un libro, ma Remy Tate aveva chiaramente scambiato la sua attenzione per un interesse intimo.

«Senta detective...» disse Mr. Tate, «lo so che con questa faccenda io ci faccio la figura dello stronzo, ma non vedo come possa aiutarvi a trovare la persona che ha ammazzato mia moglie.»

Il telefono fisso nella sala delle videocamere a circuito chiuso squillò, facendo sobbalzare sia Josie che Gretchen. Josie afferrò la cornetta e disse: «Quinn.»

Le rispose il loro sergente di turno, Dan Lamay. «C'è una donna qui che vuole vederla. Dice che è stata lei a chiederle di venire. Si è presentata come Vicky Platt.»

«Certo.» rispose Josie. «Accompagnala nella sala riunioni, io arrivo subito.»

VENTOTTO

Con la sicurezza di un amministratore delegato che presiede una riunione del Consiglio di amministrazione, Vicky Platt si era accomodata nella sala conferenze della stazione di polizia mettendosi a capotavola e quando vide Josie entrare, si alzò persino, avvicinandosi a grandi passi per stringerle la mano. Era affascinante e molto più attraente di quanto non le fosse sembrato dalla piccola foto contatto sul telefono di Dallas Jones. Con i suoi lunghi capelli biondi lucenti, la camicetta di seta e la gonna aderente, dava più l'impressione di essere una conduttrice televisiva che una produttrice. Sembrava persino più giovane di Trinity. Doveva essere sulla trentina. Josie si scoprì invidiosa della disinvoltura con cui camminava su un tacco quindici; al posto suo si sarebbe slogata una caviglia solo per attraversare la stanza.

«La ringrazio di essere venuta.» le disse Josie. «Prego, si accomodi.»

Ms. Platt sorrise mentre riprendeva posto a capotavola. Guardandola più da vicino, Josie notò che aveva gli occhi arrossati. «Il suo collega è passato ieri all'emittente. La notizia della morte di Stella è stata davvero scioccante. Sono tutti molto turbati. Il suo collega non ha voluto dirci cosa è successo, ma il fatto di essercelo ritrovato allo studio a fare tante domande ci ha fatto pensare a un atto criminale.»

Da produttrice, stava cercando fin da subito di prendere il controllo della conversazione. Non era una sorpresa, in effetti. Josie non si sarebbe aspettata niente di meno. I giornalisti sono sempre alla ricerca di una storia. Aveva anni di esperienza alle spalle passati a trattare con Trinity. «Non posso fornire alcun dettaglio sulle indagini.» spiegò Josie prendendo posto di fronte a Vicky e posando sul tavolo, a faccia in giù, i fogli che aveva stampato nell'ufficio al piano di sopra. «Più tardi ci sarà un'altra conferenza stampa. Sono sicura che Dallas Jones vi parteciperà per raccogliere tutte le informazioni pertinenti.»

Ms. Platt annuì con aria solenne e poi tornò subito all'attacco nel tentativo di saperne di più. «La morte di Stella è collegata al caso di Cleo Tate?»

Josie era quasi sul punto di ripetere la stessa risposta che le aveva dato alla prima domanda, ma Ms. Platt la fermò alzando una mano. «Mi perdoni...» disse e si mise a ridere, ma era una risata amara, quasi isterica, la risata di una persona in lutto per una persona cara. Era un tipo di risata che Josie conosceva bene. «Non c'è problema, Ms. Platt.»

Gli occhi della donna si riempirono di lacrime. Fece un respiro profondo. «Non direi. Mi dispiace, mi sto comportando come, beh, come una produttrice. Deve essere una forma di deformazione professionale. Tendo anche a calarmi ancora di più in questa abitudine quando c'è qualcosa che mi turba o mi stressa e, se devo essere sincera, sono devastata dalla morte di Stella. Il lavoro è un buon diversivo, sa?»

Josie sorrise. «Sì, lo so bene.»

Ms. Platt si asciugò una lacrima ribelle. «La ringrazio. Ricominciamo da capo. Mi ha chiesto di venire perché aveva delle domande da farmi. Come posso aiutarla?»

Josie si alzò per prendere una scatola di fazzoletti all'altra estremità del tavolo per porgerla a Ms. Platt. «Il mio collega ha già trattato quasi tutti gli argomenti quando è venuto a parlare con lei l'altro giorno. Mi interessa in particolare uno scambio di messaggi che lei ha avuto con Stella all'incirca un mese fa.»

Ms. Platt si asciugò le lacrime dalle guance con un fazzoletto e, guardandola con aria incuriosita, disse: «Sul serio? Beh, se mi rinfresca la memoria, sarò felice di fornirvi qualsiasi chiarimento necessario.»

Josie passò in rassegna i fogli che aveva lasciato davanti a sé e li inclinò in modo che Ms. Platt potesse vederli, rileggendoli contemporaneamente a lei.

Vicky: *Darò il via libera alla storia dei registri comunali su Remy Tate.*

Stella: *Ho solo bisogno di un po' più di tempo. Per favore, Vicky.*

Vicky: *Questa storia sta andando avanti da un pezzo e ti ho già concesso tutto il tempo e la libertà di cui avevi bisogno per inventarti qualcosa. Se più avanti avrai una storia succulenta come quella di cui abbiamo discusso, la pubblicheremo separatamente.*

Stella: *Se pubblicherai quella storia, sarà meno propenso a continuare a parlare con me. Così lo metterai sotto ai riflettori e lui non vuole mettere a rischio la sua reputazione o rischiare di essere licenziato.*

Vicky: *Va bene. Ti darò tempo fino alla fine del mese, ma quello è il termine. Fai quello che devi fare.*

Mi dica, allora...» le domandò Josie, «a quale servizio stava lavorando Stella?»

Ms. Platt alzò lo sguardo dalla trascrizione dei messaggi con un sorriso pieno di dolore che le attraversava il viso pallido. «Non lo so.»

«Com'è possibile che non lo sappia? Ha conservato un articolo sulla digitalizzazione dei documenti affinché lei potesse trovare una "storia succulenta" e non sa a che cosa stesse lavorando?»

Con un sospiro, Ms. Platt restituì i tabulati a Josie. «Non è proprio come sembra. Non ho esattamente tenuto nascosta la notizia. La stavo tenendo in coda. Avremmo pubblicato la notizia quando avessimo avuto bisogno di qualcosa di leggero o di qualcosa per riempire qualche spazio vuoto. Poi ho scoperto che Stella aveva avuto... beh, molte conversazioni con Remy Tate, conversazioni che andavano ben oltre le consuete domande di approfondimento del servizio che avevamo intenzione di pubblicare. E la cosa mi preoccupava perché ero abbastanza sicura che fosse sposato. Dallas non ha approfondito la questione, ma nel video dell'intervista che gli aveva fatto si vedeva che Mr. Tate portava la fede nuziale al dito. Stella è davvero brillante. Brillante, a dir poco, e ha un grande futuro davanti a sé... oh...» a queste parole lasciò la frase inconclusa e si coprì la bocca, lasciandosi sfuggire un soffocato "Oh Signore..." da dietro il palmo della mano.

«Non si preoccupi...» la rassicurò Josie con tono cortese.

Ms. Platt abbassò la mano con cui si copriva la bocca e prese un altro fazzoletto per asciugarsi le lacrime che le rigavano le guance. «Parlo di lei come se fosse ancora qui. È solo che... è così difficile...»

«Lo capisco.» disse Josie. «È un brutto colpo. Ma, per favore, continui...»

Ms. Platt strinse il pugno attorno al fazzoletto umido. «Stella era intelligente e motivata. Le si prospettava una carriera davvero brillante nel settore del giornalismo televisivo. Vedevo in lei molto di me stessa agli inizi della mia carriera; quindi, potrei essere stata un po' troppo accondiscendente nei suoi confronti. Anzi, direi molto accondiscendente. Al tempo del servizio mi aveva detto che si era messa in contatto con Mr. Tate perché lui aveva accesso agli atti del tribunale. Mi aveva detto che c'era una storia su cui stava lavorando per conto suo da molto tempo, ma che non era mai riuscita a ottenere i documenti necessari per renderla pubblica. Mi aveva spiegato infatti che i documenti di cui aveva bisogno erano secretati.»

«Ma Stella era anche convinta che Remy Tate avrebbe potuto accedervi per darglieli.» completò Josie, aggrottando la fronte. «Cosa che sarebbe stata illegale. E anche lei avrebbe commesso un atto illecito se li avesse usati. Di fatto, la storia sarebbe finita ancora prima di cominciare.»

Ms. Platt scosse la testa. «No, per niente. Non è come pensa. O meglio, in un certo senso è come pensa, ma con la differenza che non ho mai avuto intenzione di usare dei documenti giudiziari sigillati ottenuti illegalmente per scrivere un articolo. Mi rendo conto che la si può vedere sotto questa prospettiva, ma le assicuro che non è quello di cui avevo discusso con Stella. Anzi, non appena mi aveva accennato alla possibilità di chiedere a Remy Tate di accedere a quegli atti, le avevo detto che nel caso questa "storia succulenta" a cui stava lavorando avesse comportato attività illegali, l'avrei licenziata seduta stante. E per chiuderla lì le avevo detto che non volevo più parlare della questione.»

«Invece, lo ha fatto.»

Ms. Platt emise un lungo sospiro tremante. «Sì.»

Josie batté le dita sulla pila di fogli che aveva davanti a sé. «Ms. Platt, sulla base di questi messaggi sembra che lei abbia incoraggiato Stella Townsend a manipolare Remy Tate affinché accedesse illegalmente a documenti giudiziari secretati per scrivere un articolo.»

«No.» insistette Ms. Platt. «Non l'ho fatto. Quando ci siamo riviste, Stella ha tirato fuori l'argomento e ha subito affermato che, in realtà, non aveva bisogno della documentazione effettiva, ma solo delle informazioni più importanti. Giusto di un paio di nomi, di alcune date... così avrebbe potuto concludere le sue ricerche, anche senza dover consultare i documenti del tribunale. Non ho idea se stesse dicendo la verità o meno, ma mi aveva giurato che qualsiasi materiale mi avrebbe portato a sostegno di questa "grande" storia che stava preparando, non avrebbe incluso documenti ottenuti illegalmente.»

«Ma Stella era ancora convinta che Remy Tate potesse aiutarla.»

«Proprio così.» confermò Ms. Platt annuendo. «La notizia sarebbe andata in onda nel giro di poco e Stella mi aveva chiesto se potevamo posticiparne la pubblicazione, almeno per il tempo che le occorreva per continuare a parlare con Mr. Tate. E, non essendo di certo la digitalizzazione dei registri del tribunale la notizia del secolo, alla fine avevo accettato di posticipare.»

«Stiamo parlando di un cavillo tecnico, se capisco bene...» arguì Josie. «Stella Townsend ha usato Remy Tate per accedere ai documenti secretati e ottenere le informazioni di cui aveva bisogno, che poi ha utilizzato per sviluppare le proprie fonti... quindi, tecnicamente, la produzione non avrebbe commesso un atto illecito pubblicando la notizia.»

Di fronte al sorriso imbarazzato che la produttrice le offrì, Josie faticò a spiegarsi perché fosse sorpresa: lei stessa aveva visto quanto potessero essere spietati i giornalisti nel perseguire una notizia che ritenevano potesse cambiare il corso della loro carriera. «Mi dica, a cosa stava lavorando Stella?»

Non avevano trovato nulla sul portatile della ragazza, premesso che non stavano cercando qualche grande scandalo. C'erano decine di cartelle contenenti centinaia di documenti di testo in formato Word. Nessuno della squadra aveva avuto il tempo di leggerli tutti. Avevano cercato qualsiasi attività recente tramite e-mail o social media che potesse indicare che la loro giovane giornalista fosse stata vittima di stalking o che fosse stata in contatto con qualcuno che avrebbe avuto un motivo per volerle fare del male.

«Non lo so proprio, detective...» rispose Ms. Platt. «Come le ho già detto, ho assecondato le richieste di Stella perché la adoravo e, beh, se qualcuno mi dice di potermi fornire una notizia sensazionale, di certo non storco il naso. Per di più, non se ne occupava durante l'orario di lavoro per l'emittente e non portava avanti la sua ricerca usando le risorse dell'emittente. Non ha fatto male a nessuno se abbiamo tenuto Remy Tate lontano dai riflettori per un paio di settimane non pubblicando la notizia.»

«Stella ha mai lasciato a intendere che il suo rapporto con Remy Tate fosse qualcosa che andava oltre i semplici interessi professionali?»

Il modo in cui Ms. Platt raddrizzò la schiena e spalancò gli occhi quando chiese «No. Perché? È successo qualcosa tra di loro?» ricordò a Josie un predatore in allerta.

«È quello che sto chiedendo a lei.» chiarì Josie.

«Oh.» fece la produttrice ammorbidendo leggermente la postura «No. Non ha mai dato a intendere in alcun modo che ci fosse qualcosa tra loro, se non il fatto che cercava di ottenere informazioni da lui.»

«L'altro giorno abbiamo parlato con Dallas Jones, il quale ci ha riferito che avete avuto entrambi la sensazione che Remy Tate fosse - per citare le sue parole - "fuori fase" ed è per questo motivo che avete deciso di non mandare in onda il servizio.»

«Oh, sì...» rispose Ms. Platt con una risata. «Sono proprio le parole di Dallas, pensava che Tate fosse "fuori fase". E io non l'ho smentito. Ma qualunque cosa abbia pensato del mio silenzio e del fatto che il servizio non sia stato mai mandato in onda, è una sua responsabilità.»

«Dallas sapeva che Stella stava lavorando a un libro che riguardava l'accesso di Remy Tate a documenti giudiziari secretati?» le chiese Josie.

«No. Lei ha conosciuto Dallas. Pensa che avrebbe permesso a una semplice assistente di metterlo in ombra? Anche se gli avessi detto che stavo semplicemente concedendo a quella ragazza un po' di corda?»

«No. Non riesco a immaginare che si sarebbe fatto da parte per lasciare che un'assistente si aggiudicasse un servizio così importante.»

«Beh, tanto Dallas non deve più preoccuparsi di questa faccenda...» disse Ms. Platt con un sospiro. «Perché è Stella la notizia adesso.»

VENTINOVE

Tornando nella sala di osservazione, trovò Gretchen seduta con i piedi sul tavolo che guardava il monitor con espressione annoiata. «Stanno ancora girando a vuoto.» la avvertì.

Josie lanciò un'occhiata all'orologio. «Ma sono passati venti minuti.»

«Sì, e per venti minuti Tate ha insistito a dire che la sua relazione con Stella non ha nulla a che vedere con l'omicidio di Cleo. Proprio nulla.»

Josie si lasciò cadere sulla sedia accanto a Gretchen. «"La mia relazione non ha nulla a che vedere con l'omicidio di mia moglie" sembra lo slogan degli uomini infedeli le cui mogli vengono trovate assassinate in qualunque parte del mondo.»

Gretchen fece un'altra risata di naso.

«Noah non gli ha ancora detto che Stella è stata uccisa?» chiese Josie.

«No.»

Significava allora che se lo stava tenendo da parte e che avrebbe aspettato il momento più opportuno per rivelarglielo, cercando di ottenere da quell'uomo quante più informazioni possibili sulla loro relazione prima di sganciare quella bomba.

Perché una volta che Tate lo avesse saputo, non ci sarebbe voluto molto prima che capisse quanto fosse grave la situazione in cui si ritrovava e che era un sospettato; a quel punto avrebbe potuto chiedere un avvocato.

«Cosa ha detto la produttrice?»

Josie le fece un riassunto del loro colloquio.

«Mhmm...» disse Gretchen. «E tu ci credi che non sapesse a quale storia stava lavorando Stella?»

Josie si sporse in avanti, tenendo gli occhi fissi sul monitor da cui vedevano come procedevano le cose nella stanza degli interrogatori: dall'atteggiamento sconfitto di Remy Tate, sembrava che Noah lo stesse logorando.

«Non lo so, ma non vedo come lei possa trarne dei vantaggi, mentendo. Insomma, ha ammesso di aver discusso con Stella dell'ottenimento illegale di documenti giudiziari secretati. Non avrebbe senso rivelarlo per poi mentire sulla storia che voleva scrivere.»

Gretchen si stiracchiò allungando le braccia sopra la testa, sbadigliando. «È vero. Credo che la domanda più importante sia quanto questo misterioso servizio giochi un ruolo rilevante in questi omicidi, sempre ammesso che ne abbia uno.»

Josie si strofinò gli occhi. Non era passato molto tempo dall'ultimo caffè che aveva preso, ma si sentiva come se non ne bevesse uno da giorni. «Sì, penso che tu abbia ragione, è molto probabile che sia del tutto irrilevante, e tenderei a dire che lo è, ma uno di noi dovrebbe iniziare a esaminare tutti quei documenti Word sul suo portatile per vedere se riusciamo a trovare qualcosa che ci indichi su cosa stava lavorando.»

Intanto, sul monitor si vedeva Noah che si appoggiava allo schienale della sedia e picchiettava con un dito su uno di fogli sul tavolo. «Ascoltami, Remy. Possiamo andare avanti con questo botta e risposta tutto il giorno, ma non servirà a nessuno e di certo non ci avvicinerà a scovare l'identità dell'assassino di Cleo. Capisco perché non vuoi parlare della donna che frequentavi di nascosto alle spalle di tua moglie, in particolar modo adesso che Cleo non c'è più. Lo capisco davvero. Ma è mio compito fare domande, e questo include anche domande che sembrano completamente fuori luogo. Sarà molto più veloce e molto meno doloroso per te se mi dici come sono andate le cose. Prima ti decidi a farlo, prima potrai tornare a casa dalla tua bambina. Ha bisogno di te in questo momento, e lo sai bene.»

Mr. Tate non sembrava particolarmente entusiasta all'idea di ricongiungersi con la piccola Gracie, ma alla fine acconsentì comunque, evidentemente perché doveva essersi reso conto di quanto sarebbe sembrato brutto se avesse dato a vedere che non voleva tornare dalla sua bambina in un momento come quello. «Va bene. Cos'altro devo raccontare?»

«Tu e Stella avete iniziato a parlare molto. Vi siete incontrati a pranzo. Hai detto che ti piaceva e parecchio. E lei invece? Ricambiava?»

«Sì, sì. Certo che le piacevo.»

Noah inclinò la testa di lato, guardandolo con aria scettica. «Dici sul serio?» gli chiese prendendo uno dei fogli dal tavolo e aggiungendo: «Perché in molti di questi messaggi che ti ha mandato, lei dice cose del tipo: "Non mi sento a mio agio se questo diventa qualcosa di più di un'amicizia", "Stai esagerando", "Per favore, smettila di dire cose così esplicite". Oh, e qui ce n'è una bella: "Non ti permetto assolutamente mai più di toccarmi in quel modo."»

Mr. Tate scosse vigorosamente la testa. «Perché sono sposato! Non perché lei non volesse stare con me.»

Questo coincideva con quanto Josie aveva appreso dalla versione dei fatti di Stella; restava però il fatto che la ragazza non era interessata a Remy Tate dal punto di vista sentimentale, era interessata a lui perché stava lavorando a una grande storia misteriosa che riteneva abbastanza importante da tentare di accedere illegalmente a documenti giudiziari secretati. L'attrazione reciproca e qualunque cosa avessero fatto di conseguenza erano state una sfortunata ripercussione.

Noah sfogliò altre pagine. «Ma poi, quando l'hai contattata la mattina in cui Cleo è scomparsa, dopo aver parlato con i detective Turner e Quinn, lei ti ha detto: "Non intendo fornirti un alibi in nessuna circostanza e per nessun motivo. Non posso essere coinvolta in questa faccenda. Non ci siamo visti stamattina".»

«Ma ci siamo visti!» protestò Tate.

Noah annuì lentamente. «D'accordo, d'accordo. Ti credo. Sono sicuro che, se controlliamo la localizzazione del telefono di Stella, saremo in grado di confermare che siete stati insieme. Resta il fatto, però, che non si spiega perché non ti abbia fornito un alibi Remy...»

Mr. Tate batté leggermente la nuca contro il muro. «Non me lo spiego. Può darsi che non volesse correre il rischio che qualcuno scoprisse di noi. Perché sono sposato.»

Noah continuò ad annuire al ritmo delle sue parole. «Ma avresti anche potuto semplicemente mentire e limitarti a dire che era passata per farti qualche domanda di approfondimento per il servizio della WYEP. Certo, era un servizio vecchio, ma poteva essere credibile dato che non era ancora andato in onda. Valeva la pena provare, non ti sembra?»

Mr. Tate non rispose. Sull'altro monitor collegato alla video-camera a circuito chiuso che monitorava la stanza degli interrogatori numero Due, apparve l'ex procuratore distrettuale Kellan Neal, seguito dal capo Chitwood. L'audio era spento, quindi Josie non riuscì a sentire la loro breve conversazione.

«Quanti anni ha Stella meno di te? Sedici, anno più anno meno?» chiese Noah.

«Non è minorenne.» si affrettò a precisare Tate. «È una donna adulta. Siamo adulti consenzienti.»

«Ah, non lo metto in dubbio...» disse Noah. «Mi chiedo solo se ci fosse qualcos'altro, qualche altro motivo che spieghi perché

Stella era così interessata a te e perché si è rifiutata di fornirti un alibi.»

Noah non sapeva ancora di cosa avevano parlato Vicky Platt e Josie, sapeva soltanto dei messaggi tra Stella Townsend e la sua amica Abbie, in cui Stella aveva fatto riferimento solo a una "storia".

Tre rughe orizzontali apparvero sulla fronte di Remy Tate. «Di che diavolo sta parlando? Quale altro motivo?»

«È quello che sto chiedendo a te. Sei sicuro che Stella non stesse raccogliendo in segreto delle informazioni per scrivere una storia su di te o su qualcuno che conosci?»

Lo sguardo di Josie tornò sull'altro monitor. Il capo Chitwood aveva lasciato Kellan Neal da solo nella stanza.

«Di che diavolo sta parlando?» gli chiese Tate, lasciando intendere che, se Stella lo aveva sfruttato per realizzare un servizio tutto suo, lui non sospettava di niente.

Come se stesse pensando la stessa cosa, Gretchen mormorò: «Ci credo... accecato da tutta quella giovinezza, bellezza e mancanza di smagliature, come faceva ad accorgersene?»

Anche Noah doveva essere giunto alla stessa conclusione dal modo in cui cambiò bruscamente argomento. «Remy, il giorno in cui Cleo è stata rapita, dopo che sei tornato a casa con Gracie e, immagino, dopo aver contattato la tua famiglia e i genitori di Cleo, dove sei stato?»

Mr. Tate rimase immobile. «Cosa?»

«Dove ti trovavi nel tardo pomeriggio del giorno in cui Cleo è stata rapita?»

Mr. Tate si grattò la testa. «Ero a casa con mia figlia.»

Noah si sedette più dritto sulla sedia. «Nessuno è venuto a stare con te? Nessuno è venuto ad aiutarti con la bambina?»

«Ah, sì, è passato Kellan a farmi compagnia per un po' e poi se n'è andato. Il resto della famiglia mi ha offerto il suo aiuto, ma io volevo... volevo solo starmene un po' da solo...» e con voce più tranquilla aggiunse poi: «Mi sentivo in colpa, cazzo, è chiaro?»

«Sì, sì...» disse Noah. «Ti capisco. È comprensibile che ti sentissi in colpa. Il punto è, Remy, che adesso abbiamo un problema molto più grave della tua relazione extraconiugale...»

Mr. Tate sbuffò. «Porca puttana, più grande del fatto che mia moglie sia stata uccisa?»

«Beh, dimmelo tu...» disse Noah, intrecciando tranquillamente le dita dietro la testa e appoggiandosi di nuovo allo schienale della sedia. «Perché poche ore dopo l'omicidio di tua moglie, anche Stella Townsend è stata uccisa.»

Mr. Tate impallidì. «Co-cosa?»

«Stella è morta, Remy. Qualcuno l'ha uccisa.»

Remy Tate si sporse in avanti, per poco non cadde dalla sedia, e vomitò sul pavimento.

TRENTA

Era la prima volta che incontrarsi in una squallida stanza di un motel non la infastidiva. E, una volta tanto, lei non faceva domande e lui non adduceva le solite scuse che non potevano farsi vedere insieme, che in quella stanza correvano meno rischi di essere scoperti, che era per il suo stesso bene. Di solito, arrivati a questo punto, lei smetteva di ascoltarlo e lo zittiva usando il proprio corpo. Invece, quella volta era felice di essere nascosta in quel posto, avvolta tra le lenzuola ruvide, con la guancia appoggiata al suo petto sudato. Il ritmico battito del suo cuore la calmava, cancellando la paura costante che portava con sé da quel giorno che era salita in macchina con il mostro. Ormai era abbastanza sicura che lui avesse scoperto dove viveva. In realtà non l'aveva visto. Era solo una sensazione che le faceva rizzare i peli sulla nuca ogni volta che usciva dal suo appartamento. Qualche volta percepiva la sua presenza al supermercato o nel parcheggio del lavoro, con il suo sguardo invadente e malvagio che la accarezzava contro la sua volontà.

«Ehi.» La mano del suo amante le sfiorò la schiena. Lei rabbrividì quando lui le diede un bacio sulla sommità del capo. «Volevo chiederti una cosa...»

Il suo cuore fece un balzo. Non sopportava l'idea che la prima cosa che le fosse venuta in mente fosse che lui potesse chiederle di sposarlo. Erano così lontani da qualcosa del genere di quell'eventualità che non era nemmeno divertente scherzarci su, ma non poteva farci nulla. «Che cosa c'è?»

«Ho visto che hai dei lividi sulla coscia.»

Irrigidendosi, lei si rannicchiò ancora di più tra le sue braccia e intanto la sua mente si mise a cercare freneticamente una spiegazione diversa dalla verità da dargli.

«Dimmi...» disse lui con tono tirato. «Chi è stato a farteli?»

«È stato solo uno qualsiasi, un testimone. Al lavoro. Le cose ci sono sfuggite di mano, ma va tutto bene. Ho risolto io.»

La costrinse a guardarlo tirandole su il mento con l'indice. Nei suoi occhi ardeva un'intensità che le fece battere forte il cuore. «Se mi dici chi è, lo faccio fuori.»

Le si mozzò il respiro in gola. Dovette costringere il corpo a continuare a respirare. Dio santo, quanto le piaceva quando si comportava così. Ma non poteva permettersi di dirgli la verità. Aveva le labbra secche; se le leccò e disse: «E se ti dicessi che era una donna?»

«Ah, perché pensi davvero che questo mi fermerebbe?»

Un brivido le percorse il corpo, facendole venire la pelle d'oca sulle braccia nude. «Non ti spingeresti davvero a far fuori qualcuno!»

«Come fai a sapere che non l'ho già fatto?»

Stava per riderci sopra, ma qualcosa nel suo sguardo cupo la fermò. «Chi?»

«Non posso dirtelo. Sai già troppo.»

«Non lo dirò mai a nessuno.» gli promise lei premendogli una mano sul cuore. «Mi auguro che questo tu lo sappia.»

«Non importa. Ora so di cosa sono capace e nessuno potrà fermarmi.»

TRENTUNO

Quando Josie e Gretchen entrarono nella stanza degli interrogatori Numero Due, trovarono Kellan Neal seduto al tavolo ammaccato: aveva un'aria calma e imperturbabile, come ogni procuratore distrettuale degno di questo nome. Josie e Gretchen si sedettero accanto a lui, standogli il più vicino possibile. Gretchen gli lesse i suoi diritti, interrompendosi a metà quando lui si lasciò andare a una risata ironica. Josie provò un piccolo slancio di apprezzamento per la sua collega quando l'ex procuratore reagì visibilmente allo sguardo intimidatorio che Gretchen gli lanciò. Deglutendo a fatica, le disse di continuare.

Una volta sbrigate le formalità, si sedette più composto e si lisciò i pantaloni con le mani. «Il vostro capo non mi ha voluto dire cosa sta succedendo, ma voi sapete chi sono io e sapete cosa ho perso. Non gradisco essere rinchiuso in una sala interrogatori come se fossi un criminale.»

«Sappiamo di Stella Townsend.» lo avvertì Josie. «Noi non gradiamo che ci vengano nascoste delle informazioni importanti. Il nostro capo sta parlando con il procuratore distrettuale in carica per vedere se è possibile accusarla di ostruzione alla giustizia.»

L'avvocato Neal sorrise. «Eviti di insultare la mia intelligenza. Sono stato procuratore distrettuale da ben prima che lei venisse al mondo. Sono venuto a conoscenza di informazioni riguardanti mio genero che non erano rilevanti né per il rapimento né per l'omicidio di mia figlia. Non volevo che la sua... indiscrezione costituisse una distrazione nelle ricerche di Cleo, almeno non in quelle prime quarantotto ore cruciali. Perciò, in virtù della cortesia professionale, mi aspettavo che il vostro dipartimento si fidasse del mio giudizio in merito...»

«Non è così che funziona.» disse Josie. «E lei lo sa bene.»

«Davvero?» ribatté l'avvocato Neal. «Mi ricordo di lei, sa? Abbiamo lavorato insieme per un sacco di tempo su parecchie indagini. All'epoca indossava ancora l'uniforme. Fra tutti, proprio lei dovrebbe poter garantire per la mia integrità.»

Era vero, la condotta professionale dell'avvocato Neal era stata irreprensibile durante il periodo in cui le carriere di entrambi si erano incrociate. «Potrei garantire per l'uomo con cui lavoravo allora. Ma non per l'uomo che è entrato in questo edificio e ha cercato di interferire nelle indagini sul rapimento e l'omicidio di sua figlia. L'uomo che si aspettava un favore.» rispose Josie assicurandosi di mettere particolare enfasi sulla parola "favore". Lo stesso Kellan Neal l'aveva sempre considerata una parolaccia nella loro professione. La legge era la legge. Le procedure dovevano essere seguite in qualsiasi occasione. Ogni casella doveva essere spuntata. Non si ammettevano scorciatoie. Non si consentivano dettagli falsati. La correttezza era la sua parola d'ordine.

Josie lo osservò mentre il colpo che gli aveva lanciato andava a segno: la pelle rugosa intorno agli occhi dell'avvocato Neal si irrigidì. «Non è stata un'interferenza. Volevate l'alibi di mio genero per poterlo eliminare dai sospettati e andare avanti con le indagini. E io ve l'ho fornito. Il mio obiettivo era quello di semplificare la procedura in modo che poteste dedicare tutte le vostre risorse alle ricerche di mia figlia.»

«Vuole dirci cosa sta realmente succedendo qui, avvocato Neal?» lo incalzò Gretchen.

Ma lui la ignorò e continuò imperterrito a concentrarsi su Josie. «Che voi consideriate ciò che ho fatto un'interferenza o un contributo, ormai non ha più alcuna importanza, non le pare? Avete scoperto di Stella. Avete l'alibi di Remy. Vi chiedo solo di non renderlo pubblico consegnandolo alla stampa.»

«Non sarà possibile.» gli disse Gretchen appoggiando i gomiti sul tavolo e sporgendosi verso di lui.

«Oh, sì che è possibile...» insistette l'avvocato Neal, senza mai distogliere lo sguardo da Josie. «Non c'è alcun motivo di rendere pubblico il suo nome.»

Josie lo guardò con aria interrogativa. Neal non era preoccupato per la reputazione di suo genero; era preoccupato che il nome di Stella Townsend fosse associato alla sua famiglia. Ma il perché era un'altra questione.

«Stella Townsend è morta.» proruppe Gretchen con tono piatto.

L'ex procuratore fu molto bravo a non dar mostra di alcuna reazione e, anche in questo caso, non c'era da stupirsi, considerando quanti anni aveva lavorato in qualità di avvocato penalista. Ma, ciononostante, Josie riuscì a vedere il suo battito accelerare all'impazzata alla base della gola.

Vedendo che non accennava a rispondere, Gretchen aggiunse: «Uccisa. Proprio come Cleo.»

«A proposito, suo genero non ha un alibi per l'omicidio di Stella.» precisò Josie.

Tra i membri della squadra, ognuno stava cercando di capire cosa potesse averne fatto Remy Tate della sua bambina mentre pedinava e uccideva Stella, supponendo che fosse stato lui ad ammazzarla. Per esempio, Josie non riteneva impossibile che lui l'avesse semplicemente lasciata a casa nella sua culla; era troppo piccola per cercare di uscire da sola e farsi male in qualche modo, purché lui fosse tornato in tempo da non lasciarla nella culla a patire la fame o a rischiare di soffocare con le coperte o altri oggetti. Poteva avere un dispositivo di monitoraggio video e averlo portarlo con sé. Oppure aveva potuto contare sull'aiuto di un complice - questa era la teoria prevalente -, così, anche ammettendo che non fosse stato Remy Tate in persona a commettere l'omicidio, questo presunto complice lo aveva aiutato a commettere l'omicidio. Ad ogni modo, Josie non era convinta del tutto che tra i membri della squadra qualcuno considerasse davvero Remy Tate come l'assassino, perché non sembrava abbastanza sveglio, né particolarmente esperto o tantomeno capace di una buona pianificazione rispetto a quella che sembrava possedere l'uomo che stavano cercando. Senza contare, poi, che Josie era sicura che i due omicidi erano stati perpetrati dalla stessa persona e che Remy Tate aveva un alibi per l'omicidio di sua moglie.

Ciononostante, Josie voleva mettere Kellan Neal alle strette, perché stava nascondendo qualcosa.

«Anch'io mi ricordo di lei.» gli rispose. «Era una sontuosa rottura di palle, ma non è mai stato un bugiardo. Come mai non vuole che il nome di Stella Townsend sia collegato al caso di sua figlia? È perché era molto più giovane di suo genero? È perché lui aveva una relazione con una donna molto più giovane e intanto sua figlia se ne stava a casa con la loro bambina appena nata? Lo fa per proteggere Gracie dal rischio di leggere sui giornali tutti questi dettagli sordidi su suo padre quando sarà più grande?»

«Sa benissimo che non sono mai stato interessato a questioni del genere. La gente fa cose stupide, incomprensibili e moralmente ripugnanti. Pensa che non sappia che tipo di uomo è mio genero? Non ho mai approvato che mia figlia lo sposasse. Il matrimonio non sarebbe durato comunque. Se non fosse toccato a Stella Townsend, sarebbe successo a un'altra donna che fosse stupida quanto bastava da cadere nella sua patetica routine da martire.»

«Ma è toccato a Stella Townsend...» lo corresse Gretchen. «E noi siamo seduti qui. Ogni minuto che passa è un minuto che potremmo dedicare alla ricerca dell'assassino di sua figlia. Quindi la smetta lei di insultare la nostra intelligenza e si decida a dire la verità.»

Lo sguardo inflessibile di Kellan Neal si spostò su Josie. «Lei ancora non lo sa, dico bene?»

«Che cosa non saprei?»

«Che Stella Townsend era la nipote di James Lampson.»

TRENTADUE

Josie avvertì un brivido correrle lungo le braccia ritrovandosi ancora una volta davanti alla bacheca di sughero nella sala grande della stazione di Polizia di Denton. Qualcuno aveva aggiunto le foto della scena del crimine di Cleo Tate e di Stella Townsend, appuntandole sulla carta improvvisata di Denton e accanto alla terza polaroid, che continuava a rimanere insoluta. L'aria condizionata faticava a combattere il caldo soffocante all'esterno, ma lei non era riuscita a scrollarsi di dosso il brivido che l'aveva avvolta da quando l'ex procuratore distrettuale Kellan Neal aveva pronunciato il nome di James "Manomorta" Lampson.

Guardandosi alle spalle, vide che tutti gli altri erano ancora seduti alle rispettive scrivanie; persino Turner, che nel frattempo aveva attaccato per il turno del pomeriggio e della sera in modo che Josie e Noah potessero essere presenti alla proposta di matrimonio che Drake voleva fare a Trinity. Lo avevano aggiornato, ma Turner non aveva ancora iniziato la raffica di domande che Josie si aspettava da lui. Nella stanza regnava uno strano silenzio, gli unici rumori che si sentivano erano le dita di Noah e di Gretchen che picchiettavano sulla tastiera.

Turner guardò Josie con espressione imperscrutabile. «Stai dicendo che questo Lampson era sporco.»

«Sporco come pochi...» mormorò Noah senza distogliere lo sguardo dal computer.

Dopo aver cercato di evitare Lampson quando andava alle superiori, Josie si era ritrovata a dover lavorare con lui quando era entrata in polizia, scoprendo che era esattamente come lo dipingevano le voci che circolavano in città: libidinoso e disgustoso. Non poche volte aveva finito per litigare con lui, in particolar modo perché lei denunciava sovente e con veemenza la sua cattiva condotta e il suo comportamento inappropriato. Ma, nella maggior parte dei casi - se non in tutti - le carte erano truccate a favore di Lampson. Il gruppetto dei suoi vecchi amici lo proteggeva dalle azioni disciplinari e il procuratore distrettuale in carica all'epoca era il suo più grande alleato. Infatti, quando il capo Wayland Harris aveva assunto la direzione del Dipartimento di Polizia e aveva iniziato a prendere sul serio le segnalazioni di Josie, Lampson aveva ottenuto improvvisamente una nuova posizione di prestigio nell'ufficio del procuratore distrettuale come investigatore.

Molestare e palpeggiare le ragazzine minorenni non era nemmeno il peggiore dei reati che commetteva.

«Dove si trova adesso?» le domandò Turner.

«Dietro le sbarre.» rispose Josie. «Faceva parte della rete di traffico di esseri umani che abbiamo scoperto qui.»

«Quella grande.» disse Noah.

Turner strinse la pallina da basket di gommapiuma nella mano, aprendo e chiudendo il pugno. «Quella con i serial killer? Sì, ricordo di aver visto il servizio al notiziario e la puntata su *Dateline* e il documentario.»

Josie fece una smorfia. «Ne hanno fatto un documentario?»

Nessuno degli agenti che avevano lavorato al caso e che erano sopravvissuti per raccontarlo era stato contattato da un documentarista. Non che volessero riviverlo, comunque.

«Riguarda principalmente i familiari delle vittime. Sai, no? Come sono stati ritrovati i resti e restituiti alle famiglie. La chiusura del caso e tutto il seguito. Non menziona nemmeno voi ragazzi, né la maggior parte dei pezzi di merda che sono stati arrestati per la loro partecipazione, sebbene, suppongo, fossero troppi per poterli citare tutti. Infatti, il nome di Lampson non viene mai neanche menzionato.»

Josie non ne fu sorpresa: il nome di James Lampson era sempre stato come una maledizione nella città di Denton ed era uno degli esseri umani più vili che lei avesse mai conosciuto in tutta la sua vita. Chi mai avrebbe voluto concedergli uno spazio in televisione? In ogni caso, era sorpresa che non ci fossero mai stati più di un paio di episodi di *Dateline* che fornissero un approfondimento sulla rete di uomini coinvolti nel traffico di esseri umani e che avevano protetto Lampson per anni.

«Ha sparato a Luke Creighton...» aggiunse Josie. «L'ha quasi ucciso.»

Turner si sporse in avanti sulla sedia, con gli occhi spalancati per la sorpresa. «Quel Luke Creighton? Il nostro agente dell'unità cinofila?»

«Sì.» rispose Josie. Non stette a fornirgli alcun dettaglio sulla sua precedente relazione con Luke. Tutto quello che Turner era tenuto a sapere era che Luke significava qualcosa per lei, dal momento che gli aveva chiesto di trattarlo con rispetto la prima volta che si erano incontrati. Quella era stata una delle poche volte in cui Turner non si era comportato come un completo idiota. E, in effetti, aveva trattato Luke con rispetto in ogni occasione.

«Questo tizio sembra il sogno proibito di ogni appassionato del true-crime. Quindi, che problema ha il nostro Kellan Neal? Che tutte le condanne che ha emesso in relazione al lavoro di Lampson erano viziate?»

Noah girò la sedia. «Non solo le condanne emesse da Neal ma anche tutti i casi dei procuratori distrettuali che si basavano sulle testimonianze di Lampson. Molti di quei procedimenti vennero ribaltati. Fu un vero un disastro.»

Turner lanciò la palla verso il canestro. Lo mancò come c'era da aspettarsi. «Ci scommetto. Ma a chi importa se il genero di Neal aveva una relazione con la nipote di Lampson?»

La sedia di Gretchen scricchiolò quando si tolse gli occhiali da lettura e si strofinò gli occhi. «È facile presumere che Kellan Neal non voglia che il nome di sua figlia venga infangato da un'associazione con Lampson, per quanto si tratti di un collegamento piuttosto debole.»

«Ma chi se ne frega di Lampson!» disse Turner. «Remy Tate è il collegamento tra le nostre due vittime.»

Era un'osservazione corretta. Chi poteva essere il mandante dell'omicidio della moglie e dell'amante di Remy Tate e da quali motivi era spinto? Potevano escludere che fosse stata un'altra amante, dato che non avevano trovato alcuna prova che Remy Tate avesse avuto relazioni con altre persone, oltre a Stella Townsend, almeno stando a quanto mostravano i tabulati telefonici. Un'alternativa era che ci fosse stata un'altra donna nella sua vita prima della sua amante e, chissà, anche prima di sua moglie. E, in tutto questo, che ruolo avevano le polaroid?

Gretchen si alzò, massaggiandosi la parte bassa della schiena, e raggiunse Josie alla bacheca. «No, non credo che sia quello il collegamento.»

«Ti piace contraddirmi per il solo gusto di farlo, non è così?» la sfidò Turner alzandosi in piedi e pescando una banconota da un dollaro dalla tasca della giacca e, sporgendosi sopra la scrivania, la fece penzolare sopra il barattolo accanto alla tastiera di Gretchen. «Parker.»

Gretchen lo guardò con aria accigliata. «Tienitela, coglione.»

Con un sorrisetto, Turner strinse il pugno attorno alla banconota e la rimise in tasca.

Noah sospirò rumorosamente. «Concentratevi, per favore. Tutti e due.»

«Gretchen potrebbe avere ragione...» disse Josie. «Può anche darsi che tutta questa storia non ruoti attorno a Remy Tate, ma a Kellan Neal e a James Lampson.»

«Sì, o quantomeno dovremmo prenderlo in considerazione.» concordò Noah. «L'assassino ha scelto come sue vittime la figlia di Neal e la nipote di Lampson.»

«Neal e Lampson lavoravano entrambi per l'ufficio del procuratore distrettuale, giusto?» si informò Gretchen.

«Sì.» confermò Josie annuendo. «Ma Neal era andato in pensione prima che Lampson fosse trasferito.»

«Quindi stiamo cercando qualcuno che vuole vendicarsi degli assistenti procuratori distrettuali e dei loro investigatori?» chiese Turner.

«È possibile.» rispose Noah.

«Forse per un'indagine conclusasi male?» disse Gretchen, quasi tra sé e sé. «Solo che non hanno mai lavorato insieme nell'ufficio del procuratore distrettuale.»

«Ma hanno lavorato insieme quando Lampson era nel dipartimento di polizia.» disse Noah. «Lampson ha testimoniato in molti casi portati avanti da Neal. Può essere che questi omicidi siano una vendetta per una condanna che Neal ha ottenuto, ma che è stata annullata una volta scoperto che Lampson era corrotto.»

«Stiamo parlando di centinaia di casi.» disse Josie. «Magari anche di migliaia.»

Gretchen tornò alla sua scrivania e si lasciò cadere sulla sedia. «Ma stiamo parlando solo di quelli in cui le condanne sono state rovesciate. Posso contattare l'ufficio del procuratore distrettuale e vedere se hanno dei documenti in merito.»

Josie rivolse la sua attenzione alla terza polaroid. Ciascuna delle due teorie sembrava avere fondamento, ma solo in merito al fatto che gli omicidi avevano un collegamento con Remy Tate o riconducevano a Neal e a Lampson; quanto alle polaroid, non ne davano alcuna spiegazione e, in particolare, alla pista che l'assassino voleva creare lasciandosele dietro.

«Accoltellamenti.» disse Josie. «Dobbiamo rivedere tutte le indagini in cui ci sono stati degli accoltellamenti. Il nostro uomo ha lasciato un coltello su entrambe le scene del crimine.»

Gretchen annuì. «Questo dovrebbe aiutarci a restringere il campo.»

«Dovremmo anche fare una ricerca a contrario nei nostri database passando in rassegna i casi che non sono stati rovesciati.» suggerì Noah. «Accoltellamenti in cui Lampson era il detective responsabile delle indagini e Neal il pubblico ministero.»

«Ci penso io.» si offrì Gretchen inforcando gli occhiali da lettura e girandosi verso il computer.

Turner si alzò e si avvicinò a Josie. Con una delle sue lunghe dita tracciò un cerchio intorno alla vista aerea della proprietà di Peter Rowland. «C'è qualche significato particolare in questi luoghi? Da quanto mi avete detto, entrambi sono stati il teatro di omicidi sui quali sono state effettuate indagini precedenti.»

«Sì, tutte piuttosto recenti, però...» precisò Gretchen, con le dita che volavano sulla tastiera. «Neal era già in pensione da un pezzo e Lampson stava già scontando la sua pena prima ancora che entrambi i fascicoli di quei casi arrivassero sulle nostre scrivanie.»

Turner diede una gomitata a Josie. «Questo rende te il collegamento tra Kellan Neal e James Lampson, dal momento che hai lavorato sia con l'uno che con l'altro.»

«Anche io ho lavorato con loro.» gli fece presente Noah.

«Sì, ma è stata Quinn a capire quali luoghi si vedevano nelle foto. Cosa significa questo, tenente? Che è più intelligente di te?»

Turner non stava guardando Noah, troppo concentrato

sulla carta, ma Josie sì e colse il sorrisetto sul suo viso, rivolto a lei. «Perché pensi che l'abbia sposata?»

Più tardi si sarebbe meritato una bella ricompensa.

Non avendo ottenuto nessuna delle reazioni che aveva sperato tra fastidio, irritazione e, forse, un rimprovero, Turner proseguì. «Palmer può passare al setaccio i vecchi dossier, ma le ci vorrà un'eternità. Torniamo a concentrarci sulle foto. Dobbiamo capire dov'è il prossimo posto in cui questo tizio vuole che andiamo.»

TRENTATRÉ

Josie teneva il volante talmente stretto che le nocche le erano diventate bianche. Il tragitto che la portava attraverso il campus dell'Università di Denton non era particolarmente difficile, ma con la mente continuava a ritornare sugli omicidi di Cleo Tate e Stella Townsend ancora e ancora o, come li aveva definiti Turner prima che lei e Noah lasciassero l'ufficio, "gli omicidi delle Polaroid". A quel punto non poteva far altro che sperare che la stampa non venisse a sapere né delle foto né del nome, perché in tal caso si sarebbero ritrovati in una situazione ancora più esasperata di quanto non lo fossero già.

«Mi stai ascoltando?» La voce di Trinity interruppe il flusso dei suoi pensieri.

Lanciando uno sguardo al sedile del passeggero, Josie vide le sopracciglia perfettamente curate di sua sorella aggrottate per l'irritazione.

«Lo sapevo...» disse Trinity. «Lo capisco quando non mi ascolti. Josie, so quanto sei dedita al tuo lavoro, ma ci sono momenti in cui devi riuscire a staccare la spina e vivere il presente.»

«Lo so, lo so...» mormorò Josie, anche se si era immediatamente rimessa a pensare all'ultima foto. Aveva trascorso il tempo che le restava prima della fine del turno a rifletterci sopra, senza arrivare ad alcun risultato.

«Non lo dico per dire, Josie...» continuò Trinity. «Essere presenti è un'abilità, come qualsiasi altra cosa. Devi lavorarci sopra.»

«Lo so, lo so...» rispose Josie. Turner era convinto che lei fosse in grado di arrivare a capire dove fosse stata scattata l'ultima polaroid, benché la sua presunta fiducia in lei sembrasse più una forma di pressione. Le era rimasto accanto finché lei non gli aveva chiesto bruscamente di lasciarla in pace.

Turner.

Josie si era lasciata assorbire così tanto dai dilemmi del caso che aveva trascorso tutto il pomeriggio con Trinity senza porle la domanda che le bruciava nella mente dalla sera in cui Turner aveva portato Amber a casa sua.

«Trinity...» disse d'un tratto. «Come conosci Kyle Turner?»

«È questo il tuo modo di essere presente? Fai uno sforzo Josie...»

«Non te lo chiedo per lavoro. Te lo chiedo perché sono curiosa. Ti ho sentito chiamarlo per nome.»

Trinity guardò fuori dal finestrino mentre passavano davanti alla biblioteca dell'università. «Ha risolto il caso della escort. Lo sapevi?»

«Sì.» disse Josie. «Gretchen ha fatto delle ricerche su di lui quando ha iniziato a lavorare da noi. Ho letto gli articoli. Ha avuto molta pubblicità per aver risolto quel caso.»

Trinity annuì, con lo sguardo ancora fisso sugli edifici del campus che scorrevano lentamente davanti ai suoi occhi. «Sì. Una copertura nazionale. A quel tempo ero tornata al programma mattutino e lui era uno degli ospiti. Una serie di casi irrisolti, un serial killer e un detective determinato... mi venivano offerti su un piatto d'argento. L'ho intervistato in diretta e poi siamo andati a pranzo insieme. Da quel giorno, ogni volta che è venuto in città, cosa che non accadeva poi tanto spesso, ci siamo incontrati.»

Josie sentì lo stomaco che le si annodava. «Oh Dio santo. C'era qualcosa tra voi, vero?»

«Ma scherzi?» rispose Trinity con fermezza. «Non c'è stato nessun "qualcosa", sebbene, devo ammetterlo, ci abbia fatto un pensierino.»

L'ultima tazza di caffè che aveva bevuto minacciava di risalire. «Mi stai prendendo in giro.»

Trinity abbassò l'aletta parasole e controllò il trucco allo specchietto. «Il fatto è questo, Josie. Il Kyle che ho conosciuto io non era affatto come l'idiota di cui ti sei lamentata nell'ultimo anno.»

«Hai passato più di cinque minuti con lui da quando lo hai conosciuto?» chiese Josie in modo provocatorio.

Trinity rise. «Sì, abbiamo passato molto tempo insieme. C'erano altri casi irrisolti su cui stava indagando e, data la mia esperienza di giornalista e tutto quello che avevamo appena scoperto qui, pensava che il mio contributo fosse prezioso.»

«Non capisco.» disse Josie.

Per quante eccentricità avesse sua sorella, non era di certo attratta dagli idioti. In cima alla lista delle sue principali priorità c'era sempre stata la sua carriera, facendo sì che gli appuntamenti scendessero in fondo a quella lista. Quindi, Turner doveva aver fatto una buona impressione se sua sorella aveva anche solo considerato l'idea di instaurare una relazione sentimentale con lui.

Il caffè stava per risalire di nuovo. Non era che Turner fosse ripugnante, anzi, era piuttosto attraente, anche se un po' più vecchio di Josie e Trinity; era la sua personalità che lo rendeva completamente inattraente.

«Mi stai dicendo che dopo aver lavorato con Turner per più di un anno, l'uomo che ti ho descritto per tutto questo tempo non assomiglia affatto al Kyle Turner che hai conosciuto tu?»

chiese Josie, nonostante Trinity le avesse già risposto. «Non ti ha mai chiamato con qualche nomignolo stucchevole tipo "tesoro" o "dolcezza"? Non ti ha mai chiamata sbagliando il tuo nome? Non ha mai detto qualcosa di così sessista da farti venire voglia di mollargli un calcio nelle ginocchia?»

«Niente di tutto questo.» rispose Trinity con un'alzata di spalle. «Era... normale.»

«Stava sicuramente fingendo, allora.» disse Josie.

«Non credo che stesse fingendo.»

«Se avesse voluto portarti a letto, ne sarebbe stato capace.»

«Non ha mai cercato di portarmi a letto.» disse Trinity con tono beffardo. «Ti assicuro che era normale.»

Josie non era per niente convinta, ma nel caso assurdo che Trinity avesse ragione, cosa poteva essere successo a Kyle Turner negli ultimi sette anni per trasformarlo in una persona completamente diversa? Cosa avrebbe potuto spingere un uomo a passare dal comportarsi normalmente, tanto da essere degno dell'attenzione di sua sorella, a diventare l'autentico coglione che conosceva lei?

Josie non ebbe il tempo di approfondire ulteriormente la questione. Trinity rimase senza fiato quando vide il nuovo Giardino delle Farfalle dell'università. Josie capì dalla sua espressione stupita che era rimasta impressionata e si segnò mentalmente di dare un punto a favore di Drake. L'edificio era imponente. Sopra le sue alte finestre ad arco e sui muri di cemento color arenaria erano stati dipinti murales variopinti raffiguranti farfalle. File di aiuole si estendevano lungo tutta la facciata dell'edificio, ricche di fiori multicolori. Un porticato di un blu brillante ombreggiava l'ingresso principale. Ma forse l'elemento che più impressionava alla vista era la piramide di vetro che si ergeva dal centro del tetto e svettava verso il cielo.

«Questo posto è stupendo...» disse Trinity mentre Josie parcheggiava davanti all'ingresso. Fermando l'auto, vide le auto di Noah, Shannon, Christian e Patrick. Josie sapeva che Drake aveva lasciato la macchina nelle vicinanze, in modo che Trinity non avrebbe potuto vederla. Erano tutti lì, come previsto. Due punti a favore per Drake. Era riuscito a riunirli tutti quanti, nonostante i loro impegni assurdi e il fatto che fossero sparsi in due stati diversi.

Quanto a Trinity, non aveva idea di cosa stesse per succedere: sapeva che ci sarebbe stata una proposta di matrimonio, ma non immaginava che sarebbe stata per lei. Con un sospiro, disse: «Non pensi che Patrick sia troppo giovane per sposarsi? Insomma, so che sta con Brenna da un po' e che entrambi sono già laureati e hanno un buon lavoro, ma mi sembra troppo presto. A te no?»

Josie scese dall'auto e fece il giro della macchina per raggiungere la sorella alla portiera. «Beh, quando lo sai, lo sai, giusto?»

«Immagino di sì.» convenne Trinity sistemandosi il prendisole sui fianchi. Josie aveva fatto di tutto per convincerla a indossare qualcosa che sapeva avrebbe reso Trinity felice una volta che si fosse rivista nelle foto successive; considerando che erano l'una l'esatto opposto dell'altra in fatto di eleganza, era stato più faticoso di quanto non fosse interrogare un sospettato di omicidio. In cambio, Trinity aveva scelto il vestito di Josie per l'occasione e aveva insistito per truccarla. Guardando indietro, verso la sua auto, Josie vide il suo riflesso nel finestrino e quasi non si riconobbe. Trinity l'aveva trasformata da poliziotta sudata, con i capelli in disordine e maglietta e pantaloni tutti sgualciti in una persona che emanava una propria luminosità. Per una volta i suoi capelli erano davvero setosi e le piaceva il modo in cui il suo semplice vestito blu le svolazzava intorno alle cosce quando si muoveva. In più era perfetto per quel caldo.

«Pronta?» chiese Josie.

«Solo un secondo.» disse Trinity prendendo il cellulare dalla borsa. «Drake non è ancora arrivato. Gli mando un messaggio.»

Trinity inviò un messaggio e poi attese una risposta, con le labbra serrate intenta a fissare lo schermo. Josie sentì il suono di una notifica. Poi un'altra. «Sarà qui tra pochi minuti...» mormorò Trinity. «Ha detto di entrare e che ci troverà lui quando arriva.»

«Perfetto.» disse Josie. «Allora andiamo.»

Trinity scorse l'indice sullo schermo del telefono. «Porca miseria!» esclamò.

TRENTAQUATTRO

Un piccolo germoglio di panico sbocciò nello stomaco di Josie. Nei giorni precedenti, tutti i suoi familiari avevano inviato messaggi all'impazzata, cercando di definire ogni minimo dettaglio del piano di Drake. Era stata una settimana talmente frenetica che a un certo punto Josie aveva inavvertitamente mandato a Gretchen un messaggio destinato a Patrick. Di fronte al rischio che qualcuno avesse fatto la stessa cosa con Trinity, Josie si augurò che la sorpresa non fosse rovinata.

Trinity continuava a scorrere lo schermo, con le labbra rosso ciliegia incurvate dall'agitazione. «La nipote di James "Manomorta" Lampson è stata assassinata? È questo il caso su cui state lavorando?»

Josie le strappò il telefono dalle mani. «Com'è che hai detto? Niente lavoro? Questo significa che non puoi leggere le notizie dell'ultim'ora finché siamo qui, né guardare le notifiche.»

Trinity mise una mano sul fianco. «Senti un po' da che pulpito! Tu che non riesci a stare cinque secondi senza parlare di lavoro.»

«Veramente non ho parlato di lavoro per tutto il pomeriggio.»

Trinity alzò gli occhi al cielo e superò Josie per dirigersi verso l'edificio. «Ci stavi pensando, il che è praticamente la stessa cosa.»

Quando Josie la raggiunse, sentì Trinity mormorare qualcosa. «Che cosa hai detto?»

Trinity si fermò e si voltò verso Josie. «Ho detto che mi dispiace per Stella. Ti assicuro che è tutto quello che dirò stasera al riguardo. Hai ragione, mettiamo le questioni di lavoro da parte.»

«Aspetta un momento... conoscevi Stella Townsend?»

«Josie!»

«Mettiamo le questioni di lavoro da parte appena entriamo.» le assicurò Josie restituendole il telefono, che Trinity prese sbuffando. «Non la conoscevo bene, ma mi aveva avvicinato un paio di anni fa, quando sono tornata a Denton per il caso di Jana Melburn. Lavorava alla WYEP. Stava cercando di mettere insieme una storia su suo nonno.»

«Perché?»

Trinity lanciò uno sguardo alla porta dell'atrio. Il caldo stava iniziando a diventare insopportabile per entrambe. «A dire la verità, non ne sono tanto sicura. Credo che stesse cercando di accettare il fatto di discendere da una persona come lui. L'intera famiglia di Manomorta Lampson era stata praticamente cacciata dalla città dopo il suo arresto. La madre di Stella odiava lui e odiava Denton: troppi brutti ricordi. Non voleva che Stella tornasse qui, ma lei era attratta da questo posto. Mi ha parlato di un'idea per un articolo su suo nonno, una sorta di denuncia di tutti i crimini che aveva commesso, anche quelli per cui non era stato condannato, ma il materiale comprendeva troppe, troppe informazioni. Troppo frammentario. Non c'era l'esca per attirare l'interesse del pubblico, capisci?»

Josie ripensò allo scambio di messaggi tra Stella e la sua amica Abbie. Trinity era forse "l'arma segreta" che sperava di avere dalla sua parte?

«Aveva parlato di scrivere un libro...» continuò Trinity, «come quelli che scrivono i figli dei serial killer. Sai, no? Di quelli in cui si racconta che il padre di famiglia era così pieno di premure e di affetto che nessuno si sarebbe mai immaginato che nel tempo libero uccidesse brutalmente delle persone.»

«Sì.» disse Josie. «Conosco il genere.»

«Voleva parlare con le persone che conoscevano Manomorta Lampson e che avevano lavorato con lui per capire come fosse riuscito a farla franca per così tanto tempo. Voleva mettersi in contatto con le persone che lo avevano protetto e con le persone che, pur sapendo che razza di rifiuto umano fosse, non erano riuscite a fermarlo. Ma, come ti puoi immaginare, non c'era anima viva che volesse parlare di Manomorta Lampson. Stella venne da me per chiedermi un consiglio su come convincere questa gente a parlare con lei. E io non sapevo cosa dirle. Non so se abbia mai scritto questo libro, ma le dissi che se voleva realizzare un servizio, doveva tornare quando avesse trovato l'esca giusta. Non l'ha mai fatto.»

Non c'era da stupirsi che Stella Townsend non avesse rivelato a Vicky Platt l'argomento della sua storia. Smuovere quei sassi era decisamente pericoloso. Sebbene la maggior parte degli uomini che avevano protetto Lampson durante la sua carriera fossero finiti in prigione per il loro coinvolgimento nel caso di traffico di esseri umani, Josie era certa che non fossero stati catturati tutti, che ce ne fossero altri ancora a piede libero. Non potevano aver preso bene il fatto che i giornalisti, tra i quali c'era persino la nipote di Lampson, bussassero alle loro porte per avere delle risposte sui loro misfatti, sicuramente quasi tutti in violazione della legge. D'altra parte, se avesse scelto di andare nella direzione opposta e scrivere un articolo sulle sue vittime, avrebbe potuto ottenere un risultato migliore e meno pericoloso.

A prescindere da ciò, Vicky Platt non sembrava il tipo che si sarebbe tirato indietro di fronte a una notizia importante, ma se Stella aveva già incontrato molta resistenza da parte di altri giornalisti, tra cui qualcuno influente come Trinity, forse aveva ritenuto opportuno essere discreta finché non avesse avuto tutto ciò di cui aveva bisogno. Se la produttrice era stata disposta a occuparsi della notizia, magari Stella voleva assicurarsi che fosse coerente e completa prima di presentarla. Josie si chiese cosa sperasse di trovare nei documenti giudiziari secretati. Sempre che, al contrario, non avesse la benché minima idea di cosa stesse cercando e la ricerca dei documenti fosse solo un tentativo alla cieca? A meno che, nel corso degli anni, non fosse riuscita a raccogliere frammenti degli atti illeciti commessi da suo nonno e sperasse che i documenti li mettessero nel giusto contesto.

Prima che Josie potesse rifletterci ulteriormente sopra, vide Noah che usciva dall'atrio con Trout al guinzaglio. Il respiro le si mozzò in gola. Era così affascinante con i suoi pantaloni neri e la camicia con collo button-down, rigorosamente blu abbinata al suo vestito; una scelta casuale, ma adorabile, comunque. Aveva le maniche rimboccate, che rivelavano i suoi avambracci muscolosi.

Trinity gridò di gioia. «Oh, anche Trout partecipa alla proposta?»

Trout fece i suoi bisogni su un cespuglio appena fuori dall'ingresso e poi rimase sull'attenti ad aspettare che si avvicinassero, dimenando freneticamente la sua codina. Qualcuno gli aveva procurato un papillon. Trinity lo raggiunse per prima e si inginocchiò per fargli una grattatina dietro le orecchie. «Come ha fatto Patrick a ottenere il permesso di portarlo dentro?»

Josie e Noah si scambiarono uno sguardo.

«Non lo so...» disse Josie alla sorella. «Ma lo sai che la migliore amica di Patrick gestisce questo posto, quindi, evidentemente, deve aver ottenuto un permesso speciale o qualche tipo di agevolazione.»

In un certo senso era andata proprio così: avevano ottenuto il permesso di portare Trout all'interno dopo che Drake e Noah avevano portato l'amica di Patrick nell'atrio almeno tre volte per rassicurarla che Trout era un cane ben educato, ben addestrato e che loro erano bravissimi a gestirlo. Come incentivo, Noah le aveva detto che, se Trout avesse combinato qualche guaio, o se anche avesse solo fatto pipì all'interno, Drake avrebbe fatto una donazione molto consistente all'università.

Trinity si alzò. «Sai, io avrei voluto includere Trout nella proposta di Noah. Ma poi lui ha sentito il bisogno di buttarsi giù da un burrone... che scena teatrale, consentimi di dirlo...»

«Non ho sentito il bisogno di buttarmi giù da un burrone...» disse Noah.

«Sì, d'accordo, come dici tu... ma sei comunque caduto giù da un precipizio. Cosa c'è di più memorabile di questo?»

Josie si chinò per fare due carezze al suo cane prima di entrare. Mentre si avvicinavano alla porta, Trinity disse: «Non mi va molto a genio che il nostro fratellino si sposi prima di me. Ma, magari, dopo questo evento potrà dare a Drake qualche consiglio su come fare la proposta.»

Josie e Noah lasciarono passare Trinity per prima e si scambiarono un sorriso alle sue spalle.

TRENTACINQUE

All'interno dell'atrio la temperatura rasentava i trenta gradi centigradi con un elevato tasso di umidità, ma era comunque più fresca di quanto fosse all'esterno. Sentieri di cemento serpeggiavano tra aiuole di fiori colorati e piante esotiche, alcune delle quali raggiungevano quasi il soffitto di vetro. Erano circondati da vivaci tonalità di verde e da suggestivi toni di viola, rosa e arancione tendente al rosso. Le farfalle svolazzavano intorno alle loro teste. Josie riconobbe immediatamente le monarche gialle e arancioni. Le altre le identificò mentre camminavano lentamente davanti ai cartelli che ne indicavano il nome. Farfalle tigre, grandi farfalle viola e farfalle con le zampe pelose. Tra le piante e i fiori c'erano piccoli piatti che contenevano fette di arancia, limone e anguria. Molte farfalle vi si radunavano per nutrirsi. Josie dovette sforzarsi di non leggere ogni riga dei cartelli informativi che spiegavano ogni fase del ciclo vitale e delle abitudini alimentari delle farfalle per partecipare alla reazione di sua sorella. Segnò una terza vittoria per Drake. Trinity era sbalordita. «Questo posto è incredibile...» sussurrò a Josie, come se fossero in un luogo sacro dove era necessario comportarsi in modo rispettoso e tenere la voce bassa.

In un certo senso, sembrava davvero un luogo di culto, brulicante di vita e di vegetazione rigogliosa, con i suoi abitanti, bellissimi e delicati, che vivevano in pace. Se solo anche gli esseri umani si trattassero con tanta cura gli uni con gli altri.

Noah diede un colpetto sulla spalla di Josie e le porse il guinzaglio di Trout. Le fornì la scusa che aveva preparato per allontanarsi, ovvero andare in bagno, ma Trinity era troppo occupata a guardarsi intorno con stupore. Una farfalla di un blu brillante si posò sulla cintura del suo vestito e lei rise di gioia. «Guarda!» esclamò sottovoce. «Quant'è fortunata Brenna...»

Josie abbassò lo sguardo su Trout per non far vedere a Trinity che le veniva da sorridere. La sua gemella sapeva leggere perfettamente le sue espressioni. Trout camminava lentamente davanti a loro, fermandosi ogni tanto per guardare Josie con i suoi occhi marroni pieni di espressività, pieni di incertezza. Le farfalle non lo interessavano minimamente e Josie non ne era sorpresa. Non aveva mai mostrato un particolare interesse per nulla che non fossero gli esseri umani e il cibo. Non aveva mai inseguito scoiattoli o altri animaletti che incontravano quando Josie e Noah lo portavano a passeggio o a fare qualche escursione. A parte Pepper, il cane di Misty, un incrocio tra un bassotto e un chihuahua non gli importava nemmeno degli altri cani.

Ma a un tratto, mentre si addentravano nel giardino, Trout iniziò a tirare il guinzaglio, il suo tartufino estremamente preciso aveva fiutato uno dei bocconcini strategicamente posizionati che Noah e Drake avevano nascosto lungo i sentieri. Trinity lo vide tendere il guinzaglio e aggrottò la fronte. «Che cosa gli è preso?»

«Non ne sono sicura...» disse Josie. «Credo che abbia sentito un odore.»

Trinity li seguì automaticamente mentre Trout annusava freneticamente il terreno e l'aria, muovendosi con determinazione, finché non arrivarono a una lanterna di carta in cima a uno dei muri che circondavano le numerose aiuole. La luce di una candela artificiale tremolava al suo interno, illuminando una foto stampata su carta velina bianca che sostituiva uno dei vetri. Trout divorò un biscotto per cani lasciato per terra. Intanto, Trinity fissava la foto tenendo le labbra serrate in un'espressione confusa. Era una foto dell'esterno di un ristorante. «Non capisco...» disse alla fine.

Con cautela, Josie disse: «Le lanterne dovrebbero raccontare una storia.»

Trinity fissò la foto del ristorante per un minuto buono, finché Trout non trascinò Josie diversi metri più avanti. Quando li raggiunse, Trinity disse: «Quel ristorante è a New York. Patrick e Brenna ci sono mai stati?»

«Non saprei proprio.» rispose Josie. Era certa che Trinity avrebbe capito cosa stava succedendo non appena avesse visto la prima lanterna. Drake aveva spiegato a tutti il significato di ciascuna lanterna. Il ristorante era il luogo del loro primo appuntamento. Guardando Trinity, Josie capì che sospettava che quella serata non avesse nulla a che fare con Patrick e Brenna, ma la scintilla di dubbio nei suoi occhi azzurri le fece capire che aveva paura persino di pensarlo, paura anche solo di sperarlo, per questo non proferiva parola.

«Trout è alla lanterna successiva...» disse Josie a bassa voce. «Andiamo.»

Trinity la seguì mentre Trout si fermava davanti a ogni lanterna. Josie sapeva cosa rappresentava ciascuna di quelle foto: il luogo in cui si erano dati il primo bacio, il primo viaggio che avevano fatto insieme, il primo mobile che avevano acquistato insieme, il primo regalo che Trinity aveva fatto a Drake, la prima volta che avevano fatto l'albero di Natale insieme e, infine, la prima volta che si erano detti "ti amo".

Trinity le guardò con uno sguardo costernato e, da quanto poteva capire Josie, anche spaventato. Tutto faceva pensare che quella serata fosse dedicata a lei e a Drake, ma Trinity temeva che, una volta giunti alla fine del viaggio, le sue speranze sarebbero state disattese. Sotto tutta la sicurezza e la sfrontatezza di Trinity c'era ancora molto della ragazzina insicura che era stata un tempo, indubbiamente a causa dei tremendi atti di bullismo che aveva dovuto subire negli anni delle superiori. Aveva trascorso tutta la sua vita da adulta a costruirsi una carriera di successo che fungesse da armatura, in modo da essere immune alla crudeltà degli altri. Il problema era che, anche con Drake - che era profondamente e stupidamente innamorato di lei - Trinity faceva fatica a credere che lui non l'avrebbe tradita.

Josie ne sapeva qualcosa delle difese emotive e del tradimento. Avevano vissuto vite molto diverse, ma avevano questo tratto in comune.

All'ultima lanterna, mentre Trout divorava il suo dolcetto, Trinity afferrò il braccio di Josie. Aprì la bocca per parlare, ma poi le prime note di un pezzo strumentale si diffusero nell'aria, ricche e melodiche. Trinity inclinò la testa, ascoltando attentamente. Le lacrime le brillavano negli occhi.

«Tutto ciò che desideri ti aspetta proprio dietro quell'angolo.» disse Josie.

Trinity le lasciò andare il braccio e iniziò a correre. Trout, pensando che fosse una gara, tirò il guinzaglio per starle dietro. C'era appena la lunghezza di un braccio a distanziare le due sorelle quando Trinity si fermò di colpo. Drake era in piedi al centro di un'ampia area aperta davanti a una fontana. Intorno a lui c'era un piccolo gruppo scelto dell'orchestra dell'università, oltre a tutti gli altri membri della loro famiglia: Shannon, Christian, Patrick, Brenna e Noah. Shannon stava già piangendo a dirotto. Tutti gli altri sembravano brillare di luce propria. Josie trascinò Trout da Noah. Lui la prese per la mano libera, stringendola leggermente.

Trinity si avvicinò lentamente a Drake. «Sei bellissima.» le disse.

Lei indicò l'orchestra. «Questa è...»

«Una cover strumentale della prima canzone su cui

abbiamo ballato insieme, ricordi? Al matrimonio del mio collega.»

Trinity fece un respiro tremolante. «*"Beyond"* di Leon Bridges...»

Quando Drake si inginocchiò davanti a lei e tirò fuori l'anello, Trinity rimase senza fiato. Quarto punto a favore di Drake. Il diamante era enorme.

Josie non riuscì a sentire granché di quello che disse dopo, a causa delle urla di Shannon e Brenna, ma non importava. La risposta di Trinity fu sì. La musica si fece più intensa e Noah le cinse la vita con un braccio. Le sfiorò la tempia con le labbra. «Drake mi sta davvero facendo fare brutta figura. Mi dispiace di non averti regalato qualcosa del genere.»

Josie rise. «Non ti scusare. Il modo in cui è successo non potrebbe essere più "nostro". I piani sono stupidi, ricordi?» gli disse, ripetendogli quello che praticamente era il suo motto. «Stupidi è dire poco.» disse lui.

Dopo andarono tutti a cena, ridendo in un'atmosfera leggera, prima fra tutti Trinity, che aveva iniziato a pianificare il loro matrimonio per strada verso il ristorante. Fu una delle serate più belle della vita di Josie. Si addormentò con immagini di farfalle, lanterne, foto sentimentali e matrimoni che le danzavano nella testa e si svegliò con i sudori freddi, proprio mentre stava spuntando il sole.

Sbattendo le palpebre per scacciare il sonno, la sua mente si aggrappò a un pensiero che si era insinuato nei suoi sogni, cercando di farsi strada dal suo subconscio verso la luce. Si prese un momento per lasciare che il suo corpo si svegliasse e la sua mente si schiarisse. Poi seguì il pensiero, vagliando le possibilità, verificando le teorie fino a quando non fu sicura che la sua logica fosse corretta.

Scosse Noah per svegliarlo. «Credo di sapere dove è stata scattata l'ultima polaroid.»

TRENTASEI

Josie schiacciò il pedale dell'acceleratore, il fuoristrada ruggì, prendendo velocità dirigendosi verso la tortuosa strada di montagna che portava a Harper's Peak. Si trattava di una tenuta del diciannovesimo secolo che era stata trasformata in un moderno resort. Il terreno si estendeva su due cime montuose e centinaia di ettari. Lanciando un'occhiata allo specchietto retrovisore ebbe conferma che Gretchen stava tenendo il passo; riuscì perfino a intravedere Turner sul sedile del passeggero, con la mano aggrappata alla maniglia di sicurezza sopra la portiera. A lui non piaceva quando guidavano veloce. Dietro il veicolo di Gretchen c'erano alcune autopattuglie di supporto a luci e sirene spente, onde evitare di attirare l'attenzione della stampa, che già teneva sotto stretta sorveglianza tutte le attività della polizia, in attesa della più piccola informazione sugli omicidi di Cleo Tate e Stella Townsend.

Noah premette l'icona di fine chiamata sul suo telefono, dicendo: «Celeste non era entusiasta, ma ci ha dato il permesso di perquisire i locali. Sta mandando Tom Booth, l'amministratore delegato, alla chiesa per assicurarsi che nessun ospite si avvicini da quella parte. Tuttavia, quella zona non è stata utilizzata né aperta agli ospiti da quando...» ma non concluse il discorso.

«Lo so.» si affrettò a dire Josie.

Non parlavano quasi mai del loro matrimonio fallito. Quello che avevano pianificato meticolosamente per mesi. Quello che era costato una fortuna. Quello in cui una ragazzina di dodici anni era stata ammazzata e il suo cadavere era stato depositato sui gradini della piccola chiesa dove avrebbe dovuto svolgersi la cerimonia. Nel corso di quelle indagini non solo avevano dovuto rimandare il loro matrimonio, ma era anche stata uccisa l'amata nonna di Josie, Lisette. Nel frattempo, erano stati portati alla luce anche numerosi segreti della famiglia Harper che avevano quasi distrutto il resort. Celeste Harper stava cercando di ricostruire la loro reputazione ormai da anni.

Non appena Josie aveva detto a Noah che sospettava che la terza polaroid fosse stata scattata a Harper's Peak, lui non le aveva fatto domande. La fiducia che nutriva in lei era incrollabile. In quel momento, apparentemente nella speranza di allontanare l'argomento di conversazione da quel giorno orribile, le chiese: «È stata la proposta di matrimonio di Drake e tutto il parlare di matrimoni che ti ha fatto pensare a Harper's Peak?»

«Sì, in parte il motivo è quello.» Gli raccontò ciò che Trinity le aveva detto su Stella Townsend prima che entrassero nel padiglione la sera prima. Non aveva avuto modo di discuterne con lui nella fretta di raggiungere Harper's Peak, per quanto Josie fosse certa che sarebbe stato troppo tardi per la vittima che avrebbero trovato una volta arrivati là. «Continuavo a pensare alle lanterne di Drake e al modo in cui erano state concepite per raccontare una storia. Alle fotografie... proprio come quelle che questo assassino sta lasciando su ogni scena del crimine. Noah, sono convinta che stia cercando di dirci qualcosa, che stia raccontando una storia. Se non fosse così...»

«...allora avrebbe semplicemente ucciso le sue vittime e basta.» concluse Noah per lei.

Josie notò il vialetto quasi nascosto, chiuso da un cancello metallico, mentre passavano in auto. Il vialetto conduceva a una proprietà appartenente ad alcuni membri della famiglia degli Harper, a scapito del fatto che era stata abbandonata dopo il caso di Harper's Peak, almeno per quanto ne sapeva lei. Il cancello era stato installato in seguito per rendere più difficile l'accesso alla proprietà ai passanti curiosi e agli adolescenti malintenzionati che arrivavano là in auto. Per un breve istante si chiese se non avesse commesso un errore a dirigersi a Harper's Peak, considerando che la residenza nei boschi era estremamente isolata e, proprio per questo, sarebbe stata un luogo ancora più adatto per commettere un omicidio, rispetto alla chiesa all'interno del complesso del resort principale. Ma poi si convinse del contrario, nulla nella polaroid le ricordava quella casa. Quello che si vedeva nell'immagine assomigliava molto di più alla chiesa.

La voce di Noah la distolse dai suoi pensieri. «Che storia starà cercando di raccontare secondo te?»

«Non lo so ancora.» ammise Josie. «Ma ha a che fare con noi.»

«Cioè, con me e con te?» chiese con la voce che assumeva una nota di sgomento.

Lei gli lanciò una rapida occhiata. «Noi, inteso come il dipartimento di polizia. Le forze dell'ordine. Il sistema giudiziario. Kellan Neal era un assistente procuratore distrettuale. James Lampson era un agente di polizia. I luoghi in cui sono stati ritrovati i corpi e persino quello in cui questo tizio ha abbandonato l'auto di Sheila Hampton sono stati tutti il teatro di casi a cui abbiamo lavorato negli ultimi anni. Quel terreno vuoto del caso dell'incidente dello scuolabus. Le rive del Cold Heart Creek. La casa di Peter Rowland.»

«Sono tutti casi ben noti.»

«Esatto, hanno tutti ricevuto molta attenzione da parte dei media. L'assassino vuole che troviamo ogni vittima. Vuole che stiamo al suo gioco. Quale modo migliore per costringerci a inseguirlo, sempre troppo tardi, se non fare riferimento alle indagini più conosciute a cui ha lavorato il nostro dipartimento? Quei casi che potrebbe aver facilmente trovato nei resoconti giornalistici.»

Josie diede un'altra rapida occhiata a Noah, giusto in tempo per vederlo passarsi una mano tra i folti capelli scuri. «Sarà per questo che nelle sue polaroid sta facendo riferimento a indagini più recenti invece che agli indizi risalenti a quindici anni fa, quando Kellan Neal e James Lampson erano ancora in servizio?»

Josie rallentò quando l'ingresso del resort apparve di fronte a loro, con un cartello grande quanto la sua auto posto al centro dell'ampio vialetto a separare la corsia di ingresso da quella di uscita, circondato da vasi di fiori di quasi tutti i colori; si sentì rabbrividire a pensare che un posto così bello fosse stato teatro di eventi carichi di così tanta sofferenza e violenza, e quando imboccò il vialetto che conduceva agli edifici principali le si rivoltò lo stomaco rendendosi conto che sugli Harper si stava per abbattere un'altra dose di sfortuna.

«Non ne sono sicura...» rispose a Noah.

«Allora, magari, non si sta riferendo a un caso specifico. Può anche darsi che ce l'abbia con le forze dell'ordine in generale...» suggerì lui.

Allo stato attuale delle cose, quella sembrava la spiegazione più plausibile, ma Josie non riusciva a scrollarsi di dosso la sensazione che sotto ci fosse qualcosa di più. Qualcosa di personale. Ma nei suoi confronti? O nei confronti di Noah? O di tutti e due? Lui era entrato nella Polizia di Denton due anni dopo di lei e non diversamente da lei aveva avuto a che fare tanto con James Lampson quanto con Kellan Neal. Tutte le indagini sulle quali l'assassino aveva attirato la loro attenzione fino a quel momento si erano svolte nell'ambito di casi recenti su cui avevano lavorato tutti e due.

«So a cosa stai pensando...» le disse Noah a bassa voce.

Si fermò nel parcheggio sul retro dell'edificio principale, dove parcheggiavano molti dei dipendenti. Anche la fila di auto dietro di loro si fermò. Celeste Harper non aveva chiesto loro di cercare di essere discreti, ma Josie sapeva che era quello che avrebbe voluto e in quel momento avevano bisogno della collaborazione della proprietaria tanto quanto avevano bisogno che il minor numero possibile di ospiti condividesse sui social media la forte presenza della polizia in quel luogo.

«Ne riparliamo più tardi...» disse Josie. «Adesso pensiamo a questo.»

TRENTASETTE

Nuvoloni scuri e pesanti incombevano sulla cima dell'altura dove sorgeva la chiesa. Infilato il giubbotto antiproiettile per la terza volta, Josie non riusciva a sistemarlo in modo da far passare un po' d'aria per rinfrescare la sua polo fradicia. Quel giorno l'umidità aveva raggiunto i livelli più alti delle settimane precedenti e, a prescindere dal fatto che la pioggia non facilitava mai il lavoro sulla scena del crimine, Josie si ritrovò a desiderarla quando sentì dei grossi goccioloni di sudore scivolarle lungo la schiena e in mezzo al seno. Accanto a lei, Noah, Gretchen e Turner faticavano a tenere il passo e avevano un'aria stanca e impacciata dal sudore non diversa dalla sua. Nessuno parlava. Anche gli agenti in uniforme dietro di loro erano silenziosi.

Avevano lasciato le auto vicino a Griffin Hall, il bed and breakfast ben più intimo rispetto agli edifici del resort, come confermava la sua posizione lontana. Il percorso da lì alla chiesa non era molto lungo, ma era in salita e non c'era vento. Avevano deciso di non aspettare che un membro dello staff portasse una delle golf cart. Josie non voleva perdere neanche un secondo. Anche dopo aver superato la siepe che circondava la chiesa, in cima alla montagna, l'aria era completamente immobile, densa e pesante. Respirarla era faticoso. Noah scambiò qualche parola con l'amministratore delegato di Harper's Peak, Tom Booth, mentre gli agenti in uniforme circondavano la chiesa. Josie osservò alcuni di loro che si coprivano gli occhi dal sole con le mani e cercavano di sbirciare attraverso le tende trasparenti che coprivano le finestre.

Josie si avvicinò alla scala di pietra davanti all'ingresso, fermandosi sull'ultimo gradino. Un brivido la percorse quando ripensò al corpo che avevano trovato lì il giorno in cui lei e Noah avrebbero dovuto sposarsi.

Qualcosa le urtò la spalla. Era Turner che la fissava, con gocce di sudore che gli imperlavano la fronte. A voce bassa, le disse: «Va tutto bene, Quinn?»

In effetti sembrava preoccupato, il che era strano. Ripensando alla sua conversazione con Trinity, Josie si chiese se, sotto tutti quegli atteggiamenti insopportabili, sessisti e inappropriati, non ci fosse davvero un essere umano. Possibile che fosse tutta una recita? Era dannatamente convincente, perché avrebbe scommesso che aveva recitato a suo tempo per Trinity e che fare il cretino era la sua vera personalità.

«Va tutto bene...» mormorò.

Gretchen si unì a loro con un mazzo di chiavi in mano. «Tom Booth ha detto che qualcuno è entrato dalla porta sul retro. Sembra che il lucchetto sia stato colpito con un martello. Queste sono per la porta d'ingresso.»

L'ultima volta che Josie era stata in quel posto, era entrata di nascosto dalla porta sul retro, che era già stata forzata dall'assassino. La storia si ripeteva. Il sudore che le appiccicava la maglietta alla schiena improvvisamente le fece sentire freddo.

Gretchen guardò il terreno, nello stesso punto su cui Josie aveva fissato lo sguardo. «Per qualche motivo, pensavo che avremmo trovato qualcosa fuori dalla chiesa.»

«È quello che è successo quando hai lavorato al caso qui?» chiese Turner.

Non aveva fatto molte domande, ancora. Josie gli aveva fornito una descrizione generale del caso che si era svolto a Harper's Peak, ma aveva tralasciato tutte le parti relative al matrimonio fallito e all'omicidio di sua nonna.

Neanche Gretchen gli rispose e continuò con quello che doveva dire a Josie. «Cleo Tate e Stella Townsend sono state trovate all'aperto.»

Lassù, sul crinale di una montagna, le nuvole gonfie sembravano così vicine che Josie aveva l'impressione di poter allungare la mano e toccarle. Un'improvvisa folata di vento scosse le foglie dei cespugli di azalee vicini. «Può darsi che stia monitorando la situazione. Può darsi che stia tenendo d'occhio come cambiano le condizioni meteo. Può darsi che con Cleo Tate e Stella Townsend abbia fatto affidamento sul presupposto che noi trovassimo i luoghi nelle polaroid prima che piovesse. Ma in questo caso...»

Un'altra raffica scosse i cespugli, questa volta più forte. Quando il vento colpì il viso di Josie, lei provò solo sollievo per l'aria che le accarezzava le guance.

Noah si avvicinò di corsa. «Siamo pronti. Prima di arrivare, Tom ha controllato le riprese delle videocamere di sicurezza degli ultimi due giorni.»

Gretchen cercò tra le chiavi che aveva in mano. «Sono un sacco di filmati. Questo posto è enorme.»

«Esatto.» rispose Noah. «Sono abbastanza sicuro che sia per questo che non ha trovato nulla, ma uno dei suoi dipendenti dice che nel parcheggio di Griffin Hall c'è un veicolo che non appartiene a nessuno degli invitati al matrimonio che attualmente soggiornano in quella parte del resort, quindi si concentrerà su quel parcheggio e, intanto che lui se ne occupa, uno dei nostri ragazzi farà una ricerca sulla targa, per vedere chi risulta esserne il proprietario, nel caso fosse collegato a qualsiasi cosa troveremo in questa chiesa.»

Josie intuì che quello che intendeva dire in realtà era "qualsiasi persona": se l'assassino era riuscito a condurre fin lassù la vittima in auto – e sarebbe stata davvero una stupidaggine da parte sua se avesse fatto diversamente – allora il parcheggio di Griffin Hall era il punto più vicino alla chiesa che avrebbe potuto raggiungere con un veicolo. A meno che non avesse rubato uno dei golf cart del resort, ma Josie sapeva che Celeste li teneva sotto stretta sorveglianza.

Le loro radio gracchiarono con le comunicazioni degli agenti in uniforme che li avvertivano che si erano appostati sul retro della chiesa, nel caso qualcuno fosse scappato dalla porta posteriore, e un'ambulanza stava arrivando sulla collina, a soli due minuti di distanza.

«Entriamo, forza...» li esortò Gretchen, avvicinandosi alla porta e inserendo la chiave nella serratura. Estrassero le pistole e le tennero in posizione di tiro. La porta scricchiolò quando Gretchen la aprì e una ventata calda proveniente dall'interno della chiesa li investì come un'onda, portando con sé un miscuglio di odori sgradevoli in cui si distinguevano qualcosa di ammuffito, l'inconfondibile odore metallico del sangue - molto sangue – e la decomposizione di un cadavere.

«Ne deduco che siamo nel posto giusto.» commentò Turner.

Reprimendo la tristezza che le stava montando dentro, Josie si concentrò sul compito da svolgere. Entrò per prima, con un nuovo velo di sudore che la ricoprì immediatamente dalla testa ai piedi. «Polizia!» gridò. «Polizia di Denton. Se c'è qualcuno qui dentro, si faccia vedere!»

I suoi occhi e la canna della pistola si mossero all'unisono, facendo una prima perlustrazione del luogo. Le finestre lasciavano entrare pochissima luce. Era una chiesa composta da un'unica navata, con due file di pochi banchi che creavano un corridoio centrale. L'altare era proprio di fronte, con il pulpito rovesciato e avvolto nell'ombra. Una massa informe giaceva a terra nella navata centrale.

«Polizia di Denton!» disse di nuovo Josie, abbastanza forte

da farsi sentire in tutto l'edificio. «Venite fuori dove possiamo vedervi!»

Non pensava che l'assassino fosse ancora lì, ma era comunque tenuta ad annunciare il loro ingresso. Sentì che Turner si spostava alle sue spalle e che qualcuno accendeva la luce. Il bagliore giallo spento delle lampadine sul soffitto scacciò l'oscurità. Alle sue spalle sentiva i passi di Gretchen e Noah che avanzavano, facendo scricchiolare le assi di legno grezzo del pavimento sotto il loro peso. Si sparpagliarono, infilandosi tra le pareti e i banchi, mentre lei e Turner si dirigevano lungo la navata tra le file di banchi, controllandole una per una per assicurarsi che non ci si fosse nascosto nessuno. Quella massa informe si rivelò essere una donna distesa a faccia in su in una pozza di sangue scuro e coagulato che lambiva i bordi dei banchi su entrambi i lati e il gradino che portava all'altare vicino alla sua testa. Il braccio destro era disteso, parallelo alla spalla, mentre l'altro era piegato sul petto. La camicia intrisa di sangue era strappata in più punti. In base a quello che Josie poté constatare sul posto, tra le vittime che avevano rinvenuto fino a quel momento, era quella che presentava il maggior numero di ferite da arma da taglio. Un nugolo di mosconi ronzava pigramente intorno alla testa e al torace della donna, ma non era nulla in confronto a ciò che avevano visto sulle scene del crimine di Cleo Tate e Stella Townsend. A giudicare dall'aspetto complessivo, che non presentava nessun gonfiore né marmorizzazione dei tessuti, nonostante la temperatura all'interno della chiesa, Josie ipotizzò che non fosse morta da molto tempo.

«Abbiamo il coltello...» annunciò Turner.

Ai piedi della vittima c'era un coltello da cucina. Dello stesso modello di quelli lasciati ai piedi di Cleo Tate e Stella Townsend.

«Però non c'è nessuna polaroid.» osservò Turner.

Aveva ragione. Almeno, non ce n'erano dove potevano

vederne. Senza contare che, se l'aveva lasciata sotto al corpo o in una delle tasche, c'era il rischio che si fosse rovinata dopo essere rimasta immersa nel sangue per così tanto tempo. Con tutta l'attenta pianificazione dell'assassino, sembrava strano che non avesse tenuto conto di questo pericolo. A meno che quello che stavano guardando non fosse l'ultimo corpo. Il finale della storia, qualunque essa fosse, che l'assassino aveva cercato di raccontare.

Ma Josie temeva che non sarebbero mai stati così fortunati.

Noah e Gretchen si vennero incontro davanti all'altare, facendo rapidamente il giro del pulpito rovesciato. Era fatto di quercia rossa, semplice, ma solido. Ci sarebbe voluta una forza considerevole per rovesciarlo. Proprio come all'assassino ci era voluta una forza considerevole per pugnalare le sue vittime.

«Maledetto figlio di puttana...» disse Gretchen. «Abbiamo un altro corpo qui!»

Josie sentì quelle parole come una scossa elettrica. Distogliendo lo sguardo dall'altare, i suoi occhi si spostarono verso l'alto fino a incontrare quelli di Turner che, con aria stupita, disse: «Questa è una novità.»

Lei e Turner si mossero rapidamente attraverso la fila più vicina e seguirono il corridoio vicino al muro fino all'altare, lasciando il corpo così come lo avevano trovato. L'unica cosa visibile sotto l'imponente struttura di legno era una grande mano, con il palmo rivolto verso il basso le nocche coperte di sangue secco. Sotto l'indice c'era una polaroid.

TRENTOTTO

Si unirono tutti e quattro per sollevare l'altare e spostarlo da una parte. Quando ce l'ebbero fatta, a Josie il sudore colava negli occhi e le provocava un forte bruciore, le spalle le facevano male mentre si inginocchiava per premere le dita contro l'arteria carotidea dell'uomo. Non sentiva nulla, ma la pelle non era ancora fredda come quella che ci si sarebbe aspettati da un cadavere, nonostante fosse stato lasciato al caldo opprimente della chiesa. Era un uomo giovane, dai riccioli biondi, che gli erano rimasti appiccicati alla testa, lucidi di umidità. Se sudava, significava che era ancora vivo. Nonostante avesse delle brutte ferite da taglio che gli correvano lungo entrambi gli avambracci, non c'era molto sangue intorno al suo corpo, almeno per quanto Josie poteva vedere. Sistemò meglio le dita sul collo, cercando di nuovo il battito. Un'occhiata più attenta al suo viso le rivelò che doveva essere un ragazzo, tra i sedici e i diciassette anni, molto probabilmente.

«Niente?» le chiese Gretchen.

Josie si sentì pervadere dal senso di sollievo quando sentì il battito flebile, quasi impercettibile, del cuore del ragazzo sotto le sue dita. «È vivo.»

Noah si attaccò alla radio per chiamare i soccorsi affinché entrassero dalla porta principale. Josie abbassò il viso e parlò all'orecchio del ragazzo. «Mi senti? Sono della polizia di Denton. Siamo qui per aiutarti.»

Non ottenne alcuna risposta.

Anche Turner si inginocchiò a fianco del ragazzo e, abbassando la testa verso il pavimento, parlò a voce talmente alta che la sua voce rimbombò sulle pareti della chiesa. «Ehi, ragazzo, svegliati. Ti portiamo all'ospedale.»

Urlare a pochi centimetri dall'orecchio della vittima non era l'approccio che Josie avrebbe adottato, ma funzionò, perché lo vide sbattere le palpebre e sentì un gemito basso e profondo sfuggirgli dalle labbra socchiuse.

Incoraggiato, Turner continuò: «Ben fatto, ragazzo. Riesci ad aprire gli occhi? Riesci a dire qualcosa?»

Il ragazzo mosse il braccio e alzò la mano sotto la quale l'assassino aveva lasciato la polaroid. Josie gli toccò la spalla. «Cerca di non muoverti. I paramedici stanno arrivando. Riesci a parlare?»

Dalla sua bocca uscì un suono indecifrabile.

«Dai, ragazzo...» lo incitò Turner. «Ce la puoi fare.»

«Lui... lui...»

Ogni sillaba gli costava uno sforzo enorme. Una goccia di sudore gli scivolò dall'attaccatura dei capelli, attraverso la tempia e colò sulla fronte.

«Lui chi?» gli chiese Josie, mantenendo un leggero contatto con la sua spalla. «Chi è stato a farti questo?»

Il ragazzo continuò a dimenarsi, ma aprì gli occhi, di un azzurro sorprendente. Josie si chinò fino a portare il viso quasi all'altezza del suo, a poche dita dal pavimento macchiato di sangue, a pochi centimetri dalla guancia. «Ecco, così.» lo incoraggiò. «Così va bene. Siamo qui per aiutarti. Puoi dirci chi ti ha fatto questo?»

«Non lo so... era buio. Lui... lui era a volto coperto.»

«E la donna?» chiese Turner.

Vedendo gli occhi del ragazzo farsi vitrei, Josie sentì lo stomaco stringersi. Quando rispose, sussurrò talmente piano che non riuscì a capire quello che diceva.

Dalla porta d'ingresso li raggiunse una serie di colpi quando i paramedici cercarono di portare la barella su per le scale e all'interno.

«Quella è mia madre.» rispose il ragazzo sbattendo lentamente le palpebre e tornando lucido. Una lacrima solitaria gli scivolò dagli occhi. «Ha ucciso mia... mia madre.»

TRENTANOVE

Rimase in piedi ad aspettarla, sotto la copertura degli alberi. Non gli era sfuggito il fatto che lei avesse scelto di andare a correre da sola nel parco pubblico. Non c'era dubbio sul fatto che lei sapeva che lui la stava seguendo. Lo si capiva dal modo in cui ogni tanto si fermava e inclinava la testa, come se stesse ascoltando una melodia che solo loro due potevano sentire. Le aveva concesso tempo, aspettando il momento perfetto per reclamarla a sé, ma lei era rimasta troppo vicina alle altre persone e alle videocamere. Anche quando parcheggiava la macchina, sceglieva sempre il posto più vicino all'edificio in cui stava entrando.

Fino a quel giorno.

Una volta capito lungo quale sentiero stesse correndo, lui si era messo a correre, attraversando un fitto bosco per poterla incontrare in un luogo più appartato.

Lo scalpiccio delle scarpe da ginnastica che battevano sull'asfalto lo distolse dai suoi pensieri. Pochi secondi dopo, lei apparve, con il passo rallentato dalla fatica e dal caldo. Quando lui le si parò davanti, lei urlò, portandosi una mano al petto. Le sue dita formicolavano dal desiderio di toccarla. La ragazza che amava era ormai solo un ricordo, ma questa... era lì, davanti a lui. Appena una settimana prima non sarebbe mai stata disposta a salire sulla sua auto e a farsi accompagnare a casa e, una volta scesa, invitarlo a entrare. Fare jogging da sola era un chiaro invito.

«Vieni qui.» le disse.

Lei scosse la testa. «No.»

Lui sorrise e lei indietreggiò. Continuava a fare la difficile. Doveva essere il suo gioco preferito. «No?»

«Non voglio... stare con te. Non ho mai voluto stare con te.»

Lui non le credeva, ma dal modo in cui lei spostava il peso da un piede all'altro capì che sarebbe scappata non appena avesse fatto il tentativo di avvicinarsi. Questo lo eccitò ancora di più. Lasciò penzolare i pugni lungo i fianchi. «Mi hai trovato tu.» le ricordò.

Lei si guardò intorno, ma non c'era nessuno che sarebbe sopraggiunto a rovinare quel momento. «È stato un errore. Il fatto è che... non voglio più vederti.»

La rabbia gli infiammò il petto. Strinse i pugni. «Non dirmi queste cazzate, puttana.»

Con quegli occhi sgranati, gli ricordava un cervo abbagliato dai fari di un'auto. Con la differenza che, quando lui fece un passo verso di lei, lei si voltò e se la diede a gambe.

QUARANTA

Il pronto soccorso del Denton Memorial Hospital era affollato nonostante fosse primo pomeriggio, per quanto il venerdì tendesse a essere un giorno molto impegnativo. Josie si era messa ad aspettare vicino alla postazione degli infermieri, tenendo tra le mani un bicchiere di caffè che si stava raffreddando rapidamente. Non riusciva a berlo. Ogni cosa aveva il sapore della morte e della decomposizione. Ne sentiva ancora l'odore sui vestiti e nei capelli. Le scene del crimine in ambienti chiusi tendono a fare questo effetto. Per la terza volta in meno di dieci minuti, un paziente le passò accanto, dilatando le narici e storcendo il naso per il disgusto. Segno inconfondibile che avrebbe dovuto buttare via tutti i vestiti che indossava quel giorno.

Gretchen sbucò da un lungo corridoio che conduceva all'ingresso principale del pronto soccorso. Tutti quelli che incrociava le davano ampio spazio. Ogni singola persona che era stata all'interno della chiesa portava con sé l'odore della morte come una nuvola. Nessuno aveva avuto il tempo di andare a casa a farsi una doccia e avrebbero dovuto aspettare ancora parecchio, perché c'era troppo da fare, c'erano troppe piste da seguire e, finalmente, avevano un potenziale testimone.

Gretchen si fermò davanti a Josie. «Ci sono novità?»

Ogni cosa era diventata confusa una volta che avevano capito che il ragazzo era ancora vivo. Josie aveva lasciato il resto della squadra sul posto per accompagnare la vittima in ambulanza. «Non ha parlato durante il tragitto. Ora lo hanno portato in reparto e gli stanno facendo degli esami. Il dottor Nashat dovrebbe uscire a momenti. L'agente Chan sta raccogliendo come prove i suoi vestiti, le scarpe e tutti gli oggetti che aveva addosso per esaminarli. La buona notizia è che aveva con sé il portafoglio. Ho fatto una ricerca mentre venivamo qui. Si chiama Jared Rowe, ha diciassette anni ed è residente a Denton. Vive in una casa a circa venti minuti da qui. Ho mandato l'indirizzo a Noah via messaggio.» Così, avrebbe detto a un agente di pattuglia di andare all'indirizzo dei Rowe. Sapevano che la madre del ragazzo era l'altra vittima che avevano trovato nella chiesa, ma se il padre viveva nella stessa casa con loro, era necessario contattarlo immediatamente. Con l'indirizzo, avrebbero anche potuto scoprire il nome della madre e iniziare a indagare sull'ultimo luogo in cui era stata vista.

«Ma almeno era cosciente quando ci hai parlato?»

«A malapena.»

Josie rivide in un lampo il viso pallido del ragazzo, le palpebre cadenti. Riusciva ancora a sentire i suoi gemiti nel tentativo di formulare una frase. «Sawyer ha dichiarato che era in stato di shock. La maggior parte delle ferite da taglio l'ha riportata sugli avambracci. La mano che era rimasta intrappolata sotto l'altare ha una ferita piuttosto grande che la attraversa da parte a parte. Non ha nessuna lesione sul corpo, ma Sawyer era certo che avesse alcune costole rotte. Questo non esclude comunque che possa avere delle lesioni interne.»

Un uomo con un braccio infilato in un'imbracatura si avvicinò, rallentando l'andatura mentre passava davanti a loro, annusando l'aria con un'espressione accigliata. «Siamo noi...» gli disse Gretchen. Quando lui aprì la bocca per rispondere, lei aggiunse: «Non le conviene saperlo, si fidi sulla parola.»

Josie continuò a guardarlo finché non svoltò l'angolo ed entrò nella sala d'attesa. «E la polaroid?»

Non aveva avuto modo di osservarla da vicino. L'avevano lasciata esattamente dove l'avevano trovata. Gretchen inforcò gli occhiali da lettura e tirò fuori il cellulare. «Aspetta. Hummel mi ha mandato una foto.»

Con molta probabilità, ormai, la Squadra di Raccolta delle Prove doveva aver finito di esaminare la chiesa e la dottoressa Feist doveva essere già per strada, ma ci sarebbero volute comunque diverse ore prima di avere qualche risultato sui dettagli del corpo o della scena che avrebbero potuto aiutarli a portare avanti le indagini.

Gretchen porse il telefono a Josie. Proprio come le polaroid precedenti, anche questa era leggermente sfocata. Ma, a differenza delle altre, questa sembrava mostrare solo cime di alberi a perdita d'occhio. La parte superiore della foto era distorta, ma in base a quello che Josie riusciva a vedere, non c'era altro che uno sconfinato cielo azzurro. Dall'angolazione da cui era stata scattata la fotografia si capiva che la macchina fotografica doveva trovarsi pressoché all'altezza delle cime degli alberi.

«Questa non è stata scattata da sopra una valle...» osservò Josie.

«Esatto.» convenne Gretchen. «È come se fosse salito in cima a un albero e avesse premuto il pulsante di scatto.»

«Fantastico.» sospirò Josie, restituendo a Gretchen il telefono. «Allora non ci resta che cercare in ogni angolo della città dove si trovano degli alberi.»

Gretchen inviò la foto a Josie prima di riporre il telefono in tasca. «In ogni angolo della città dove si trovano degli alberi e dove abbiamo lavorato a un caso.»

«Sì, ma questo non restringe il campo.» disse Josie con una

risata. «Ci capita letteralmente in ogni indagine. Certo, avrà fatto riferimento a un'indagine con un significato preciso, è questo il suo modus operandi. Ma con questa?»

Lasciò la domanda sospesa nell'aria, chiedendosi se l'assassino volesse davvero che trovassero la vittima successiva, visto che ogni nuova mossa che faceva nel suo gioco malato rendeva solo più difficile per la loro squadra capire dove andare a cercare. Se li metteva in difficoltà, significava che aveva vinto? O avrebbe concesso loro un turno libero, lasciando una nuova vittima in un posto più ovvio con una nuova polaroid più facile da decifrare?

I loro cellulari emisero un segnale contemporaneamente, interrompendo i pensieri di Josie, che prese il suo per leggere i messaggi di Noah prima che Gretchen avesse il tempo di rimettersi gli occhiali. «Hanno trovato il filmato del parcheggio. Verso la mezzanotte un uomo è arrivato in auto con una donna sul sedile del passeggero. L'ha trascinata fuori per un braccio e l'ha portata via, fuori dal raggio della videocamera.»

«Mezzanotte...» ripeté Gretchen guardando Josie da sopra gli occhiali da lettura. «Ha lasciato la polaroid sulla scena di Stella Townsend lunedì, cioè cinque giorni fa, e noi l'abbiamo trovata due giorni fa.»

Il cuore di Josie prese a batterle nel petto quasi fino a farle male. «Ha aspettato. Porca puttana.»

Gretchen non lo disse ad alta voce, ma Josie sapeva che stavano pensando tutte e due alla stessa cosa: se avessero trovato Stella Townsend e la polaroid prima, e se fossero state in grado di identificare più rapidamente il luogo ritratto nella foto, avrebbero potuto mettere la chiesa a Harper's Peak sotto sorveglianza e, così facendo, avrebbero potuto catturare l'assassino e impedirgli di ammazzare la madre di Jared Rowe. Chiedendosi allora se l'assassino lo avesse fatto apposta, se avesse concesso loro del tempo o se, semplicemente, non fosse riuscito a portare a termine il rapimento fino alla notte precedente, Josie si sentì stringere il petto in una morsa.

«Josie...» disse Gretchen con un tono che era allo stesso tempo rassicurante e gentilmente ammonitore, «non addentrarti troppo in quel labirinto. È probabile che lui abbia capito che lo stavamo aspettando e abbia cambiato luogo.»

Josie prese a camminare avanti e indietro, stringendosi il ponte del naso tra il pollice e l'indice. Con l'altra mano stringeva il telefono così forte che le nocche le erano diventate bianche. «Quel ragazzo ha perso sua madre perché non siamo riusciti a capire dove fosse stata scattata quella polaroid.»

«No.» ribatté Gretchen piazzandosi davanti a lei. «Quel ragazzo ha perso sua madre perché un depravato figlio di puttana l'ha fatta fuori. Lo sai bene. È la stessa cosa che dici ai familiari delle vittime che pensano che avrebbero potuto fare qualcosa per cambiare l'esito delle loro tragedie.»

Josie si lasciò cadere nell'esercizio di respirazione a scatola che aveva imparato in terapia, cercando di imporre la calma al suo corpo. «Gli assassini uccidono...» mormorò.

«Esatto.» disse Gretchen. «Gli assassini uccidono e noi li mettiamo in prigione. In questo momento, la cosa più utile che possiamo fare – e che è anche l'unica cosa che possiamo fare - è concentrarci.»

Josie annuì, avvicinandosi il telefono per leggere il resto dei messaggi. Non c'era modo di identificare l'assassino dalle riprese di sorveglianza di Harper's Peak, data la posizione della videocamera e il fatto che indossava un cappello. Era notte, quindi era molto probabile che nessuno li avesse visti; non per questo, Noah aveva rinunciato a mandare delle unità a parlare, con la dovuta discrezione, con gli ospiti di Griffin Hall.

«Il ragazzo non era con loro.» disse Gretchen scorrendo i messaggi sul suo telefono.

«Può darsi che sarebbe stato difficile per l'assassino controllarli entrambi, anche tenendoli sotto tiro con una pistola, data la distanza che avrebbero dovuto percorrere da Griffin Hall alla chiesa a piedi e al buio.»

Altri messaggi di Noah riempirono lo schermo e Josie li lesse non appena arrivarono. «L'auto che ha usato per andare a Harper's Peak è intestata a un uomo di nome Greg Downey, residente a Denton. Dice che ha mandato qualcuno a casa sua, quindi dovremmo avere notizie a breve.»

Nel frattempo, la Squadra di Raccolta delle Prove avrebbe portato il veicolo di Downey al laboratorio per vedere se fosse possibile raccogliere dei campioni di DNA, impronte digitali o qualsiasi altra prova che potesse contribuire a smuovere le indagini. In poche parole, dovevano ancora attendere.

«Scusatemi, detective?»

Il dottor Nashat, medico di guardia del pronto soccorso, era apparso dietro di loro e sorrideva educatamente.

«Come sta il ragazzo?» si informò subito Josie.

«È stabile.» rispose il dottore intrecciando le mani all'altezza della vita. «Ha alcune costole rotte e una frattura al bacino, ma non ha riportato alcuna lesione interna. Le ferite agli avambracci sono superficiali, a differenza di quella alla mano, che è piuttosto grave. Difatti, ho qualche dubbio che riuscirà a recuperarne completamente la funzionalità. Lo hanno già portato in sala operatoria.»

La tristezza si conficcò nel cuore di Josie come una miriade di spine al pensiero che, a soli diciassette anni, quel ragazzo era già costretto ad affrontare il rischio di perdere l'uso di una mano.

Sentì di nuovo lo squillo di una notifica; tirò il telefono fuori dalla tasca e lesse rapidamente l'ultimo messaggio di Noah.

Brennan si è messo in contatto con Greg Downey. Avvocato fiscalista, quarantenne, vive con sua madre. Dice che la sua macchina era in autofficina quando è stata rubata e il proprietario ci ha dato conferma che è stata portata via dal loro parcheggio durante la notte.

Qualcosa nella sua mente si fece strada, un collegamento che le chiedeva di essere fatto.

«Quanto durerà l'intervento?» chiese intanto Gretchen.

Con dita frenetiche, Josie inviò la sua risposta a Noah: *Come si chiama l'autofficina?*

«È molto difficile da dire.» rispose il dottor Nashat. «Se mi richiamate tra un'ora, saprò dirvi di più.»

Gretchen lo ringraziò per il suo tempo proprio mentre arrivava la risposta di Noah: *Schock's Auto Repair*. La stessa autofficina a cui si era rivolta Sheila Hampton.

Mentre il medico si allontanava, Josie scrisse la sua risposta.

Ci andiamo subito.

QUARANTUNO

Una folata di aria fredda colpì Josie sulla nuca mentre lei e Gretchen entravano nell'autofficina Schock's Auto Repair. L'uomo che presiedeva il bancone all'entrata non alzò nemmeno lo sguardo dal telefono quando gli chiesero se il proprietario fosse presente; in compenso, arricciò il naso come se avesse sentito un odore sgradevole. «No.» rispose. «È fuori a pranzo.»

«Invece Edgar Garcia?» si informò Gretchen. «Lo troviamo qui?»

«Lo trovate sul retro.» mormorò il tizio indicando una porta a vetri alla loro destra. Né Josie né Gretchen persero tempo a fargli altre domande; spinsero la porta e si incamminarono lungo un corridoio che puzzava di vecchi pneumatici e olio motore.

«Cosa ne pensi?» le chiese Gretchen. «Non possiamo collocare Garcia su nessuna delle scene del crimine. Le sue impronte all'interno dell'auto di Sheila Hampton non sono una sorpresa. E non sarebbe comunque scioccante se fossero presenti anche in quella di Greg Downey, dato che lui lavora qui.»

«Non sto cercando di collocarlo in nessuna delle scene del

crimine...» disse Josie. Non riusciva a smettere di pensare al possibile complice. Quella era l'unica pista che non avevano ancora esplorato, soprattutto perché sembrava impossibile scoprire chi fosse il complice senza prima scoprire l'identità dell'assassino. Ma non era necessariamente vero. Tutto quello che dovevano fare era mettersi nei panni dell'assassino. Di cosa poteva aver avuto bisogno? Di un aiuto per allontanarsi dalle scene del crimine remote. Qual era il modo migliore in cui un eventuale complice avrebbe potuto aiutarlo, senza essere scoperto, in particolare in una geo-recinzione? Non importava che l'assassino sapesse cos'era una geo-recinzione per fare in modo di evitare di essere rintracciato dalla polizia; bastava sola- mente che tenesse presente la natura onnipresente dei disposi- tivi elettronici nella vita quotidiana e che, a prescindere che lo si voglia o no, ognuno è rintracciabile in qualsiasi momento quando se ne possiede uno.

«Beh, se consideriamo che due delle auto che sono state rubate e abbandonate sulle scene del crimine sono state riparate in questa autofficina...» disse Gretchen, «forse dovremmo cercare di collocarlo sulle scene del crimine.»

Josie non aveva mai incontrato Edgar Garcia prima, ma lui non aveva ricevuto nemmeno una multa per divieto di sosta da quando era uscito di prigione. Aveva controllato le pagine sui suoi social media prima di lasciare l'ospedale e, nonostante le impostazioni di privacy, era riuscita a vedere alcuni post in cui lo si vedeva con la figlia. Josie aveva stimato che dovesse avere circa quattro o cinque anni. Aveva gli stessi capelli neri del padre, a eccezione del fatto che i suoi erano ricci mentre quelli del padre erano lisci. Anche gli occhi erano uguali e quando guardava suo padre, erano pieni di adorazione.

«Non sono propensa a pensare che Garcia si sarebbe lasciato coinvolgere consapevolmente in un omicidio...» disse Josie. «Perché non avrebbe avuto nulla da guadagnarci. Però, potrebbe aver aiutato l'assassino in qualche altro modo.»

«Spero che il tuo intuito non ti stia facendo prendere un abbaglio...» disse Gretchen mentre apriva la porta dell'autofficina. «Perché al momento in mano ci ritroviamo soltanto qualche ipotesi e un'altra polaroid schifosa e così resteremo almeno fino a quando Jared Rowe non uscirà dalla sala operatoria e riuscirà a dirci qualcosa di utile.»

Ma, per qualche motivo, Josie pensava che il ragazzo non avrebbe avuto nulla da dire che potesse aiutarli a identificare l'assassino.

Sembrava che l'aria all'interno dell'ampio capannone fosse almeno cinque gradi più calda rispetto al resto dell'edificio. Dagli altoparlanti Bluetooth montati ai quattro angoli della stanza si sprigionava una canzone che Josie non conosceva. Qualcuno fischiettava seguendone il ritmo. C'erano tre automobili allineate. Una di queste era su un ponte sollevatore, con le ruote all'altezza degli occhi di Josie e Gretchen. Una Jeep era parcheggiata nel posto auto accanto, con il cofano aperto. Nell'ultimo posto auto c'era un paio di scarponi pesanti che spuntavano da sotto una vecchia Pontiac. L'uomo che li indossava smise di fischiettare e iniziò a cantare insieme alla musica.

I suoi piedi subirono uno scossone quando Josie disse: «Edgar Garcia?»

Si udì un forte rumore metallico, seguito da un'imprecazione a mezza voce, e Garcia cominciò a emergere, con pantaloni blu scuro e una maglietta di un blu più chiaro, entrambi pieni di macchie. Una striscia di grasso gli colava lungo uno degli avambracci mentre scivolava completamente fuori da sotto l'auto sul carrello su cui era disteso. I suoi occhi scuri brillavano di sospetto mentre alzava lo sguardo su di loro, soffermandosi sulle pistole che portavano al fianco più a lungo del necessario, come osservò Josie.

«Ho già parlato con uno dei vostri all'inizio di questa settimana. Gli ho spiegato che le mie impronte erano in quella macchina perché lavoro qui. Non è che solo perché ho dei precedenti penali significa che avete il diritto di continuare a starmi addosso.» Un attimo dopo il suo viso si contorse per il disgusto. «Cos'è questa puzza?»

«Siamo noi.» disse Josie. «Inconvenienti del mestiere.»

Garcia si sventolò una mano davanti al viso. «Porca miseria.»

Gretchen disse: «Non siamo qui per quella macchina o per le tue impronte.»

Si mise seduto, tenendo fermo il carrello con i talloni degli scarponi, tirò fuori uno straccio da una delle tasche e si pulì il grasso dal braccio. «So che non siete qui per la mia personalità brillante.»

Una nuova canzone, dal ritmo veloce e con un basso persistente, riempì il locale. «Ieri sera è stata rubata un'auto da questo parcheggio...» disse Josie. «Ne sai qualcosa?»

Appoggiò gli avambracci sulle ginocchia, con lo straccio che gli penzolava dalle dita. «Certo. Di solito chiudo a chiave alla fine della giornata. Avete visto il retro?»

«La recinzione...» disse Gretchen. «Sì. Catene e lucchetti?» «Esatto, alla vecchia maniera, ma il mio capo non vuole spendere soldi per qualcosa di più tecnologico. Lo stronzo che l'ha rubata ha tagliato la catena. L'ho detto al mio capo e lui ha detto che se ne sarebbe occupato di persona. Quindi perché siete qui a parlare con me?»

Il capo di Edgar Garcia aveva presentato la denuncia mentre stavano estraendo Jared Rowe da sotto l'altare che gli era finito addosso, solo che la segnalazione non aveva risalito la catena gerarchica fino alla squadra investigativa.

Invece di rispondere alla sua domanda, Josie girò intorno alla Pontiac, passando un dito sul cofano. «Quanti anni ha questa qui?»

Edgar rise sottovoce. Sapeva cosa stava facendo. «È una GTO del 2003. Cosa vuole sapere veramente?»

«Qui all'autofficina lavorate su molte auto di questo tipo...»

disse lei, premendo l'indice sul simbolo rosso della Pontiac al centro della griglia del radiatore.

«Vecchi modelli, sì. Ne ho alcune nel parcheggio in questo momento. Volete sentire una cosa assurda? Le auto degli anni Novanta ora sono considerate d'epoca.»

Stava cambiando argomento, proprio come aveva fatto Josie.

Gretchen rise. «Ma tu c'eri negli anni Novanta?»

Lui inarcò un sopracciglio e usò lo straccio per pulirsi una macchia tra le nocche. «Come se non aveste controllato i miei documenti prima di entrare qui. Sì, ero già al mondo negli anni Novanta.»

«Ma non da molto...» disse Josie. «Di chi è questa macchina?»

«Di nessuno...» rispose Edgar. «Il mio capo compra vecchi rottami e io li riparo così lui può rivenderli. Mi dà una percentuale, a patto che io porti a termine il lavoro in tempi regolari.»

«Quindi ti tocca rimanere fino a tardi per lavorare su queste auto...» disse Gretchen.

Garcia lanciò un'occhiata all'orologio appeso alla parete. «Sì. Oppure lavoro durante la pausa pranzo, che sarebbe adesso. Mi resta solo un'altra mezz'ora, quindi qualunque cosa abbiate da chiedermi, facciamo in fretta. Anche perché non credo di poter sopportare questo odore ancora per molto.»

«Tu sei un padre single, dico bene?» chiese Josie.

«Sì, e non è facile. Non avrei mai pensato di finire a giocare al tè con unicorni di peluche e roba del genere, ma faccio quello che devo fare.»

«Compreso accettare progetti fuori orario per guadagnare qualche soldo in più...» disse Gretchen.

Edgar Garcia si alzò in piedi e fece un passo indietro, quasi certamente per evitare il loro odore. «Sì. Farei qualsiasi cosa per la mia bambina e non me ne vergogno. Allora, cosa volete chiedermi?»

Josie riportò l'argomento su di lui. «Hai detto che chiudi a chiave di notte. Tu sei l'unico ad avere la chiave del parcheggio, a parte il tuo capo?»

Garcia non rispose.

«Lasci mai il lucchetto aperto? Nel caso qualcuno abbia bisogno di prendere in prestito un'auto?»

Qualcosa balenò nei suoi occhi. Si sarebbe detto paura vera e propria. «La catena era stata tagliata, come vi ho spiegato. Non ho niente a che fare con il furto dell'auto di quel tizio.»

«Non sto parlando di quell'auto.» Josie indicò la Pontiac. «Sto parlando di auto come questa. Auto vecchie senza GPS. E non mi riferisco a quelle che sono state rubate. Mi riferisco a quelle che vengono prese in prestito. A pagamento.»

QUARANTADUE

Garcia si leccò le labbra. Josie capì dal modo in cui il respiro gli si era fatto affannato, accompagnato da un leggero aumento della velocità con cui il suo petto si espandeva e si contraeva, che il suo colpo era andato a segno. Lasciò che il momento si prolungasse finché, alla fine, lui disse: «Non voglio essere licenziato. Questo è un buon lavoro. Un buon ingaggio.»

«Ma, comunque tu voglia metterla, volevi di più.» sottolineò Gretchen.

Con questo la scintilla nei suoi occhi divenne di rabbia. «Certo che volevo di più. Ho sempre bisogno di più. Costa un sacco di soldi mantenere dei figli. Anche mandando mia figlia alla scuola pubblica, ho comunque un sacco di spese tra comprare da mangiare, portarla alle visite mediche o a giocare con gli altri bambini e a quelle feste di compleanno del cazzo. Per non parlare dei vestiti e delle scarpe: appena gliene compro di nuovi, le stanno già piccoli. Ho comprato due paia di scarpe nuove solo negli ultimi tre mesi, e ho una bambina; quindi, non le bastano soltanto un paio di scarpe da ginnastica, vuole anche le scarpe carine e pure gli stivaletti.»

«Edgar...» disse Josie, «non stiamo cercando di farti perdere il lavoro. Abbiamo solo bisogno di sapere chi è che ti paga per lasciare aperto il parcheggio in modo che possano "prendere in prestito" le vostre auto.»

Garcia scosse la testa, torcendo lo straccio tra le mani. «Credete che non sappia come funzionano queste cose? Se ve lo dicessi, il mio capo lo verrebbe a sapere. Non provateci nemmeno a dirmi che non ne saprà niente. I poliziotti non mantengono segreto un bel niente.»

«Chiunque sia la persona che "prende in prestito" queste auto...» lo incalzò Gretchen, «è complice di omicidio, se non addirittura autore dello stesso, quindi, indipendentemente dal fatto che il tuo capo lo scopra o ne rimanga all'oscuro, essere licenziato sarà l'ultima delle tue preoccupazioni.»

Garcia si voltò e cominciò a camminare avanti e indietro di fronte a loro, premendo lo straccio sulla fronte. «Porca miseria. Non lo sapevo. Non avrei mai accettato, se l'avessi saputo. Oh, cavolo. Sono fottuto.»

«Edgar...» disse Josie, «se collabori con noi, se ci racconti tutto, noi faremo tutto il possibile per assicurarci che il procuratore distrettuale non ti imputi alcuna accusa.»

«Ma il mio lavoro!» esclamò lui. «E che ne sarà del mio lavoro?»

«Non possiamo aiutarti con questo...» disse Gretchen con sincerità. «Ma mi sembra che, sia che tu cerchi di mantenere questo lavoro, sia che tu debba trovarne uno nuovo, ti converrà comunque collaborare con la polizia.»

«A prescindere da tutto...» disse Josie, «sappiamo già del tuo accordo, delle auto. Che tu decida di collaborare o meno con noi, sequestreremo tutte le auto di vecchio modello senza GPS e le utilizzeremo come prove in tre casi di omicidio. Sta a te decidere chi scoprirà cosa e quando, nonché il ruolo che giocherai a partire da questo momento. Altrimenti, puoi decidere di lasciarci fare il nostro lavoro e aspettare che le cose seguano il loro corso.»

Camminò avanti e indietro per qualche altro minuto, stringendo il panno nel pugno e colpendosi leggermente la fronte, lasciandosi sfuggire dalle labbra un fiume di imprecazioni mormorate.

Josie lo lasciò fare il più a lungo possibile, ma il tempo stringeva: un'altra vittima aspettava e con lei un'altra polaroid.

«Edgar...» disse Josie. «Ci rendiamo conto di quant'è difficile. Non siamo venute qui con l'intenzione di rovinarti la vita. Ma, se non agiamo al più presto, altre persone ci rimetteranno la vita. Proprio questa mattina abbiamo trovato un'altra vittima. Una donna. Suo figlio è in ospedale e aspetta di essere operato. Non rivedrà mai più sua madre. Lunedì, anche una bambina di appena quattro mesi ha perso sua madre. Aiutaci a fermare questo assassino.»

Garcia smise di camminare avanti e indietro e annuì, come rivolto a sé stesso, e dopo aver fatto un respiro profondo, spostò lo sguardo prima su una e poi sull'altra. «Io non so niente di nessun assassino. Tutto quello che so è che sono stato avvicinato da una donna.»

«Una donna?» chiese Josie.

«Sì. Non la conosco. Non so come si chiama.»

«Quindi non è una cliente dell'autofficina?» specificò Gretchen.

Lui rispose con un'alzata di spalle. «E chi lo sa? Potrebbe anche esserlo. Anzi, è molto probabile che sia una nostra cliente, altrimenti come farebbe a sapere cosa abbiamo nel nostro parcheggio? Ma io non incontro i clienti. Per quello ci sono i ragazzi all'entrata.»

E anche loro erano tutti molto affabili. «Perciò non ti capita mai di avere a che fare con la clientela?» gli chiese conferma Josie.

«Beh, sì, qualche volta, quando mi capita di entrare e uscire, ma il novantanove per cento del tempo che lavoro lo passo qui dietro. C'è una fila di auto che non finisce più e durante il giorno siamo solo in tre. Abbiamo a malapena il tempo di fare una pausa pranzo. Perciò io me ne sto qua, in officina, mentre il capo e i ragazzi all'entrata si occupano della clientela.»

«Allora dove ti ha avvicinato questa donna?» gli chiese Gretchen.

Lui abbassò lo sguardo sul pavimento e diede un colpetto al carrello con la punta dello scarpone. «Al parco giochi. Ero lì con mia figlia. Lei stava correndo intorno alla grande struttura per arrampicarsi. Questa signora mi si avvicina e inizia a dirmi quanto è carina mia figlia, cosa che è vera, ma non ci ho dato troppo peso perché al parco giochi le madri degli altri bambini mi parlano continuamente. Al parco si chiacchiera molto tra genitori e nonni, sapete? Cavolo, è così che ho scoperto quella storia delle luci blu, e altre cose del genere, e che il tempo che concedevo a mia figlia davanti agli schermi era troppo vicino all'ora di andare a letto e, infatti, cambiando abitudini il suo ciclo del sonno è migliorato molto, mi seguite?»

Josie detestava il fatto che la vita di quel giovane padre stesse per essere stravolta. Le sembrava un tipo a posto, nonostante conducesse affari loschi con le auto datate. A pelle si sarebbe detto che sapesse più cose sull'essere genitori di quante ne sapessero lei e Noah messi insieme, e loro erano sul punto di chiedere a degli estranei di affidare loro un bambino da crescere. «Quando è successo?»

«Circa tre settimane fa.»

«E da lì com'è continuata?» gli domandò Gretchen. «È bastato che quella donna dicesse semplicemente: "Ehi, so che lavori in questa officina e avrei proprio bisogno di alcune auto senza GPS. Non è che mi potresti aiutare?".»

Lui fece una risata priva di allegria. «In buona sostanza, sì.

Le ho detto che era pazza e di stare lontana da me e da mia figlia. Poi mi ha detto quanto era disposta a pagare.»

«Quanto?» chiese Josie.

Quando lui glielo disse, Gretchen incrociò brevemente lo sguardo di Josie. Erano entrambe tacitamente d'accordo sul fatto che era difficile biasimare Edgar Garcia per aver accettato l'offerta di quella donna.

Intanto, lui continuò: «Ma le ho detto che non volevo sapere il perché. Non volevo sapere il suo nome né nient'altro di lei. Non volevo sapere proprio nulla. Volevo solo che mi desse i contanti. Le avrei lasciato la chiave del lucchetto in un posto nascosto. Le avrei lasciato le chiavi delle auto più vecchie nella console. Tutto quello che doveva fare era non farsi beccare e assicurarsi che le auto fossero restituite ogni volta e che il cancello fosse sempre richiuso a chiave dopo. Posso mostrarvi la chiave, nel caso voleste cercare di rilevare le impronte. Immagino che sia una cosa che volete fare.»

Josie dubitava fortemente che Hummel sarebbe stato in grado di ricavare un'impronta chiara da una chiave che era stata maneggiata sia da Edgar Garcia che da questa donna misteriosa, ma valeva la pena provare. «Ottimo. Come ti ha pagato?»

«In contanti, me li ha lasciati nel vano portaoggetti. Controllavo ogni mattina perché non sapevo mai quando l'avrebbe usata.»

Gretchen lo guardò con aria scettica. «Cioè non è mai stata ripresa dalle videocamere quando veniva prendere le auto e quando tornava per restituirle?»

Garcia ridacchiò. «Il mio capo ha messo un lucchetto al cancello. Pensate che spenderebbe dei soldi per delle videocamere? Ma per favore. Uno dei ragazzi all'ingresso lo ha convinto a installare delle videocamere della Ring, ma le batterie si sono esaurite un mese dopo che le ha installate e lui non si è mai preoccupato di ricaricarle. Ha detto che tanto non l'avrebbe saputo nessuno che si erano scaricate e che il solo fatto di averle fungeva da deterrente.»

Era un ragionamento più comune di quanto si sospettasse. «Che aspetto aveva questa donna?» gli chiese Josie.

Garcia sospirò. «Non saprei dire... si sarebbe detto che aveva l'aria di una nonna.»

QUARANTATRÉ

«Aveva l'aria di una nonna.»

Stavano uscendo dall'ascensore al sesto piano del Denton Memorial Hospital e Gretchen continuava a ripetere le parole di Edgar Garcia. La descrizione che aveva fornito della donna che lo aveva avvicinato al parco si adattava a qualsiasi donna sopra i settant'anni, con i capelli bianchi corti, le spalle leggermente ricurve e qualche chilo di troppo intorno al girovita; tant'era che, in un primo momento, cercando di immaginare che tipo di donna di quell'età rubasse auto datate nel cuore della notte e le usasse per scarrozzare in giro un uomo che commetteva omicidi nei luoghi più remoti, Josie aveva sospettato che il giovane meccanico avesse optato per non dir loro la verità. In un secondo momento, però, si era resa conto che era del tutto possibile che non fosse stata la "nonna" a spostare le auto, ma poteva essere benissimo solo la persona che aveva organizzato tutto quanto, la persona che aveva preso accordi con Garcia, che si era assicurata che la chiave del parcheggio fosse disponibile, lasciando poi che fosse l'assassino a portare le auto via dal parcheggio, a nasconderle in anticipo sulle scene del delitto e a riportarle indietro una volta finito. In più, Garcia aveva confermato che, dato che quelle auto nello specifico non appartenevano a nessuno della loro clientela, il suo capo non si era neanche accorto che durante il giorno ne mancavano un paio dal parcheggio.

«Che tipo di vecchietta aiuterebbe un serial killer?» si chiese a sua volta Gretchen mentre imboccavano il lungo il corridoio in direzione della stanza di Jared Rowe. Quasi tutte le porte delle stanze dei pazienti erano chiuse, ma anche così, i suoni smorzati dei macchinari ospedalieri, dei televisori e delle conversazioni ci passavano attraverso.

Josie non rispose perché erano arrivate davanti alla stanza 604. Noah e Turner le avevano sostituite all'autofficina per supervisionare il sequestro dei veicoli senza GPS, in modo che lei e Gretchen potessero interrogare il ragazzo. Avevano fatto una breve deviazione a casa di entrambe per fare una doccia e cambiarsi i vestiti, in modo da non traumatizzarlo ulteriormente con l'odore della decomposizione di sua madre. Gretchen bussò con tocco leggero alla porta e la aprì quando sentirono che il ragazzo diceva con un filo di voce: «Avanti...»

Sul viso di Jared Rowe era dipinta un'espressione morta, che a Josie fece venire i brividi lungo la schiena. Era chiuso in sé stesso, aveva sepolto le emozioni in un luogo al quale lui stesso non poteva accedere. Almeno, non in quel momento. Josie riconosceva bene quello sguardo. Aveva perso il conto di quante volte aveva fatto la stessa cosa nella sua vita. Fin da quando era una bambina aveva imparato a isolare la sua psiche dal trauma e dal dolore che le venivano inflitti, fino a quando quell'abitudine era diventata tanto naturale quanto lo era respirare. Da adulta, in ogni occasione in cui aveva sentito che quelle emozioni strazianti minacciavano di tornare a galla, le soffocava con il Wild Turkey, fino al giorno in cui attaccarsi alla bottiglia non aveva comportato un rischio per la sua relazione con Noah. Da allora, erano passati anni dall'ultima volta che aveva bevuto. Ma, in quel momento, rivedendosi in Jared Rowe, desiderò più che mai un bicchierino.

Gretchen si avvicinò al letto, fece le presentazioni e gli mostrò il suo distintivo. Lo sguardo di Jared lo sfiorò rapidamente, per poi concentrarsi sul soffitto. Sul viso aveva ripreso un po' di colore. Un camice blu da ospedale aveva sostituito i vestiti insanguinati che indossava alla chiesa. Giri di bende gli coprivano entrambi gli avambracci. La mano che era stata trafitta dal coltello era avvolta in una garza. Una flebo gli somministrava liquidi attraverso un accesso venoso nell'altra mano. Studiando i segni vitali sul monitor di fianco al letto, Josie vide che i valori erano buoni, considerando quello che aveva passato. «Jared, dobbiamo farti alcune domande.»

Con lo sguardo ancora fisso sul soffitto, lui annuì debolmente.

«Jared...» disse Gretchen. «Siamo molto dispiaciute per tua madre.»

«Puoi dirci come si chiamava?» gli chiese Josie.

«Ever...» si schiarì la gola. «Everly.»

Gretchen annotò il nome sul suo blocchetto per gli appunti. «Tuo padre è a casa?»

Il tono del ragazzo si fece piatto. «Non vive a Denton. I miei genitori sono divorziati. Lui vive nel New Jersey.»

Controllando con un'altra rapida occhiata i segni vitali del ragazzo, Josie vide che erano ancora stabili. «Jared, puoi dirci cosa è successo? Puoi raccontarci come siete finiti, tu e tua madre, nella chiesa di Harper's Peak?»

Si leccò le labbra. Per un attimo, i suoi occhi si posarono su quelli di Josie e lei capì che, nonostante l'espressione impassibile sul suo viso, quel ragazzo era a un passo dal perdere il controllo delle sue emozioni, dal cedere al terrore che riusciva a vedere dietro la sua maschera.

Non c'era niente che nessuno potesse fare per lui e lei lo sapeva per esperienza personale. Vedendo che sul monitor i valori del battito cardiaco stavano aumentando, Josie allungò la mano oltre la sponda del letto fino alla mano con la flebo e gli coprì le dita con le sue. «Respira.»

Annuendo, il ragazzo reclinò la testa all'indietro sul cuscino, chiuse gli occhi e fece dei respiri profondi. Josie osservò i livelli del battito cardiaco tornare alla normalità, ma gli tremavano le dita sotto la sua mano, così aspettarono che gli passasse. Quando riaprì gli occhi, disse: «Non so se ce la posso fare.»

Gretchen si avvicinò così tanto che con la pancia premette contro la sponda del letto. «Possiamo tornare in un altro momento, Jared. Se riesci a dirci qualcosa adesso, ci sarà d'aiuto, ma non vogliamo farti pressione.»

Lui ritrovò lo sguardo di Josie e lei sentì come una scintilla che si era accesa tra di loro, segno, forse, che aveva riconosciuto in lei il proprio dolore e il proprio trauma, nonostante tutto il lavoro che aveva fatto su se stessa, nonostante tutta la terapia a cui si era sottoposta per elaborarlo.

«Come?» mormorò lui.

Lei aveva già capito cosa le stava chiedendo. Come avrebbe fatto ad andare avanti da quel giorno? Come avrebbe superato le giornate a venire? E, peggio ancora, le notti? Come avrebbe fatto a sopravvivere alla perdita di sua madre? Josie disse l'unica cosa che le venne in mente, il modo in cui lei era riuscita a superare la morte di sua nonna. «Un minuto alla volta.»

«C'è qualcuno che possiamo chiamare per te, Jared?» gli chiese Gretchen. «Qualcuno che vive qui a Denton o altri familiari. Anche un amico o un vicino di casa...»

Jared le disse il nome di sua nonna, ma non ricordava il suo numero di telefono. «Ce l'ho sul cellulare, ma lui l'ha portato via.»

Josie provò un breve brivido di eccitazione. Se l'assassino si era portato via il cellulare di Jared, forse sarebbero riusciti a rintracciare i suoi movimenti. Guardò Gretchen, che aveva già estratto il telefono, intenta a scrivere un messaggio a Noah.

«Va bene.» lo rassicurò Josie. «Troveremo tua nonna e la contatteremo.»

Mentre continuava a guardarla negli occhi, il tremore alle dita cominciò a placarsi. «Mi ha chiamato mia madre. Era tardi, molto tardi. Sarà stata l'una di notte. Lei non era, ehm, a casa. D'estate lavoro al ristorante "Da Sandman" e rimango fino alla chiusura, quindi, solitamente, non ritorno a casa prima di mezzanotte. È l'unico motivo per cui ero ancora sveglio quando ha chiamato. L'avevo vista prima di uscire per andare al lavoro, verso le quattro più o meno. Lavora in banca e di norma torna a casa quando io esco.» Gretchen prendeva appunti sul suo blocco mentre lui parlava e Josie continuava con le domande. «Come ti è sembrata? Era stressata? Hai notato qualcosa di strano nel suo comportamento, ultimamente?»

«No. Era come al solito...» rispose lui. «Cioè, era sempre stressata per le bollette e scadenze simili, ma niente di più.»

«Ha avuto problemi con qualcuno ultimamente?» gli chiese Josie. «Con il fidanzato o un ex compagno? Con un collega? Con un vicino? Insomma, con qualcuno in particolare?»

Lui scosse la testa. «Non ha un fidanzato. Il suo ex si è appena trasferito e non si fa vedere da un paio d'anni. Non credo che abbia problemi con qualcun altro.»

Josie non stette a correggerlo sull'uso del tempo presente. «Per caso non ti ha detto qualcosa riguardo al fatto che qualcuno la pedinava o al fatto di essersi sentita osservata negli ultimi tempi?»

«No, niente del genere.»

«Immagino che abbiate un'auto ciascuno, giusto?»

«Sì, infatti...» confermò Jared. «La sua era parcheggiata davanti a casa quando sono arrivato, ma poi ho visto che lei non c'era e ho pensato che era strano. Ho iniziato a preoccuparmi un po', così le ho mandato un messaggio, ma non mi ha risposto. Ho aspettato una mezz'ora e poi l'ho chiamata, ma è partita la segreteria. Stavo cominciando a chiedermi se fosse il caso di... ehm, chiamare la polizia o qualcosa del genere, ma poi mi ha chiamato lei.»

Gretchen continuò a prendere appunti, documentando il suo resoconto. Josie preferiva non fare domande per non interrompere il legame che lui evidentemente sentiva con lei.

Ma sotto la mano di Josie, le sue dita ricominciarono a tremare. «Ti ha chiamato dal suo telefono?»

«Sì.» Fece un respiro profondo ed espirò tremando. «Ho capito che qualcosa non andava dal... ehm, tono acuto della sua voce.»

Si interruppe respirando a pieni polmoni con il petto che si alzava e abbassava rapidamente. Josie gli strinse le dita con tocco leggero. «Prenditi tutto il tempo che ti serve. Fermati quando non te la senti di continuare e ricordati che nel momento in cui senti il bisogno di dirci che non puoi continuare, noi ce ne andremo. Come ha detto la detective Palmer, possiamo tornare quando lo riterrai più opportuno.»

Il ragazzo annuì e continuò: «Mi ha detto che era nei guai e che aveva bisogno che andassi a prenderla. Non mi ha voluto dire di che guai si trattasse. Non ha voluto dire molto. Io ho provato a farle qualche domanda, ma non ha risposto a nessuna. Continuava solo a ripetere che era nei guai e che aveva bisogno di me. È stato davvero strano. Credo... ehm... ora penso che sia stato lui a farle fare quella telefonata e che le abbia detto cosa dire e cosa non dire, perché lei non mi avrebbe mai chiesto di raggiungerla se lui fosse stato lì. Non mi avrebbe mai messo in pericolo in quel modo. Ero così spaventato che sono andato da lei. Sono semplicemente... andato.»

QUARANTAQUATTRO

Josie gli strinse di nuovo la mano, esercitando una pressione maggiore finché non vide che le sue spalle si rilassavano leggermente. «Ti ha detto dove trovarla.»

Jared deglutì, facendo sobbalzare il pomo d'Adamo. «Sì. Mi ha detto di andare da solo, che non voleva che nessun altro la vedesse o sapesse cosa stava succedendo. A quel punto mi sono davvero preoccupato, ma poi ha detto che non aveva bisogno della polizia, dell'ambulanza e di nient'altro. Aveva solo bisogno di me. Poi ha iniziato a piangere e a supplicarmi di fare quello che mi diceva, promettendomi che mi avrebbe spiegato tutto una volta che fossi arrivato lì. Mi ha detto di andare a Harper's Peak e, siccome non ero mai stato da quelle parti, mi ha detto di lasciare la macchina in uno qualsiasi dei parcheggi e di continuare a piedi fino alla chiesa.»

Il telefono di Gretchen emise il segnale di una notifica, lo tirò fuori con movimenti rapidi e rispose a un messaggio prima di ricominciare a prendere appunti.

«Ti ha dato le indicazioni per arrivare alla chiesa?» gli domandò Josie.

«Sì. Era buio, quindi mi sono portato dietro una torcia.

Continuavo ad aspettarmi che qualcuno mi fermasse, ma non ho incontrato nessuno. C'era un matrimonio in corso all'interno di uno degli edifici e un concerto all'esterno di un altro. Nessuno si è neanche lontanamente accorto di me.»

«Le luci all'interno della chiesa erano accese?» gli chiese Josie, pensando che, per quanto ne sapeva, la chiesa non era visibile da nessuno degli edifici del resort e, anche nel caso contrario, nessun ospite ci avrebbe dato peso vedendo le luci accese alle finestre di un edificio ai margini del resort. C'era comunque il personale che, sapendo che la chiesa non doveva essere aperta, avrebbe potuto trovare la cosa sospetta, ma stando a quanto avevano dichiarato il proprietario e l'amministratore delegato, non erano state presentate segnalazioni riguardanti la chiesa nelle ultime ore.

«Sì.» confermò Jared. «Mi aveva detto di passare dal retro. Ho trovato la porta aperta e l'ho chiamata, ma non ha risposto. Sono entrato e... e...»

Strinse gli occhi con forza. Il tremore si propagò dalle dita al braccio e, nel giro di un attimo, fu scosso dai tremiti dalla testa ai piedi. Josie esitò: erano vicinissimi a scoprire cosa fosse successo, ma non voleva rischiare di spingere il ragazzo oltre il limite. Era già traumatizzato più che a sufficienza. «Jared...» gli disse. «Respira. È tutto quello che devi fare in questo momento. Respirare. Non devi fare altro.»

Lui annuì con un movimento a scatti.

Gretchen la avvertì a voce bassa: «La nonna del ragazzo sta arrivando.»

Josie ne fu felice. Non voleva lasciarlo solo. «Adesso ci fermiamo.»

Lui spalancò gli occhi, cercandola con lo sguardo come se temesse che se ne fosse già andata. «No, la prego...» disse. «Voglio... finire di raccontarvi tutto. In questo modo, vi aiuterò a catturarlo, giusto? E così lui andrà in prigione per quello che ha fatto a mia madre, no?»

«Ci saresti di grande aiuto...» concordò Josie. «E noi faremo tutto il possibile per catturare quell'uomo e lavoreremo congiuntamente con il pubblico ministero affinché possa fare la sua parte.»

Era il meglio che potevano dirgli, perché nel loro lavoro non c'erano garanzie: alcune volte gli assassini sfuggivano alla polizia. Altre volte le indagini fallivano. Altre ancora le prove non erano sufficienti oppure non erano abbastanza convincenti per costruire un caso inattaccabile. E talvolta le giurie assolvevano gli imputati, anche quando le prove erano così schiaccianti da dimostrare inconfutabilmente che gli imputati avevano commesso i crimini per cui erano sotto processo. Non si contavano i cavilli legali e la lunga serie di passi falsi che potevano verificarsi durante un processo e portare alla totale impunità di un assassino. Ma, in quel momento, tutte queste considerazioni erano l'ultima cosa di cui Jared Rowe doveva preoccuparsi.

«Sono entrato nella chiesa. È stato allora che l'ho vista. Nella navata centrale. Era... era già morta. Almeno credo. Penso proprio che lo fosse. C'era così tanto sangue. Ho tirato fuori il telefono per chiamare il pronto intervento e mi sono messo a correre verso di lei, ma poi non so cosa sia successo, perché lui è apparso dal nulla, come una figura oscura, praticamente un'ombra, e mi è saltato addosso, pugnalandomi ripetutamente. Per una frazione di secondo ho pensato di essermelo immaginato, come una specie di demone o qualcosa del genere. Ho alzato le mani. È successo tutto così in fretta. Un attimo prima stavo entrando e mi ritrovavo davanti il corpo di mia madre e un attimo dopo c'era questo enorme coltello conficcato nella mia mano! Credo di aver perso i sensi. L'ultima cosa che ricordo è che ero disteso sul pavimento e qualcosa di pesante mi è caduto sulla schiena e mi ha impedito di respirare.»

«Eri sotto l'altare...» gli spiegò Josie. «Lo aveva ribaltato su un lato. È facile che ti abbia mozzato il fiato quando è caduto.»

«Sì, sì, è così che mi sono sentito, solo che in quel momento non ci ho nemmeno pensato. Pensavo solo che stessi per morire. Proprio in quel momento. Mi è sembrato passasse un'eternità prima di riuscire a respirare di nuovo. Lui camminava avanti e indietro. Vedevo i suoi scarponi, ma nient'altro. Non riuscivo a muovermi. Ho cercato di parlare, ma era difficile. L'ho supplicato di lasciarmi andare, ma lui non ha detto una parola. Se n'è... andato, come se niente fosse.»

Gretchen intervenne: «Hai mai sentito o percepito la presenza di altre persone lì, oltre a lui?»

«No. Intendo dire, era buio e non ho avuto modo di guardarmi intorno, ma non mi è sembrato che ci fosse nessun altro oltre a lui.»

«Dobbiamo farti un'ultima domanda...» gli garantì Josie. «Potrà sembrarti strana, Jared, ma dobbiamo sapere se c'è qualcuno nella tua famiglia che lavora attualmente, o ha lavorato in passato, nelle forze dell'ordine. Un poliziotto in pensione o un assistente procuratore distrettuale, magari.»

Il ragazzo aggrottò la fronte. «Io, ehm, sì, mio nonno era un poliziotto. È andato in pensione quando io andavo all'asilo, mi pare. Vive nella casa di riposo in cima a quella grande collina. Rockview o qualcosa del genere, mi sembra si chiami.»

Rockview Ridge. La nonna di Josie aveva trascorso in quella stessa casa di riposo gli ultimi anni della sua vita. «La conosco. Come si chiama tuo nonno?»

«Hugh Weaver.»

QUARANTACINQUE

«Hugh Weaver era un alcolizzato.» esordì Noah riparandosi gli occhi dal sole con la mano mentre guardava i membri della Squadra di Raccolta delle Prove che caricavano una seconda automobile sul carro attrezzi del dipartimento di polizia. «Non è andato in pensione. Gli è stato chiesto di dimettersi.»

Josie fece un passo indietro, rifugiandosi all'ombra dell'unico albero presente nel parcheggio sul retro dell'officina Schock's Auto Repair. Sotto la chioma c'era un muretto di pietra dove Gretchen e Turner si erano seduti a un metro di distanza l'uno dall'altra, sudati e stravolti. Turner si era addirittura tolto la giacca e l'aveva lanciata a cavallo sul muretto di fianco a sé. Era quasi ora di cena e i ragazzi della squadra di Hummel avevano ancora un'altra auto da sequestrare. Josie aveva bisogno di un caffè, di mangiare un boccone e di farsi qualche ora di sonno. E non era l'unica. Gli sviluppi di quella giornata li avevano messi tutti in agitazione.

Turner si sventolò il viso mentre il carro attrezzi rilasciava con una sgassata fumi di scarico nella loro direzione. «Ehi, Palmer. Hai mai incontrato questo Weaver?»

«Prima di lavorare al Dipartimento.» rispose lei senza neanche voltarsi a guardarlo.

«E tu, Quinn?»

Josie si issò sul muretto accanto a Gretchen. Sopra di loro, una ghiandaia blu volò da un ramo all'altro, strillando. «L'ho incontrato un paio di volte. Era uno dei tecnici della Squadra di Raccolta delle Prove di allora. Noah ha ragione. Non c'è volta che lo abbia visto che non puzzasse di alcol.»

Gretchen inclinò la testa per osservare l'uccello arrabbiato. «Era in servizio nello stesso periodo di Kellan Neal e James Lampson?» continuò Turner.

«Sì.» rispose Josie.

«Ma lui non era coinvolto nel traffico di esseri umani?» Turner si frugò nelle tasche della giacca alla ricerca del cellulare e iniziò a scorrere sullo schermo. «È per questo che è in una casa di riposo e non in prigione?»

Noah fece un cenno con la mano all'autista del carro attrezzi quando questi si allontanò. «L'unica cosa che importava a Hugh Weaver era il suo prossimo bicchierino. Poteva anche essere stato a conoscenza del traffico di esseri umani, ma nessuno ha potuto dimostrarlo e quindi non è stato accusato.»

Josie ripassò mentalmente i nomi degli uomini le cui figlie erano state uccise e gli anni in cui avevano lavorato per la città. Kellan Neal, James Lampson e l'ultimo arrivato, Hugh Weaver. Si erano sovrapposti per diversi anni. Appariva quasi scontato che avessero lavorato insieme alle indagini su diversi casi: James Lampson come detective, Hugh Weaver come tecnico dell'analisi delle prove e Kellan Neal preparandoli entrambi a testimoniare in tribunale in qualità di procuratore distrettuale. Perché proprio questi tre? Lampson era corrotto; Weaver era incompetente e poco professionale, ma Neal era irreprensibile. Questo poteva significare che gli omicidi a cui stavano assistendo non avevano lo scopo di punire i malfattori.

Ma che razza di macchinazione era allora?

Noah si avvicinò a loro sotto l'albero, asciugandosi il sudore dalla fronte con l'avambraccio. «Gretchen, a che punto sei con quelle ricerche tra i registri?»

«La richiesta che ho presentato all'ufficio del procuratore distrettuale per i casi che avevano coinvolto sia Kellan Neal che James Lampson e che sono stati mandati a monte dopo che quest'ultimo è finito in prigione è ancora in sospeso. Per quanto riguarda i casi di accoltellamento che non sono stati mandati a monte e che avevano coinvolto sia Lampson che Neal, ho stilato un elenco, che vi ho inviato via e-mail questa mattina, prima che Quinn chiamasse per Harper's Peak.»

Josie e Noah tirarono fuori i loro telefoni. Erano stati così occupati che non avevano nemmeno avuto il tempo di controllare la posta in arrivo. Josie aprì l'e-mail e la lista allegata e impiegò alcuni minuti per scorrerla. Non c'era niente che le saltasse all'occhio e riportasse a galla qualche ricordo, ma la maggior parte di quei casi risaliva a più di dieci anni prima, quando ancora era di pattuglia, perciò, il suo coinvolgimento in quelle indagini doveva essere stato limitato a interrogare i testimoni o a sorvegliare il perimetro della scena del crimine, sempre ammesso che avesse effettivamente preso parte alle operazioni. Altri ancora risalivano addirittura a prima che entrasse in polizia.

Turner lasciò cadere il telefono sulla giacca e si alzò, guardando la ghiandaia blu che strillava proprio sopra la sua testa. «Ma ora abbiamo Weaver.»

«Posso restringere ulteriormente la lista aggiungendolo ai parametri di ricerca, ma ci vorrà comunque un po' di tempo...» osservò Gretchen.

«Che altro abbiamo da fare, maledizione?» si lamentò Turner. «Presto ci sarà un nuovo nome da aggiungere alla nostra lista, giusto? Abbiamo una terza polaroid. Questo tizio non si fermerà. Porca puttana, probabilmente ha già un vantaggio di due omicidi ed è sempre più avanti di noi, quindi dimmi un po'

come diavolo pensi di restringere il campo! Come la mette-
remmo se tu trovassi un caso che coinvolge i tre tizi che abbiamo
già sulla nostra lista e poi sulla prossima scena trovassimo una
vittima collegata a una persona che non ha lavorato su quello
specifico caso? Praticamente ci ritroveremmo di nuovo al punto
di partenza!»

Josie odiava ammetterlo, ma c'erano ottime probabilità che
Turner avesse ragione. Forse gli indizi più promettenti nell'omicidio di Everly Rowe sarebbero stati i cellulari, il suo e quello di
suo figlio; il problema era che li avevano ritrovati, anche rapidamente, sotto un cespuglio di azalee non lontano dalla chiesa.
L'assassino glieli aveva sottratti in modo che Jared non potesse
usarli per chiamare aiuto. Non che sarebbe stato in grado di
farlo, bloccato com'era sotto l'altare. Anche la geo-recinzione
non aveva portato a nulla. Come al solito.

«Ehi...» continuò Turner. «Qualcuno ha chiesto a Remy
Tate dove si trovava ieri sera?»

«A casa a dormire...» rispose Noah. «O almeno così ha detto
lui. Poco fa ho mandato Dougherty a bussare alla sua porta.»

Dopo l'ultimo interrogatorio in centrale, durante il quale
Noah gli aveva dato la notizia dell'omicidio di Stella Townsend,
Remy Tate aveva dato alla polizia il permesso di controllare il
rapporto sui dati del GPS della sua auto, che non lo collocava
affatto nei luoghi in cui erano state trovate sua moglie e la sua
amante. Aveva anche acconsentito alla perquisizione della sua
abitazione, da cui non era stato trovato nulla che lo collegasse
all'omicidio della sua amante, benché, a quel punto, avesse
avuto tutto il tempo per eliminare qualsiasi traccia.

«Siamo in un vicolo cieco.» concluse Josie. Rinunciando alla
lista, aprì la galleria e scorse fino alla foto della nuova polaroid.
Si era spremuta le meningi nel tentativo di capire quale delle
loro indagini con il maggior seguito della stampa li avesse portati
sopra la vetta o ad arrampicarsi sugli alberi. Era assurdo pensare

che forse erano arrivati al punto che quel tizio si stava semplicemente divertendo a loro spese.

La ghiandaia blu stava saltellando su un ramo quando, all'improvviso, una grossa cacca precipitò giù, andando a spalmarsi proprio sopra la giacca di Turner. Gretchen scoppiò in una fragorosa risata.

«Maledetto pennuto!» urlò Turner.

Gretchen saltò in piedi, battendo le mani. «Su questa nota positiva, io me ne torno alla stazione di polizia per fare una ricerca tra i casi di accoltellamento in cui sono stati coinvolti Kellan Neal, James Lampson e l'ultimo arrivato, Hugh Weaver.»

Turner era troppo intento a cercare di pulire la cacca dalla spalla della giacca con un fazzoletto che aveva tirato fuori dalla tasca per accorgersi che lei se n'era andata. «In una settimana mi ha pisciato addosso un cane, mi hanno dato una manata di vernice, una di colla e per finire una cacata di uccello.»

Noah sorrise, mostrando un raro segno di divertimento a spese di Turner, ma lo nascose rapidamente quando Turner si lasciò ricadere contro il muro, con le spalle curve in segno di sconfitta. «Lo so, lo so...» mormorò. «Non è importante. Dove eravamo rimasti? Immagino sia troppo presto per i risultati dell'autopsia, per quanto la dottoressa sia piuttosto veloce.»

Il tono di ammirazione nella sua voce mentre parlava di Anya Feist fece sentire Josie leggermente nauseata, ma una ramanzina sul tenersi lontano da lei era da rimandare a un altro giorno.

«Non sapremo nulla prima di domani.» disse Noah avvicinandosi e sedendosi accanto a Josie. «Ma sono sicuro che i risultati saranno in linea con il modus operandi del nostro uomo: nessuna violenza sessuale, trauma cranico, molteplici ferite da arma da taglio. Tra l'altro dobbiamo ancora aspettare che Hummel analizzi l'auto rubata di Greg Downey. Deve esaminare le impronte digitali presenti non solo sull'auto, ma anche nella chiesa e sui telefoni.»

«Non troverà nulla.» commentò Turner. «Non dimentichiamoci che questo tizio non lascia impronte.»

«Nessuna impronta...» mormorò Josie. Continuava ad arrovellarsi anche su questo, sul fatto che l'assassino fosse riuscito a non lasciare impronte da nessuna parte. Hummel aveva raccolto numerose impronte senza identificazione nei luoghi di ritrovamento di Cleo Tate e Stella Townsend, ma non c'era nessuna serie che fosse presente in entrambe le scene del crimine. Era vero che in entrambe le scene era stato trovato del DNA, oltre alle impronte, ma non credeva minimamente che l'assassino fosse riuscito a non lasciare nemmeno una traccia del proprio DNA, non fosse altro che sulla base del Principio di Locard avrebbe dovuto per forza lasciare qualcosa sulla scena del crimine; era un concetto fondamentale nella scienza forense: ogni qualvolta una persona entra in contatto con un'altra persona, un luogo o un oggetto, si verifica uno scambio di materie fisiche. Nello specifico delle scene del crimine, questo principio implica che non c'è scena del crimine in cui il responsabile non lasci qualche traccia dietro di sé.

«Sai cos'altro mi dà fastidio?» disse lei.

Turner trovò un sassolino lungo il muro di pietra e lo lanciò verso la ghiandaia blu che era ancora appollaiata sopra di loro. Fortunatamente, la sua mira con i sassolini era buona quanto quella con le palline da basket di gommapiuma. Il tiro andò lungo e l'uccellino gracchiò di nuovo. «Illuminaci, dolce... Quinn.»

«Non abbiamo trovato impronte di sangue. Le uniche tracce di sangue delle coltellate sono rimaste nel punto in cui sono state trovate le vittime.»

«Quando di norma, invece, avendo perpetrato un accoltellamento così brutale come quello che ha messo in atto questo tizio...» disse Noah, «ci aspetteremmo che si fosse ricoperto di sangue.»

«Esattamente.» disse Josie.

«Vale a dire che avremmo dovuto trovare almeno qualche goccia all'interno del perimetro della scena.» dedusse Turner. «E con questo? Intendi dire che indossa forse una tuta di qualche tipo? Come quelle in Tyvek che usiamo noi sulle scene del crimine? Sarebbe ironico...»

Ironico, ma non impossibile, pensò Josie, tanto più che non erano solo le forze dell'ordine a usufruire delle tute in Tyvek, ma erano in dotazione anche ai lavoratori che si occupavano della bonifica delle muffe o che maneggiavano le fibre di vetro, per esempio gli imbianchini e gli addetti alla lavorazione degli alimenti. Tute del genere non erano affatto difficili da trovare. Forse era proprio una tuta ciò che conteneva lo zaino mono-spalla che si portava appresso in ogni momento. «Ma cosa se ne farà una volta lasciato il luogo del delitto?»

«Le brucerà...» suggerì Turner. Indicò con un gesto della mano il parcheggio pieno di auto. «Non avranno una buca o un barile o qualcosa del genere qui, dove bruciare gli scarti?»

«No.» rispose Noah, alzandosi in piedi mentre il carro attrezzi della polizia tornava nel parcheggio.

Anche ammettendo che l'assassino avesse indossato tute in Tyvek quando aveva commesso gli omicidi, era impossibile che non avesse lasciato tracce del suo DNA sulle vittime prima di ucciderle. Anche soltanto per il fatto che erano in pieno luglio e il caldo e l'umidità erano alle stelle. Josie non aveva dubbi che, come minimo, doveva aver lasciato tracce di sudore. I campioni di DNA raccolti da Hummel contenevano sicuramente il mate-riale genetico dell'assassino. Il problema era che, se non era presente nel database del DNA, anche averne trovato le tracce non li avrebbe aiutati a identificarlo o a localizzarlo. Se c'era un lato positivo era che, dall'apertura delle indagini, sarebbe stato comunque registrato. Ma allora che motivo aveva per preocccuparsi di evitare di lasciare impronte digitali se prima o poi il suo DNA lo avrebbe tradito?

Sempre ammesso che non fosse esperto a tal punto da rendersene conto. Tuttavia, sembrava improbabile, vista la complessa pianificazione che gli era stata necessaria per commettere quegli omicidi. Josie si rendeva conto che ormai continuava a girare a vuoto senza arrivare a nulla.

Un allarme forte e acuto infranse il silenzio e interruppe il flusso dei suoi pensieri quando il pianale del carro attrezzi si avvicinò all'ultima vettura.

Prima di rendersene conto, sarebbero tornati all'aria condizionata della stazione di polizia. Josie si rimise a pensare alle tre scene del crimine. Entro la fine della serata, le foto di tutte e tre le vittime sarebbero state appese alla bacheca nella grande sala. Non che Josie avesse bisogno di guardarle ulteriormente: ogni dettaglio di ognuna delle scene era ancora vivida nella sua mente. Come le polaroid dell'assassino, i loro corpi raccontavano una storia. Cleo Tate che si aggrappa al bordo della barca, cercando di tirarsi su per uscirne fuori. Stella Townsend che striscia per cercare di raggiungere il prato che circonda l'eliporto. Everly Rowe distesa sulla schiena, con un braccio proteso lontano dal busto, come se stesse cercando di afferrare qualcosa, ma viene pugnalata così gravemente da non riuscire nemmeno a girarsi su un fianco. Un coltello da cucina insanguinato giace ai piedi di ciascuna di loro.

A pochi metri di distanza, sentì il rapido picchiettare delle dita di Turner sulla coscia. «Su che cosa stai rimuginando, Quinn?»

«Su niente. Al momento siamo a un punto morto.» Era una questione di tempo. L'analisi delle prove richiedeva tempo e, con tre omicidi in una settimana, la loro Squadra di Raccolta delle Prove era oberata di lavoro, così come lo era perennemente il laboratorio di Stato. Al massimo accoglievano le richieste urgenti per i risultati del test del DNA più veloce della norma, ma non abbastanza in fretta.

Noah li lasciò per consultarsi con l'autista del carro attrezzi.

«Dai, Quinn.» la incitò Turner. «Sei tu la superstar di questo cast. Qual è il prossimo passo?»

Lei fece un'alzata di spalle. Il suo corpo reclamava un caffè. «Rilascia alla stampa le foto che abbiamo del sospettato scattate nel parcheggio del complesso residenziale di Stella Townsend e a Griffin Hall. Anche se non lo si vede bene in faccia, c'è comunque la possibilità che qualcuno possa riconoscerlo.»

Turner sorrise. «Posso occuparmene io della linea dedicata alle segnalazioni.»

«Sì, così puoi startene al fresco con l'aria condizionata? Non credo proprio.»

Josie lo sentì ridacchiare mentre raccoglieva la giacca e il telefono. «Va bene. Allora proporrei di tornarcene in centrale per vedere che tipo di lista ci ha preparato Palmer questa volta.»

QUARANTASEI

Il corpo di Josie praticamente cantò per il sollievo quando finalmente si lasciò cadere sulla sedia davanti alla scrivania. Anche l'aria condizionata, sebbene fosse troppo forte, aveva un che di paradisiaco. Noah si era fermato a prendere qualcosa da asporto e del caffè per tutti. Mangiarono in silenzio mentre Gretchen lavorava alla nuova lista dei vecchi casi. La caffeina e il nutrimento diedero loro una nuova carica di energie. Nessuno faceva ancora parola di tornare a casa. Fatto il pieno non con uno ma ben due caffè macchiati, Josie si alzò e si avvicinò alla bacheca di sughero.

Dietro di lei, sentì il caratteristico schiocco metallico della linguetta di una delle bevande energetiche di Turner. Un attimo dopo, se lo ritrovò di fianco, che le sfiorava il braccio con il suo mentre reclinava la testa all'indietro e beveva tutta la lattina in un sorso. Quando l'ebbe finita, alcune gocce gialle gli rimasero impigliate nella barba. Come aveva fatto Trinity a sopportare simili maniere tutte le volte che erano andati a pranzo insieme?

«Vedo che ti ci stai spremendo le meningi, Quinn...» disse lui.

Josie gli diede una gomitata. «Mi stai troppo vicino.»

Con un sospiro pesante, lui abbassò lo sguardo su di lei. «Ascolta, tesoro... Ah, che cazzo.»

Josie si voltò appena in tempo per vedere il sorriso di Gretchen. Turner tirò fuori una banconota da un dollaro. Josie scosse la testa. «Ti ho detto che mi stai troppo vicino. Davvero troppo. Non mi piace. Non c'è tutta questa confidenza tra di noi. Se pensi di essere in grado semplicemente di ascoltarmi e di smettere di starmi così vicino, puoi tenerti il tuo dollaro.»

Noah apparve dietro di loro e strappò la banconota dalla mano di Turner. «No che non può tenerselo. Ti ha comunque chiamata tesoro. Questa va nel barattolo. A parte questo, Josie ha ragione.»

Accigliandosi, Turner si allontanò da lei facendo un passo esageratamente lungo. «D'accordo, d'accordo, come volete. Stavo solo cercando di fare questa cosa del lavoro di squadra, ascoltare la tua opinione e roba del genere.»

Josie non avrebbe saputo dire se quello fosse un progresso o meno. Passò il dito da una foto all'altra delle varie scene del crimine. «Se volessi uccidere delle persone per vendicarti di alcuni poliziotti o di un assistente procuratore distrettuale che ti ha fatto un torto in passato, perché prenderesti di mira queste donne?»

Turner seguì il percorso del suo dito. «Perché ucciderle quando i loro padri o i loro nonni sono ancora in vita?»

«Esatto.»

Noah incrociò le braccia sul petto. «Lampson è in prigione. È piuttosto difficile arrivare a lui.»

«Tenente, se conosci le persone giuste, non è impossibile fare in modo che succeda qualche incidente fatale a un tizio in prigione...» disse Turner. «Per esempio facendo in modo che sembri il risultato di una rissa con altri detenuti.»

«Ma cosa li farebbe soffrire di più?» disse Josie. «Uccidere loro direttamente o uccidere le persone che amano?»

«Non credo che Lampson amasse nessuno tranne se stesso...» disse Noah. «Ma sono d'accordo. Questo assassino si sta vendicando di Kellan Neal, James Lampson e Hugh Weaver uccidendo i membri delle loro famiglie.»

«Allora perché non ha eliminato anche la neonata o il ragazzino?» chiese Turner. «O forse è uno di quei tipi che si credono nobili e virtuosi perché non uccidono i bambini?»

Era possibile che l'assassino avesse qualche motivo per lasciare in vita Gracie Tate e Jared Rowe. Dopotutto, aveva attirato il ragazzo nella chiesa e non lo aveva ucciso. L'unica alternativa era che pensasse che l'altare lo avesse ucciso o lo avrebbe fatto prima dell'arrivo della polizia.

«Sta cercando di ricreare qualche scenario...» concluse Josie. «Quello con cui abbiamo a che fare non è un detenuto appena uscito di prigione che vuole vendicarsi di chi lo ha mandato dietro le sbarre. Abbiamo a che fare con una persona che ha il preciso intento di ricreare una scena del crimine. Una scena del crimine specifica.»

La stampante nell'angolo della stanza si accese con un rombo. «Aspettate un attimo...» la interruppe Gretchen. «Ho la nuova lista.» disse alzandosi e andando a prenderla: era notevolmente più breve, ma a una prima occhiata Josie non riconobbe nessun nome. «Dobbiamo recuperare le foto di ogni scena del crimine...» disse. «È così che sapremo quale caso stiamo cercando.»

Turner ritornò a sedersi alla sua scrivania, accartocciando la lattina e gettandola via con una mano e facendo apparire il telefono nell'altra, con il pollice che già scorreva ritmicamente sullo schermo. Era chiaro che si era stufato dell'argomento di cui stavano parlando. Anche Josie si sedette alla sua scrivania mentre Noah e Gretchen la raggiunsero stringendosi alle sue spalle. Iniziarono con il caso in cima alla lista e proseguirono aprendo le foto delle scene del crimine di quelli che seguivano. Un'ora più tardi, a Josie facevano male le spalle e aveva gli occhi secchi e irritati. Noah andò a prendere un altro giro di caffè per tutti e quando tornò, prese la sedia e la avvicinò a quella di Josie in modo da poter vedere insieme a lei tutte le immagini raccapriccianti contenute nei fascicoli che lei stava riesaminando di nuovo in sequenza. Nel frattempo, Gretchen era tornata al suo computer e aveva fatto lo stesso, iniziando a riesaminare l'ultimo caso alla fine della lista e procedendo a ritroso verso la metà. Turner sonnecchiava sulla sedia, con la testa reclinata all'indietro e la bocca aperta come un bambino. Tra le mani stringeva ancora il telefono. Neanche nel sonno riusciva a staccarsene.

Ogni volta che Josie pensava di prendersi una pausa o di chiudere lì la giornata, le tornava in mente l'espressione spenta di Jared Rowe e questo le dava la spinta necessaria per continuare. A un tratto, aprì un nuovo file, tirò fuori una delle foto della scena del crimine e quando capì di aver trovato quello che stavano cercando si sentì travolgere dalla testa ai piedi da un'ondata di energia. I suoi sensi si acuirono. La stanchezza che aveva combattuto nell'ultima ora svanì tutto d'un tratto.

«L'ho trovato!» esclamò. «L'ho trovato!»

Gretchen balzò dalla sedia e si affrettò a raggiungerla; Noah si avvicinò di più. Josie prese una penna dalla scrivania e la lanciò contro Turner, colpendolo dritto in mezzo al petto. Lui balzò in piedi, facendo cadere il telefono sul pavimento. «Ma che diavolo fate?»

«Josie ha trovato il fascicolo.» gli disse Gretchen.

Abbassò lo sguardo sulla penna che gli era finita in grembo. «Sei stata tu a tirarmela?»

«Chiudi il becco e vieni qui. Muoviti.»

Josie temette che si sarebbe messo a discutere. Bisticciare con Gretchen era senza ombra di dubbio la sua attività preferita dopo stare al telefono. Invece, si alzò, raccolse il telefono dal pavimento e girò intorno alla scrivania per andare a mettersi in posizione direttamente dietro di lei.

«Guardate...» disse Josie, scorrendo le foto della scena del crimine.

Gretchen si voltò brevemente verso la bacheca. «La posizione dei corpi è praticamente identica.»

«È proprio questo.» convenne Noah.

«Di quale caso stiamo parlando?» chiese Turner.

Più foto faceva scorrere sullo schermo, più Josie ricordava i dettagli di quell'indagine. Non aveva bisogno di riguardare i rapporti per sapere che era stata lei l'agente che aveva preso la chiamata.

«Questo è il caso della famiglia Cook.» disse. «Il massacro della famiglia Cook.»

QUARANTASETTE

Erano di nuovo al motel. Stanza diversa, stesse lenzuola, praticamente di carta vetrata. Ma a lei non importava. Lui era più appassionato questa volta; sembrava quasi come se i sentimenti che provava finalmente corrispondessero ai suoi. Quando ebbero finito, lei crollò accanto a lui come un sacco di patate. Ansimante, con il petto che saliva e scendeva, il corpo madido di sudore e l'euforia che le esplodeva nella testa come fuochi d'artificio; si sentiva su di giri.

Lui le versò un bicchiere di vino da una bottiglia che aveva portato con sé. Si era ricordato di portare il cavatappi, ma si era dimenticato di portare i bicchieri; quindi, si servirono dei bicchierini di carta per il caffè che il motel forniva in ogni stanza. Un accorgimento piuttosto elegante, considerato quanto appariva squallido il posto visto dall'esterno.

Si sedettero uno accanto all'altra, con la schiena appoggiata alla testiera del letto. Lui le porse il bicchierino e lei fece cin-cin con il suo, ridacchiando. «A cosa brindiamo?»

«All'inizio.»

Sentì che le guance le prendevano fuoco. Proprio quando cominciava a chiedersi se intendesse dire "l'inizio della nostra storia", le sue speranze furono infrante non appena lui aggiunse: «All'inizio del piano.»

Irrigidendosi, lei rifiutò di assaggiare altro vino, nonostante che quello che aveva portato fosse il suo preferito. Poi le tornò in mente di come lui avesse fatto affidamento su di lei e su nessun altro. Non importava che lei gli avesse lasciato poca scelta, l'unica cosa che importava era che in quel momento erano insieme, a parlare di un argomento che per lui era sacro e di cui lei entrava a far parte. Entrava di nuovo a far parte della sua vita, finalmente.

Gli occhi di lui si velarono mentre teneva lo sguardo fisso davanti a sé, immaginando senza dubbio il caos che avrebbe provocato; ma dopo un attimo, sbatté le palpebre e tornò a guardarla. «L'hai trovato? Il mostro?»

Lasciandosi scivolare addosso la delusione di un attimo prima, prese un altro sorso di vino. Era l'unico nome sulla sua lista a cui teneva davvero. Significava tutto per lui, e lui significava tutto per lei. Sapeva che lo spargimento di sangue avrebbe potuto essere evitato se gli avesse dato ciò che voleva.

«Sì, l'ho trovato.» disse lei posando il bicchiere sul comodino e voltandosi per guardarlo profondamente negli occhi. «Mi dispiace tanto, amore mio. È morto dieci anni fa. In un incidente stradale.»

Una vena prese a pulsargli sulla tempia. Il suo volto si tramutò in pietra.

«Mi dispiace davvero.» riprese lei, «ma non è finita. Ci sono gli altri.»

Lui non disse nulla.

Nel disperato tentativo di riportarlo a sé, snocciolò i nomi della lista. Era la loro lista mentale. Non l'aveva mai messa per iscritto da nessuna parte, quindi l'aveva memorizzata. Non ottenendo alcuna risposta, gliela ripeté.

Alla fine, la vita tornò nei suoi occhi. Lui recitò i nomi dopo di lei, tralasciandone tre.

«Ne hai dimenticato qualcuno...» disse lei. «O hai cambiato idea?»

La freddezza nel suo sguardo le fece venire i brividi lungo tutto il corpo, nonostante il sudore che ancora le asciugava la pelle. «Di due di loro me ne sono già occupato. Sull'ultimo...» agitò una mano nell'aria, «ho cambiato idea.»

«Non puoi dire sul serio.»

Con la rapidità del vento, il suo umore era cambiato di nuovo e lei riusciva a malapena a stargli dietro. Con le sopracciglia aggrottate, lui le disse: «Sono molto serio. Ho in programma qualcosa di diverso per lei.»

Glielo disse perché ormai le aveva già raccontato tutto. Le ci volle tutta la sua forza di volontà per non balzare giù dal letto e uscire dalla stanza, perché ancora una volta, ciò che c'era tra loro sarebbe finito in un atto di violenza indicibile che avrebbe lasciato lei completamente sola e avrebbe portato lui tra le braccia di un'altra donna.

QUARANTOTTO

Ricordi frammentari del massacro della famiglia Cook balenarono nella mente di Josie. All'epoca le era sembrato qualcosa che non avrebbe mai potuto dimenticare, ma dopo tanti anni di lavoro, dopo aver assistito a tanti atti di depravazione e crudeltà, era diventato più difficile richiamare alla mente i ricordi di una scena a cui aveva assistito quando era solo una novellina. Era così inesperta e stupida all'epoca. Aveva commesso un'infinità di errori, la maggior parte dei quali erano scusabili e persino prevedibili.

Il responsabile della formazione sul campo a cui era stata affidata, il veterano Artie Peluso, copriva di frequente le sue piccole sviste.

Ma c'erano alcune cose di cui era stata tenuta ad assumersi la responsabilità, indipendentemente dal fatto che lui volesse proteggerla o meno. I fatti che si erano verificati nel corso del caso Cook erano alcune di quelle cose.

«Porca puttana...» mormorò.

«Il caso della famiglia Cook.» disse Turner. «Tenente, tu te lo ricordi?»

Noah si sporse in avanti per guardare le date sulla foto che riempiva lo schermo di Josie. «Ha avuto luogo prima che arrivassi in Polizia. Sono entrato nel dipartimento due anni dopo Josie.»

«Ero una novellina...» disse Josie. «Il responsabile della formazione sul campo si chiamava Artie Peluso. E io risposi a una chiamata al pronto intervento dal quartiere storico di Denton.»

Josie iniziò a sfogliare i rapporti, scorrendoli per rinfrescarsi la memoria. «Evan e Amelia Cook avevano tre figli e ospitavano una studentessa irlandese che faceva parte di un programma. Non era un programma di scambio, era simile ma di un altro tipo. All'epoca, i Cook stavano anche effettuando degli interventi di ristrutturazione notevoli in casa, che stavano andando avanti da mesi. Avevano dato l'incarico a un tizio di nome Roger Bell, che aveva lavorato per molte famiglie del quartiere e che appunto, se non ricordo male, era stato caldamente raccomandato dai vicini.»

Continuò a scorrere il documento finché non trovò la foto segnaletica di Roger Bell. Una chioma di capelli scuri e scarmigliati gli ricadeva fino alle spalle. Un tatuaggio raffigurante un serpente nero gli avvolgeva una parte del collo. Aveva gli occhi neri che lasciavano intravedere solo una piccola parte delle iridi marroni. Su gran parte del viso si vedevano tumefazioni e contusioni. Un profondo taglio gli solcava il labbro inferiore. All'epoca, erano molti gli agenti della Polizia di Denton che non esitavano a malmenare i sospettati che "opponevano resistenza all'arresto", in particolar modo quei soggetti, come Roger Bell, che venivano arrestati per crimini efferati. Non che questo lo rendesse giusto. Josie non aveva sentito nulla al riguardo, ma era pronta a scommettere un mese di stipendio che era proprio quello che era successo a Roger Bell, a giudicare dalla foto che riempiva lo schermo del computer. Non aveva mai incontrato quell'uomo di persona perché, dopo essere stata chiamata sulla scena iniziale, il suo coinvolgimento nelle indagini era terminato.

Gretchen tornò alla sua scrivania. «Mi collego pure io per accedere al fascicolo, così ne stampo alcune pagine. Faremo più veloce se lo esaminiamo insieme.»

Josie sfogliò altri rapporti, leggendo le informazioni pertinenti. «Una testimone riferì che Roger Bell era ossessionato da una studentessa straniera, Miranda O'Malley. Aveva sedici anni.»

«Quanti anni aveva Roger Bell, invece?» chiese Noah.

Josie tornò alle informazioni sul suo arresto. «Ne aveva ventidue.»

Gretchen continuò a cercare nel fascicolo su Cook. «Vediamo...» mormorò sottovoce. «Ecco qui. Una testimone riferì che la ragazza si sentiva a disagio per la quantità di attenzioni che Bell le prestava, ma anche per la natura di tali attenzioni, e dopo averlo detto ai Cook, loro avevano provveduto a licenziarlo. Bell, però, continuava a tornare, convinto che la ragazza ricambiasse i suoi sentimenti. Un giorno, Mr. Cook minacciò di chiamare la polizia e allora Bell se ne andò, ma tornando poco tempo dopo per accoltellare tutte le persone che in quel momento si trovavano in casa.»

«Si direbbe che il nostro signor Bell non avesse preso molto bene il rifiuto.» commentò Turner.

In fin dei conti c'erano veramente tanti particolari che Josie non ricordava del caso Cook, oltre a una marea di dettagli di cui non aveva mai saputo niente, dal momento che non era stata coinvolta nelle indagini; ciononostante, se c'era una cosa che ricordava bene - anche a distanza di tanti anni – era quanto ogni cosa fosse sembrata normale quando lei e Peluso erano arrivati davanti alla grande casa in stile vittoriano dei Cook. Era tardo pomeriggio, quasi ora di cena, ma i bambini giocavano ancora, facendo su e giù in bicicletta per la strada. Era primavera, faceva caldo e l'aria era carica degli odori dei piatti in cottura che si sprigionavano dalle finestre aperte di alcune case del vicinato. In una casa, i vicini si erano sintonizzati sul canale di un talk show che stavano guardando a volume alto, e si sentiva il conduttore che parlava delle letture estive.

«Perché proprio questo caso?» domandò Turner. «Perché l'assassino sta cercando di ricreare proprio questo omicidio?»

Josie aprì nuovamente le foto della scena del crimine e iniziò a scorrerle lentamente. Erano state scattate in ordine sparso e nella cartella erano disposte in modo casuale. Di solito, le foto fatte sulla scena di un crimine verificatosi all'interno di un edificio o di un'abitazione venivano scattate cominciando dall'esterno, partendo dall'incrocio più vicino, e si avvicinavano gradualmente fino a raggiungere l'interno.

In questo modo venivano fotografate tutte le stanze di ogni piano, nonché il cortile sul retro e il garage, se si rendeva necessario. Le scene del crimine venivano documentate in questo modo allo scopo di facilitare il lavoro del pubblico ministero, così che quando i documenti del caso fossero arrivati in tribunale, sarebbe stato in grado di far calare i membri della giuria nella scena del delitto, nonché di permettere loro di comprendere anche com'era fatta la struttura interna dell'edificio.

Le foto sul caso Cook erano distribuite nel fascicolo alla rinfusa, con il giardino sul retro per primo, la vista sulla strada per seconda e la vista sull'ingresso per ultima.

Josie ricordava di essersi bloccata sul posto in quell'ingresso, respirando il profumo metallico del sangue ancora prima di trovare i corpi. La serie di foto successiva era stata scattata al piano di sopra. Ciascuna immagine le riportava alla mente altri ricordi, come il modo in cui il cuore le batteva all'impazzata nel petto mentre lei e l'agente Peluso passavano alla perlustrazione di una stanza dopo l'altra, o come il rimanere in equilibrio e muovere ogni passo con la massima attenzione e meticolosità sentendosi stordita dall'adrenalina. O come le dita fantasma del terrore le strisciavano lungo la nuca, lasciandole una sensazione di inquietudine che le era rimasta addosso anche dopo che la casa era stata perlustrata.

Scacciando le sensazioni di quella giornata, Josie continuò a passare in rassegna le foto del piano di sopra di casa Cook. La camera da letto padronale era immacolata con il letto ben rifatto. Il bagno pieno zeppo di articoli da toeletta per sei persone. I due lati della camera da letto, condivisa dalla figlia più piccola e da quella più grande, ciascuno con uno stile nettamente diverso: un lato arredato per una bambina piccola e l'altro per una ragazzina alle soglie dell'adolescenza. La camera da letto di Miranda O'Malley era in disordine, con vestiti sparsi sul letto e sul pavimento. Uno zaino strapieno di trucchi, vestiti e libri era stato abbandonato accanto alla porta. Ingombravano la soglia anche uno dei comodini e la sedia che sarebbe stata davanti alla piccola scrivania di legno, che a sua volta era stata allontanata dalla parete cui doveva essere addossata. Josie non aveva prestato molta attenzione a tutti quei dettagli quel giorno, ma a rivederli ora sembrava che la ragazza stesse riorganizzando i mobili. L'ultima camera da letto apparteneva al figlio, ormai grande, dei Cook. Anche quella era immersa nel disordine che ci si aspetterebbe di vedere nel sancta sanctorum di un adolescente. Vestiti abbandonati sul pavimento intorno al letto, lattine di bibite vuote su ogni superficie disponibile. Sul letto c'era uno zaino rovesciato da cui fuoriuscivano vari oggetti, tra i quali una serie di libri, una rivista con una donna prosperosa e poco vestita sulla copertina, penne, gomme e tabacco da masticare, un iPod, una sottile custodia di pelle marrone e degli auricolari.

Sembrava tutto così normale. Una casa vivace. Istantanee di una famiglia in un giorno qualsiasi. Ma al piano di sotto si era verificata una carneficina sanguinosa.

Josie fece un respiro profondo vedendo passare le prime immagini del piano di sotto che si susseguivano sullo schermo.

«Ecco qua...» disse. «Questa è la scena che sta ricreando... o meglio, le scene. Guardate attentamente. Cosa manca?»

Guardarono ben due volte le foto rilevanti. Noah fu il primo a rispondere: «Il coltello. Il nostro assassino lo ha lasciato su ogni scena del crimine. Invece non c'è nessun coltello nelle foto della scena del crimine della famiglia Cook.»

«Non sono ancora arrivata a quel punto.» disse Gretchen cliccando furiosamente con il mouse. «Roger Bell lo portò via con sé?»

«No, era ancora lì. L'ho visto con i miei occhi.» Josie ricordava quella parte del caso più chiaramente a causa della tempesta mediatica che ne era seguita. «Era in cucina. Semplicemente non fu fotografato.»

A parte il sangue che si era raccolto a strisce sulle piastrelle del pavimento e che era schizzato sui mobili e sulle pareti, la cucina sembrava normalissima. I piatti ad asciugare nello scolapiatti accanto al lavello. Sul bancone di fianco erano allineati ordinatamente gli elettrodomestici, un ceppo portacoltelli e un barattolo per mestoli, spatole, fruste e altri utensili. Il frigorifero era ricoperto di biglietti come promemoria di appuntamenti e disegni dei bambini. Immancabilmente, la normalità che avvolgeva l'orrore era motivo di turbamento per Josie.

«Allora, il coltello non fu fotografato?» ripeté Turner tamburellando con le dita sulla coscia. «Com'è possibile?»

Noah incrociò lo sguardo di Josie. «Hugh Weaver.»

Lei sostenne il suo sguardo. «Era il tecnico della Squadra di Raccolta delle Prove reperibile quel giorno. Avrebbe dovuto avere degli assistenti, ma gli altri erano in ritardo e lui iniziò comunque.»

«Era ubriaco.» aggiunse Noah.

«Esatto.» rispose Josie. «O almeno, io pensavo che lo fosse. E anche Peluso la pensava così.»

«È per questo che non trovò il coltello?» le domandò Gretchen guardandola perplessa. «Perché era ubriaco?»

«Non è l'unica ragione...» chiarì Josie, passando a raccontare il resto della storia prima che le venisse a mancare il coraggio. Raccontò di come James Lampson fosse arrivato sulla scena e si fosse immediatamente avvicinato a un gruppo di ragazzine delle superiori. Di come avesse messo alle strette una di loro. Di come in quel momento la ragazza assomigliasse a un coniglio indifeso che fissava le fauci spalancate di un predatore al vertice della catena alimentare. «Era la migliore amica di Miranda O'Malley. Viveva nelle vicinanze. Lampson sosteneva che quello era l'unico motivo per cui aveva così tanto bisogno di parlarle. In seguito, ho scoperto che voleva farla salire sulla sua auto e farla aspettare affinché lui la portasse alla stazione di polizia per raccogliere la sua dichiarazione. Lei non ne aveva voluto sapere.»

«Conoscendo Manomorta...» disse Noah con voce piena di disgusto, «avrebbe fatto una sosta lungo la strada.»

Josie disse: «Non potevo restare a guardare.»

La rabbia che quel giorno aveva invaso tutto il suo corpo era rimasta impressa nella sua mente. All'interno della casa l'attendeva una carneficina inimmaginabile, ma a Lampson non importava nulla. Era troppo occupato a fare quello che faceva sempre. Quello di cui non era mai stato dichiarato responsabile: molestare ragazze adolescenti.

«Oh, cazzo...» disse Turner, «hai lasciato il tuo posto, è così?»

Josie lo guardò. «Chiesi a un altro agente, Dusty Branson, di venire sul portico al posto mio.»

«Allora qual era il problema?» chiese Turner.

«All'epoca ero una testa calda.»

Le ci erano voluti anni per riuscire a controllare i suoi scatti d'ira.

Noah, che la conosceva meglio di chiunque altro, rispose per lei: «Ti scontrasti con Lampson.»

QUARANTANOVE

Josie sospirò. Avrebbe voluto posare lo sguardo ovunque per evitare di guardare negli occhi i suoi colleghi, ma l'unica cosa che non avrebbe fatto era cercare di sfuggire alle responsabilità per gli errori che aveva commesso. Alzando il mento, disse: «Sì. Corsi sul marciapiede. Lo spinsi. Con molta forza. Finì a terra. Non fu un bello spettacolo. Dissi un sacco di cose che non avrei dovuto dire.»

«Scommetto che ne è valsa la pena, però...» disse Gretchen mentre continuava a martellare sul mouse del computer con l'indice.

In effetti, sì, ne era valsa la pena. Finché le conseguenze delle sue azioni non le si erano ritorte contro.

«Si scatenò un gran trambusto. Weaver venne alla porta, spinse Dusty fuori dai piedi ed uscì. Peluso uscì dal retro e venne a separarci. Bud Ernst avrebbe dovuto coprire il retro per Peluso, ma poi venne anche lui. Quando arrivarono altre unità, eravamo tutti sul davanti, a urlare l'uno contro l'altro. Dusty aveva lasciato la porta d'ingresso quando la situazione tra Peluso e Lampson si era surriscaldata.»

«A quel punto entrambe le entrate erano rimaste incustodite...» riassunse Noah. «Chiunque avrebbe potuto entrare e manomettere qualche prova.»

Questa parte Josie la ricordava più vividamente delle altre a causa di tutte le polemiche sorte quando Kellan Neal aveva deciso di mettere Roger Bell a processo. «Questo è stato esattamente ciò che l'avvocato difensore sostenne nella sua mozione per non far ammettere le prove. Una volta che Hugh Weaver era tornato al suo posto, il coltello non c'era più. Non si accorse nemmeno che era sparito. Anzi, nessuno se ne accorse. Weaver continuò a documentare la scena e poi arrivarono gli altri membri della Squadra di Raccolta delle Prove per aiutarlo, ma nemmeno loro trovarono il coltello. Più tardi, Lampson tornò indietro e lo trovò sotto un termosifone. Nessuno è mai riuscito a capire cosa fosse successo, ma la teoria che andava per la maggiore era che fosse stato Weaver ad averlo spostato, dandogli un calcio quando era corso fuori per vedere cosa stesse succedendo.»

«Dici sul serio, Quinn?» sbottò Turner infilando una mano in tasca per tirare fuori il cellulare, ma questa volta non lo accese, si limitò a tenerlo in mano. «Non può essere vero, cazzo! Va oltre ogni limite di incompetenza. È... non so nemmeno come faccio a crederti.»

Josie indicò lo schermo del computer puntando il pollice sopra la spalla. «È tutto lì dentro. Bud Ernst venne licenziato. Hugh Weaver venne sospeso per mesi. È stato licenziato per qualche altro motivo, diversi anni dopo, anche se sono abbastanza sicura che, una volta che le acque si sono calmate, abbia trovato lavoro altrove.»

«Continuo a fare fatica a crederci, mi sembrano tutte stronzate.» disse Turner. «Ma, ad ogni modo, ammettendo che le cose stiano come dici tu e che questi omicidi riguardino la famiglia Cook, le polaroid cominciano ad avere perfettamente senso. Ma cavolo, come diamine hanno fatto a farla franca? Non è solo incompetenza, questa è inadempienza al proprio dovere. È negligenza!»

Noah incrociò le braccia sul petto, girandosi leggermente verso Turner e facendogli presente: «Non lo dico per difendere nessuno, ci mancherebbe, ma stiamo parlando di quindici anni fa, Turner, cioè quando il dipartimento era corrotto dal più alto livello al più basso. Come pensi che avrebbe fatto quella rete di traffico di esseri umani a sopravvivere e a prosperare per così tanto tempo, altrimenti?»

«Il capo di allora, quello che era in carica prima che Wayland Harris assumesse il comando, protese tutti gli agenti coinvolti.» disse Josie. «Peluso e io non fummo licenziati perché prima di lasciare il nostro posto sulla scena a casa Cook ci eravamo assicurati che qualcuno ci sostituisse. Branson, invece avrebbe dovuto essere licenziato, ma così come Lampson, era protetto dalla rete di uomini che avevano bisogno di tenere nascosti i propri crimini. In aggiunta a questo, la ragazza che era stata presa di mira da Lampson, la migliore amica di Miranda O'Malley, si rifiutò di sporgere denuncia contro di lui. Non volle rilasciare alcuna dichiarazione. Penso, anzi, che il suo nome non compaia nemmeno nel fascicolo. E comunque, se anche avesse cercato di denunciarlo, come ho detto, Lampson era ben protetto.»

«Dopo che Josie ha smantellato quella rete di traffico di esseri umani, siamo rimasti solo in pochi...» disse Noah. «Quando è diventata capo ad interim, le ci sono voluti mesi per coprire tutti i posti vacanti.»

Gretchen alzò una mano. «E uno l'ho preso io. Quando sono arrivata qui, con la ricostruzione, era un po' un casino.»

«Kellan Neal deve essere andato su tutte le furie.» commentò Turner, accarezzando con il pollice il lato del telefono, come se non vedesse l'ora di premere il pulsante di avvio, inserire il codice d'accesso e iniziare a scorrere.

«Sì, puoi dirlo forte.» rispose Josie. «Quando si rese conto di quanto fosse grave la situazione, fece del suo meglio per salvare l'indagine.»

Non avendo seguito gli sviluppi delle indagini molto da vicino, occupata com'era a cercare di cancellare i ricordi di ciò che aveva visto sulla scena e del suo colpo di testa con Lampson affogando nel Wild Turkey, Josie non ricordava esattamente cosa fosse successo dopo il disastro con il coltello e cercò di recuperare qualcosa tornando al suo computer; ma Gretchen la precedette, leggendo gli eventi man mano che li trovava. «Dei testimoni avevano visto Roger Bell mentre si introduceva dentro la casa dei Cook e altri testimoni lo avevano visto a un isolato di distanza dopo gli omicidi, coperto di sangue, ma sfortunatamente, i suoi vestiti non furono mai ritrovati. Una volta arrestato, si era rifiutato di parlare.»

«Ma Quinn aveva visto il coltello...» si intromise Turner. «Questo non contava?»

Josie sospirò. «L'avevo visto appena entrata. Peluso non l'aveva notato, ma io sì. Ero disposta a testimoniare in merito, ma il giudice decise a favore della difesa e il coltello venne escluso dalle prove.»

La vecchia stampante si accese con un sibilo. Gretchen si alzò in piedi e vi si avvicinò, aspettando che i fogli uscissero dal vassoio di erogazione. Quando li ebbe raccolti tutti, si diresse verso la bacheca. Gli altri rimasero a guardarla mentre appuntava ogni foto della scena del crimine di casa Cook sotto ciascuna foto scattata sulle scene di Cleo Tate, Stella Townsend ed Everly Rowe e ad ascoltarla via via che esponeva: «Evan Cook era il padre. La posizione del suo corpo ricorda molto quella in cui il nostro assassino ha sistemato il corpo di Cleo Tate.»

Evan Cook era stato accoltellato nel salotto anteriore, proprio accanto all'ingresso. Dopo essere stato aggredito, si era girato su un fianco. Era stato trovato con una mano aggrappata al bordo di una sedia, come se avesse cercato di tirarsi su.

«Amelia Cook era sua moglie...» proseguì Gretchen, appuntando un'altra foto su una parte della mappa, lontana dalle foto delle scene dei crimini attuali. «La madre. La posizione del suo corpo non corrisponde a quella di nessuna delle nostre vittime.»

Sebbene le foto mostrassero un primo piano delle vittime, dopo aver esaminato il fascicolo, Josie si ricordò che Amelia Cook era stata trovata nel corridoio che conduceva dall'ingresso alla sala da pranzo: il suo corpo ricordava una marionetta abbandonata, parzialmente riversa sulla spalla, con le braccia attorcigliate l'una sull'altra.

Turner tamburellava con le dita sulla coscia. «Intendi dire che non corrisponde a nessuna delle vittime che abbiamo trovato finora.»

Senza badargli, Gretchen prese un'altra foto e la attaccò sotto quella della scena del crimine di Stella Townsend. «Iris Cook. Tredici anni. Figlia di Evan e Amelia. È stata trovata nella sala da pranzo, riversa a pancia in giù, come se stesse cercando di strisciare via. Poi c'è la studentessa in visita, Miranda O'Malley. È stata trovata non lontano da Iris. La posizione del suo corpo corrisponde a quella del corpo di Everly Rowe.»

La foto di Miranda veniva subito dopo quella di Everly: entrambe erano distese sulla schiena, con un braccio disteso verso l'esterno, ed entrambe presentavano il maggior numero di coltellate perché Miranda era l'obiettivo principale di Roger Bell. Era stata trovata in un angolo della stanza, dietro al tavolo rovesciato.

Josie si chiese se ci sarebbe stato meno sangue se Bell avesse trovato solo Miranda in casa, o se avesse avuto intenzione di uccidere tutti quanti fin dall'inizio.

A mani vuote, Gretchen si voltò verso di loro. «Poi c'era un altro ragazzo, Simon Cook, diciassette anni. Trovato in cucina, con ferite d'arma da taglio alla schiena. Infine, una bambina, Felicity Cook, tre anni, anche lei trovata in cucina, accoltellata una volta all'addome e una volta al petto. Non ci sono foto di loro.»

Josie sentì improvvisamente la bocca secca. Il ricordo che aveva cercato con tanta fatica di seppellire negli ultimi quindici anni le tornò alla mente. Peluso che si inginocchiava accanto al ragazzo, gli controllava il polso, lo girava e trovava il corpo della piccola Felicity Cook che il fratello aveva cercato di proteggere facendole da scudo con il suo. Peluso aveva immediatamente iniziato a prestare soccorso a Simon, mentre Josie faceva il possibile per impedire che la vita abbandonasse il fragile corpo della bambina, nella speranza che i paramedici arrivassero in tempo.

«Non ci sono foto...» confermò Josie con voce strozzata. «Non li fotografarono sulla scena del crimine perché erano entrambi vivi quando arrivammo.»

«Vuoi dire che sono sopravvissuti?» le chiese Noah.

Josie ricordava di aver ricevuto la notizia da Peluso in persona una settimana più tardi, quando era andato a dirle che finalmente le condizioni della bambina si erano stabilizzate. Peluso sapeva quanto fosse rimasta sconvolta dal tentativo di salvarla. «Sono abbastanza sicura che Felicity sia sopravvissuta...» disse Josie. «Ma non so nulla di Simon. Non mi hanno fatto seguire gli sviluppi dell'indagine, mi sono occupata soltanto della chiamata iniziale e basta. All'epoca la mia preoccupazione principale era quella di rimanere a galla, essendo nuova. E poi, dopo quella faccenda con l'arma del delitto, non volevo pensarci troppo.»

Non volle menzionare il modo in cui era caduta nella spirale dell'alcolismo.

Gretchen tornò alla sua scrivania, cliccando alcune volte con il mouse. «Sono sopravvissuti tutti e due, almeno fino al processo. Le accuse contro Roger Bell per quelle due vittime furono di tentato omicidio.»

Anche Turner tornò alla sua scrivania, si sedette e lanciò la sua pallina da basket verso il canestro più e più volte, mancandolo a ogni tentativo. «Allora, cosa abbiamo davanti? È ovviamente una sorta di tour di vendetta, che prende di mira tutti gli agenti delle forze dell'ordine che rovinarono la scena del crimine e fecero sparire il coltello. Ma per quale motivo?»

Josie girò la sedia per guardarlo. «Perché Roger Bell venne assolto da tutte le accuse e poi fu rilasciato.»

CINQUANTA

«Mi stai prendendo in giro, dolcezza?» le chiese Turner. Era rimasto perfettamente immobile, il che era inusuale per lui, dato che normalmente era in uno stato di perpetuo movimento. Poi, con un gemito, prese una delle due banconote da un dollaro nel barattolo sulla sua scrivania e la infilò in quello di Josie, che era già pieno zeppo. «Fammi riprovare. Mi stai prendendo per il culo?»

Gretchen inclinò lo schermo del computer in modo che tutti potessero vedere i registri del tribunale. La lista degli imputati giudicati non colpevoli sembrava non finire mai. «È come dice Josie.»

Noah si massaggiò la mascella, dove gli era comparsa la barba del pomeriggio mentre erano in servizio. Tante erano le ore che avevano passato a dare la caccia all'assassino delle polaroid. «Non ricordo questo caso.»

Josie si alzò e si sporse sulla scrivania, per esaminare più da vicino i documenti che Gretchen aveva recuperato. «Il processo si concluse due anni dopo gli omicidi. A quel tempo penso che ti avessero appena assunto dal dipartimento.»

«Ma per quale motivo questo tizio non è stato condannato?»

chiese Turner, prendendo la sua pallina da basket e stringendola nel pugno come se fosse una palla antistress. «Due vittime sono sopravvissute.»

Josie ricordava vagamente le lamentele che giravano per il dipartimento una volta che Roger Bell l'aveva fatta franca. La preoccupazione principale per gli uomini con cui lavorava all'epoca era legata al fatto che l'assoluzione di Bell aveva fatto fare a tutti i membri del dipartimento la figura degli stupidi e non tanto al rischio che un pluriomicida fosse tornato in circolazione e in piena libertà di andare dove gli pareva. Solo Peluso ne era rimasto davvero sconvolto. Josie cercò di riportare alla memoria i dettagli delle loro conversazioni sul caso o dei servizi giornalistici, ma aveva fatto tabula rasa di ogni cosa.

Dopo essersi rimessa a sedere, aprì il browser Internet e cercò informazioni sul caso. Pochi minuti dopo, aveva già trovato alcune delle risposte che cercava. «Quando Simon Cook testimoniò al processo riferì che si trovava al piano superiore, nella sua camera da letto, al momento in cui erano avvenuti gli accoltellamenti. Disse di aver sentito delle urla e di essere corso al piano di sotto, dove aveva trovato tutta la sua famiglia e Miranda O'Malley sanguinanti.»

«Non vide Roger Bell?» chiese Gretchen.

Josie continuò a leggere. «Testimoniò che, quando era entrato nella sala da pranzo, Bell era a cavalcioni su Miranda e la stava trafiggendo con un coltello. Felicity era vicino alla porta della cucina e faceva dei versi.» Dovette interrompersi un attimo quando le tornò in mente il gorgoglio che fuoriusciva dalla gola della bambina.

Avendo percepito il suo stato d'animo, Noah avvicinò la sedia alla sua e la fece spostare delicatamente da una parte, in modo che potesse continuare al posto suo a leggere il resto dell'articolo che lei aveva trovato. «Simon continuò la sua testimonianza dicendo che aveva preso in braccio la sorellina ed era fuggito verso la porta sul retro, ma non appena aveva raggiunto la cucina era stato accoltellato alle spalle. Durante il controinterrogatorio, l'avvocato della difesa gli fece ammettere che, considerata la sua versione dei fatti e la posizione dei mobili nella sala da pranzo, non era possibile che avesse effettivamente visto il volto di Roger Bell. A quanto pare, le dichiarazioni iniziali che aveva fatto alla polizia non erano coerenti con la sua testimonianza resa al processo. Ma, in seguito, l'accusa sostenne che le incongruenze erano minime, soprattutto tenendo in considerazione che la famiglia del ragazzo era stata appena massacrata e che lui era stato ferito tre volte... ma immagino che questo sia stato sufficiente a compromettere quanto bastava la credibilità della sua testimonianza. A quanto sembra, la linea di difesa di Roger Bell aveva sostenuto che fosse stato qualcun altro ad aver molestato Miranda, non lui, e che quel giorno era tornato a casa dei Cook per controllare come stava e si era ritrovato davanti quella carneficina. Insomma, la difesa del "non sono stato io". Immagino che tra questo e le incongruenze nella testimonianza di Simon Cook, c'era tutto quello che occorreva per insinuare un ragionevole dubbio nelle menti dei giurati.»

Turner fece un basso fischio. «E così hanno lasciato andare Roger Bell. Ma porca di quella puttana...»

Josie sospirò. «Senza il coltello, su cui ci sarebbe stato il DNA di Bell, non c'erano prove a sufficienza per condannarlo.»

Passarono alcuni istanti in silenzio mentre assimilavano quelle ultime informazioni. Turner fu il primo a romperlo. «Quindi adesso dobbiamo cercare quel ragazzo, immagino. Il fratello. Come si chiama? Simon Cook?»

Gretchen si appoggiò allo schienale della sedia, che scricchiolò. «Mi dispiace profondamente ammetterlo, ma credo che tu abbia ragione.»

Turner le rivolse un ghigno così aperto da sembrare quasi selvaggio. «Non so cosa mi dia più soddisfazione, Palmer. Il fatto che tu sia d'accordo con me o che ti... com'è che hai detto? "Dispiace profondamente ammetterlo".»

Prima che Gretchen potesse ribattere, Noah disse: «Ha perfettamente senso. Si sta vendicando delle persone che, con i rispettivi errori, hanno permesso a Roger Bell di tornare in libertà, facendo in modo che sperimentino quello che ha provato lui, ovvero perdere una persona cara a causa di un atto di violenza. Il coltello presente in ogni scena e le polaroid sono riferimenti diretti al disastro che hanno causato...»

«Va bene, ma perché adesso?» si chiese Josie. «Sono passati quindici anni dagli omicidi. Un po' meno dal processo. Perché aspettare tutto questo tempo? Cosa può aver scatenato tutta questa vendetta?»

«Forse ha solo avuto bisogno di tempo per cercare di trovare il coraggio...» suggerì Turner. «Ma che importanza ha, comunque? L'unica cosa che conta è trovarlo. Abbiamo una foto di questo ragazzo?»

Josie ne trovò una nel fascicolo Cook che mostrava il volto di Simon. Era stata scattata in ospedale mentre la polizia documentava le ferite che aveva riportato. In quella foto, i suoi capelli biondo sabbia erano tagliati cortissimi. Aveva un viso rotondo e paffuto. Josie ricordava quanto fosse pesante quando lei e Peluso lo avevano girato e di quanto era rimasta sorpresa quando si era resa conto che, nonostante il suo peso, non aveva schiacciato la sorellina. Nella foto, i suoi occhi scuri erano vitrei. Sembrava quasi drogato, ma d'altra parte doveva essere proprio sotto l'effetto di molti farmaci antidolorifici in quei giorni di convalescenza in cui si riprendeva dalle ferite. Stampò la foto e l'appese alla bacheca di sughero, poi si fermò un attimo a studiarla di nuovo.

Turner disse: «Assomiglia a qualcuno che hai visto di recente, Quinn?»

«No...» ammise lei. Cercò di immaginare quali potessero essere le fattezze di Simon Cook quindici anni dopo. Aveva perso peso? I suoi lineamenti si erano affilati? Si era lasciato crescere i capelli?

Noah spinse la sedia indietro verso la propria scrivania. «Scoprirò dove hanno ricominciato questo ragazzo e sua sorella. Se riusciamo a trovarli, non avremo bisogno di capire dove è stata scattata l'ultima polaroid...»

Era la pista migliore che avevano. La migliore che avessero avuto da giorni, eppure qualcosa diceva a Josie che localizzare Simon Cook non sarebbe stato così facile come poteva sembrare.

«Vedi se riesci a trovare anche sua nonna...» disse Turner. «Visto che paga dei tizi per permetterle di rubare automobili per questo stronzo.»

La porta della tromba delle scale si aprì con un botto, facendo cadere tutte le foto della scena del crimine appuntate sulla bacheca di sughero. Il capo Chitwood fece il suo ingresso a grandi passi con Amber al seguito e il suo fidato tablet pronto alla mano. I due si fermarono accanto alla bacheca. «Ho bisogno di un aggiornamento...» disse il capo. «Dobbiamo preparare qualcosa per la stampa, altrimenti Kellan Neal inizierà a farci a pezzi in televisione alle quattro, alle cinque, alle sei, alle undici e a ogni ora che alla WYEP manderanno in onda il notiziario. Per non parlare del fatto che mi ha chiamato anche il sindaco, così che adesso mi ritrovo anche lei col fiato sul collo. Quindi sentiamo cosa avete da dire, e fate in modo che sia qualcosa di buono.»

Josie gli fece un resoconto su tutto ciò che avevano scoperto nelle ultime ore e intanto che lei parlava, Amber prendeva rapidamente appunti sul suo tablet. Quando ebbe finito, il capo disse: «Sì. Va bene. Trovate quel ragazzo... Simon Cook. Io farò il possibile per trattenere qualsiasi dichiarazione di informazioni o fuga di notizie. Ma, per l'amor del cielo, datevi una mossa.»

Il cellulare di qualcuno squillò. Tutti si guardarono intorno. «Signore...» disse Amber guardando Chitwood. «È il suo.»

«Oh, giusto...» fece lui prendendo il telefono dalla tasca e guardandolo con un grugnito. «È di nuovo quella maledetta arpia del sindaco. Amber, tu vieni con me. Nel mio ufficio. Aiutami a spegnere questo incendio...»

Scomparvero nell'ufficio del capo, sbattendosi la porta alle spalle.

«Secondo voi questo ragazzo, Simon Cook, per prima cosa avrà ucciso quel Roger Bell?» chiese Turner. «Perché è così che io avrei fatto al posto suo.»

Gretchen lo guardò, inarcando un sopracciglio con aria severa. «Hai presente quell'arnese sulla tua scrivania, composto da un monitor e una tastiera? Funziona. Dovresti provarlo ogni tanto. E chi lo sa, magari ti riesce di scoprire cosa è successo a Roger Bell e se è ancora in vita.»

Con un'occhiataccia indispettita, Turner posò la pallina da basket sulla scrivania e tirò verso di sé la tastiera. Josie fu sorpresa di vedere che sapeva usare quel maledetto aggeggio, considerando quanto erano fatti male i suoi rapporti e quanto tempo gli ci voleva per scriverli. Sottovoce, Turner mormorò: «Voi cosa avete intenzione di fare?»

Gretchen prese un pennarello cancellabile dal cassetto della scrivania e lo puntò contro di lui. «Io cercherò di capire quale sarà il suo prossimo obiettivo.»

«Il suo prossimo obiettivo è già morto...» disse Turner con tono piatto.

«Questo non dobbiamo darlo per scontato.» ribatté Gretchen avvicinandosi alla bacheca di sughero e girandola in modo che la lavagna magnetica sul lato opposto fosse rivolta verso le loro scrivanie. «Ha lasciato la polaroid che ci indicava di andare alla chiesa di Harper's Peak quattro giorni prima di uccidere Everly Rowe, ma non siamo riusciti a trovarla immediatamente. C'è una residua possibilità che non abbia ancora sequestrato la sua prossima vittima e questo implica che abbiamo ancora una chance di trovarla prima che l'assassino colpisca di nuovo.»

CINQUANTUNO

Su un lato della lavagna, Gretchen scarabocchiò i nomi delle persone che erano state presenti sulla scena del delitto in casa dei Cook. James Lampson, Hugh Weaver, Josie, Artie Peluso, Dusty Branson e Bud Ernst.

Josie raggiunse Gretchen di fronte alla lavagna. Allungò la mano e Gretchen le porse il pennarello. «Ci ho riflettuto sopra e c'è un problema. Il nostro assassino prende di mira figli e nipoti, giusto? Io non ho figli.» Cancellò il suo nome.

Da dietro le sue spalle, Noah disse: «Branson è in prigione. Neanche lui ha mai avuto figli...»

Josie tracciò una linea anche sul suo nome. «Peluso ha due figli. Uno è sergente d'artiglieria nel Corpo dei Marines e, da quanto sono riuscita a capire, è di stanza all'estero. L'altro è un agente dell'FBI che lavora negli uffici di Minneapolis...»

Gretchen aggrottò la fronte. «Dovremmo comunque assicurarci che siano ancora vivi e che siano rintracciabili.»

Josie annuì, ma cancellò anche il nome di Peluso. Poi tracciò una linea conclusiva sull'ultimo nome della lista. «Bud Ernst non ha mai avuto figli.»

«E se l'obiettivo dell'assassino non fosse soltanto quello di puntare ai figli di chi è intervenuto sulla scena del massacro in casa Cook?» suggerì Gretchen. «E se gli bastasse puntare a un qualsiasi membro delle loro famiglie? Un coniuge, per esempio, o un fratello o una sorella?»

Un brivido percorse il corpo di Josie mentre le immagini di Noah e Trinity le balenavano nella mente. Ma Noah sapeva cavarsela benissimo e, anche se Trinity era ancora ospite a casa loro, c'era Drake con lei. Non poteva essere più al sicuro di così.

«Kellan Neal non era sulla scena quel giorno...» sottolineò Turner. «Eppure è stato preso di mira.»

Josie scacciò la paura che la tormentava. «Hai ragione.»

«Ma allora se non si limita alle persone che erano presenti sulla scena del crimine...» disse Gretchen, «chi altro rimane? Il capo in carica a quel tempo? Anche lui ha coperto Lampson e Branson, no?»

«È morto.» disse Josie. «Ma potremmo comunque fare un controllo sullo stato della sua famiglia.»

«Ragazze...» le interruppe Turner, ma si fermò quando Josie e Gretchen si voltarono a guardarlo con aria truce. «Signore... no. Donne?»

«Detective...» disse Josie. «Di' soltanto detective.»

Turner scosse la testa e mormorò: «Perché ogni cosa deve essere così difficile...»

«Turner!» sbottò Josie.

«Va bene, va bene. Voi detective dovreste iniziare a fare qualche telefonata.»

Due ore dopo erano ancora alle loro scrivanie, esausti, sfiduciati e con più domande che risposte. Il mese precedente, la moglie di Artie Peluso era rimasta uccisa in un incidente stradale con omissione di soccorso nella città in cui vivevano, nella parte sud del New Jersey. La madre di Dusty Branson era caduta dalle scale in casa sua nel Maryland e si era rotta il collo. Bud Ernst era stato strangolato a morte in camera sua, a seguito di un'apparente violazione di domicilio nella casa dove si era ritirato dopo essere venuto via da Denton, nelle valli delle Pocono Mountains, nella parte nord-est della Pennsylvania.

Nessuno di quei decessi era avvenuto nella giurisdizione della polizia di Denton. Una telefonata al dipartimento di polizia che si era occupato dell'omicidio di Bud Ernst aveva rivelato che nessuna polaroid era stata trovata sulla scena del crimine.

Niente di tutto ciò sembrava una coincidenza e via via che si aggiungevano nuovi dettagli, Josie sentiva il battito del cuore andare sempre più veloce. Il suo era l'unico nome rimasto sulla lista, ma un'altra serie di telefonate le aveva assicurato che tutti i suoi cari erano al sicuro e che ora erano stati tutti avvertiti. Shannon, Christian, Patrick e Brenna avrebbero trascorso i giorni successivi a Callowhill, a due ore di distanza da Denton. Il capo Chitwood aveva acconsentito a lasciare che Misty, Harris e Cindy Quinn, la nonna di Harris, passassero qualche giorno in casa sua, che era piuttosto isolata. Drake e Trinity si erano rifiutati di andarsene e Josie non aveva insistito, dal momento che aveva la certezza che sua sorella fosse al sicuro insieme a Drake.

Quanto alla ricerca di Simon e Felicity Cook, così come quella di Roger Bell, i loro sforzi non avevano portato ad alcun risultato.

«Simon e Felicity hanno smesso di esistere dopo il processo...» annunciò Noah. «Non ho trovato niente su di loro. L'unica cosa che è saltata fuori è un vecchio servizio sul sito web della WYEP in cui si dice che dopo gli omicidi erano stati separati e affidati a famiglie affidatarie diverse. Immagino che non avessero parenti che vivevano nelle vicinanze o che fossero disposti ad accoglierli in casa loro. Insomma, gli articoli non fanno riferimento a nessun altro familiare se non ai genitori di Miranda O'Malley, che presero il primo volo dall'Irlanda per assistere al processo.»

«Quindi neanche una nonna?» disse Turner.

«Io ho cercato i nomi di Amelia ed Evan Cooks per vedere se riuscivo a rintracciare i loro genitori...» disse Gretchen. «I genitori di Amelia erano ancora vivi quando è iniziato il processo, ma sua madre è morta due anni più tardi e suo padre poco tempo dopo. Magari potremmo trovare una zia o qualche parente lontano...»

Noah sospirò. «Tracciare l'albero genealogico dei Cook potrebbe richiedere un po' troppo tempo.»

La porta dell'ufficio del capo Chitwood si spalancò e quando sporse la testa fuori, gridò: «Fraley!» anche se Noah era proprio lì accanto. «Entra dentro. Dobbiamo discutere nel dettaglio di quali informazioni passeremo alla stampa a questo punto.»

Mentre Noah scompariva nell'ufficio del capo, Turner disse: «Procuriamoci i documenti sull'affidamento di Simon e Felicity.»

«Possiamo provarci...» disse Josie. «Ma dubito che ci riusciremo senza alcuna prova che colleghi Simon Cook direttamente a uno qualsiasi degli omicidi attuali. Non abbiamo prove sufficienti per ottenere un mandato. Tutto quello che abbiamo è una semplice teoria in base alla quale sarebbe lui il responsabile di questi omicidi.»

Gretchen si passò una mano tra i capelli a spazzola. «Che situazione di merda.»

Apparentemente indifferente, Turner tornò a guardare sul suo telefono. «Nel caso ve lo stiate chiedendo, Roger Bell è esistito per un paio d'anni dopo il processo e poi... puff! Sparito nel nulla. Non ne rimane alcuna traccia.»

«Devono aver cambiato tutti nome.» suggerì Josie. «Se Simon e Felicity sono stati adottati, potrebbero aver preso il cognome delle loro famiglie affidatarie. Sarebbe stata la cosa più sensata da fare, soprattutto se avevano paura che Bell potesse cercare di portare a termine ciò che aveva iniziato.»

«Se fossi Roger Bell e tutta la città sapesse che sono un assassino spietato...» disse Turner «anch'io cambierei nome.»

Sentendo che iniziava ad avere un forte mal di testa, Josie frugò nei cassetti della scrivania finché non trovò una confezione di ibuprofene.

«Il problema è che non è possibile fare una ricerca sui cambi di nome.» obiettò Gretchen. «Perché i registri sono secretati dai tribunali.»

Josie si mise in bocca due pasticche di ibuprofene e le inghiottì senza acqua. «Documenti secretati...» ripeté. Forse erano quelli che stava cercando Stella Townsend! Stava cercando il coinvolgimento di suo nonno nel caso Cook. Avrebbe potuto ricavare la maggior parte dei dettagli da fonti pubbliche, dato che gli omicidi e il processo erano stati ampiamente trattati dalla stampa locale. Se stava cercando di rintracciare i figli dei Cook, dovevano capire per qualche motivo. Avevano perquisito il portatile di Stella Townsend e avevano trovato molti appunti relativi a Manomorta Lampson e ai suoi progetti per un reportage, ma Josie non ricordava di aver visto alcun riferimento al caso Cook. D'altra parte, fino al giorno in cui era stata ammazzata, aveva continuato a incontrare Remy Tate nella speranza di ottenere le informazioni che cercava.

«Così ci tocca tornare alla polaroid.» disse Gretchen. «L'unica alternativa è che riusciamo a trovare un modo per rintracciare Simon o Felicity Cook.»

«Non c'è rimasto più nessuno che questo tizio possa uccidere...» le fece notare Turner. «Evidentemente ci manca qualcuno su questa lista.»

Josie si voltò verso la lavagna cancellabile e rilesse silenziosamente i componenti della lista: il suo, quello di James Lampson, il nome di Hugh Weaver, il nome di Artie Peluso, il nome di Dusty Branson, il nome di Bud Ernst e il nome di Kellan Neal. Avevano esaminato attentamente i membri delle forze dell'ordine e l'ufficio dell'accusa, ma i nomi sulla lista non erano gli unici che avevano contribuito alla scarcerazione di Roger Bell.

La stanchezza opprimente che Josie aveva combattuto per tutta la serata si placò all'improvviso e fu sostituita da un brusio generato dall'ansia. «Abbiamo trascurato qualcuno.» concluse. Qualcuno di importante... L'avvocato difensore di Roger Bell. Scrisse e presentò la mozione che fece escludere il coltello dalle prove. Stava solo facendo il suo lavoro, ma lo faceva bene.»

«Vive ancora da queste parti?» le chiese Turner. «Ha figli?»

Josie aprì rapidamente i registri e quando trovò il suo nome, lo stomaco le si contorse. «Sì, vive ancora da queste parti e ha figli.» rispose.

«Chi è?» chiese Turner aggrottando le sopracciglia con aria preoccupata. «Oh, Quinn, ti senti bene? Sembra che tu stia per dare di stomaco... o che tu stia per svenire.»

«L'avvocato difensore di Roger Bell era Andrew Bowen. Che mi odia a morte da quando ho mandato sua madre in prigione per omicidio.»

CINQUANTADUE

L'ibuprofene che Josie aveva preso alla stazione di polizia le bruciava lo stomaco. Il solo fatto di essere seduta nella sua auto parcheggiata proprio di fronte alla casa di Andrew Bowen, al buio, le faceva correre un brivido di ansia lungo la schiena. Cercò di ricordare quanti bambini ci fossero nella foto di famiglia che aveva visto l'ultima volta che era stata nel suo ufficio. Erano passati diversi anni, il che significava che ormai i bambini dovevano essere adolescenti. Due o tre? Di sicuro aveva una figlia.

«Forse è il caso che ci vada io...» disse Gretchen, seduta sul sedile del passeggero. «È abbastanza neutrale nei miei confronti.»

Turner bussò al finestrino di Josie. «Allora, lo facciamo o no?»

«Dovremmo lasciare che se ne occupi questo coglione...» suggerì Josie.

«Non è una cattiva idea. Sono abbastanza sicura che lui e Bowen parlino la stessa lingua.»

In qualsiasi altra circostanza, Josie sarebbe scoppiata a ridere, ma non riusciva a smettere di pensare al rischio che la prossima vittima avrebbe potuto essere un bambino. Scesero dall'auto e raggiunsero Turner nel vialetto che serpeggiava fino alla sontuosa tenuta di Andrew Bowen. Questo era quanto gli aveva procurato difendere delle persone in tribunale. Josie non aveva dubbi che molti dei suoi clienti fossero innocenti, ma tra questi aveva anche difeso un uomo che aveva massacrato una famiglia, un uomo il cui DNA era stato trovato sull'arma del delitto e che aveva comunque festeggiato la sua assoluzione.

Josie si chiese se Andrew Bowen avesse mai perso il sonno per il fatto che Roger Bell era stato rilasciato.

Tendeva a escluderlo.

Lasciarono che fosse Turner a prendere l'iniziativa, dando diverse e rapide scampanellate finché Gretchen non gli intimò con un sibilo di smetterla. Era l'una di notte passata. All'interno si accesero delle luci. Una telecamera di sorveglianza fissata allo stipite della porta emise un'esplosione di interferenze. Poi la voce di Bowen gracchiò: «Posso aiutarvi?»

«Andrew Bowen?» disse Turner.

«Sì... posso aiutarla?»

Turner tirò fuori il suo tesserino e lo premette contro l'obiettivo della telecamera. «Polizia di Denton. Dobbiamo parlare con lei. Pensiamo che uno dei suoi figli possa essere in pericolo.»

La porta si aprì e Andrew Bowen apparve davanti a loro con una maglietta sbiadita dell'Università di Duquesne, in Pennsylvania, e pantaloni da ginnastica grigi. Si passò una mano tra i capelli biondi e sbatté le palpebre. «Avete detto che uno dei miei figli è in pericolo?»

Gretchen fece un passo avanti. «Sì. Lei ha tre figli, è esatto?»

Bowen scosse la testa. «Aspettate, aspettate un momento. È uno scherzo?»

«Temo di no.» rispose Turner. «Quanti anni hanno i suoi figli?»

«I miei figli stanno dormendo nei loro letti...» sbottò Bowen.

«Non so dove abbiate preso queste informazioni, ma sono errate. Ora, vi sarei grato se ci lasciaste in pace.»

La voce delicata di una donna chiamò da dietro Bowen. «Andrew? Va tutto bene?»

«Sì, Evelyn. Si tratta solo di un malinteso.»

«Le assicuro che non è così.» disse Gretchen.

«Buonanotte, detective.» disse Bowen iniziando a chiudere la porta.

Josie si fece strada con forza tra Gretchen e Turner e incastrò il piede tra la porta e il telaio. «Avvocato Bowen, la prego. Mi ascolti.»

Un viso pallido, incorniciato da riccioli castani, la fissò con aria truce da sopra la spalla di Bowen. «Che ci fa *lei* qui?»

«*Lei* lavora per il dipartimento di polizia di Denton.» disse Turner. «Ed è qui per fare il suo lavoro. *Ma* lo state rendendo più difficile non ascoltandoci. Vuole andare a controllare ai suoi figli del cazzo?»

«Turner.» lo ammonì Gretchen, ma con tono pacato.

Josie tenne un piede dentro la porta, rallegrandosi di essersi messa gli scarponi spessi perché Andrew Bowen continuava a spingere per cercare di chiuderle la porta in faccia. Ma, anche così, le faceva male.

Reprimendo il desiderio di ritirare il piede, Josie cercò di mantenere un tono ragionevole, privo di emozioni. C'erano molti trascorsi tra lei e Bowen nel corso degli anni, nessuno dei quali positivo. Se i Bowen non erano inclini ad ascoltare Turner o Gretchen, allora le possibilità che accettassero una spiegazione da parte sua erano pochissime se non nessuna, ma lei doveva provarci lo stesso. C'era il rischio che una ragazzina, chissà dove, fosse già morta o nelle mani di un assassino. E lei non intendeva lasciare un'altra volta il suo posto. «Vi prego...» disse. «Mr. Bowen, Mrs. Bowen. Sapete bene che non sarei qui se non fosse di fondamentale importanza. Potete continuare a odiarmi. Insultarmi in tutti i modi possibili. Sputarmi addosso.»

Inspirò bruscamente quando Bowen aumentò la pressione sul suo piede. «Potete schiacciarmi il piede.»

Il lungo braccio di Turner la circondò e spinse la porta, facendo barcollare Bowen all'indietro senza alcuno sforzo. Bowen andò a finire addosso a sua moglie, che gridò: «Ma è impazzito?»

«La persona che ha ucciso Cleo Tate, Stella Townsend ed Everly Rowe sta prendendo di mira le persone coinvolte nell'omicidio dei membri della famiglia Cook.» continuò Josie. «Si ricorda di quel caso, Bowen?»

Lui sbatté di nuovo le palpebre e il suo viso perse ogni colore. «Roger Bell era un mio cliente.»

«Io non me lo ricordo...» disse la moglie, avvolgendo una mano attorno al braccio del marito.

«Ero in attività solo da un paio d'anni, all'epoca. Bell non aveva molti soldi. Non poteva permettersi di pagarmi, in realtà, ma io avevo bisogno di lavorare e nessun altro avrebbe accettato il suo caso.»

«Perché era un assassino.» disse Gretchen.

Turner sbuffò. «Sono abbastanza sicuro che questo non sia un problema per gli avvocati difensori...»

Evelyn Bowen fissò il viso di suo marito, che non si voltò a guardarla. «È insolito, mi pare. Che nessun altro abbia voluto occuparsi del suo caso...»

Andrew Bowen sospirò. «Non per colpevolezza o per innocenza. Tutti hanno diritto a un'assistenza legale. Il motivo è che era al verde. E fu assolto.»

Josie flette il piede. «Questo non significa che non fosse colpevole.»

«Andrew?» lo interpellò la moglie con tono interrogativo.

Andrew Bowen rimase impassibile. Josie non aveva dubbi che Roger Bell non fosse l'unico colpevole che Bowen aveva difeso con successo. Forse il più violento, ma non l'unico.

«Qualcuno sta uccidendo i figli e i nipoti di tutte le persone coinvolte nel caso Cook.» continuò. «Non solo quelli di noi che commisero errori sulla scena del crimine quel giorno.»

«Kellan Neal, il padre di Cleo Tate, era il pubblico ministero...» aggiunse Gretchen. «Non era riuscito a far ammettere l'arma del delitto come prova.»

Bowen deglutì. «Mi dispiace moltissimo che la figlia di Kellan sia stata uccisa. È un brav'uomo ed era un avversario ammirevole in tribunale, ma questo non ha nulla a che vedere con me o con la mia famiglia. Io ho fatto il mio lavoro. Siete voi che non lo avete fatto.»

«Lei è davvero duro di comprendonio, avvocato...» disse Turner. «È proprio perché fece il suo lavoro con tanta solerzia che pensiamo che lei sia il prossimo obiettivo dell'assassino. Non lei nello specifico, ma uno dei suoi figli. Tenderei a pensare alla figlia maggiore. Ha delle figlie, se non sbaglio.»

Prima che Bowen potesse rispondere, la moglie se n'era già andata. Josie riuscì a vedere solo la parte posteriore dei suoi polpacci mentre si allontanava dal marito e saliva di corsa la scala in fondo all'ingresso.

Andrew Bowen non reagì. Come Kellan Neal, era un abile avvocato, un maestro nella dissimulazione delle sue vere emozioni. «Abbiamo una figlia, sì. È la più grande. Ha sedici anni. Si chiama Juliet.»

Le urla di Evelyn Bowen squarciarono il silenzio della casa. Josie le sentì come mille pugnalate che le trafiggevano il cuore. Non le importava che i Bowen la odiassero o che Andrew non avesse perso occasione di dimostrare di essere moralmente discutibile, nonostante la sua carriera di avvocato difensore. In fin dei conti, erano solo dei genitori la cui vita sarebbe stata irreparabilmente distrutta dalla perdita della loro bambina.

No. Non poteva darlo per scontato. *Se* avessero perso la loro bambina.

Pur rendendosi conto che un simile ottimismo era fuori

luogo e irrealistico in quel momento, Josie non riusciva a farne a meno.

«Andrew! Andrew!» urlò Evelyn tornando di corsa verso di loro con un gran scalpiccio sui gradini di legno, stringendo qualcosa contro la camicia da notte. Aveva gli occhi sgranati e pieni di terrore, lucidi di lacrime. «Non c'è più! Juliet è sparita. Il suo letto è ancora rifatto e... questa... c'era questa sopra il suo cuscino.»

La mano premuta sul petto si aprì, tremando così forte che Andrew le afferrò il polso per stabilizzarla. «Non capisco...» disse.

Josie fece un passo avanti, varcando la soglia, ignorando il fatto che non le avessero dato il permesso di entrare. Sentì Turner e Gretchen alle sue spalle, che si sporgevano per vedere cosa c'era nel palmo di Evelyn. Bowen.

«Ma quella è...» iniziò a dire Turner.

«Sì, è proprio quello che sembra...» disse Gretchen.

«Merda.» dissero entrambi all'unisono.

Una polaroid danzava nel palmo tremante di Mrs. Bowen. Gocce di sangue ne macchiavano i bordi altrimenti bianchi immacolati.

«Riesci a capire dov'è stata scattata?» chiese Gretchen. «O è sfocata come le altre?»

«Quali altre?» chiese Andrew Bowen, con voce ora più tagliente.

Josie aprì le labbra per rispondere, per dire a Gretchen che non era sfocata o distorta. Questa era nitida e chiara per quanto possibile per una polaroid. Ma lei non riusciva a parlare.

Un'ondata vertiginosa di puro terrore minacciò di travolgerla; poi, all'improvviso, si ritrovò a fluttuare sopra la soglia di casa dei Bowen, guardando dall'alto i cinque presenti mentre osservavano una polaroid che ritraeva la mensola nel soggiorno di casa sua e di Noah dove era esposta la loro foto di matrimonio.

CINQUANTATRÉ

Gretchen stava parlando, ma Josie non riusciva a sentirla a causa del rumore assordante del sangue che le scorreva nelle orecchie. Era a malapena consapevole dell'odore di gomma bruciata. Il suo cervello registrò quanto fossero bianche le sue nocche, avvinghiate al volante della sua auto, e quanto velocemente le strade della città sfrecciassero fuori dai finestrini. Il suo cervello le diceva che sentiva dolore alla pianta del piede destro mentre teneva premuto il pedale dell'acceleratore, ma lei non lo avvertiva. Non sentiva affatto il suo corpo. Ma almeno ci era di nuovo tornata dentro. In un modo o in un altro. Sentì che qualcuno le dava un colpo di clacson quando sbandò da una parte per attraversare un incrocio con il semaforo rosso.

Il corpo di Gretchen sbatteva da una parte all'altra. Josie era abbastanza sicura che stesse gridando qualcosa, ma l'adrenalina le aveva temporaneamente fatto perdere l'udito. Tutto ciò che componeva la sua corporeità era stato messo da parte per fare spazio a un unico pensiero dominante.

Casa. Doveva tornare a casa sua.

Attraversarono a tutta velocità un altro incrocio, questa volta rischiando di andare a sbattere contro un'auto. Il fuoristrada sbandò di lato, tanto che, per un attimo, Josie temette che si sarebbe ribaltato. Ma poi tutte e quattro le ruote ripresero contatto con l'asfalto e nello specchietto retrovisore vide del fumo sollevarsi dietro di lei mentre la sua auto raggiungeva il limite.

Casa. Doveva tornare a casa sua.

Non stava agendo a livello cosciente, ma qualcosa dentro di lei le diceva che era quasi arrivata, era vicina a trovarli.

Trout, Trinity, Drake. Erano vivi o morti? Sicuramente Simon Cook e il suo complice, ammesso che ne avesse uno, non erano all'altezza di Drake. La voce di Noah attraversò il bozzolo protettivo che Josie aveva creato nella sua mente come se fosse fatto di aria. Gretchen avvicinò il cellulare all'orecchio di Josie, impostando la chiamata in vivavoce. «Josie!» disse lui, pronunciando il suo nome come se fosse la risposta a tutte le sue preghiere. Il problema era che Noah non era a casa, lo aveva lasciato alla stazione di polizia. Ma una parte irrazionale della sua mente continuava a temere per la sua vita. Josie provò a parlare di nuovo, come aveva fatto sulla soglia di casa Bowen, ma ancora una volta non riuscì a emettere alcun suono.

«Non credo che riesca a parlare in questo momento.» lo avvertì Gretchen.

«Josie!» disse ancora Noah. «Sto arrivando. Ci vediamo lì.»

Ci fu un breve scambio di battute tra lui e Gretchen, poi lui riattaccò. Josie non riusciva a smettere di pensare al fatto che lui non le aveva detto di aver chiamato Drake e Trinity e che uno dei due aveva risposto assicurandogli che stavano bene. Trout compreso. Noah glielo avrebbe detto se lo avesse saputo. Era l'unica cosa che lei aveva bisogno di sentire e Noah sapeva sempre di cosa aveva bisogno.

«Quasi sicuramente staranno dormendo...» disse Gretchen. «Che tu sappia, dormono con i telefoni spenti o con l'audio disattivato?»

Non lo sapeva. Perché non lo sapeva? Sembrava una cosa

che avrebbe dovuto sapere riguardo alla sorella e al suo fidanzato.

Quando la parte più razionale del suo cervello riprese a funzionare, cercò di tranquillizzarsi ricordandosi che le telecamere di sorveglianza avrebbero inviato una notifica al suo telefono e a quello di Noah se qualcuno avesse cercato di commettere un'effrazione.

Le sarebbe bastato, se non fosse stato per il fatto che la parte del suo cervello in preda al panico le urlava di rimando che qualcuno era riuscito a entrare e aveva scattato quella polaroid. Per di più, non avevano telecamere che coprivano ogni angolo all'esterno della casa.

Con un'altra curva in derapata, gli pneumatici che stridevano e Gretchen che strillava, erano arrivati nella strada di casa loro.

Noah era già lì, con la sua auto parcheggiata in diagonale rispetto al vialetto, la portiera del lato guida spalancata. Josie inchiodò sul marciapiede accanto al vialetto, frenando così bruscamente che con la fronte quasi andò a colpire il volante. Poi si precipitò sui gradini davanti casa, avvicinandosi a Noah che armeggiava con la serratura.

Prima che riuscisse ad aprirla, la porta si aprì. Noah cadde in avanti, barcollando per rimanere in piedi. Josie lo seguì, aggrappandosi ai suoi fianchi per non cadere. Il suono dei latrati di Trout e delle sue unghie che ticchettavano sul parquet mentre scendeva le scale, fece calare leggermente il suo livello di isteria, ma non riusciva a vederlo perché intanto Trinity e Drake si erano piazzati nel bel mezzo dell'ingresso, entrambi con il viso annebbiato dal sonno. Trinity teneva in mano il telefono e sbatteva le palpebre mentre spostava lo sguardo dallo schermo luminoso a loro.

Dietro di lei, Drake, con i capelli mezzi dritti sulla testa, si strofinava il petto nudo. «Che diavolo sta succedendo?» volle sapere con voce impastata dal sonno.

Con il suo corpicino, Trout sfiorò le gambe di Josie, i suoi latrati si fecero più simili a piagnucolii.

«È successo qualcosa?» chiese Trinity, con un tono più vigile di quello di Drake. «State tutti bene?»

CINQUANTAQUATTRO

Josie socchiuse gli occhi per proteggersi dalla luce del sole che faceva capolino oltre l'angolo della sua casa, con i raggi che si allungavano sul giardino. Ai suoi piedi, Trout annusava il terreno senza mai tirare su il naso. Era quasi come se sapesse che lei stava cercando di capire qualcosa e volesse aiutarla. Per quanto annusare accuratamente fino all'ultimo filo d'erba non li avrebbe aiutati a capire come aveva fatto l'assassino a entrare in casa loro per scattare la polaroid. Non sentì Noah che le si avvicinava, ma sentì il suo petto contro la sua schiena e vi si appoggiò. Lui la strinse tra le braccia e le diede un bacio sulla testa.

«Ne ho parlato con Drake e siamo abbastanza convinti che sia entrato dalla finestra laterale della cucina che infatti sembra sia stata manomessa dall'esterno. Non gli sarebbe stato troppo difficile avvicinarsi alla casa da quella direzione e sgattaiolare sul lato senza essere ripreso dalla telecamera.»

«Ma come avrà fatto?» si chiese Josie con un sospiro. «Abbiamo avuto ospiti senza sosta. E anche quando non c'è nessuno, Trout...» ma lasciò la frase in sospeso. Non riusciva a smettere di pensare al suo cane da solo in casa con un assassino. Abbaiava alle persone che non conosceva quando venivano a casa, ma non era affatto un cane da guardia feroce. Com'era palese, non fungeva nemmeno da deterrente.

«Io e Drake siamo giunti alla conclusione che deve essere entrato la sera in cui Drake ha fatto la proposta a Trinity. La casa era vuota. Trout era con noi...»

In un certo senso, pensare che quanto meno il suo dolce Trout non era rimasto da solo con quel bastardo alleviò un po' della tensione di Josie.

«Hai parlato con Turner?» gli chiese.

«In casa dei Bowen è tutto a posto. Non ci sono segni evidenti di colluttazione. Non c'è nessuna traccia di effrazione e niente nelle riprese di sicurezza. Turner ha detto che ci sono alcuni punti deboli da cui sarebbe potuto entrare. Una finestra della cucina sul retro era aperta e lì non ci sono telecamere. Oltre al sangue sui bordi della polaroid, c'erano altre sei gocce: quattro nella camera da letto vicino alla porta e due nel corridoio. Quelle nella camera da letto erano sbavate. Comunque, Hummel le ha analizzate. Corrispondono al gruppo sanguigno di Juliet.»

Josie represse un brivido, immaginando come doveva essere stato per i Bowen scoprire che il sangue rinvenuto nella stanza della figlia apparteneva a lei. Non importava se fosse poco o molto, restava il fatto che una persona si era introdotta nella loro casa, aveva provocato alla loro bambina una ferita e l'aveva portata via sanguinante.

«Josie...» disse Noah. «Non l'abbiamo trovata.»

"Non abbiamo trovato il suo corpo" era quello che voleva dire in realtà. Stava cercando di darle speranza. Non aver trovato il corpo di Juliet Bowen era una benedizione e una maledizione al contempo. Fino a quel momento ciascuna delle polaroid che avevano trovato era stata lasciata sulla scena addosso a un cadavere, tanto che Josie si sarebbe aspettata quasi che alla fine avrebbero trovato il corpo di Juliet da qualche parte all'interno di casa Bowen. Era un sollievo che non fosse andata così, ma ciò non significava che non l'avrebbero trovato in un altro posto, una volta individuata la sua ubicazione. Era convinta che la polaroid con le cime degli alberi trovata nel luogo dove era stato rinvenuto il corpo di Everly Rowe li avrebbe condotti a Juliet. «Risultati dalla geo-recinzione? Dai lettori di riconoscimento automatico delle targhe?» chiese Josie. «Come è arrivato a casa dei Bowen? Qualcuno lo ha accompagnato? Come ha fatto a portare via la ragazza?»

«Non abbiamo idea di come sia arrivato lì, ma se n'è andato con una delle auto dei Bowen. Si è messo alla guida appena fuori dal garage.» disse Noah premendole le labbra contro la sua tempia. «C'è un filmato in cui si vede l'auto che esce, ma la ripresa non è abbastanza nitida da permetterci di vederlo in faccia. Si vede soltanto la tesa del cappello. Turner ha chiamato la società di infotainment, che sono riusciti a localizzare l'auto non lontano dalla scuola elementare di West Denton. Abbiamo già mandato delle unità a effettuare le ricerche e Gretchen ha chiesto a qualcuno dell'università di portare dei droni. Luke e Blue sono già per strada.»

Trout tornò ai piedi della sua padrona e premette il naso contro il suo scarpone. «Lo sai che non la troveranno là, Noah. Non è così che funziona questo gioco.»

Restava comunque il fatto, però, che l'assassino aveva cambiato le regole di quel suo gioco e che aveva lasciato una polaroid senza cadavere prima ancora che avessero capito cos'era immortalato nell'ultima.

Trout tirò su il muso e lo premette contro l'altro scarpone, inspirando a più riprese. «Niente dal telefono di Juliet?»

«Era nella sua stanza.» le rispose Noah. «Josie, ti garantisco che stiamo facendo tutto il possibile.»

Apparentemente convinto che i suoi scarponi non fossero motivo di preoccupazione, Trout tornò ad annusare l'erba. Josie si voltò tra le braccia di Noah, lasciandosi cullare dal calore dei suoi occhi color nocciola. «Non capisco cosa stia succedendo.

Due polaroid, nessun cadavere. Quella nel letto di Juliet è così ovvia. Con le altre, ci è voluto così tanto tempo per capire dove ci stava portando. Perché ora sta cambiando le carte in tavola? Ho come l'impressione che mi basterebbe solo riuscire a capire per...»

Lui le prese il viso tra le mani. «Josie, abbiamo bisogno di riposarci. Devi dormire un po', altrimenti non capirai nulla.»

«Ma la casa...» disse lei, rendendosi conto per la prima volta che era talmente stanca da avere difficoltà a formulare una frase di senso compiuto.

Noah sorrise e le sfiorò la fronte con le labbra. «Ci manderanno una pattuglia a sorvegliare la casa da fuori. E Trinity e Drake prenderanno una stanza in albergo.»

«Non tornano a casa?»

«La conosci tua sorella. Non andrà da nessuna parte finché non saprà che sei al sicuro. E Drake non andrà da nessuna parte finché tua sorella rimarrà qui. Almeno finché i loro diretti superiori non inizieranno a lamentarsi.»

Josie riuscì a sorridere senza convinzione.

«Noi tre staremo a casa di Gretchen e Paula, che mi hanno già garantito che terranno il loro gatto lontano da Trout...» La strinse a sé facendole premere la guancia contro il suo cuore che batteva forte. «Decideremo tutto il resto più tardi, dopo esserci riposati. Mentre dormiamo, le indagini andranno avanti. Il capo è in servizio, così anche Gretchen potrà dormire. Turner ha detto che può lavorare senza sosta finché uno di noi non torna per dargli il cambio.»

«Ma Juliet Bowen...» disse ancora Josie.

«Nessuno smetterà di cercarla.» promise Noah. «Forse quando ci sveglieremo ci saranno degli sviluppi.»

CINQUANTACINQUE

Questa volta aveva deciso di andare a correre sul South Bridge. Da sola. I pantaloni da yoga neri e attillati fasciavano le sue curve. Il reggiseno sportivo abbinato serviva a ben poco per nascondere il modo in cui il suo petto oscillava mentre correva. Quando l'aveva vista uscire dal suo condominio, vestita come una creatura delle favole con gli stessi indumenti che aveva indossato il giorno in cui aveva attirato la sua attenzione al parco pubblico, lui aveva capito che quello era il giorno giusto. Finalmente era pronta a concedersi a lui. Non ci sarebbe stato altro motivo che lei avesse scelto quella zona della città, altrimenti. Era una zona che confinava con i terreni agricoli della contea vicina; in quella zona erano stati costruiti pochi edifici adibiti a esercizi commerciali e abitazioni. Non sembrava nemmeno di essere in città. Non c'era molto traffico pedonale e nemmeno automobilistico. Gli abitanti di Denton usavano praticamente sempre l'East Bridge.

L'aveva seguita lentamente con la sua auto finché non era riuscito a prevedere il percorso che avrebbe fatto. Se voleva rimanere sola con lui, avrebbe attraversato il South Bridge e avrebbe aspettato dall'altra parte vicino al piccolo argine che scendeva verso la riva del fiume. Era un posto ombreggiato. Accogliente. Intimo. Ora lui era proprio in quel punto, con l'erezione che gli premeva contro i pantaloni fino a fargli male, e la aspettava. Quando lei gli passò davanti, lui balzò fuori e la afferrò, cingendole la vita con un braccio, e la trascinò nella piccola nicchia. Lei lanciò un urlo che fece impennare il desiderio che invadeva il suo corpo.

«Figlio di puttana! Lasciami andare!» urlò graffiandogli gli avambracci e quando lui non la lasciò andare, strinse i pugni e lo colpì sulle braccia.

La costrinse a terra e la spinse contro il blocco più vicino del pilastro che sosteneva il ponte, coprendole il corpo con il suo e affondando il viso nel suo collo. Sentendola completamente irrigidita, capì che era completamente eccitata.

«Perché mi hai fatto aspettare così tanto?» le chiese lui con mani frenetiche che le accarezzavano tutto il corpo. «A nessuno piacciono le provocazioni.»

Lei gli diede uno schiaffo sul petto, spingendolo con tutta la sua forza. «Non ti sto provocando. Hai capito male...»

Lui fece un passo indietro, socchiudendo gli occhi. «Ah sì, come l'ultima volta?»

Lei si chinò per allacciarsi una scarpa. «Non voglio parlare dell'ultima volta. Anzi, non dovremmo mai parlarne. Con nessuno.»

Un sorriso gli illuminò il volto. «Non vuoi che riveli i tuoi piccoli segreti.»

Lei si raddrizzò e non disse nulla. Quella era tutta la conferma di cui aveva bisogno. Aveva qualche informazione su di lei. Era sorprendente quanto fosse piacevole. Quanto lo eccitasse. Sarebbe stato molto, molto divertente. Un piccolo grido le sfuggì dalle labbra socchiuse quando lui si lanciò in avanti e le afferrò la gola con una mano. Adorabile.

Le leccò una guancia, assaporando il sudore salato della

corsa. «Se vuoi che mantenga i tuoi segreti, devi darmi qualcosa in cambio.»

«Oh, ti darò qualcosa...» disse lei, il suo alito sapeva di Coca Cola al gusto di ciliegia.

Nel giro di un attimo, lui sentì un dolore acuto e lancinante vicino all'ombelico. Abbassò lo sguardo tra i loro corpi, incapace di elaborare ciò che vedeva.

«Ma che diavolo...?»

Il manico di un coltello sporgeva dal suo addome. Lui barcollò all'indietro, allontanandosi da lei, portando entrambe le mani a stringersi attorno al manico. Lei lo guardava con un sorriso inquietante sul volto. Lui cercò di tirare fuori il coltello, ma non sapeva se dovesse tentare di estrarlo o lasciarlo dentro. Per quale motivo lei lo aveva invitato lì per poi accoltellarlo?

Riluttante a lasciare che lei lo guardasse, le voltò le spalle e si concentrò sul fiume che scorreva impetuoso lungo la riva, dieci metri più in basso.

Sperava che la lama non fosse troppo lunga. Il sangue gli macchiava le mani.

Il pietrisco sotto i suoi piedi scricchiolava mentre lei gli si avvicinava. «Quello che voglio davvero che tu faccia con i miei segreti è portarli con te nella tomba.»

Qualcosa lo colpì alla schiena. Il suo corpo si inclinò in avanti e cadde, rotolando giù dall'argine, con un coltello conficcato nel corpo, fino a quando non si immerse nelle acque in tumulto.

CINQUANTASEI

Otto ore più tardi, fresca di doccia e carica di caffeina, con Noah al seguito Josie si fece strada a spintoni nel deposito in cui si trovava il laboratorio di Hummel. La Squadra di Raccolta delle Prove stava lavorando fuori dal deposito della polizia che era situato nascosto in una tortuosa strada di montagna nella zona nord Denton, lontano da qualsiasi insediamento residenziale significativo. Il deposito era circondato da una recinzione metallica e sorvegliato da un agente in una piccola cabina. L'unico edificio era quello in cui si trovavano in quel momento, un garage a tetto piatto, piuttosto anonimo, costruito in blocchi di cemento con due posti auto su un lato e due piccole stanze sull'altro, una occupata da un ufficio e l'altra dalla sala per l'esame delle prove.

Hummel era seduto al tavolo di acciaio inossidabile al centro della stanza, con un computer aperto davanti a sé e pesanti borse che gli segnavano il contorno degli occhi. Benché la sua piccola squadra lavorasse senza sosta, Josie era certa che lui avesse dormito meno di chiunque altro nell'ultima settimana. Con un sorriso sommesso, li accolse dicendo: «Benvenuti all'inferno. Accomodatevi.»

Noah rise e tirò fuori una sedia per Josie prima di prendere quella accanto alla sua. «Spero che tu abbia qualcosa per noi perché, mentre dormivamo, non è avvenuto nessun miracolo.»

Josie non sapeva cosa aspettarsi, ma la notizia che avevano ricevuto al risveglio era decisamente demoralizzante. Nonostante il volto di Juliet Bowen fosse su tutti i giornali e sui social media, affiancata ai fermo immagine dell'assassino raccolte dalle scene precedenti, non erano state fatte segnalazioni né si erano aperte piste valide. Andrew ed Evelyn Bowen avevano tenuto una conferenza stampa, implorando la cittadinanza per qualsiasi informazione che potesse aiutarli a far tornare a casa la loro bambina. In un insolito gesto di solidarietà, Kellan Neal si era unito a loro, così che ormai la stampa sapeva che a Denton c'era un serial killer a piede libero.

Per fortuna, non avevano ancora saputo delle polaroid. Senza alcun elemento distintivo da sfruttare, non erano riusciti a trovare un nome accattivante per lui, cosa che per Josie andava benissimo.

Qualcuno si era chiesto se l'assassino prendesse di mira i figli degli avvocati o se ci fosse un qualche collegamento con le forze dell'ordine in generale. Nessuno aveva scoperto il collegamento tra Stella Townsend e James Lampson o quello tra Everly Rowe e Hugh Weaver, ma Josie sapeva che era solo questione di ore prima che a qualcuno saltasse all'occhio. Se avesse dovuto scommettere, avrebbe puntato i suoi soldi su Dallas Jones, che avrebbe rivelato quelle notizie e poi avrebbe iniziato a cercare altri collegamenti.

Nel frattempo, Turner aveva passato un po' di tempo a cercare di rintracciare eventuali parenti ancora in vita di Simon e Felicity Cook, ma quelli che aveva trovato non vivevano a Denton ed erano troppo lontani per sapere qualcosa che potesse essere d'aiuto.

Il lungo sospiro di Hummel la distolse dalle sue riflessioni. «Se state cercando qualche miracolo, un deposito della polizia non è generalmente il posto migliore da cui iniziare. Non sono riuscito a rilevare impronte da nessuna delle chiavi che mi avete dato. Ne ho ottenute un paio parziali di bassa qualità, ma non ho trovato nessuna corrispondenza nel Sistema Automatico di Identificazione delle Impronte. Non so cosa diavolo abbia in mente di fare questo tizio, ma ho effettuato il rilevamento delle impronte digitali di tutti i veicoli che mi avete consegnato e non c'è nessuna serie di impronte sconosciute che si presenta in maniera uniforme da un veicolo all'altro. Ma se è per questo, non ho trovato nemmeno impronte che corrispondano a quelle di una persona anziana nel nostro Sistema. Siete proprio sicuri che abbiamo a che fare con una sola persona?»

«Non c'è niente di cui siamo sicuri.» ammise Josie. «Stiamo ancora cercando di mettere insieme tutti i pezzi. C'è qualcosa che puoi dirci? Anche se magari ti sembra inutile?»

Hummel rise e si alzò. «Oh, ne ho un sacco di cose inutili da dirvi. Ma solo una è nuova. Venite...»

Li condusse nel garage. Ogni posto auto ospitava una delle auto datate che avevano sequestrato dal parcheggio sul retro dell'officina Schock's Auto Repair. Una Ford Taurus blu del 1990 e una Chevrolet Corvette del 1997 che avrebbe avuto bisogno di una nuova verniciatura. Macchie bianche e grigie ne punteggiavano la finitura gialla sbiadita. «Ho già esaminato queste qui...» disse Hummel, avvicinandosi al lato del conducente della Taurus. «Quindi potete entrare, toccare e fare quello che volete...»

Aprì la portiera e fece cenno a uno di loro di salire. Josie era la più vicina, quindi fu lei a salire. Sul cruscotto si diramavano crepe simili a ragnatele. Il cerchio nero di tessuto bruciato dove era stata spenta una sigaretta deturpava il sedile del passeggero. C'era un vano aperto laddove una volta la radio si inseriva nel suo alloggiamento, con due cavetti sfilacciati che ora penzolavano mollemente dalla sua bocca. Un anello grigio incrostato circondava il fondo del portabicchieri nella console centrale.

«Prima di tutto...» disse Hummel, appoggiando un braccio sulla portiera aperta, «non c'è nessuna traccia visibile di sangue. Ho trovato alcune macchie di sangue latente su tutte le auto che abbiamo sequestrato. Sul lato del conducente del veicolo.»

«Quante?» chiese Noah.

«Potete guardare le foto. Non molte. Ce n'era di più nella Corvette che nelle altre due auto, ma non era una quantità esagerata. Questo è un chiaro segno che ha cercato di pulirlo.»

Se il sangue latente era stato trovato sul lato del guidatore, era un indizio inconfutabile che l'assassino si era messo alla guida delle auto. O, perlomeno, lo aveva fatto lontano dalla scena del delitto. La storia della donna anziana sembrava sempre di più come una montatura in quella messinscena.

«Ho prelevato dei campioni di DNA. Ho trovato alcuni capelli corti e scuri e ho inviato tutto quanto al laboratorio. Oh, e questa è stata l'unica cosa strana, perché li ho trovati in questi due veicoli, non nella Ford Sierra del 1992.» Sporgendosi all'interno dell'auto, indicò la leva a destra del volante per il cambio delle marce. «Ho prelevato dei campioni, ma potete vedere che alcuni sono ancora attaccati lì. Piccoli frammenti trasparenti di non so che cosa. Non so da dove provenga, ma dato che era in queste due auto e intorno alle leve del cambio, immagino che sia stato l'assassino a lasciarlo lì.»

Hummel si fece da parte per permettere a Noah di infilare la testa all'interno. Josie si sporse a destra per fargli spazio e vedere meglio le macchie che aderivano alla leva. Qualcosa nella sua mente si risvegliò. I ricordi della settimana precedente presero a turbinare nella sua testa. Il battito accelerato del suo cuore le suggeriva che era qualcosa di importante, che una parte di lei sapeva perché, doveva solo arrivarci.

Noah si scostò mentre Josie allungava la mano e toccava uno dei minuscoli fiocchi con un dito. Il fiocco si staccò dalla leva e le rimase attaccato alla pelle.

«Non hai idea di cosa sia?» chiese Noah a Hummel.

«No, neanche mezza. Ho pensato che potrebbe essere una specie di colla. Comunque, quando il laboratorio lo avrà analizzato vi saprò dire.»

"Riesce ad appiccicare questa roba dappertutto. Dappertutto".

Il cuore di Josie fece un doppio balzo. L'assassino era stato sotto il loro naso fin dal primo giorno. Si era offerto a loro come prima pista.

«Noah!» disse lei. «So dove possiamo trovare Simon Cook.»

CINQUANTASETTE

La casa degli Hampton era quasi identica a come l'avevano trovata quando Josie e Turner ci erano arrivati il giorno in cui Cleo Tate era stata rapita, con l'unica differenza che questa volta la loro auto non era più nel vialetto. Noah cercò il numero di targa e lo comunicò a tutte le pattuglie. Durante il tragitto avevano fatto due soste, una alla sede della WYEP per una breve e infruttuosa conversazione con Vicky Platt, che poi aveva cercato di ottenere informazioni da loro da trasmettere nel notiziario successivo. La seconda sosta l'avevano fatta a casa di Remy Tate, per una chiacchierata che si era rivelata appena un poco più utile della prima. Josie stava ancora cercando di mettere insieme tutti i pezzi nella sua testa quando scese dalla sua auto insieme a Noah.

Mentre salivano i gradini dell'ingresso, Noah disse: «Sei sicura di volerlo fare?»

Josie sentiva il battito cardiaco accelerato. «Certo che ne sono sicura.»

Durante il viaggio aveva già cercato di trovare tutte le informazioni possibili sugli Hampton. Avevano vissuto a Philadelphia fino a quattro anni prima, quando si erano trasferiti a

Denton. Sheila aveva già vissuto a Denton in precedenza; invece, gli indirizzi precedenti di Isaac erano tutti a Philadelphia, almeno per quanto erano riusciti a verificare. Sembrava essere apparso magicamente dodici anni prima. Le informazioni personali su di lui non corrispondevano esattamente a quelle di Simon Cook, ma erano molto simili e avevano portato Josie a chiedersi se Simon Cook avesse rubato l'identità di qualcuno tanti anni prima, anziché cambiare semplicemente nome. Jenna Hampton era morta solo pochi mesi dopo aver compiuto diciotto anni. Non c'era modo di dimostrare che Isaac e Jenna fossero davvero Simon e Felicity Cook senza che Isaac Hampton fosse disposto a rilasciare una confessione o a sottoporsi a un test del DNA. Inoltre, a quel punto non c'erano prove sufficienti per arrestarlo, anche ammettendo che fossero riusciti a rintracciarlo.

Sebbene la moglie di Isaac usasse della colla per i suoi prototipi di ingegneria industriale e avessero trovato quella che ritenevano essere colla nelle auto d'epoca guidate dall'assassino dalle scene del crimine, questo non era un collegamento sufficiente. Se fossero riusciti a ottenere campioni della colla usata da Sheila Hampton e il laboratorio statale fosse riuscito a confrontarla con quella trovata nei veicoli, sarebbe stato un punto di partenza, ma comunque non sufficiente per arrestare suo marito. Ecco perché non avevano portato con sé tutte le forze del dipartimento di polizia. Tutto ciò che potevano sperare in quel momento era di portarlo alla centrale per un colloquio e sperare che qualsiasi dichiarazione avrebbe rilasciato fosse sufficiente per poter indagare in modo più approfondito su di lui.

Josie suonò il campanello. Non ricevendo risposta, suonò una seconda volta. Pochi istanti dopo, Sheila Hampton aprì la porta. Aveva gli occhi arrossati, il viso rossastro e impiastricciato di trucco e lacrime.

Li guardò appena prima di fare un passo indietro e di

cominciare a chiudere la porta. «Questo non è un buon momento.»

«La prego, Mrs. Hampton...» disse Noah. «Non la disturberemmo se non fosse di vitale importanza.»

«Siamo qui per parlare con suo marito.» aggiunse Josie.

Mrs. Hampton esitò con una delle mani stretta saldamente attorno al bordo della porta. «Non è qui, quindi forse è meglio che torniate in un'altra occasione.»

«Sa dove possiamo trovarlo?» insistette Noah.

Lei scosse la testa. Forse era ridotta in lacrime per la perdita della figlia. Non era da escludere. Josie conosceva meglio di chiunque altro il modo in cui il dolore per una perdita poteva cogliere alla sprovvista, anche mesi o addirittura anni dopo il lutto. Eppure, sospettava che ci fosse qualcos'altro in gioco. Una strana tensione si propagava da quella donna e metteva tutti i sensi di Josie in allerta.

«Quando l'ha visto l'ultima volta?» insistette Noah.

«Ehm, oggi. Questa mattina, credo, ma non ricordo l'ora esatta.»

«Avremmo bisogno di farle alcune domande.» disse Josie. «Già che siamo qui.»

Mrs. Hampton strinse la presa sulla porta fino a farsi diventare bianche le nocche. Josie non ebbe bisogno di guardare Noah per capire che anche lui aveva notato che qualcosa non andava. Anni di lavoro insieme e di matrimonio li avevano resi particolarmente in sintonia l'uno con l'altra.

Possibile che Isaac fosse dentro, nascosto da qualche parte? Se era così, dov'era l'altra auto degli Hampton?

«Signora...» disse Noah con gentilezza. «Va tutto bene? Possiamo aiutarla in qualche modo?»

Scuotendo vigorosamente la testa, allentò la presa sulla porta e fece un passo indietro, come per consentire loro di entrare. «No, no. Va tutto bene. Potete entrare e vedere con i vostri occhi.»

Noah varcò per primo la soglia. Dietro di lui, le dita di Josie si chiusero sulla fondina dell'arma d'ordinanza alla cintura.

All'interno della casa si respirava la stessa pesante atmosfera di tragedia. Il dolore si era addensato come una fitta nuvola che li avvolgeva mentre entravano nel soggiorno. Nulla sembrava cambiato da qualche giorno prima. Nessun segno di colluttazione. Non c'erano minacce evidenti, eppure Josie non riusciva a ignorare il leggero brivido di ansia che la percorreva dalla testa ai piedi. Sheila Hampton fece un ampio gesto verso l'ambiente circostante e poi alzò lo sguardo verso di loro come per dire: "Visto? Non c'è nulla di strano qui".

Noah disse: «C'è qualcuno in casa con lei?»

«No, non c'è nessuno. Ci sono solo io.» rispose lei voltandogli le spalle e dirigendosi verso la cucina.

Attraversarono un breve corridoio. Da un lato c'era una porta, forse quella che portava in garage o in un semplice ripostiglio, e dall'altro c'erano le scale che portavano al piano di sopra. C'era una valigia con le rotelle in fondo alle scale.

La cucina era piccola, ma più luminosa del soggiorno, con i pensili tutti bianchi e i ripiani di un grigio sfumato. Una grande finestra si affacciava sul giardino posteriore. Circondato da una recinzione bianca in vinile, in giardino non c'era niente tranne la griglia del barbecue. L'erba era tagliata corta e le aiuole che correvano lungo la base della recinzione erano piene di foglie gialle e appassite di tulipani morti da tempo. Appesa a uno stendibiancheria c'era una tuta protettiva di colore marrone chiaro, molto simile alle tute Tyvek che indossavano sulle scene del crimine. Distogliendo lo sguardo dalla tuta protettiva, Josie notò che il tavolo della cucina era coperto dal materiale di lavoro di Sheila Hampton: occhiali protettivi, tappi per le orecchie, cuffie - alcuni intatti, altri rotti in piccoli pezzi – e tubetti di colla tutti sparsi sul tavolo. Al centro c'era un borsone aperto. Lembi di tessuto marrone e bianco, della stessa consistenza della tuta protettiva appesa allo stendibiancheria sul retro, spuntavano dalla cerniera.

Era tutto l'equipaggiamento necessario per accoltellare a morte una persona senza sporcarsi del suo sangue. Tutto l'occorrente proprio lì, in casa. Sorgeva spontaneo chiedersi quanto ne sapesse quella donna delle attività del marito e, in base alla risposta, se fosse coinvolta in qualche modo.

In ogni caso, quella era appena diventata più di una semplice visita di accertamento dei fatti. Dovevano portare immediatamente Sheila Hampton alla stazione di polizia con loro per sottoporla a un interrogatorio.

Accortasi dell'interesse di Josie per il materiale sul tavolo, Mrs. Hampton iniziò rapidamente a gettare il resto degli oggetti nel borsone. «Stavo preparando i bagagli per tornare a New York. Ho prenotato una macchina per raggiungere la compagnia di autonoleggio a South Denton.»

Noah si posizionò vicino all'ingresso, in modo da tenere d'occhio la porta principale e le scale.

«Lei e Isaac...» cominciò Josie, «non avete raggiunto un accordo?»

Dopo aver infilato gli ultimi occhiali nella borsa, Mrs. Hampton dovette fare forza sulla cerniera per chiuderla. «No. Non può funzionare. In primo luogo, perché sono convinta che lui stia frequentando un'altra persona.»

«Cosa glielo fa pensare?» chiese Noah.

Non riuscendo a chiudere gli ultimi centimetri della cerniera, lasciò perdere e sorrise debolmente. «È solo... l'intuizione di una moglie. Riceve un messaggio di cui si rifiuta di parlare e un attimo dopo deve andarsene all'improvviso da qualche parte. Quando torna è... più rilassato di quando è uscito.»

Josie si chiese se fosse più rilassato perché aveva appena ucciso qualcuno, ma in tal caso restava da capire con chi comunicasse in segreto. La donna anziana che lo aiutava ad accedere ai veicoli senza GPS, forse.

«Ha qualche idea di chi potrebbe essere la persona che starebbe vedendo?» le chiese Josie.

Una lacrima le scivolò lungo la guancia. «Che importanza ha? Devo solo... tornare a New York. L'auto arriverà tra poco, quindi se non vi dispiace...»

Noah indicò la finestra, dalla quale riuscivano a vedere la tuta protettiva che oscillava dolcemente nella brezza. «Suo marito usa mai qualcuna delle sue attrezzature?»

Mrs. Hampton girò la testa verso la finestra. «Oh, giusto. Dovevo tirarla giù... ehm, portarla via con me.»

Con passi rapidi e decisi, superò Josie. Le riuscì difficile aprire la porta sul retro per come le tremavano le mani.

«Mrs. Hampton...» disse Josie. «Credo che dovrebbe annullare la prenotazione. Dovrà venire con noi alla stazione di polizia per rispondere ad alcune domande.»

«Solo un attimo. Devo solo prendere questa. Potrebbe mettersi a piovere.»

Sebbene l'umidità fosse salita ai massimi livelli e dense nuvole riempissero il cielo estivo, le previsioni non davano pioggia per quel giorno. Mrs. Hampton sgattaiolò fuori dalla porta sul retro. Josie la seguì. Noah rimase sulla soglia, girandosi in modo da poter controllare anche l'interno della casa. Mentre Mrs. Hampton staccava le mollette dal filo, liberando la tuta, Josie disse: «Mrs. Hampton, se sa dove si trova suo marito, è ora che ce lo dica.»

Mrs. Hampton si fermò, stringendo a sé la tuta. Anche quel giorno indossava una canottiera che lasciava intravedere i muscoli delle spalle che si irrigidivano. Un'ondata palpabile di trepidazione la pervase, ricordando a Josie una preda messa alle strette. Con le dita, sfiorò la chiusura della fondina, anche se la parte razionale della sua mente non riusciva a percepire alcuna minaccia.

A un tratto Sheila Hampton si lanciò in avanti e gettò la tuta protettiva sulla testa di Josie. Tutto accadde in una frazione di secondo. Il tessuto le graffiò la guancia quando cercò di levarselo di dosso. Una serie di passi batterono un ritmo cadenzato allontanandosi da lei, inizialmente leggeri e poi via via più pesanti. Erano i sandali della donna che battevano sul cemento. Noah gridò qualcosa. Lei sentì quello che pensò fosse il rumore della porta sul retro che si apriva sbattendo. Poi sentì qualcosa tirare intorno alla testa e la tuta le scivolò di dosso. «È andata nel vicolo.» disse Noah, inseguendo Mrs. Hampton.

Con il cuore che le batteva a mille nel petto, Josie cercò di orientarsi. Poi corse di nuovo dentro casa, la attraversò e sbucò dalla porta d'ingresso. Noah si stava dirigendo verso est all'inseguimento di Sheila Hampton, che correva lungo il marciapiede passando davanti alle case dei vicini. Alcuni di loro erano sul portico e gridavano l'uno all'altro mentre assistevano all'inseguimento a piedi. Josie fece una smorfia quando Sheila Hampton evitò per un soffio una piscina gonfiabile in un vialetto con due bambini piccoli che facevano il bagno.

Scendendo i gradini a due a due, Josie si precipitò sul marciapiede e attraversò la strada. Si ritrovò davanti Mrs. Hampton che deviò bruscamente verso sinistra, finendo sulla traiettoria di un minivan; l'uomo alla guida inchiodò di colpo e suonò il clacson. Mrs. Hampton non rallentò. Ora si trovava proprio sulla traiettoria di Josie, ma prima che lei potesse raggiungerla, girò e scomparve tra due case.

Col sudore che le colava dal cuoio capelluto e le bruciava gli occhi, Josie richiamò alla mente una mappa del quartiere. Poi tagliò attraverso il vicolo più vicino, muovendosi parallelamente alla donna in fuga. Molti dei cortili su quel lato della strada erano separati da cespugli o recinzioni metalliche alte non più di un metro e mezzo. Josie ne scavalcò uno, atterrando nel giardino adiacente, e vide Mrs. Hampton quattro case alla sua destra proprio mentre scompariva di nuovo, infilandosi tra altre due abitazioni. Pochi secondi dopo, Noah la seguiva, intimandole di fermarsi.

Josie continuò per la sua strada. Il vicolo successivo curvava a forma di mezzaluna, tornando indietro verso il quartiere degli Hampton. Di fronte all'ultima fila di case c'era un parco giochi con un laghetto e, cosa ancora più importante, una recinzione molto più alta, pensata per scoraggiare chiunque dal gettarsi nel vuoto dall'altra parte.

Così Sheila Hampton si sarebbe ritrovata chiusa in un angolo.

Josie era in buona forma, ma correre a tutta velocità con quel caldo opprimente le faceva bruciare i polmoni. Lottando contro un'ondata di vertigini, uscì dall'ultima fila di case e la vide che correva nella sua direzione per sfuggire a Noah.

Agitava braccia e gambe in maniera scomposta: la corsa scoordinata di una persona disperata il cui sistema limbico aveva scelto la fuga piuttosto che la lotta. Anche se Josie non si fosse avvicinata, Mrs. Hampton avrebbe esaurito le energie in pochi minuti. Il suo viso era rosso fuoco, la bocca era spalancata e il petto ansimava nel tentativo di prendere aria.

Noah le gridò dietro, ordinandole di nuovo di fermarsi, ma lei continuò ad avanzare, zigzagando tra un'altalena e una struttura per arrampicarsi. Fortunatamente, faceva troppo caldo perché i bambini potessero usare il parco giochi, quindi erano soli, fatta eccezione per un signore che portava a spasso il cane. Sorpreso dal trambusto, tirò fuori il cellulare e lo alzò, indubbiamente per fare un video.

Stava per assistere a uno spettacolo che non era di tutti i giorni.

«Ferma!» urlò Josie mentre usciva da dietro uno scivolo e si metteva sulla traiettoria di Sheila Hampton che, con un grido, sterzò bruscamente, sollevando un po' di terriccio. Josie la afferrò per una spalla nuda, ma aveva la pelle così scivolosa per il sudore che perse la presa. Josie si voltò per inseguirla, ma lei era già diversi passi avanti. Si sentì poi pervadere da un'ondata di speranza quando la vide cadere in ginocchio. Josie guadagnò qualche metro. Mrs. Hampton si rialzò barcollando. Vomitò, ma continuò a correre, con Josie alle calcagna.

«Ferma!» ordinò di nuovo Josie. Questa volta la afferrò con la punta delle dita per la parte posteriore della canottiera, ma anche quella le scivolò tra le dita. Lo stagno era ormai a pochi passi di distanza. Doveva essere all'incirca di dieci metri di diametro, ma Josie non aveva idea di quanto fosse profondo. E non ci teneva proprio a scoprirlo.

«Mrs. Hampton! La smetta di correre!»

Alla fine, Josie la afferrò per il cinturino dei pantaloncini e tirandola indietro verso di sé, allungò una mano per afferrarle un polso; ma a quel punto la donna iniziò a colpire alla cieca, prendendo a pugni e calci tutto ciò che le capitava a tiro. Josie grugnì quando un tallone le colpì lo stinco, provocandole un dolore lancinante alla gamba. Evitò per un soffio un pugno di rovescio in faccia. Era come un animale selvaggio, ringhiava e si dimenava contro i tentativi di Josie di sottometterla. Il vomito e il sudore le macchiavano i vestiti, e gli odori pungenti che si mescolavano facevano lacrimare gli occhi a Josie. La lotta sembrò durare un'eternità, quando in realtà erano passati solo pochi secondi. Al di sopra delle urla di Sheila Hampton e del sangue che le pulsava nella testa, Josie si rese vagamente conto degli scarponi di Noah che battevano sull'asfalto dietro di loro. Fece del suo meglio per tenere Sheila Hampton sotto controllo, ma il terreno cedette sotto i loro piedi, il morbido bordo d'erba che circondava lo stagno si disintegrò sotto il peso dei loro corpi che si dimenavano.

CINQUANTOTTO

L'acqua colpì Josie come uno schiaffo. Era sorprendente quanto fosse calda. Affondò rapidamente, i pesanti scarponi che indossava la trascinavano verso le profondità salmastre. Qualcosa di duro la colpì al fianco. Sentì una pressione e poi una spinta: era Sheila Hampton che si stava servendo del suo corpo per allontanarsi prendendola a calci. Nell'acqua di quello stagno era buio pesto, l'unica fonte di luce nelle acque torbide proveniva da sopra la testa di Josie. Spingendo l'aria fuori dal naso per espellere il fango che le era entrato nelle narici quando si erano tuffate, nuotò verso il bagliore. I muscoli delle braccia e delle gambe le facevano male mentre spingeva il corpo attraverso l'acqua densa, con i piedi pesanti come due blocchi di cemento.

Riemergendo in superficie, fece un respiro profondo e poi tossì fuori un liquido oleoso marrone verdastro. Il sapore le fece quasi venire da vomitare. Con il palmo di una mano si tolse l'acqua e altra sporcizia dagli occhi, mentre le gambe lavoravano per mantenersi a galla.

«Josie!» urlò Noah, già sulla riva, intento a togliersi gli scarponi.

L'uomo che portava a spasso il cane era proprio dietro di lui e continuava a riprenderli con il cellulare.

Allontanandosi da Noah, Josie vide Sheila Hampton che sguazzava a fatica verso la riva opposta. Josie partì all'inseguimento. Il dolore le bruciava i muscoli a ogni bracciata. Come aveva previsto, lo sforzo eccessivo e la stanchezza si fecero sentire, impedendo a Mrs. Hampton di avanzare. Un forte tonfo risuonò dietro di loro. Era Noah che si era buttato in acqua. Quando con la punta delle dita Josie sfiorò una parte del corpo di Mrs. Hampton sott'acqua, la donna iniziò a singhiozzare. I suoi movimenti si fecero più contorti e lenti e si immerse sotto il pelo dell'acqua. Josie si immerse dopo di lei, lottando contro le sue braccia e le sue gambe che si agitavano cercando di respingerla. Le persone che stanno annegando non rimangono mai immobili né tranquille. Si fanno prendere dal panico, i loro corpi lottano per sopravvivere, per ritrovare l'aria. Mrs. Hampton non faceva eccezione. Josie si prese diversi pugni e altrettanti calci alle braccia, al torace e al viso prima di riuscire a raggiungere la donna e afferrarla alla vita; agganciandole un braccio sotto l'ascella, si servì dell'altro per aiutarsi a tornare verso la superficie.

«La smetta di dimenarsi.» le disse Josie una volta che finalmente furono riemerse dall'acqua. «Sto cercando di impedirle di morire.»

Un lungo lamento uscì dalla gola della donna. Continuava a dimenarsi, lottando contro Josie, trascinando entrambe verso il fondo.

Quando le si avvicinò, Noah attirò la sua attenzione.

«Per favore...» disse Josie. «La smetta di lottare. La porteremo fuori di qui.»

Che fosse per la stanchezza o per la consapevolezza che avrebbe potuto anche sfuggire a Josie, ma non a entrambi, Mrs. Hampton si afflosciò tra le sue braccia. Noah nuotò verso di loro e sgravò Josie del peso della fuggiasca prendendola dalle sue braccia. Immediatamente, la tensione sul suo corpo, dai polmoni alle gambe, si allentò. Noah trascinò Mrs. Hampton con sé e Josie li seguì. La sollevò facendola salire sulla riva e poi aiutò Josie prima di uscire per ultimo.

Josie si stese fianco a fianco a Mrs. Hampton cercando di riprendere fiato. Girando la testa verso di lei, Josie tossì fuori altra acqua. La mano di Noah le sfiorò la schiena. Con gli occhi che le bruciavano, finalmente lo guardò. Lui era chino su di lei, ma teneva gli occhi fissi sulla loro fuggitiva, sebbene non facesse più alcun tentativo di scappare. Noah si era spogliato lasciandosi addosso soltanto i boxer e i calzini. Era questo che gli aveva permesso di muoversi più facilmente nell'acqua. Josie avrebbe anche potuto essere infastidita dal fatto che lui si fosse preso il tempo di spogliarsi prima di tuffarsi per salvarla, ma sapeva per esperienza personale quanto fosse veloce suo marito a togliersi i vestiti quando c'era una situazione importante in corso. Quel tipo di situazioni era solitamente molto più allettante di uno stagno fangoso. Intanto, l'uomo che portava a spasso il cane si era precipitato verso di loro, con le cose di Noah sotto un braccio.

Mrs. Hampton era distesa supina, con le lacrime che le rigavano il viso sporco di terra. «Io non lo sapevo...» piangeva. «Giuro che non lo sapevo.»

«Cos'è che non sapeva?» chiese Josie.

Noah prese le sue cose dalle braccia dell'uomo e iniziò a rivestirsi, chiedendogli: «Ha chiamato il pronto intervento?»

L'uomo annuì solennemente. Era chiaro che voleva stare il più vicino possibile all'azione, ma Noah, con calma e pazienza, lo convinse ad allontanarsi, incaricandolo di aspettare lungo la strada per indirizzare i veicoli di emergenza verso di loro.

«Non sapevo chi fosse veramente...» disse Mrs. Hampton. «Non l'avrei mai sposato se lo avessi saputo.»

Josie si mise seduta, cercando di scrollarsi di dosso le vertigini che ancora la assalivano. «Lei ha adottato Felicity Cook.»

La donna annuì con un cenno secco. «Sì. È stato dopo il processo. Le ho cambiato nome. L'ho portata a vivere a Philadelphia. Poi ho incontrato Isaac. Come potevo saperlo?»

La mente di Josie si risvegliò di colpo, dissipando momentaneamente la nebbia causata dall'intenso sforzo a cui aveva costretto le risorse del suo corpo. Un barlume di dubbio le balenò nella mente. Si sforzò di riorganizzare i fatti che conosceva. «Suo marito non le ha mai rivelato la sua vera identità?»

«No. Certo che no.»

Noah si sedette accanto a Josie. Dall'espressione del suo volto capì che anche lui stava cercando di mettere insieme i pezzi del puzzle. Se Isaac Hampton era Simon Cook, il fratello maggiore della ragazzina che Mrs. Hampton aveva adottato, perché non glielo aveva detto? Perché glielo aveva tenuto nascosto?

«Era così bravo...» continuò lei. «Era un ottimo padre. Un buon marito. O almeno, lo era il più delle volte. Aveva sempre qualche problema a gestire la rabbia. Ho dovuto chiamare la polizia un paio di volte, ma non ci ha mai fatto del male, quindi non ho mai sporto denuncia. Se avessi saputo la verità, avrei preso Jenna e sarei scappata...»

Felicity e Simon Cook erano stati separati dopo che la loro famiglia era stata massacrata ed erano stati consegnati a famiglie affidatarie diverse. Simon avrebbe raggiunto la maggiore età da lì a poco e nel frattempo anche lui aveva cambiato nome, indubbiamente per sfuggire a Roger Bell, il quale, essendo frattanto tornato in libertà, poteva non avere nessuna intenzione di rinunciare a portare a termine ciò che aveva iniziato.

Noah si passò una mano tra i capelli bagnati. «Vuol dire che non lo ha riconosciuto, quando lo ha incontrato la prima volta?»

Mrs. Hamtpon tirò su col naso. Il suo viso si contrasse mentre un nuovo singhiozzo le scuoteva il corpo. «No.»

Quando avevano parlato con Vicky Platt, lei aveva affermato che Stella Townsend non aveva mai rivelato cosa stesse cercando nei documenti giudiziari secretati; invece, Josie era convinta che Vicky Platt sapesse cosa stava cercando esattamente e Remy Tate lo aveva confermato quando gli avevano fatto visita solo un'ora prima. Lui, al contrario, non era a conoscenza dei secondi fini di Stella Townsend, perché lei non gli aveva mai chiesto di cercare nei fascicoli secretati, ma era andata a trovarlo nel suo ufficio alcune volte dopo che Dallas Jones aveva concluso il suo servizio, apparentemente perché voleva chiarire alcuni dettagli di cui Remy Tate aveva parlato durante l'intervista. Nel corso di una di quelle visite, Remy Tate l'aveva lasciata da sola nel suo ufficio. Stando alla sua versione dei fatti, una volta tornato, Stella Townsend gli aveva fatto delle avances, lasciandogli intendere che era interessata a lui sessualmente. Lui si era lasciato distrarre. Dopo che lei se n'era andata, si era accorto di aver lasciato aperto il database dei fascicoli sul suo computer. Tra le ricerche che aveva fatto quel giorno c'erano due nomi che non riconosceva. Simon Cook e Roger Bell.

Non aveva cercato di chiarire la questione con la giovane giornalista perché, chiaramente, era più interessato a convincerla ad avere una relazione con lui. Josie e Noah gli avevano chiesto di accedere a quella documentazione, ma lui aveva ricordato loro che avevano bisogno di un mandato.

«Ha mai visto qualche servizio sul processo?» le chiese Noah. Intanto, si sentivano le sirene che ululavano in lontananza.

Ottenere il mandato era ancora complicato senza prove che Simon Cook fosse coinvolto negli omicidi di Cleo Tate, Stella Townsend ed Everly Rowe. Se uno qualsiasi dei campioni di DNA fosse risultato compatibile, non avrebbero avuto alcun problema a ottenere l'approvazione di un giudice. Ma, in quel momento, tutto ciò che avevano a disposizione erano frammenti di informazioni che non riuscivano a comporre un quadro completo.

«Certo che ho seguito i servizi sul processo...» rispose Mrs. Hampton, mettendosi finalmente seduta. «Tutta la città lo ha seguito! Ma erano passati anni e lui era completamente diverso. Per dirne una, Isaac non aveva un tatuaggio! All'epoca non sapevo nemmeno che fosse possibile rimuoverli. Non mi sarebbe mai neanche passato per la mente. Perché avrebbe dovuto?»

Un tatuaggio? Josie incrociò lo sguardo di Noah e vi vide riflessa la sua stessa confusione.

«Me lo ha confessato oggi...» disse Mrs. Hampton con il labbro inferiore che le tremava. «Da un po' non è più l'uomo che conoscevo. Come ho detto, ero sicura che avesse una relazione, così abbiamo cominciato a litigare. Non so nemmeno... non riesco nemmeno a... non so bene come sia venuto fuori, ma me lo ha detto. Ha detto che ora che Jenna è morta, non aveva più importanza. Niente aveva più importanza. Come se gli bastasse semplicemente sorvolare sul suo tradimento usando la morte di Jenna. Che vada al diavolo. L'ho cacciato di casa e ho iniziato a fare le valigie.»

Josie ripensò alla differenza di età tra Simon Cook e Isaac Hampton, cercando di ricordare con precisione quanti anni li separavano.

Con le mani raccolte in grembo, Sheila Hampton si contorceva le dita. Quando riprese a parlare, la sua voce era sommessa. «Ma... prima di andarsene, mi ha raccontato una cosa.»

Josie si chiese se quella cosa che Isaac aveva confessato riguardasse gli omicidi. Era per questo che Mrs. Hampton era scappata? Possibile che non ne fosse a conoscenza, che non fosse coinvolta in alcun modo? Che non avesse nemmeno sospettato nulla?

«Cosa le ha detto?» chiese Noah, guardando oltre la testa di Mrs. Hampton mentre un'ambulanza e due auto della polizia si fermavano lì vicino.

Lei guardò Josie. «Ha detto che sarebbe venuta.»

«La polizia?» chiese Josie.

«No. Lei. Ha detto che sarebbe venuta la detective Quinn.»

Noah aggrottò la fronte in un'espressione di confusione. «E non le ha detto perché sarebbe venuta la detective Quinn?»

«No, e io non gliel'ho neanche chiesto. Ero già... ero già abbastanza scioccata di mio. Non riuscivo a elaborare nient'altro in quel momento.»

Nonostante il caldo che ancora li soffocava, Josie sentì un brivido lungo la nuca. «Cos'altro le ha detto?»

«Una cosa senza senso. Mi ha detto che dovevo dirle una cosa: *"Devi guardare da un'altra prospettiva"*.»

Josie scambiò un altro sguardo con Noah. Cosa doveva guardare da un'altra prospettiva?

Mrs. Hampton si avvicinò a Josie barcollando e le affondò le dita nell'avambraccio. «Ora che vi ho detto tutto, potete lasciarmi andare, vero? Non ho fatto nulla di male. Mi dispiace di essere scappata, ma quando lui mi ha detto che sarebbe venuta a casa, mi sono spaventata. Pensavo di conoscerlo e invece ho scoperto che non lo conoscevo affatto. Quando mi sono chiesta come facesse a sapere che sarebbe venuta a cercarlo, l'unica spiegazione a cui sono riuscita a pensare è che sia rimasto coinvolto in qualcosa di brutto! Ho perso mia figlia e ora ho appena perso anche mio marito. Tutta la mia vita si è rivelata una bugia. Quando l'ho vista sulla soglia di casa e mi ha voluto interrogare, anche se lui non c'era, io... mi sono fatta prendere dal panico. Qualunque cosa mio marito abbia fatto, io non c'entro niente. Dovete credermi. Vi ho detto tutto. Voglio solo tornare a New York...»

Noah sospirò. «Mi dispiace, ma a prescindere da tutto, dovrà comunque venire alla stazione di polizia per rilasciare una dichiarazione.»

"Devi guardare da un'altra prospettiva". La mente di Josie si era messa subito all'opera per ripercorrere tutti i dettagli vaghi, sperando che, se li avesse analizzati abbastanza a lungo, avrebbe

capito cosa le stava sfuggendo. Le ricerche illegali di Stella Townsend tra i registri secretati. Le affermazioni di Mrs. Hampton secondo cui non avrebbe mai sposato suo marito se avesse conosciuto la sua vera identità. La differenza di età tra Simon Cook e la sua nuova identità, Isaac Hampton. Era di cinque anni, ora se lo ricordava. Cinque anni. Poi c'era il tatuaggio.

Ecco cos'era. Il tatuaggio. Il cuore di Josie fece un doppio balzo. Un attacco di nausea le aggredì lo stomaco. Non poteva essere. Non aveva senso. Allo stesso tempo, data la scarsità di informazioni che avevano, specialmente con le confessioni che avevano appena acquisito da Sheila Hampton, era l'unica cosa che aveva senso.

Josie deglutì, sentendo di nuovo il sapore dell'acqua torbida dello stagno. «Mrs. Hampton, suo marito le ha detto qual era il suo vero nome?»

Conosceva già la risposta, per quanto folle potesse sembrare, ma aveva bisogno di sentirla pronunciare ad alta voce da lei.

Dietro di loro si udì il rumore dei passi pesanti dei soccorritori che correvano verso di loro. Noah alzò una mano per fare loro cenno di fermarsi. «Mrs. Hampton.» la incalzò. «Ci dica il vero nome di suo marito.»

Lei lasciò andare il braccio di Josie e si asciugò un'altra lacrima. «Io... pensavo che lo sapeste. Roger Bell. Il nome originale di mio marito, prima che lo cambiasse, era Roger Bell.»

CINQUANTANOVE

«Fammi capire bene...» la interruppe Turner mentre seguiva Josie, scavalcando una serie di oggetti dismessi al pianterreno della fabbrica tessile abbandonata nei pressi della Denton East High School. «Isaac Hampton non è Simon Cook. È Roger Bell. Ovvero, l'uomo che ha massacrato la famiglia Cook. E, non solo, tu pensi che sia anche il killer delle Polaroid.»

Josie sospirò e si tirò il colletto della polo. All'interno degli ampi stanzoni della fabbrica tessile le temperature erano leggermente più basse di quelle all'esterno, ma lei continuava a sudare, anche perché, nonostante fossero quasi le nove di sera, il caldo non accennava a diminuire. A poco era servito farsi una lunga doccia dopo il tuffo nello stagno. «Quante altre volte devo ripetertelo prima che tu lo capisca?» gli chiese irritata.

«Non lo so, pastic... Quinn. Sto solo dicendo che non c'è un singolo dettaglio in questa indagine che non sia dannatamente sospetto. Ehi, pensi che questo pazzoide se la sia fatta addosso quando i ragazzi di Hummel si sono presentati a casa sua per prendergli le impronte?»

«Non lo so...»

Dal momento che, quando si era presentata a casa degli Hampton, la Squadra di Raccolta delle Prove aveva solo il compito di scartare le impronte appartenenti a Sheila e a Isaac per eliminarle dalle serie trovate nell'auto rubata, non le avevano inserite nel Sistema di Identificazione Automatico delle Impronte; questo era il motivo per cui non era comparsa immediatamente la segnalazione della corrispondenza tra le impronte di Isaac Hampton e quelle di Roger Bell. L'agente Jenny Chan, che aveva completato la certificazione di secondo livello per la rilevazione delle impronte latenti, aveva effettuato lei stessa il confronto delle impronte. Aveva preso solo le impronte trovate nell'auto che non corrispondevano a quelle degli Hampton e le aveva inserite nel Sistema di Identificazione Automatico; non andava contro il protocollo non utilizzare il database durante l'elaborazione delle impronte di eliminazione, tanto più che né Isaac né Sheila Hampton erano sospettati nelle prime fasi delle indagini; quindi, non avevano avuto alcun motivo di inserire le loro impronte nel Sistema.

Ma ragionare con il senno del poi è una brutta bestia.

Dopo il tentativo di fuga di Mrs. Hampton, avevano così fatto questa verifica con le impronte di Isaac Hampton e avevano avuto conferma che corrispondevano a quelle di Roger Bell.

Turner diede un calcio a un groviglio di rampicanti che si era insinuato attraverso una delle finestre rotte allungandosi sul pavimento di legno sporco. «Ha avuto davvero un bel colpo di fortuna che Chan non abbia usato il database fin da subito. È piuttosto rischioso mettersi nel mirino in questo modo rubando la propria auto, non credi?»

«Quello che non credo è che per lui fosse importante.» rispose Josie puntando la torcia su un mucchio di spazzatura. Un ratto schizzò fuori da sotto e scappò via rintanandosi da qualche parte. «Alla lunga avrebbe reso le cose più difficili con le proprie mani se avesse continuato a uccidere e a giocare a questo gioco malato in cui ci ha trascinati, ma sono abbastanza sicura che il suo obiettivo finale sia sempre stato quello di farci scoprire che era lui il killer delle Polaroid.»

Si fermarono davanti a una finestra a tutta altezza. La maggior parte dei vetri era stata infranta molto tempo prima. All'esterno, dei faretti alogeni rischiaravano l'oscurità. Josie poteva vedere i membri della Squadra di Raccolta delle Prove che esaminavano l'auto di Isaac Hampton. Quella che aveva lasciato lì quella mattina dopo aver rivelato a sua moglie di essere l'uomo che aveva massacrato la famiglia della figlia adottiva. Lo stesso uomo che era stato assolto per quello stesso massacro da una giuria in tribunale. Una volta che Mrs. Hampton era stata accompagnata alla stazione di polizia, Turner aveva chiamato la società che forniva il servizio di infotainment al veicolo degli Hampton e aveva ottenuto la sua posizione anche senza un mandato. Gli ci era voluto un po' di tempo e non poche insistenze, ma alla fine ci era riuscito. Quella era l'unica ragione per cui Josie gli aveva permesso di seguirla alla fabbrica per il loro giro di perlustrazione. Quella, e il fatto che aveva paura di ciò che sarebbe potuto accadere se lo avesse lasciato da solo nelle mani di Gretchen per un periodo di tempo indeterminato.

Quando la polizia di Denton era arrivata alla fabbrica aveva trovato l'auto vuota; l'unica cosa che rimaneva nell'abitacolo era il cellulare di Isaac Hampton, che lui aveva prontamente ridotto in frantumi. Ci era voluta più di un'ora perché il drappello di agenti perlustrasse da cima a fondo tutti e cinque i piani che costituivano lo stabilimento. Isaac Hampton, o Roger Bell come lo si volesse chiamare, non si trovava da nessuna parte; né lui né Juliet Bowen. Ciononostante, Josie aveva insistito per procedere personalmente a una perquisizione dei locali, per quanto non sapesse spiegarsi il motivo. Tutto quello che sapeva era che trovare quella ragazza era la loro priorità e, allo stato attuale delle cose, non avevano altri indizi su cui basarsi.

Gretchen e Noah stavano seguendo altre piste, tra cui una perquisizione della casa degli Hampton, dopo che Sheila aveva dato loro il permesso di procedere.

I frammenti di vetro scricchiolavano sotto le sue scarpe mentre Josie si allontanava dalla finestra e si addentrava tra i resti che occupavano quel grande stanzone. Puntò la torcia sui cumuli di metallo contorto, sui grandi rulli e sui pallet di legno. Il fascio di luce della torcia di Turner si unì al suo, soffermandosi sui resti di un alto apparato metallico che occupava una buona metà della stanza e si estendeva quasi fino al soffitto. Da una delle barre metalliche pendeva del tessuto lacerato. Altri ratti scappavano dalla luce.

Turner emise un verso di disgusto. «Secondo te, come avrà fatto Roger Bell a non lasciare le sue impronte nelle altre auto: quella di Stella Townsend, quella di quel tizio, Downey, e quelle senza il GPS? Si sarà messo dei guanti? Scommetto che sua moglie ha una montagna di guanti monouso di ogni tipo.»

Ma Charlotte Thompson, che aveva assistito al rapimento di Cleo Tate, non lo aveva visto indossare guanti, e non sembrava averli indossati nemmeno quando era stato ripreso dalle telecamere di sorveglianza. «No...» disse Josie. «Non aveva i guanti. Ha usato la colla. Quella colla industriale che sua moglie usa per i suoi prototipi. Naturalmente l'avrà usata solo come soluzione temporanea, ma gli ha consentito di non lasciare impronte su nessuna scena.»

Eppure, i campioni di DNA che Hummel aveva prelevato da ciascuna vittima sarebbero sicuramente risultati compatibili con quelli di Roger Bell. Era solo questione di tempo prima che il laboratorio statale restituisse i risultati. L'alterazione temporanea delle sue impronte gli aveva solo fatto guadagnare tempo.

«Pensi davvero che questa donna, cioè Sheila Hampton, non avesse idea di cosa stesse combinando suo marito?»

«È difficile a dirsi.» Josie scavalcò una pila di bottiglie di birra rotte. «Ma se anche le fosse venuto un minimo di sospetto, dubito fortemente che lo ammetterebbe. E, in ogni caso, dubito che comunque saremmo in grado di dimostrarlo. Penso che avesse capito che il marito era coinvolto in qualche attività illegale, perché le ha chiesto di riferirmi quel messaggio. Ma non penso proprio che lo sospettasse di aver ucciso tre donne di questa città nell'ultima settimana.»

Se Sheila Hampton aveva detto la verità, allora Josie non aveva alcuna difficoltà a credere che la sorpresa di aver scoperto la vera identità di suo marito fosse stata sufficiente ad attivare la modalità di sopravvivenza nel suo cervello.

In quelle prime ore che erano seguite alla sua rivelazione, forse non era stata né mentalmente né tantomeno emotivamente in grado di affrontare la possibilità che suo marito fosse il responsabile dei recenti omicidi.

Prima di tornare a casa per farsi la doccia Josie aveva condotto parte dell'interrogatorio iniziale, una volta arrivati alla stazione di polizia, durante il quale Sheila Hampton aveva ammesso che suo marito non avrebbe avuto troppe difficoltà a entrare e uscire da casa loro senza che lei se ne accorgesse, dal momento che dormivano in camere separate e che lui usciva raramente dalla sua, se non per mangiare, complice anche la tensione domestica sempre più elevata a causa della morte della figlia e dei sospetti di tradimento che la moglie nutriva nei confronti del marito. Per quanto riguardava le attrezzature di cui si serviva nel suo lavoro, gli ultimi prototipi che aveva creato non erano stati toccati né erano scomparsi, ma Mrs. Hampton aveva sostenuto che nel garage c'erano diverse scatole di attrezzature di sicurezza che aveva usato nei lavori precedenti. Conservava tutto, nell'evenienza che le servisse di nuovo qualcosa in un secondo momento. Stando a quanto aveva raccontato, al marito faceva impazzire che lei non buttasse via quelle scatole, soprattutto dopo che se n'era andata per accettare il lavoro a New York.

Turner si fermò a studiare alcuni graffiti che ricoprivano uno dei muri di cemento. «Pensi che la nostra Sheila Hampton possa essere la vecchietta che ha pagato Edgar Garcia per avere accesso alle auto senza il GPS?»

«Brennan ha mostrato una foto di Mrs. Hampton a Garcia, che ha detto che non è lei.»

Nemmeno Mrs. Hampton era riuscita a identificare qualcuno tra i loro conoscenti che potesse corrispondere alla descrizione di una donna di quell'età. Suo marito le aveva sempre detto di non avere parenti in vita. Una rapida verifica dei precedenti di Roger Bell aveva confermato che era vero.

Josie trovò la porta delle scale e fece cenno a Turner di seguirla. Con un sospiro pesante, lui le andò dietro con passo lento, prendendosi tutto il tempo necessario. La sua voce si affievoliva via via che rimaneva indietro. «Ridimmelo, che cos'è che stiamo cercando esattamente?»

«Non ne sono sicura.» rispose Josie voltandosi. «Lo saprò quando lo vedrò.»

«Non si può dire che sia esattamente una risposta incoraggiante...» mormorò lui in lontananza.

«Turner, datti una mossa!»

A questo non le rispose. Non le sarebbe dispiaciuto se avesse deciso di tornare al piano di sotto ad aspettarla. Imprecando sottovoce, continuò a salire le scale verso il piano successivo.

Quando raggiunse il pianerottolo, il cemento si sbriciolò sotto i suoi scarponi. Si protese automaticamente in avanti e gli avambracci sbatterono contro il pavimento, con grande dolore. La torcia le cadde dalla mano, facendo piombare tutto in un'oscurità quasi totale. La luce rimbalzò da una parte all'altra, ma non era sufficiente per permetterle di orientarsi. I suoi piedi cercarono un appiglio. Proprio mentre riusciva a rimettersi in piedi, un altro pezzo di pavimento sotto di lei cedette. Allungandosi, il suo baricentro si spostò e il suo busto si inclinò all'indietro. La ringhiera metallica si disintegrò nella sua mano quando riuscì ad afferrarla per cercare di non cadere di sotto. Per un attimo, rimase sospesa in aria, in bilico. Non c'era tempo per gridare, per orientarsi, per reagire in alcun modo. Lo stomaco le si contrasse mentre precipitava nell'oscurità.

SESSANTA

La testa di Josie andò a sbattere contro una superficie dura: un gradino o forse parte della ringhiera, non avrebbe saputo dirlo. Preparandosi a una caduta dolorosa, lasciò rilassare le sue membra. L'aria le uscì di colpo dai polmoni quando il suo corpo colpì qualcosa di abbastanza solido da attutire la caduta, ma abbastanza morbido da non causarle dolore. Era il petto di Turner. La sua torcia cadde nella tromba delle scale con una serie di schianti e il fascio di luce danzava mentre volava giù. Afferrandola per le spalle, lui la tenne ferma. Stretti l'uno all'altra, rimasero immobili.

«Ci è mancato un pelo!» sbottò Turner. Il suo respiro le sfiorò il lobo dell'orecchio. «Non vedo un accidente di niente. Ho perso la torcia. Dov'è la tua?»

Josie indicò i gradini dove una fioca luce gialla cercava faticosamente di squarciare l'oscurità. «Sul pianerottolo. Ma i gradini si sono rotti proprio sotto di me. È per questo che sono caduta.»

Con le mani la teneva ancora per le spalle. «Questo posto è pericolosissimo. Non riesco a credere che nessuno si sia fatto male quando sono passati di qui la prima volta. Sono abbastanza sicuro che la mia torcia sia caduta al piano di sotto.»

«Allora dovremmo tornare giù.» propose Josie. «C'è un'altra rampa di scale sul lato opposto dell'edificio. Possiamo provare a usare quella...»

Turner la fece girare delicatamente in modo che potessero tornare al pianterreno. Le tenne una mano stretta attorno al bicipite. «So che non ti piace che ti tocchi, ma penso che questa volta ti convenga fare un'eccezione. Ti lascerò andare quando saremo arrivati giù.»

Per una volta, a Josie non importava. Con tutta probabilità Turner le aveva appena salvato il collo, anche se non lo avrebbe mai ammesso davanti a lui. Aveva molti difetti, ma aveva dimostrato in più di un'occasione di essere forte e veloce. Quelle, forse, erano le uniche qualità che poteva vantare. Nel corso di un'indagine precedente, per salvarla dall'aggressione di un cane, l'aveva sollevata di peso e l'aveva lanciata oltre una recinzione alta quasi due metri come se non pesasse nulla. Da allora, per settimane l'aveva chiamata "Aeroplanino di carta".

Fedele alla parola data, una volta usciti dalla tromba delle scale al pianterreno, Turner la lasciò andare. Tornò sui suoi passi per cercare la sua torcia elettrica. La luce intensa dei faretti alogeni penetrava da alcune finestre vicine, aiutandoli a orientarsi in un'oscurità altrimenti completa. Josie si prese il tempo di controllare se avesse riportato ferite. Niente di grave, giusto qualche graffio agli avambracci e un leggero bernoccolo sulla testa. Mentre si massaggiava il cuoio capelluto, un ricordo la colpì come uno schiaffo. Le si seccò la bocca. Non aveva dimenticato quello che era successo in quel vecchio stabilimento tanti anni prima, ma non aveva fatto caso ad alcuni dettagli durante la prima fase di ricerca di Isaac Hampton.

Turner le disse qualcosa, ma lei era troppo persa nel passato per concentrarsi sulle sue parole.

Una luce la colpì negli occhi. Lei alzò una mano per coprirli. «Turner, ma che diavolo fai?»

«C'è qualcosa che non va...» disse lui. «Ne sono sicuro.»

Josie sbatté le palpebre mentre lui abbassava la torcia. «E come fai a esserne sicuro?»

«Perché non mi hai risposto quando ti ho chiamata per nome. Sembravi... non so come dire, semplicemente paralizzata. E poi non mi hai risposto nemmeno quando ti ho chiamata "tesoro". Quindi scordati che per questo ti dia il dollaro, visto che stavo solo cercando di farti tornare in te. Hai sentito qualcosa? Ci sono un sacco di topi in questo posto.»

Josie scosse la testa e si avvicinò a lui. «La madre di Andrew Bowen mi fece venire qui una volta. Stavo lavorando a un caso. Andai a interrogarla e lei mi portò qui con la scusa di mostrarmi qualcosa e poi cercò di uccidermi. Proprio in una delle trombe delle scale.»

Turner tamburellò con le dita sulla coscia. «Quindi, in pratica, mi stai dicendo che all'epoca eri molto più stupida...»

Josie mise le mani sui fianchi. «Per questo, un dollaro me lo aspetto...»

«Ah, no, scordatelo. Non è così che funziona questo sistema. Se hai qualche problema, parlane con il tuo superiore, il tenente. Tornando a noi, questa vecchia befana ha cercato di farti fuori e ora ci ritroviamo a cercare sua nipote nello stesso posto. Pensi che Roger Bell abbia lasciato qui la sua auto di proposito?»

Cercando di non lasciarsi sopraffare dall'irritazione, Josie lasciò che Turner la precedesse verso l'altra tromba delle scale. «No. Nessuno poteva saperlo. Quell'episodio non fu riportato dai notiziari né da nessun altro mezzo di informazione.»

Superarono altri macchinari danneggiati e in pesante stato di degrado. Quelli che un tempo erano diversi tipi di telai. «E allora perché questo Isaac Hampton, o Roger Bell, avrebbe lasciato qui l'auto della ragazza?» chiese Turner. «Solo perché è a dir poco isolato, o c'è qualche altro motivo che riguarda questo stabile di merda?»

«Cioè, vuoi sapere perché ha scelto questa fabbrica, nello specifico?» gli chiese lei. «Così su due piedi, non saprei.»

Con circospezione, salirono su per le scale, questa volta senza incidenti. Turner diede a Josie la sua torcia elettrica e lui usò l'applicazione sul suo telefono in modo che potessero muoversi tra i fantasmi decrepiti delle macchine tessili del passato. Poi il fascio di luce di Turner si spense e lei si rese conto che lui aveva smesso di muoversi. Voltandosi, vide il suo viso illuminato dalla luce dello schermo del telefono. «Non dirmi che fai sul serio! Non riesci a stare senza quel dannato aggeggio per cinque minuti?»

Turner non la guardò nemmeno. Il suo pollice si muoveva alla velocità della luce. «Non scaldare, Quinn. È il tenente. Hanno appena finito di perquisire la casa degli Hampton. Dice che non c'è niente che salti all'occhio, come vestiti insanguinati, tute protettive o altro. C'era però una macchina fotografica Polaroid nella stanza dove stava la figlia. La porteranno via come prova. Oh, dice che hanno preso un paio di tubetti di colla per poterla confrontare con quella trovata nelle auto vecchio modello.»

Niente che potesse aiutarli a trovare Juliet Bowen, però.

«Andiamo...» disse Josie. «Qui non c'è niente. Saliamo al terzo piano.»

Turner gemette, ma riaccese la sua applicazione torcia e lasciò che fosse lei a fare strada. Riuscirono ad arrivare al piano successivo sani e salvi. Una volta entrati, Josie calciò accidentalmente un mucchio di bobine di cavi rinsecchiti e coperti di muffa, che finirono sparsi in tutte le direzioni. Mentre si facevano strada tra altri rottami, la torcia di Turner si posò su un rullo grande quanto lui. «Quello che voglio sapere è perché Roger Bell è in cerca di vendetta, visto che se l'era cavata!»

Era una domanda con cui Josie si era tormentata tutto il

giorno. «Per non parlare del fatto che è della peggiore razza di bastardi malati rintracciare e sedurre la donna che stava crescendo la bambina che lui aveva quasi accoltellato a morte anni prima.» continuò Turner. «Mi chiedo poi come abbia fatto a rintracciarla. Vorrei proprio capire che cosa stava cercando di combinare. Ti dico una cosa, Quinn: ho visto cose folli nella mia vita, ma niente di contorto come questa storia.»

Aggirando un mucchio di quella che sembrava lana secca, ma che forse era ciò che restava di un roditore peloso, Josie si limitò ad annuire. Mancavano più pezzi del puzzle di quanto pensasse. Non lo avrebbe mai detto ad alta voce, ma Turner aveva ragione: le scelte intraprese da Roger Bell non avevano senso. Avrebbe potuto passare gli ultimi quindici anni della sua vita a festeggiare per essere scampato alla galera e invece aveva finito col crescere la bambina che aveva quasi ucciso e con l'elaborazione di un piano per eliminare i familiari delle persone che con una serie di azioni lo avevano tenuto fuori di prigione.

Era completamente fuori da ogni logica.

Josie sentì il rumore di piccoli passi che grattavano sul pavimento. Il fascio della torcia di Turner ondeggiò freneticamente quando lui saltò in aria. «Maledetti roditori! Questo posto mi mette davvero i brividi, Quinn.»

Puntando la torcia nella sua direzione si accorse di quanta polvere si era accumulata tra i suoi folti riccioli. Con gli occhi spalancati come fari, Turner cercava qualcosa sul pavimento intorno ai suoi piedi. Con la mano libera, si pizzicava la barba. Era lo stesso gesto nervoso che aveva fatto la notte in cui aveva accompagnato Amber a casa sua. Era inequivocabile che quello era il tic di quando era ai massimi stati di allerta. Anche lei odiava stare nei luoghi bui, ma riusciva a sopportarli se erano abbastanza grandi. Erano i luoghi bui, piccoli e angusti che la sconvolgevano. Un altro regalo della donna che l'aveva rapita e aveva finto di essere sua madre.

«Turner...» disse Josie, cercando di distrarlo. «Perché pensi che Roger Bell abbia aspettato tutto questo tempo per agire?»

Lui diede un'ultima occhiata ai suoi piedi e riprese a camminare. «Che diavolo ne so...»

Scuotendo la testa, anche Josie si rimise in marcia, illuminando il pavimento con la torcia alla ricerca di eventuali buchi o macchie di marcio. «Pensaci.»

«Perché devo sempre essere io quello che fa il lavoro di testa?» si lamentò lui.

Una struttura imponente si profilò davanti a loro. Il cuore di Josie ebbe un piccolo sussulto. Il suo corpo se ne ricordò prima ancora che la sua mente ci arrivasse. «Sai com'è, farebbe parte del tuo lavoro...» gli rispose.

«Non lo so. Quando le persone perdono il controllo, di solito c'è un evento scatenante. La morte di sua figlia. È quella che potrebbe averlo fatto crollare. Insomma, se all'improvviso rimani senza i tuoi figli, che senso ha vivere, dico bene?»

Rimanendo immobile, Josie girò la testa nella sua direzione. Era forse un altro inspiegabile barlume della sua umanità? Cosa ne sapeva lui di avere figli? Josie non riusciva proprio a immaginarselo come padre. Nella penombra, riusciva a malapena a vedergli la faccia.

«Che ti prende?» le chiese lui. «Non pensi che io abbia ragione? Oh, pensi che Roger Bell non provasse sentimenti del genere, dico bene? Perché è un assassino spietato!»

Il ricordo di Felicity Cook, o Jenna Hampton come la si voleva chiamare, che moriva dissanguata sotto le sue mani, fece venire la nausea a Josie esattamente come quindici anni prima. Che tipo di persona poteva fare una cosa del genere a una bambina? Non una persona che avesse un minimo di istinto genitoriale. Non credeva che una persona simile fosse capace di un cambiamento così radicale.

«Penso che la morte di Jenna sia stata la goccia che ha fatto traboccare il vaso.» Non sarebbe arrivata al punto di dire che Turner poteva avere "ragione" perché altrimenti sarebbe diventato insopportabile per giorni. «Non sono sicura del perché. Dai, c'è un posto più avanti che voglio controllare.»

SESSANTUNO

Silenziosamente, Turner si fece strada tra cumuli di sporcizia e detriti accanto a lei fino a quando l'enorme macchinario non apparve in tutta la sua imponenza. Reclinò la testa all'indietro per osservarla nella sua interezza, muovendo la torcia come la bacchetta di un direttore d'orchestra per cercare di coglierne l'immagine completa. «E questo coso che diavolo sarebbe?»

A Josie le parole rimasero incastrate in gola mentre il ricordo dell'ultima volta che si era trovata davanti a quella macchina le tornava alla mente. Si schiarì la voce e riprovò, ma le sembrava che suonasse comunque strozzata. «È una macchina per la tintura a flusso morbido...»

La bestia metallica era costituita da un immenso e complesso sistema di pompe, ugelli e tubi, che circondavano un cilindro così enorme che era necessaria una scala per raggiungerne la sommità. La camera metallica era ricoperta di ruggine. L'ultima volta che Josie l'aveva vista, una lunga fessura lasciava un buco irregolare e frastagliato proprio al centro. Anni dopo, l'apertura era diventata così grande che aveva diviso la camera in due parti, di cui una era crollata a terra, poiché la struttura sottostante si era sgretolata, mentre l'altra era rimasta integra.

Nonostante il cuore le battesse all'impazzata, Josie si avvicinò e cercò di guardare all'interno delle due cavità, ma non ci arrivava bene.

«Turner...» disse, cercando di mantenere la voce ferma. «Riesci a vedere cosa c'è dentro?»

«Ci hanno già guardato prima. Se pensi che Isaac, o se preferisci Bell, si sia nascosto lì dentro, scordatelo.»

«Lo so che ci hanno già guardato, ma voglio comunque vedere se c'è qualcosa dentro.»

Lui si puntò la torcia del cellulare sotto il mento, conferendo al suo viso un'aria inquietante e spettrale. «Ratti. Ci sono dei ratti dentro. Contenta? Se vuoi guardare dentro, arrampicati e guarda da sola.»

Arrampicarsi nel vano della macchina per la tintura era proprio l'ultima cosa che voleva fare, ma il suo istinto - o quasi certamente l'esperienza passata - le suggeriva che se c'era un posto in quell'edificio nel quale avrebbero potuto trovare qualcosa di utile, era proprio là dentro. Aveva la lingua secca come carta vetrata. Si trovava davanti alla scelta tra continuare a cercare di convincere Turner o limitarsi semplicemente a dirgli la verità e questa seconda opzione era allettante quanto sottoporsi a una colonscopia. A onor del vero, tuttavia, l'ultima volta che gli aveva chiesto un favore del genere — cioè, di trattare con rispetto l'addestratore della loro unità cinofila, Luke Creighton, e dall'astenersi di fare commenti sulle mani che gli erano state sfregiate quando era stato rapito nel corso delle indagini che avevano posto fine alla loro relazione — Turner lo aveva fatto.

«Non ce la faccio...» ammise Josie con un sospiro. «Non posso entrare in quel macchinario. O meglio, potrei, ma...» avrebbe avuto bisogno che ci fossero Noah o Gretchen lì con lei. In alternativa avrebbe potuto stringere i denti e sperare di non svenire. «Quando Sophia Bowen non riuscì a uccidermi facendomi cadere dalla tromba delle scale, mi costrinse a entrare in quella macchina e... non mi trovo molto bene nei luoghi bui e angusti, chiaro? Se lì ci fosse qualcuno che avesse bisogno di essere salvato, mi ci tufferei dentro e pregherei di avere in corso una scarica di adrenalina più forte dell'attacco di panico, ma come hai detto tu, non c'è nessuno. Quindi... ti chiedo se puoi pensarci tu. Per favore.»

Dio solo sapeva quanto detestava dovergli chiedere un favore, quanto detestava parlare di questi argomenti con chiunque non fosse Noah, Gretchen o la sua terapeuta. Aspettò che Turner ridesse, che facesse qualche battutina tagliente o un commento provocatorio. E invece non accadde nulla. Al contrario, lui le chiese: «Non ti trovi molto bene nei luoghi bui e angusti a causa di quella strega di Sophia Bowen o per qualche altro motivo?»

I suoi occhi si piantarono in quelli di Turner nella penombra offerta dalle luci. Una volta tanto, del luccichio malizioso che vi scorgeva spesso e volentieri non c'era traccia. In compenso, si tirava di nuovo la barba.

«Ha importanza?» gli chiese lei.

Ci fu un attimo di silenzio prima che lui scuotesse la testa e dicesse: «No, no, affatto. Non ha alcuna importanza. Controllerò prima quello a sinistra. Puoi tenere la luce puntata sull'apertura?»

Sconvolta dalla sua mancanza di reazione, Josie mormorò un "certo" e fece come lui le aveva chiesto. Per Turner, con il suo fisico robusto e gambe e braccia lunghe, fu un gioco da ragazzi arrampicarsi fin lassù. Scomparve all'interno di una delle due metà, con la luce del suo telefono che rimbalzava freneticamente mentre si guardava intorno. Quando riemerse, il suo labbro superiore era arricciato in segno di disgusto. «Per ogni futura occasione...» disse, «io non mi trovo molto bene con i topi ed è proprio a causa di un'esperienza passata.»

Una risata le sfuggì inaspettatamente dalla gola. Non aveva mai pensato di ridere a qualcosa che fosse uscito dalla bocca di

Turner. Rideva quasi sempre a sue spese, ma mai delle sue battute. Dove stava andando a finire il mondo?

La sua voce riecheggiò dall'altra metà del cilindro. «Credo che ora ci intendiamo, Quinn.»

«No, non direi proprio.»

Pochi istanti dopo, uscì dall'apertura con una mano tesa sopra la testa. Qualcosa di luccicante penzolava tra le sue dita. «Ho trovato qualcosa. Una collanina...»

Saltò giù dalla macchina per la tintura e gliela mostrò mettendogliela davanti al viso. La collana era in condizioni perfette. Una catenina d'oro scintillante con un ciondolo abbinato a forma della lettera J.

L'iniziale di Juliet.

La catenina era spezzata, come se qualcuno gliel'avesse strappata dal collo. Era riuscita lei a farlo per lasciarsi dietro un indizio che loro potessero seguire? O si era semplicemente staccata quando Roger Bell l'aveva strattonata per tirarla fuori dal tubo?

«C'è del sangue lì dentro?»

«Non ne ho visto...» rispose Turner.

«Bell l'ha trattenuta qui dentro...» disse Josie, con un moto di eccitazione che prendeva il sopravvento sullo sconforto. «L'ha portata via da casa sua ieri sera verso mezzanotte, meno di ventiquattr'ore fa, con una delle auto dei Bowen.»

Turner lasciò penzolare il ciondolo, che brillava alla luce delle torce. «Ma poi è tornato a casa per rovinare la vita di sua moglie e chiederle di consegnarti uno stupido e criptico messaggio.»

«Poi è ripartito con la sua auto ed è venuto qui.»

«Perché aveva lasciato qui la ragazza...» disse Turner puntando la luce del telefono verso il macchinario per la tintura. «Lì dentro. Dobbiamo ancora risolvere il problema dell'auto, Quinn. Questo tizio non ha accesso alle vecchie automobili senza GPS dell'autofficina. Ma ha guidato la macchina dei Bowen fino alla scuola elementare di West Denton e l'ha lasciata là.»

«Ma aveva Juliet con sé e l'ha portata qui.» disse Josie riprendendo il filo del ragionamento. «Non possono aver fatto tutta la strada a piedi, quindi deve averla accompagnata fin qui in macchina. Possiamo controllare la cronologia GPS dell'auto parcheggiata fuori per vedere se è quella che ha usato per portare la ragazza qui ieri sera.»

«Ma anche così, avrebbe comunque dovuto tenere un'auto di riserva in questo posto.» le fece notare Turner. «Per andarsene. Cosa ne pensi? Poteva esserci la vecchietta? Magari ha un'auto. O forse uno dei veicoli del parcheggio dello Schock's Auto Repair che non è stato registrato?»

«Non saprei dire.» rispose Josie. «Ma adesso non ha importanza. La cosa che conta adesso è che ci sono ottime possibilità che Juliet Bowen sia ancora viva e, se così fosse, potremmo riuscire a trovarla prima che lui la uccida.»

Turner mise la collana in tasca. Avrebbe dovuto lasciarla dove l'aveva trovata e chiamare la Squadra di Raccolta delle Prove, ma ormai l'avevano già toccata e Josie era troppo entusiasta all'idea che Juliet Bowen potesse essere ancora in vita per preoccuparsi di rimproverarlo, anche se sicuramente lo avrebbe fatto più tardi. «Sono favorevole alle grandi imprese eroiche...» le disse Turner. «Ma non abbiamo neanche mezzo modo di trovarla.»

«Mi ha lasciato un messaggio.» gli ricordò Josie. «*"Devi guardare da un'altra prospettiva"*.»

«E che diavolo vorrebbe dire?»

«Ah, non ne ho idea, ma dobbiamo riuscire a capirlo a tutti i costi. Dobbiamo arrivarci per forza! Ci ha fatto giocare a questo gioco. Non ci avrebbe dato... le carte se non avesse voluto che continuassimo a partecipare. Ci sono il messaggio e la polaroid...»

«Fanculo quella polaroid, Quinn. Una schiera di cime di

alberi del cazzo fin dove occhio può vedere? Nel bel mezzo della Pennsylvania centrale? Ma fammi il favore!»

Josie lo guardò con aria scettica. «Se hai qualche idea migliore, sono tutt'orecchi.»

Turner fece un balzo e lanciò un urlo da bambino che le diede una grandissima soddisfazione quando due ratti gli salirono sulle scarpe. Si lasciò andare a un flusso di imprecazioni e per poco non gli cadde il telefono. «Possiamo andarcene da questo posto?»

Josie si voltò per tornare verso le scale. «Scarponi. Ti serve un paio di scarponi per lavorare a Denton.»

Lo sentì bofonchiare qualcosa sottovoce e non riprese a parlare finché non furono di nuovo nella tromba delle scale: «Il nostro uomo non fa nulla a caso, giusto? Tranne, forse, la questione delle auto senza GPS, ma anche quelle devono avere una funzione. A parte questo, tutto ciò che ha fatto ha avuto qualche collegamento con indagini precedenti o con le persone che hanno combinato quel mezzo disastro sulla scena del crimine in casa dei Cook.»

Josie procedeva con cautela. Non riusciva a scrollarsi di dosso quella paura matta che le era venuta precipitando nel vuoto quando i gradini dell'altra tromba delle scale avevano ceduto. «È esatto.»

«E sta continuando per questa strada anche quando non gli serve a nulla...» aggiunse Turner. «Anche adesso che non può più prendere le auto da quel parcheggio, ne ha ancora una qui e una là, e si trascina appresso questa ragazzina in giro per il mondo. In questo modo non fa che aumentare le probabilità di essere catturato. Quindi, non capisco per quale motivo si dia così tanto da fare...»

«Sarebbe a dire che il fatto di essersi servito di questo vecchio stabilimento abbandonato dovrebbe avere un significato?» gli chiese.

«Sì, e poi ha lasciato l'auto dei Bowen in quella scuola a

West Denton. Dai, Quinn. Non ti torna in mente nessun caso importante in cui è capitato qualcosa in questa fabbrica e in quella scuola?»

Si mise a ripassare mentalmente i casi più memorabili che aveva risolto. Intanto, raggiunsero il pianterreno e si diressero verso l'uscita. Il collegamento di Sophia Bowen con quella fabbrica tessile abbandonata non era molto noto tanto più che non era stato riportato dalla stampa. Era una coincidenza bizzarra. E se invece avesse provato a collegare la vecchia fabbrica e la scuola elementare di West Denton?

Qualcosa le balenò nella mente. Un dettaglio collegato a quella scuola. Un ricordo sfarfallò tra un pensiero e l'altro. Provò a fermarlo, ma non riuscì a coglierlo appieno. Una volta usciti, Turner fece un respiro profondo e iniziò a spazzolare il suo abito. Lui non pensava che la polaroid o il messaggio fossero importanti. Ma se, al contrario, fossero stati in combinazione con gli altri elementi?

La vecchia fabbrica abbandonata.

La scuola elementare di West Denton.

Le cime degli alberi.

Il messaggio: "Devi guardare da un'altra prospettiva".

Josie si guardò intorno nel parcheggio ricoperto di erbacce dove i membri della Squadra di Raccolta delle Prove stavano ancora lavorando. Turner si avvicinò a Hummel scambiandoci qualche parola e indicandogli l'edificio. Tirò fuori di nuovo la collanina. Ormai oltre alle luci alogene c'era solo la notte.

Le cime degli alberi.

La vecchia fabbrica abbandonata.

Josie si voltò finché non si ritrovò a guardare in direzione della sua vecchia scuola superiore, la Denton East High School. C'era una piccola montagnola che separava la fabbrica dall'edificio della scuola, dalla cui sommità si potevano vedere le cime degli alberi e la fabbrica in tutto il suo decadente splendore. Possibile che Juliet Bowen fosse lassù? Si affacciava sugli alberi.

Forse era quello il significato del messaggio. Ma la polaroid non mostrava la vecchia fabbrica. C'erano solo le cime degli alberi nella polaroid. Senza contare che la sommità della montagnola non era un luogo di facile accesso. L'ultima volta che Josie era stata là in cima, le avevano sparato addosso e per fortuna aveva il giubbotto antiproiettile. In più, ci aveva messo un'eternità per tornare a valle.

«Oh mio Dio...» esclamò.

Intanto che lei rifletteva, Turner e Hummel si erano messi a discutere, ignari di tutto.

Le avevano sparato sulla sommità di quella montagna che sovrastava la fabbrica durante le indagini sulla scomparsa di Lucy Ross, una bambina di sette anni che era stata rapita al parco giochi.

Josie si avvicinò a Turner e Hummel. «Ehi!»

Stavano urlando troppo forte l'uno contro l'altro per sentirla. Lucy Ross frequentava la scuola elementare di West Denton. Le varie piste che si erano prodotte durante quell'indagine li avevano portati da un capo all'altro della città, compreso un luogo molto particolare situato a un chilometro e mezzo dentro al bosco nella regione settentrionale di Denton, accessibile solo tramite un sentiero escursionistico. Ora che aveva capito, si sentiva stupida per non esserci arrivata prima solo guardando la polaroid e pensando al messaggio di Roger Bell. "Devi guardare da un'altra prospettiva". Glielo aveva praticamente spiegato a chiare lettere.

«Ehi!» riprovò Josie alzando la voce, ma vedendo che non otteneva risposta, gridò abbastanza forte da farsi sentire da tutte le persone presenti sullo spiazzo. «So dove si trova Juliet Bowen!»

Turner e Hummel rimasero immobili. Girarono la testa verso di lei. «Dove?» disse Turner.

«Al Belvedere.»

SESSANTADUE

Il Belvedere era una delle tante e insolite formazioni rocciose presenti a Denton e nei dintorni: assomigliava molto a un monolite delle dimensioni di un albero, piatto e stretto nella parte superiore, fatta eccezione per un lato che era inclinato quanto bastava per consentire agli escursionisti di salire fino in cima. Non era facile, ma era fattibile. Una volta arrivati in cima, di solito si scendeva scivolando sul sedere. Noah diceva sempre che era come uno scivolo gigante. La gente del posto lo chiamava Belvedere perché la parte più alta arrivava allo stesso livello degli alberi che la circondavano.

Josie fissò il monolite mentre si massaggiava la parte bassa della schiena con una mano chiusa. Teneva il corpo nascosto dietro una quercia. Erano nel mezzo della foresta. Nonostante tutte le torce elettriche che lei e gli altri agenti avevano portato con sé, insieme ad alcuni potenti riflettori, la cima del Belvedere non era visibile da terra. Era troppo buio. I suoi colleghi si affaccendavano intorno a lei, tenendosi al riparo dietro gli alberi mentre creavano un perimetro di sicurezza. Una ricerca nell'area circostante non aveva portato all'individuazione di Roger Bell, ma stavano comunque prendendo ogni precauzione possibile. Non aveva dato alcuna indicazione di avere una pistola o di averla usata in uno dei suoi crimini precedenti, ma dovevano comunque considerare la possibilità che fosse armato. Era già di per sé una minaccia, ancor di più se si fosse appostato in cima al Belvedere, in modo da trovarsi in una posizione di vantaggio. Dal punto di vista tattico, era una situazione molto sfavorevole per gli agenti della polizia di Denton.

Josie avvertiva come una sensazione di bruciore allo stomaco, favorita anche dal fatto che, durante il tragitto dalla vecchia fabbrica alla formazione rocciosa, aveva trovato nel vano portaoggetti della sua auto una barretta di cereali scaduta che aveva ingoiato a fatica e che da un po' le provocava un fastidioso brontolio allo stomaco. Come se non bastasse, risentiva di una pesantezza alle braccia e alle gambe, e le facevano male i piedi. Ma riposarsi era fuori discussione.

Sentì l'odore del dopobarba di Noah prima ancora di percepire il calore del suo corpo alle sue spalle. «Il drone mostra due figure lassù.»

«Due?» disse incredula Josie. «Si riesce ad averne un'immagine chiara?»

Noah scosse la testa. «Dall'università ci hanno mandato un drone termico questa volta, quindi rileva solo le tracce di calore.»

Due tracce di calore indicavano che Juliet Bowen era ancora viva. «Anche il capo è arrivato...» proseguì Noah. «Stiamo cercando di capire come affrontare la situazione. È abbastanza evidente che non riusciremo a far arrivare una gru fin qua, dal momento che non riusciamo nemmeno ad avvicinare le autopattuglie a questa dannata roccia. Il sentiero escursionistico è troppo stretto.»

«Lasciami provare.» disse Josie. «Posso arrampicarmi fino in cima. L'ho già fatto in passato. Anche al buio.»

«È troppo pericoloso.»

«Se non facciamo nulla, ucciderà Juliet Bowen a coltellate.»

«Questo non puoi dirlo con certezza.» ribatté Noah guardandosi intorno. Nel bagliore proiettato da dozzine di diversi tipi di fari, Josie riusciva a vedere il suo viso, la tensione che ne solcava i lineamenti quando disse: «Ha cambiato il suo protocollo. A questo punto non possiamo sapere cosa farà, non possiamo prevedere il suo comportamento.»

Non poteva dargli torto. Fin dall'inizio, il modus operandi di Roger Bell era stato sempre lo stesso: rapiva una donna, la portava in un luogo isolato, la colpiva alla testa per disorientarla, si infilava una tuta protettiva e la accoltellava a morte. Poi lasciava una polaroid che aveva scattato nel luogo in cui si sarebbe trovata la vittima successiva. Infine, se ne andava, si toglieva la tuta insanguinata e saliva su un'auto che aveva "preso in prestito" dal parcheggio dell'autofficina Schock's Auto Repair. Che agisse da solo e l'avesse nascosta vicino alla scena del crimine in un momento precedente o che si facesse aiutare da un complice – quale la misteriosa figura della vecchietta, o chiunque altro lo aspettasse a bordo - continuava a rimanere un mistero. In ogni caso, a parte qualche piccola variazione, come quando aveva attirato Jared Rowe alla chiesa di Harper's Peak e l'aveva lasciato vivere, le azioni di Roger Bell erano state coerenti con il suo protocollo.

Di colpo, con Juliet Bowen, lo aveva cambiato e invece di ucciderla e lasciare una polaroid accanto al suo cadavere, ne aveva lasciata una nel suo letto quando l'aveva rapita da casa sua. Quanto al fatto che la polaroid fosse indirizzata a lei, era qualcosa che lasciava Josie esterrefatta, essendo l'ultima sulla lista delle persone di cui poteva volersi vendicare. Sebbene non potessero provarlo, Josie era fermamente convinta che l'uccisione della moglie di Artie Peluso, della madre di Dusty Branson e l'omicidio di Bud Ernst fossero opera di Roger Bell. Per di più erano tutte persone che vivevano fuori dalla giurisdizione della polizia di Denton e che non avevano nulla a che fare con la serie di omicidi a cui aveva dato inizio in città. Eppure, c'era un elemento che li collegava. Forse erano omicidi per fare pratica; il problema era che uno come Roger Bell non avrebbe dovuto aver bisogno di fare pratica.

Si udirono dei passi dietro di loro. Era Gretchen che si stava avvicinando a fatica, seguita da Turner. «Beh...» esordì. «Non ha sparato al drone né gli ha lanciato nulla contro, quindi, immagino che lo possiamo considerare un passo avanti.»

Josie non riusciva ancora a capire per quale motivo quell'uomo fosse così determinato a vendicarsi di tutte le persone coinvolte nelle indagini sul caso Cook. Se c'era qualcuno che aveva motivo di cercare vendetta, quello era Simon Cook, ma il fatto che non fossero ancora riusciti a scoprire il suo nuovo nome impediva loro di fare le dovute ricerche per rintracciarlo. Anche ammettendo la validità di quanto aveva affermato Roger Bell quando aveva detto che era entrato nella stanza dopo l'accoltellamento, era comunque rimasto in libertà e, benché la sua reputazione avesse subito un danno irreparabile, era riuscito comunque a cambiare nome e a ricominciare una nuova vita. Una vita che, a giudicare dalle evidenze, aveva trascorso felicemente con Sheila Hampton e sua figlia Jenna.

Ormai Josie si era convinta che la morte della ragazza aveva scatenato la sua furia omicida. Era una delle poche cose che avevano senso in questo caso assurdo. Se le cose stavano così, significava che Bell si era davvero affezionato a quella ragazza, anche se questo affetto era in totale contrasto con il massacro a cui lei aveva assistito in casa dei Cook, la sua famiglia. Sotto questa prospettiva, qualora il motivo scatenante che aveva spinto Roger Bell a mettere in atto una serie di omicidi fosse stato davvero il dolore per quella perdita, vendicarsi delle persone che nel momento in cui avevano commesso una miriade di errori per incompetenza gli avevano permesso di tornare in libertà diventando così il padre di quella stessa ragazza era un controsenso, almeno in apparenza. Stesso discorso per quanto riguardava Andrew Bowen: cercare di fare del male all'uomo che aveva fatto bene il suo lavoro assicurandogli l'assoluzione era una vera e propria insensatezza. Se non fosse stato che nel corso di tutto il processo aveva sostenuto di essere innocente, si sarebbe quasi detto che fosse arrabbiato per non essere finito in prigione.

A conti fatti, forse stava guardando la cosa dal punto di vista sbagliato. Forse, invece di cercare di mettere insieme mille pezzi di un puzzle malformato, avrebbe dovuto concentrarsi su una singola tessera: l'unico elemento attorno al quale aveva ruotato il caso Cook e, ormai, anche il tour di vendette a cui stavano assistendo, ovvero l'arma del delitto. Il coltello che non era stato inserito nella documentazione e che Andrew Bowen era riuscito a escludere dalla lista dalle prove. Cosa sarebbe successo se il coltello fosse stato presentato durante il processo?

C'era qualcosa che le sfuggiva, ma non riusciva proprio a capire cosa fosse.

Turner si mise a tamburellare con le dita sulla coscia. «Ma è diventato scemo all'improvviso il nostro amico? Si è reso un bersaglio facile in questo modo.»

«È vero...» convenne Noah con un sospiro, «E ci sono solo due modi per scendere da quella roccia: con un paio di manette ai polsi o dentro un sacco per cadaveri.»

Josie tirò fuori il cellulare e scrisse un messaggio al sergente Dan Lamay. A quell'ora doveva aver già smontato il turno, ma sapeva che le avrebbe procurato subito ciò di cui aveva bisogno, senza fare domande. Augurandosi che fosse stato sveglio.

«È proprio un idiota... era sulla buona strada finora.» disse Turner. «Che gli è preso di cambiare le sue abitudini così dal nulla?»

«Perché è quello che fanno gli assassini psicotici.» disse Gretchen. Anche lei guardò il suo telefono. «Ci hanno appena portato gli altri droni. Direi che è il caso di fare un po' di luce lassù. Stiamo cercando qualcuno che sia esperto di arrampicata. Magari potrebbe farci una lezione intensiva così mandiamo qualcuno dei nostri lassù a provare a parlare con questo signore.»

«Scegliete tra di voi chi vuole seguire il corso intensivo di arrampicata...» li avvertì Turner. «Io non mi ci metto. Di certo non nel cuore della notte. E comunque potremmo lasciare che quel bastardo se ne stia lassù ancora un po'. Presto o tardi gli verrà fame o non ne potrà più nemmeno lui e a quel punto sarà costretto a scendere. In tal caso, se gli venisse voglia di farlo buttandosi di sotto, a me non dispiacerà affatto.»

Josie lo fulminò con lo sguardo. «Lassù c'è una ragazza di sedici anni.» gli rammentò.

«E lui non l'ha uccisa.» sottolineò Turner.

«Per il momento.» gli fece notare Josie.

Si sentì lo schiocco di un ramoscello. Tutti e quattro si voltarono alla ricerca della fonte del rumore. Tra i tronchi degli alberi videro avanzare il dottor Chris McAllister, professore dell'Università di Denton. Faceva da consulente al Dipartimento ogni volta che avevano bisogno del supporto dei droni. Aveva in mano un grande controller con uno schermo al centro. Man mano che si avvicinava, Josie vide i colori rosa e viola fosforescenti della parte superiore del Belvedere. Lungo uno dei bordi si intravedevano due figure gialle sfocate. Il dottor McAllister si fermò, armeggiando con i pollici sulle manopole e sui pulsanti posti su entrambi i lati dello schermo. Noah li lasciò, avvicinandosi al professore per conferire con lui.

«E perché non facciamo venire uno di quegli elicotteri di soccorso?» propose Turner. «Quelli con i cestelli.»

«A mali estremi.» rispose Josie. «Ma sulla cima di quella roccia non c'è molto spazio e potrebbe soffiare troppo vento. Senza contare che dovresti convincere Bell a collaborare e a far salire Juliet nel cestello.»

«Siamo in piena emergenza con ostaggi.» dichiarò Gretchen tirando fuori il cellulare. «Non ci resta che chiamare la squadra Pronto Intervento della Polizia di Stato.»

Il SERT, acronimo per Special Emergency Response Team, era un'unità altamente addestrata all'interno della Polizia di Stato. Interveniva in situazioni ad alto rischio, assistendo i dipartimenti di polizia della Pennsylvania che non disponevano di squadre SWAT proprie. Comprendeva sia un'unità tattica che un'unità di negoziazione.

Josie non protestò, sebbene, nonostante la presenza della squadra di Pronto Intervento, restasse ancora il problema di arrivare in sicurezza in cima al Belvedere. Il suo cellulare vibrò. Era un messaggio del sergente Lamay. Evidentemente, doveva essere ancora in centrale. Aprì l'allegato che aveva richiesto e lo scorse rapidamente con occhi frenetici. Il sudore causato dalla densa aria di luglio le si asciugò sulla pelle. Le sembrò che qualcuno le stesse facendo scorrere delle dita fredde lungo la schiena.

«Che ti succede, Quinn?» le chiese Turner.

Prima che lei potesse rispondere, il rapporto che stava leggendo scomparve e fu sostituito da una chiamata in arrivo. Non riconobbe il numero, ma rispose comunque.

Ritrovandosi ad ascoltare la voce di Roger Bell, l'acido che già le bruciava lo stomaco divampò, ancora più caldo. «Detective Quinn. Lo sapevo che mi avrebbe trovato.»

Josie fece cenni convulsi agli altri di avvicinarsi e mise il telefono in vivavoce. Noah e il dottor McAllister si precipitarono da lei. Tutti si accalcarono intorno al telefono, sforzandosi di tendere le orecchie per ascoltare l'altra parte della conversazione. «Cosa vuoi, Roger?»

«Oh, quindi l'hai capito. O te l'ha detto Sheila?»

Il dottor McAllister girò il controller verso di loro. Sullo schermo si vedeva che una delle figure trascinava l'altra verso il bordo della formazione rocciosa. Il corpo della ragazza sembrava inerte, ma emanava ancora calore.

«Fammi parlare con Juliet...» disse Josie.

«Le parlerai quando ci raggiungerai quassù.»

«Stiamo cercando un modo per arrivare lassù. A meno che tu non voglia porre fine a tutto questo e portarla giù di persona...»

«Non è questo il finale che avevo in mente.» ribatté. «Mi devi almeno una conversazione, detective Quinn. Solo noi due.»

Il cuore di Josie prese a battere all'impazzata. Guardò i suoi colleghi. Turner e Gretchen erano concentrati sullo schermo del dottor McAllister. Solo Noah teneva lo sguardo fisso su di lei.

«Se tu mandi giù la ragazza...» disse Josie, «Io ti raggiungerò lassù.»

La risatina di Bell era come carta vetrata che sfregava la pelle. «Se vuoi avere una possibilità di salvare questa piccola puttanella, devi salire fin quassù.»

Il dottor McAllister rimase senza fiato. Per un attimo, il controller gli tremò tra le mani. Poi riportò le figure al centro dello schermo.

«Che bastardo!» disse Turner. «La sta tenendo sospesa nel vuoto.»

Bell stava spingendo il busto di Juliet oltre il bordo del precipizio. Era inginocchiato e teneva una gamba intorno alle caviglie della ragazza in modo da tenerla ferma in posizione. Si vedeva che si dimenava, ma non si vedevano braccia o gambe sventolanti, a indicare che Bell doveva avergliele immobilizzate. Lei era indifesa lassù, in balia di quel pazzo. Quand'anche avesse avuto la forza di reagire o di scappare e scivolare giù dallo scivolo offerto dalla formazione rocciosa fino in fondo, non avrebbe potuto farlo. Attraverso il telefono, Josie sentì la ragazza urlare.

«Smettila di muoverti o morirai prima di quanto avessi previsto.» la minacciò Bell. «Detective, so che mi puoi vedere. Sento il tuo drone.»

Josie udì la ragazza piagnucolare piano. Sullo schermo, il suo corpo era immobile.

«Forza, detective.» la incitò Bell. «Sto diventando impaziente.»

«Fermati.» disse Josie. «Tirala indietro! Arrivo.»

Si voltò per correre verso la base della roccia, ma Noah la afferrò per un polso.

«Quinn...» sussurrò Turner, «quella ragazza è la sua unica carta vincente. Se la lascia andare, non otterrà ciò che vuole. Non la ucciderà solo per farti salire lassù.»

Ma Turner si sbagliava: Roger Bell avrebbe ottenuto esattamente ciò che voleva. La vendetta sul suo vecchio avvocato difensore, il penultimo nome sulla lista di persone con cui aveva un conto in sospeso. Così facendo, avrebbe costretto Josie a convivere con una scelta irragionevole, una decisione di gran lunga peggiore di quella che aveva preso a casa dei Cook quindici anni prima.

«Non me la sento di correre questo rischio...» disse Josie.

Ma la presa di Noah si fece più salda e irremovibile quando le disse: «Josie...». Era capace di infondere una miriade di emozioni solo pronunciando il suo nome. Lo sguardo tormentato nei suoi occhi color nocciola le diceva che nemmeno lui se la sentiva di mettere a rischio la vita di un'innocente ragazza di sedici anni.

«Posso farcela...» disse lei. «L'ho già scalata al buio. L'ho scalata con Ray tantissime volte al liceo.»

La voce di Bell si alzò fino a diventare un urlo nell'orecchio di Josie. «Non mi credi? Allora lascia che ti dia un incentivo in più. Non c'è motivo per cui la morte di questa ragazzina debba essere rapida.»

Guardarono con orrore Roger Bell che tirava Juliet indietro dal precipizio, si metteva a cavalcioni sul suo corpo prono e con una mano prendeva qualcosa all'altezza del fianco. Il video non era abbastanza nitido da permettere loro di vedere cosa fosse, ma quando la sua mano si alzò sopra la testa e poi si abbatté sulla ragazza, Josie capì esattamente cosa stava facendo.

Le aveva dato una coltellata. Poi la voce di Bell vibrò di rabbia: «Se non sei qui tra cinque minuti, continuerò.»

«Sto arrivando. Arrivo subito.» Josie riattaccò e liberò il polso dalla presa di Noah. Si mise a correre verso la base del Belvedere. Non appena i suoi piedi toccarono la pietra, delle mani forti la afferrarono di nuovo per le braccia. Lei cercò di divincolarsi, ma fu inutile. Noah la girò per costringerla a guardarlo negli occhi.

«Josie, hai promesso che saresti sempre tornata a casa da me.»

Sentirlo riferirsi alle promesse matrimoniali le provocò una fitta di paura nel cuore. Ma anche con la paura, costrinse il suo corpo a divincolarsi dalla presa di suo marito. Sentiva ogni centimetro della sua pelle farsi infuocato per l'adrenalina e il panico. Cosa stava facendo Noah? La conosceva bene. Meglio di chiunque altro al mondo. Sapeva che non sarebbe riuscita a convivere con sé stessa se non avesse cercato di salvare Juliet Bowen, per quanto questo significasse rinunciare al lavoro, dire addio alla sua carriera e, forse, persino perdere la vita. «Tu hai promesso di correre sempre verso il pericolo insieme a me...» gli ricordò lei.

Lui annuì. «Lo so.»

Poi la lasciò andare, concedendole un breve vantaggio prima di arrampicarsi dietro di lei.

SESSANTATRÉ

Aveva una torcia alla cintura, ma Josie aveva bisogno delle mani e dei piedi per muoversi sul ripido pendio immerso nell'oscurità. Quando erano ragazzi, Josie e il suo defunto marito Ray avevano imparato a conoscere praticamente ogni formazione rocciosa di Denton, in particolare quelle createsi nelle zone più remote, dove non c'era nessun adulto a dir loro cosa fare o non fare, dove potevano godersi una particolare sensazione di intimità nel ritrovarsi da soli in mezzo ai boschi e salire in cima a una formazione rocciosa, prima fra tutte il Belvedere. Non ci era voluto molto perché diventassero esperti di arrampicata. E quello era uno dei loro posti preferiti proprio perché non erano molti i ragazzi della loro età che riuscivano ad arrampicarsi o che avevano il coraggio di provarci, almeno non più di una volta. Josie e Ray avevano attraversato un'infanzia in cui avevano superato la paura della morte, perlomeno per un certo periodo. Si sentivano invincibili e non avevano mai riflettuto su quanto fosse pericoloso tentare la sorte in così tante occasioni per raggiungere la cima del Belvedere.

Anni dopo, la memoria muscolare stava prendendo il sopravvento, proprio come era successo quando aveva intrapreso la scalata per scoprire se Lucy Ross fosse là in cima. Le sue gambe la portavano su con scioltezza. Rimanendo al centro del percorso, man mano che si avvicinavano alla sommità, il sentiero diventava più ripido. Si sporse in avanti, avanzando con mani e piedi, e concentrandosi sulla sensazione della pietra fresca al tatto, così da non pensare a quanto fossero in alto o al fatto che qualsiasi movimento troppo a sinistra o troppo a destra l'avrebbe fatta precipitare verso la morte. Si concentrò sul suono del respiro di Noah, che era sempre dietro di lei. Anche lui era cresciuto a Denton. Aveva frequentato lo stesso liceo dove avevano studiato lei e Ray e, sicuramente, quella non era la prima volta che gli capitava di scalare quella roccia.

Per quanto fosse sicura della sua capacità di affrontare il Belvedere, il suo corpo reagiva comunque alla minaccia di scivolare di sotto. Cominciavano a sudarle le mani. Una fastidiosa pressione le opprimeva il petto e le rendeva difficile respirare. Il sangue le pulsava nelle orecchie. Sentiva un formicolio al cuoio capelluto.

«I droni...» la avvisò Noah.

Ormai mancavano pochi metri dalla cima e due piccoli dispositivi ricoperti di luci sfrecciarono sopra le loro teste. Rimasero sospesi nel cielo, emanando una luce inquietante. «Grazie a Dio...» mormorò lei. Finalmente raggiunsero la cima. Josie si gettò oltre il bordo dell'altopiano, atterrando sulle ginocchia. «Sono arrivata!» annunciò. «Sono arrivata!»

Barcollando per rimettersi in piedi, estrasse la sua pistola. Roger Bell era a poco più di cinque metri di distanza. Trascinò Juliet a sé e la costrinse a rialzarsi avvolgendole un braccio intorno al collo. Josie poteva vedere lo sforzo che gli costava tenerla in piedi dal modo in cui i muscoli del suo avambraccio erano tesi. I polsi e le caviglie della ragazza erano legati con delle fascette. Il suo rapitore le premeva la punta di una lama macchiata di sangue contro il fianco. Una macchia rossa si diffondeva sulla maglietta bianca di Juliet, in corrispondenza di una ferita all'altezza dell'addome. Senza cure mediche avrebbe continuato a sanguinare, ma una ferita al petto sarebbe stata molto peggiore. Se la lama le avesse reciso il cuore, avrebbe avuto molto meno tempo. Aveva gli occhi chiusi, ma Josie poteva vedere tracce di lacrime sulle guance. I suoi lunghi capelli scuri erano arruffati e sporchi di terra e foglie.

Nonostante il ronzio dei droni sopra le loro teste e il suo respiro affannoso, Josie riuscì a sentire Noah che si muoveva proprio dietro di lei, premurandosi di rimanere nascosto alla vista, ma a lei bastava sapere che era a un passo, pronto all'azione. Tenendo la pistola puntata verso il terreno, Josie fece un passo di lato, cercando di ottenere un angolo di tiro migliore su Roger Bell, una posizione che le avrebbe concesso le migliori possibilità di non colpire Juliet nell'evenienza in cui avesse dovuto fare fuoco. In tutta risposta, lui indietreggiò, trascinando con sé il corpo inerte della ragazza, pericolosamente vicino al precipizio.

«La scongiuro...» sussurrò la ragazza rivolgendosi a Josie. «Mi porti via da qui.»

Josie fece un passo verso di loro, cercando di reprimere la paura che le faceva venire la pelle d'oca. Anche con i piedi ben saldi a terra, era difficile combattere la sensazione di vertigine. I droni in volo emettevano una discreta quantità di luce. Era il buio pesto oltre la cupola di quella luce che minacciava il senso di equilibrio di Josie. Caduta libera in ogni direzione. «Lasciala andare, Roger.»

Bell si avvicinò di più al bordo. Juliet gemette di dolore e le venne naturale cercare di raggomitolarsi su sé stessa, ma lui la costrinse a rimanere dritta.

«Mi sembrava di aver capito che volevi parlare con me, Roger.» cominciò Josie, cercando di tenere traccia della sua posizione rispetto al precipizio, ma distogliere lo sguardo da Bell e Juliet anche solo per un secondo le dava le vertigini. «Devi far scendere Juliet.»

«Ma così mi spareresti prima ancora di aver avuto modo di chiarire le cose, detective. Non credo proprio.»

Le braccia le facevano male. «Io metterò via la mia pistola se tu permetterai a Juliet di mettersi a terra.»

«Non sono stupido, detective. Prima devi mettere via la pistola.»

Noah era ancora nascosto; Josie doveva provare a dargli una possibilità se fosse riuscita ad allontanare l'uomo dalla ragazza. Così, con gesti lenti, rimise la pistola nella fondina. L'uomo allentò la presa sulla ragazza e la fece calare a terra. Lei si raggomitolò su un fianco, posizionandosi con il bordo del precipizio a pochi centimetri dalle ginocchia. Roger Bell non le si allontanò di un millimetro, con il coltello ancora penzolante dalla mano. Era ancora abbastanza vicino da spingerla di sotto addirittura anche dandole solo un calcio. Josie pensò di negoziare ulteriormente per dare a Juliet il modo di mettersi in una posizione meno precaria, ma lui era troppo intelligente per rendersi vulnerabile, specialmente considerando che lei aveva una pistola.

«Non sei costretto a farlo...» disse Josie. «Non sei costretto a far del male a quella ragazza più di quanto tu non le abbia già fatto.»

«Oh, invece sì. A questo punto non mi resta davvero altra scelta, non ti pare Detective?»

La pelle sul suo viso era lucida di sudore e di un colore lattiginoso. I capelli biondi brillavano. Josie si chiese se li avesse tinti in tutti quegli anni. Lievi linee argentate solcavano il suo collo dove un tempo c'era stato il tatuaggio di un serpente. Si vedeva uno strano luccichio nei suoi occhi, eccitato e predatorio. Il suo corpo era immobile e rilassato, tranne che per la presa così stretta sul coltello che le nocche gli erano diventate bianche. Era in trappola. Non aveva più via di scampo. Lo sapeva bene. Aveva fatto di tutto per creare proprio quella situazione, eppure sembrava stranamente felice.

Aspettativa. Ecco cos'era che Josie vedeva nei suoi occhi.

Il terrore le prese il cuore, stringendoglielo con fitte dolorose. Ogni cosa intorno a loro in quell'abisso di oscurità vibrava contro il bagliore delle luci del drone.

Giunta alla conclusione che se gli fosse soltanto interessato uccidere la ragazza a quel punto lo avrebbe già fatto, lo incalzò: «Allora cos'è che vuoi, Roger?»

Strinse ancora più forte le dita attorno al manico del coltello. «Cosa pensi che voglia, Detective Quinn?»

«Vuoi che la gente paghi. Ci sei riuscito. Non hai bisogno di uccidere anche questa ragazza. Hai già chiarito il tuo punto di vista. Hai fatto soffrire delle famiglie, tanto dentro quanto fuori da questa città. Le hai fatte soffrire proprio come tu e Mrs. Hampton state soffrendo ora che Jenna non c'è più. Adesso è finita. Hai ottenuto quello che volevi.»

Lui si lanciò verso di lei, brandendo il coltello in aria. Nonostante il brivido di puro terrore che le scosse il corpo, Josie riuscì a rimanere immobile.

«Se pensi che io abbia ottenuto ciò che volevo, allora non stai prestando attenzione. Pensavo che una volta ricevuto il mio messaggio saresti riuscita a capire.»

Josie ripassò mentalmente il rapporto che Lamay le aveva inviato poco prima di ricevere la chiamata di Roger Bell. Quindici anni prima nessuno aveva prestato attenzione alla questione, o se l'avevano fatto, non se ne erano curati. La sua mente si mise a scandagliare freneticamente ogni dettaglio per ricostruire il quadro generale, per capire cosa li avesse portati a quel punto, ma una cosa le era diventata chiara: Roger Bell non cercava solo vendetta. Avrebbe potuto ottenerla senza tutta quella teatralità, senza consegnarsi alla polizia su un piatto d'argento.

Voleva che la sua storia fosse raccontata. Quegli omicidi facevano parte di una scenografia per attirare l'attenzione delle persone che avevano commesso una serie di mancanze verso lui e verso la famiglia Cook, oltre che per allestire una forma di vendetta.

«Roger, lo capisco.» si affrettò a dire Josie.

Bell si inginocchiò, chinandosi su Juliet. «Ti ho scelta, Detective. Ti ho risparmiata! Perché pensavo fossi migliore di tutti gli altri. Pensavo vedessi cose che gli altri non riescono a vedere. Avevi visto la ragazza per strada quel giorno, vero? Ti ricordi il suo nome?»

«No.»

Aveva setacciato il fascicolo sui Cook, ma la ragazza si era rifiutata di rilasciare una dichiarazione, figuriamoci di sporgere denuncia contro Lampson.

«Tory.» disse Bell.

Josie non capiva dove volesse arrivare, ma non aveva importanza perché l'unica cosa che contava era che stava abbassando la mano libera sul fianco di Juliet. Josie incespicò in avanti, con lo scarpone che si impigliò in una fessura nella pietra e il suo corpo barcollò e si contorse nel tentativo di ritrovare l'equilibrio.

«Fermati!» gridò, pensando che Bell stesse per far rotolare Juliet giù dal bordo e nel vuoto. Invece, lo vide tenere fermo il corpo della ragazza e sollevare il coltello sopra la testa. Josie reagì d'istinto, avvicinandosi a lui e afferrandogli il polso con entrambe le mani. Lui le dava le spalle, quindi non era preparato al suo attacco e mentre lottava per liberarsi dalla sua presa, cercando ancora di affondare il coltello nel fianco della ragazza, Josie ebbe un improvviso momento di perfetta lucidità. Le immagini della scena del crimine dei Cook le balenarono nella mente, come un mazzo di carte mescolato.

Simon Cook in ospedale, tre coltellate alla schiena. La cucina. Il ceppo portacoltelli. Lo zaino nella camera da letto di Miranda O'Malley, pieno fino a scoppiare. I mobili spostati a occludere l'ingresso oltre la porta. Lo zaino rovesciato di Simon Cook, con il contenuto sparso sul letto. La custodia in pelle troppo grande per un iPod. Un'altra immagine le tornò alla mente, non dalle foto del fascicolo, ma dalla sua memoria. La piccola Felicity Cook, con il petto squarciato, ma ancora in vita, salvata dal fratello maggiore che le aveva fatto scudo con il proprio corpo, per uno strano scherzo del destino. All'improvviso i frammenti di informazioni che Josie aveva raccolto nel corso dell'ultima settimana durante gli interrogatori e nella revisione del fascicolo sui Cook formarono un insieme. La testimone che aveva detto che Roger Bell era ossessionato in modo innaturale da Miranda O'Malley. Jenna Hampton morta per problemi cardiaci. Il messaggio che Roger Bell aveva affidato a Sheila Hampton destinato a lei: *"Devi guardare da un'altra prospettiva"*.

Josie cercò di controllare il coltello, tirando indietro il polso di Bell, cercando di allontanarlo da Juliet. «Fermati, Roger! Fermati! Non c'è bisogno che tu lo faccia. Ho capito! D'accordo? Ora ho capito!»

Lui non l'aveva semplicemente fatta arrivare fin lassù. Le aveva chiesto di vedere bene ciò che tutti gli altri avevano trascurato, intenzionalmente o meno, compresi i risultati del test del DNA sul coltello che non erano stati ammessi come prove al processo.

Un'ombra si mosse alle sue spalle: era Noah che si avvicinava lateralmente, puntando la pistola contro il torace di Roger Bell. «Metti giù il coltello! Mettilo giù, subito!»

Non era in una posizione per un buon tiro. Uno sguardo oltre la spalla di Roger Bell bastò a Josie per capire che il punto in cui era steso il corpo di Juliet era più precario che mai. L'uomo non le stringeva più il fianco, ma usava l'altra mano per cercare di staccare le dita di Josie dal suo polso. Ruotò il busto. La lotta per il controllo del coltello fece sì che Bell spingesse Juliet ancora più vicino al bordo. La testa le ricadde nel vuoto, con i capelli che fluttuavano nell'abisso.

Josie urlò ancora più forte. «Ho capito, Roger! Ho capito! Ti prego, fermati.»

Noah rinfoderò la pistola e si unì a Josie, afferrando la mano libera di Bell e costringendolo a metterla dietro la schiena. Il movimento lo stordì abbastanza a lungo da permettere a Josie di strappargli il coltello dalle mani. Lo gettò via e gli torse il braccio dietro la schiena, come aveva fatto Noah. Sia lei che Noah gli misero le mani sotto le ascelle e lo trascinarono all'indietro. Allora Bell scalciò e con un piede colpì la schiena di Juliet. Il corpo della ragazza vacillò per un breve istante, come congelato. Intorno a Josie, il mondo intero divenne silenzioso e immobile. Anche l'aria nei suoi polmoni si congelò. Poi Noah lasciò andare Bell e si tuffò verso Juliet, proprio mentre lei rotolava nell'oscurità.

SESSANTAQUATTRO

«No!» Josie spinse Bell da parte e si precipitò verso Noah, che era a pancia in giù, con le braccia penzoloni dal bordo. Lei si inginocchiò e si sporse quanto più possibile. Un lungo sospiro le sfuggì dai polmoni quando vide le mani di Noah aggrappate a un gomito di Juliet. Le fascette che le tenevano uniti i polsi gli davano più trazione, ma Josie capì dalle vene gonfie sulla fronte e dal modo in cui lui digrignava i denti che non sarebbe riuscito a tenerla a lungo. Juliet era completamente inerte, un peso morto. Josie si distese a pancia in giù accanto a Noah e allungò le braccia verso la ragazza, ma non le aveva lunghe come le aveva Noah. Con un gemito, lui cercò di far oscillare leggermente il corpo della ragazza verso Josie. Questo semplice movimento gli costò qualche centimetro, portandolo a scivolare di poco in avanti. Josie era troppo concentrata sui suoi tentativi di afferrare la spalla di Juliet per rendersi conto del panico che le stava crescendo dentro. Infilando una mano sotto l'ascella di Juliet, tirò con tutte le sue forze. Il sudore le colava sul viso. Le punte degli scarponi scavavano nella pietra e con le ginocchia vi premeva contro. Aveva gli addominali tesi, mentre usava ogni grammo di forza che aveva per aiutare Noah a riportare la ragazza in salvo sulla roccia. Riuscirono a tirare il corpo di Juliet verso l'alto, trascinandola per le braccia sul pavimento di pietra in modo che la sporgenza le si infilasse sotto le ascelle. Il mento le ricadde sul petto, sfiorando quasi la superficie rocciosa. Poi una grande mano afferrò Josie per la nuca e la tirò indietro. Era Roger Bell, che la avvicinò stretta contro il proprio petto. La punta della lama del coltello le punse la pelle della gola. Poi arrivò il caldo rivolo di sangue, che andò a raccogliersi nell'incavo tra il collo e le clavicole. Con entrambe le mani, lei lo strattonò per l'avambraccio, ma lui era troppo forte e lei era troppo preoccupata per Noah ai loro piedi, che cercava di tenere Juliet in posizione. Non c'era modo che lui riuscisse a tirarla su completamente. Non senza aiuto.

L'alito caldo e rancido di Bell le sfiorò la mascella. «Cosa pensi di aver capito?»

«Ogni cosa.» rispose Josie.

Le gambe di Noah tremavano per lo sforzo di impedire al suo busto di farlo scivolare giù. I muscoli degli avambracci erano completamente contratti a ogni tentativo che faceva per tenere ferme le braccia della ragazza. Il cuore di Josie batteva così forte che sembrava non ci fosse alcun intervallo tra un battito e l'altro. In circostanze normali, avrebbe cercato di contrattaccare, ma il combattimento corpo a corpo era caotico e imprevedibile e lei non poteva permettersi un solo passo falso. Avrebbe potuto costare la vita a qualcuno di loro, se non a tutti quanti.

«Dimmi cosa sai, allora...» la incitò Roger Bell.

Josie cercò di regolare il respiro e di sforzarsi di rallentare il battito del cuore. Aveva bisogno di pensare con lucidità, di contrastare l'ondata di adrenalina che le scorreva nelle vene, infiammando ogni cellula del suo corpo. «Permettimi di aiutarli...» lo pregò.

Il coltello le pizzicò di nuovo la pelle delicata della gola. «No. Prima parla. Se hai ragione, forse concederò a uno di loro di continuare a vivere.»

Josie quasi soffocò il sussulto che le salì dalla gola. "Uno di loro". Avrebbe affrontato quel problema quando si fosse presentato. In quel momento, a Noah restavano solo pochi istanti prima di perdere la presa su Juliet Bowen o di cadere insieme a lei. Mentalmente, raccolse tutto il panico che le imperversava nel cervello e lo rinchiuse in una scatola. Una scatola molto resistente. Poi spinse quella scatola nell'impenetrabile cassaforte dentro la sua testa, dove metteva tutte le cose troppo spaventose per la sua mente e il suo corpo da elaborare.

Dio solo sapeva quanto si augurava che la sua teoria fosse giusta. «Non sei stato tu a uccidere i Cook.»

Una leggera tensione abbandonò il corpo di Roger Bell. Josie lo percepì dal modo in cui la presa sul coltello si rilassò contro la sua pelle e dal momentaneo cedimento delle sue ginocchia, che affondarono nella parte posteriore delle sue cosce.

Ma intanto, i respiri affannati e rumorosi di Noah e i versi gutturali che gli uscivano dalla gola le fecero capire che non le restava altro tempo da perdere, così Josie gli raccontò il più velocemente possibile la storia che aveva costruito nella sua testa solo pochi istanti prima. «Non sei stato tu a ucciderli. Tu... hai lavorato in casa dei Cook più a lungo di quanto tu abbia fatto in qualsiasi altra casa del quartiere. Erano diventati come una famiglia per te. Amavi la piccola Felici... Felicity e anche Miranda. A prescindere che fosse minorenne.»

Bell spinse contro la sua schiena, avvicinando i loro corpi uniti a Juliet e a Noah, al quale mollò con un piede un calcio al fianco, appena sotto il rene. Noah fu scosso da un tremito e la sua presa sulla ragazza vacillò. Involontariamente, Josie si lasciò sfuggire un urlo, odiando la disperazione che quel suono trasudava. Aveva sbagliato quell'ultima parte, così si affrettò a fare un altro tentativo, dicendo: «No, no. Tu volevi bene a Miranda. Come a una sorella. Non eri tu a darle fastidio. Volevi solo proteggerla. Qualcosa stava succedendo in quella casa. Forse l'hai visto con i tuoi occhi o forse te l'ha detto lei, ma Miranda era in pericolo. La sua... la sua stanza. Di notte metteva i mobili contro la porta, vero? Per tenere fuori qualcuno.»

Bell guardò Noah dimenarsi ai suoi piedi. Il corpo di Juliet scivolò di qualche altro centimetro.

«Chi era?»

«Simon...» sussurrò Josie. «Era Simon che cercava di tenere fuori. Era lui quello ossessionato da Miranda. Solo un testimone aveva dichiarato che eri tu quello con una fissazione innaturale per lei, che la metteva a disagio. Quel testimone era Simon. Quando cercasti di avvertire i Cook di quello che stava succedendo, lui ribaltò la situazione contro di te. Credettero a lui piuttosto che a te perché era il loro figlio.»

Un velo di sudore ricopriva gli avambracci di Noah. Altri rumori incomprensibili provenivano dal profondo del suo petto. Ogni parte del suo corpo tremava. Juliet era immobile con la fronte appoggiata contro la roccia.

«I Cook ti licenziarono per quello che aveva detto Simon. Miranda aveva confermato la tua versione, ma non le avevano creduto.»

Bell sferrò un altro calcio a Noah, anche questa volta colpendolo al fianco. Noah era troppo concentrato nel cercare di impedire a Juliet di precipitare verso la morte per accorgersene.

«No, no, aspetta, aspetta...» disse Josie. «Voleva confermare la tua versione dei fatti, ma aveva troppa paura di Simon. Lui... lui l'aveva minacciata. Il giorno degli omicidi c'era uno zaino nella sua stanza. Era pieno di vestiti e di trucchi. Miranda era pronta per andarsene. Tu eri tornato quel giorno. In un primo momento avevi provato di nuovo a convincere i Cook che Simon era un pericolo per quella ragazza. Ma loro non ti avevano ascoltato. Così te ne andasti e tornasti in un secondo momento, ma non per fare del male a qualcuno. Tornasti per

Miranda. Volevi portarla via da quella casa, ma quando arrivasti, erano già tutti... morti.»

Il braccio di Bell era come una morsa stretta intorno al suo petto, quasi a impedirle di respirare. Ansimando, Josie proseguì. «Tranne Simon. Entrasti in cucina e lo trovasti che accoltellava la piccola Felicity. Ti dava le spalle. Non si era accorto che eri arrivato. Gli strappasti il coltello dalle mani e glielo conficcasti tre volte nella schiena. Lui... lui cadde addosso alla sorellina. Pensavi che fosse già morta. Tu eri... eri troppo scosso. Eri spaventato. Nessuno ti aveva creduto quando avevi detto la verità, che era stato Simon a importunare Miranda. Quindi, non c'era motivo per cui qualcuno avrebbe dovuto crederti riguardo a chi aveva commesso il massacro della famiglia Cook. Quindi scappasti.»

La sua presa su di lei si fece più salda, ma lei non sentiva più il coltello contro la gola. Spingendola in avanti, lui sollevò un piede in direzione di Noah. Josie lo tirò per un braccio. «Ti prego...» gridò. «Ti prego. Non farlo.»

Invece di tirargli un calcio, Roger Bell appoggiò il piede su uno dei polpacci tremanti di Noah e fece pressione. Noah sibilò per il dolore.

«Il coltello! Il coltello!» urlò Josie con tanto panico nella voce che le uscì più alta di un'ottava. «Il ceppo portacoltelli sul bancone era pieno. Non mancava nessun coltello. Simon era minorenne, quindi non avrebbe potuto comprare un coltello da caccia o un'arma simile, ma nessuno gli avrebbe potuto impedire di acquistare un coltello da cucina. Aveva un fodero. Un fodero di pelle marrone. Quel giorno era sul suo letto, ma non se ne accorse nessuno. Era accanto al suo iPod. Era troppo grande per essere una custodia per iPod, ma nessuno si prese la briga di guardarlo da vicino. Comunque, la cosa più importante è che sul coltello stesso, sulla lama, fu trovato il DNA di tutti i membri della famiglia Cook e di Miranda, mentre solo due persone lasciarono il loro DNA sul manico. Tu e Simon.»

Bell affondò il tallone nella parte posteriore del polpaccio di Noah. Josie si rese conto che non stava più lottando così strenuamente. Aveva una presa più salda su Juliet. Non capiva però se Bell stava ancora cercando di fargli del male o cercava di tenerlo fermo.

«Perché non hai detto a tutti che era stato Simon?» Quella era la parte che Josie non riusciva a capire. Perché Bell non aveva semplicemente puntato il dito contro il ragazzo?

Sulla schiena, sentì un ringhio sommesso vibrare nel petto di Bell. Lasciò la presa del piede sul polpaccio di Noah, che cominciò a scivolare in avanti. Josie si scervellò, cercando di non cedere al tornado urlante e vorticoso di panico che si scontrava con i limiti della sua coscienza.

«Ti scongiuro.» lo implorò, guardando la testa di Juliet scivolare sotto il cornicione. Le parole che seguirono le uscirono dalla bocca così velocemente che riusciva a malapena a metterle in ordine. «Aspetta. Lo so. Mi è venuto in mente. La tua... la tua foto segnaletica! Avevi cercato di dirlo alla polizia quando ti arrestarono, ma ti picchiarono a sangue. È stato Lampson, dico bene? Si rifiutò di trascrivere la tua dichiarazione in cui nominavi Simon Cook. Eri tu il suo sospettato. Era una passeggiata per lui. Era... era pigro come pochi altri. E poi c'era Bowen! Andrew Bowen! Lui... lui non ti aveva creduto. Disse che nessun altro ti avrebbe creduto. Avresti potuto usare una linea di difesa in cui sostenevi di essere arrivato dopo il fatto, ma accusare un ragazzo la cui famiglia era appena stata massacrata e ammettere di averlo accoltellato alla schiena sarebbe stato troppo dannoso. Nessuno ci avrebbe creduto, soprattutto perché eri scappato.»

In qualità di avvocato difensore, Andrew Bowen era tenuto a presentare qualsiasi difesa offerta dal suo cliente, indipendentemente dal suo merito. Invece, aveva intimidito il suo cliente, che già era terribilmente spaventato e vulnerabile, insistendo affinché non accusasse Simon.

«Andrew Bowen non aveva comunque bisogno di una difesa particolarmente elaborata, perché poteva far escludere il coltello dalle prove.» continuò Josie.

Roger Bell rimise il piede sulla gamba di Noah. Josie si sentì mancare le forze per un attimo di sollievo. «Se Bowen ti avesse creduto, se in tribunale avesse presentato la tua versione dei fatti e avesse ammesso il coltello come prova, forse Simon sarebbe stato incriminato. Ma a lui non importava nulla di Simon, né di chi davvero fosse il responsabile del massacro della famiglia Cook. Gli importava soltanto di farti assolvere, perché quello era il suo lavoro.»

Dubitava fortemente che i suoi colleghi all'epoca sarebbero stati disposti a tornare sul caso e a riesaminare le prove con l'obiettivo di considerare Simon Cook come principale sospettato, ma ci sarebbero stati elementi sufficienti a sostegno delle affermazioni di Roger Bell, se Andrew Bowen gli avesse permesso di testimoniare. Se solo il coltello fosse stato ammesso come prova.

«Jo... Josie...» disse Noah con voce strozzata.

Lei tirò di nuovo l'avambraccio di Bell. «Ti prego. Aiutali. O lascia che li aiuti io.»

«Hai dimenticato la parte più importante...» le sussurrò Bell all'orecchio. «Il motivo per cui siamo qui.»

Josie non voleva sprecare altre energie mentali giocando al gioco di Roger Bell. Voleva implorare per la vita di suo marito e di Juliet Bowen, ma sapeva che non sarebbe servito a nulla. «Felicity.» esclamò. «No, Jenna. L'hai rintracciata per proteggerla.»

Il braccio che le stringeva il petto allentò la presa, permettendole finalmente di respirare a fondo. Lei continuò: «Avevi paura che Simon riuscisse a ritrovare lei e, presumibilmente, anche te. Avevi paura che portasse a termine il lavoro che aveva iniziato. Ti sentivi in dovere di proteggerla, dato che lui era ancora a piede libero. Ti sei innamorato di Sheila Hampton e di Jenna.»

Il braccio di Bell ricadde lungo la vita di Josie, trattenendola ora solo con una presa allentata. Lei si chiese se sarebbe riuscita a scattare in avanti, a liberarsi dalla sua presa e a tuffarsi sul corpo tremante di Noah in tempo. «Jenna era tutto per me.» disse Roger Bell con voce roca per l'emozione. «Era tutto ciò che c'era di buono, di puro e di bello a questo mondo. Era la mia seconda possibilità. La mia luce alla fine del tunnel. Un miracolo. Poi è morta. Un omicidio che ha impiegato quindici anni per mietere la sua vittima.»

«Sì.» disse Josie. «I problemi cardiaci di cui soffriva erano dovuti alle ferite da taglio che Simon le aveva inflitto, vero? Il muscolo cardiaco era troppo danneggiato, troppo indebolito per sopravvivere a lungo.»

Josie sentì qualcosa di caldo e umido sulla tempia e capì che Roger Bell stava piangendo. «Sheila aveva cercato di inserirla nella lista dei trapianti, ma l'attesa era troppo lunga. Avrei preferito scontare una mezza dozzina di ergastoli piuttosto che vedere la mia bambina deperire in quel modo e morire. Quel giorno me l'ha portata via e tutti quelli che sono venuti dopo glielo hanno permesso.»

La lasciò andare, spingendola verso Noah mentre sollevava il piede. Bell lasciò cadere il coltello che produsse un forte clangore sulla roccia e si allontanò a grandi passi, dirigendosi verso il lato opposto della formazione rocciosa. Josie non ebbe il tempo di vedere cosa avrebbe fatto dopo perché si gettò a terra a pancia in giù e iniziò a trascinare Juliet Bowen sulla cima del Belvedere. La presa di Noah era debole, le sue braccia tremavano così forte che era difficile credere che avesse ancora forza. Una volta che ebbero tirato il busto della ragazza sulla sporgenza, Josie spinse delicatamente Noah da una parte e la tirò su completamente.

Noah si girò sulla schiena e, con il petto ansimante per

riprendere fiato, fissò il drone che fluttuava sopra le loro teste. Josie premette due dita sulla gola di Juliet, sollevata nel sentire un debole battito. Fu allora che si accorse che Roger Bell la stava fissando all'estremità opposta dello spiazzo di pietra, con le spalle rivolte all'oscurità e i talloni che sfioravano l'abisso oltre il bordo.

«Roger, aspetta...»

Un sorriso triste gli sfiorò le labbra. «Detective Quinn. Sai cosa significa perdere tutto?»

Josie si alzò e gli si avvicinò. «So cosa significa perdere una persona cara.»

Avrebbe dovuto immaginare che era così che lui avrebbe voluto chiudere quella storia.

Nel profondo, lo aveva già capito.

Roger Bell alzò una mano, impedendole di avvicinarglisi. «Vuoi proteggere gli innocenti, Detective? Allora proteggi gli innocenti. Ma non venire a cercarmi.»

Non c'era nulla che potesse fare. Nel tempo che le ci sarebbe voluto per raggiungerlo, lui sarebbe sparito. «M-ma...» balbettò. «L'ultima polaroid. Non puoi... il piano, il tuo gioco... lo lasci incompiuto.»

«Hai trovato questo posto.» le fece notare lui con un'espressione di pace così palpabile sul volto che Josie si sentì travolgere dall'onda che emanava anche a diversi metri di distanza. Ma non poteva accettarlo. Non importava cosa avesse perso, doveva essere ritenuto responsabile dei crimini che aveva commesso.

«No.» rispose lei. «La polaroid che hai lasciato nel letto di Juliet. Quella scattata dentro casa mia.»

Nella sua espressione calma colse un momento di incertezza. Nei suoi occhi balenò un lampo di confusione. «Non ho scattato nessuna polaroid dentro casa tua.»

I peli sottili sulle braccia e sulla nuca di Josie si drizzarono. «Allora chi è stato?»

Lui scosse la testa.

«La donna che ti ha aiutato...» sbottò Josie, «è stata lei?»

Ancora una volta, lo vide scuotere la testa in quel suo modo lento e cupo. «Lei è innocente in tutta questa faccenda. Voleva solo aiutarmi. Non aveva idea di cosa stessi facendo.»

«Allora chi ha scattato l'ultima polaroid?» chiese di nuovo Josie. La sua voce stava diventando di nuovo stridula.

Mormorò qualcosa tra sé e sé, ma Josie non riuscì a capire cosa. Si avvicinò, tentata di seguirlo, di trascinarlo al centro del picco su cui si trovavano e di fare tutto il necessario per ottenere una risposta. Aprì la bocca per interrogarlo ulteriormente, ma lui parlò prima che lei potesse dire mezza parola.

«Perdere tutto ciò che ami è come cadere...» disse. «Da un'altezza molto elevata.»

Poi incrociò le braccia sul petto e lasciò che il suo corpo precipitasse nel vuoto.

SESSANTACINQUE
DUE SETTIMANE PIÙ TARDI

«Che cosa ci facciamo qui, Quinn?» chiese Turner ravvivandosi i riccioli che gli ricadevano sulla fronte. Nonostante ci fossero quasi quaranta gradi e il sudore gli imperlasse il viso, indossava imperterrito la giacca del completo.

Josie continuò a camminare lungo una delle strade alberate del quartiere residenziale più antico della città, dove imponenti case in stile vittoriano si ergevano su entrambi i lati, ciascuna con il proprio prato del giardino perfettamente curato che si estendeva come un tappeto di smeraldo. La sua amica Misty viveva a solo un paio di isolati di distanza. Se non ci fosse stato Turner con lei, sarebbe passata a trovarla per pranzare con lei. Il piacevole pensiero di Misty e Harris fu spinto in secondo piano quando la vecchia residenza dei Cook apparve alla sua vista.

«Ci siamo...» annunciò Josie, fermandosi davanti alla casa.

«Ci siamo di nuovo.» disse Turner con un sospirò. «Quinn, devi lasciarti questa storia alle spalle. Il killer delle Polaroid è morto e sepolto. La ragazza è sopravvissuta. Non abbiamo indizi sulla misteriosa vecchietta. Ma non credo che la nonnina andrà in giro ad accoltellare la gente, ti pare? Quindi il caso è chiuso.»

Era tutt'altro che chiuso. Non per Josie, che non riusciva a smettere di pensare alla vecchietta che aveva permesso a Roger Bell di accedere alle auto senza GPS nel parcheggio dell'officina Schock's Auto Repair. Non riusciva a dormire la notte, pensando all'ultima polaroid scattata all'interno di casa sua. Chi più chi meno, gli altri membri della squadra si erano convinti che Roger Bell avesse mentito sul fatto di non averla scattata: per esempio, Noah era convinto che fosse solo un altro modo per confonderle le idee; invece, Gretchen pensava che avesse negato di averla scattata perché sapeva che avrebbe avuto quell'effetto su di lei, che l'avrebbe fatta impazzire lentamente. Chi poteva fidarsi di un uomo che aveva mentito a sua moglie per oltre un decennio e massacrato così tante persone innocenti?

Roger Bell era fuori di testa, come diceva Turner.

Ma Josie aveva interpretato tutto il resto correttamente: era riuscita a capire che Isaac Hampton era in realtà Roger Bell e non Simon Cook. Aveva capito cosa voleva che lei vedesse: la storia che voleva far saltare fuori, solo dai piccoli, addirittura infinitesimali dettagli contenuti nel fascicolo dell'indagine e nei resoconti giornalistici. Le sue supposizioni avevano salvato la vita a suo marito e a Juliet Bowen. Alla fine, l'ex procuratore distrettuale Kellan Neal le aveva confessato che, in seguito all'assoluzione di Roger Bell, Andrew Bowen era andato da lui per avanzare l'ipotesi secondo cui Simon Cook era il vero assassino e per implorarlo di indagare sulle accuse, ma lui non aveva nemmeno voluto prenderlo neanche lontanamente in considerazione.

Quando Josie aveva parlato con Andrew Bowen al capezzale di sua figlia in ospedale, lui aveva confermato quanto aveva affermato l'avvocato Neal. Non aveva creduto alla versione dei fatti di Roger Bell. Non aveva nemmeno creduto alla sua innocenza, ma aveva un lavoro da svolgere. Era giovane e ambizioso, determinato a dimostrare il proprio valore come avvocato difensore. Il suo unico interesse era ottenere l'assoluzione e aveva fatto tutto il necessario per raggiungerla, compreso ignorare completamente le affermazioni del suo cliente secondo cui Simon Cook era l'assassino. La versione di Bell non aveva importanza perché Bowen era riuscito a escludere il coltello. Poi, dopo essere stato assolto da quattro capi d'accusa di omicidio di primo grado e due capi d'accusa di tentato omicidio, Roger Bell ne era uscito completamente distrutto. Questo aveva fatto pensare a Bowen che potesse aver detto la verità e questa eventualità lo aveva tormentato anche dopo che Bell era scomparso dalla circolazione. Per alleviare la sua stessa colpa, Bowen aveva affrontato l'argomento con Neal e persino con James Lampson.

Ma non ne era venuto fuori nulla.

«Mi hai sentito, Quinn?» La voce di Turner interruppe le sue riflessioni.

Josie mise una mano sulla staccionata che circondava la proprietà dei Cook. Era vuota. Un cartello con la scritta "Affittasi" era appeso storto sulla porta d'ingresso. Un imprenditore edile l'aveva acquistata dopo il processo, ma quando si era reso conto che la casa era sotto tutela del registro storico e quindi non poteva demolirla per costruire un condominio al suo posto, l'aveva venduta a qualcun altro, che da allora aveva cercato di darla in affitto. Nel corso degli anni si erano succeduti diversi inquilini, ma la maggior parte delle persone non era ben disposta a vivere in una casa dove erano avvenuti episodi di violenza così trucidi.

«Ti ho sentito...» mormorò Josie.

Da allora era stata ridipinta. Era stato rifatto il tetto. I fiori che Amelia Cook aveva piantato nel giardino davanti erano spariti da tempo.

«Possiamo andare a mangiare dopo questo tuffo nel passato?» le chiese Turner tirando fuori il telefono e iniziando a scorrere sullo schermo. «Sto morendo di fame.»

«Non ci penso neanche a pranzare con te.»

«E dai, Quinn. Offrimi il pranzo. In un posto carino. Sei piena zeppa di banconote con tutte quelle che ti ho dato. Cavolo, ormai traboccherà talmente tanto di quattrini che non credo nemmeno che riuscirei a infilarci un'altra banconota in quel tuo barattolo.»

«Ne comprerò un altro.»

«Ma non ne avrai bisogno se spendi un po' di quei soldini per portarmi a pranzo. Anzi, se ci pensi bene, in realtà sarei io a offrire il pranzo a te, dato che sono i miei soldi.»

Josie alzò gli occhi al cielo e spinse il cancello per aprirlo. Mentre saliva i gradini del portico, i ricordi sensoriali la travolsero. L'odore opprimente del sangue. Lo sterno fragile e incrinato della piccola Felicity Cook sotto le sue dita. L'odore del suo stesso vomito. La bile che le bruciava la gola. Il sangue appiccicoso sugli avambracci e bagnato sulle ginocchia, dove si era infiltrato attraverso il tessuto dei pantaloni. La mano di Artie Peluso sulla sua schiena. La rabbia sfrenata che la consumava da dentro assistendo alla scena di Manomorta Lampson che molestava una ragazzina.

Girandosi verso la strada, Josie vide che Turner si era fermato praticamente nello stesso punto in cui si era trovava quella ragazza quel giorno di quindici anni prima.

Tory.

Come mai Roger Bell conosceva il suo nome? Perché era la migliore amica di Miranda O'Malley? Aveva senso, considerando quanto tempo aveva trascorso a casa della famiglia Cook. Abbastanza tempo per legare con Felicity e provare un senso di protezione nei confronti di Miranda. Un'altra cosa che non aveva senso era il motivo per cui nessuno avesse mai interrogato Tory per confermare gli eventi che avevano portato al massacro di quel giorno. Era facile immaginare che Miranda non avrebbe esitato un attimo a dire alla sua amica che era Simon a metterla a disagio e non Roger Bell. D'altra parte, sarebbe stato compito di James Lampson ottenere la sua dichiarazione ed era comprensibile che quella ragazza non fosse stata disposta a rendersi raggiungibile dopo tutto quello che era successo.

«Quinn...» la chiamò Turner senza alzare lo sguardo dal telefono. «Tornare in questa casa degli orrori è una perdita di tempo.»

Roger Bell aveva visitato quella casa più volte dopo la morte di sua figlia, Jenna Hampton. Proprio il giorno prima avevano ricevuto il rapporto GPS della sua auto in cui si rilevava che nei due mesi precedenti era tornato in quella casa, alla vecchia casa dei Cook, quasi trenta volte. Aveva iniziato ad andarci molto prima degli omicidi. In certe occasioni la sua auto era rimasta parcheggiata davanti a quella casa per ore, altre volte per non più di quindici minuti.

Josie si chiese se Sheila Hampton avesse avuto ragione di sospettare che il marito avesse una relazione extraconiugale. Quando Josie aveva esaminato per la prima volta i dati del GPS, si era chiesta se l'ipotetica amante vivesse proprio in quel quartiere, in una di quelle case. Altrimenti che motivo avrebbe avuto di andare in quel posto così tante volte? Ma poi aveva visto quante volte era andato al Patio Motel, situato appena fuori dall'autostrada, definizione stessa di squallore. Un edificio praticamente diroccato, tanto che i numeri delle camere sulle porte esterne erano scritti con un pennarello indelebile. Davanti c'era una vecchia piscina interrata, piena di spazzatura. Il proprietario affittava le camere a ore e accettava solo contanti. Non erano ammesse carte di credito, non c'era nessuna telecamera di sicurezza. Non controllava i documenti d'identità al check-in, quindi il registro degli ospiti del motel era completamente inutile. I nomi che lei aveva trovato e che corrispondevano agli orari in cui Bell era stato là erano Paperino e Paperina.

Il proprietario aveva affermato di non aver mai visto Roger Bell in quel posto. Quando Josie gli aveva mostrato i dati del

GPS, lui le aveva detto di non ricordarsene. Era un vicolo cieco. Così come il telefono di Bell. Erano riusciti a ottenere i tabulati dei suoi messaggi. Ce n'erano diversi che facevano riferimento a un incontro al "PM", un chiaro riferimento al Patio Motel, ma il numero di telefono con cui comunicava era il numero di un telefono usa e getta.

Turner ripose il telefono in tasca e risalì con calma il vialetto, fermandosi ai piedi della scalinata. «Quinn, dico sul serio. So che il nostro tizio aveva un complice. Lo sappiamo tutti. Ma non possiamo provarlo. Tutte le prove che sono state analizzate, tutti i documenti, puntano solo a lui. È chiaro che si è assicurato che non possiamo identificare il suo complice. Non possiamo trovare quella persona senza qualche indizio e noi non ne abbiamo.»

Non poteva dargli torto. La frustrazione di ritrovarsi a un punto morto le irrigidiva i muscoli delle scapole. Lentamente, guardò una per una le case che li circondavano. C'erano solo due persone che conosceva personalmente in quella zona. Misty e Margaret Bonitz. Josie percorse tutto il portico fino a quando riuscì a vedere tra due case dall'altra parte della strada.

«Cosa vuoi fare?» le chiese Turner. «Vuoi andare a bussare porta a porta per chiedere se qualcuno lo ha visto da queste parti? E magari se si ricordano che era con un'altra persona?»

Margaret Bonitz viveva a un isolato di distanza. Era la residente più anziana del quartiere. Margaret e suo marito si erano trasferiti in quella casa molto prima del massacro della famiglia Cook. In quel quartiere avevano cresciuto i loro figli e li avevano visti partire per la loro vita in altre parti del paese una volta diventati adulti. Quando poi Mr. Bonitz era morto aveva lasciato la moglie sola nella loro grande casa d'epoca. Non c'era occasione che, quando prendeva una sua chiamata alla centrale dal suo domicilio, Josie non avesse come l'impressione di entrare in una capsula del tempo: ogni cosa era rimasta immutata proprio com'era alla fine degli anni Novanta, dopo che era rimasta vedova. Infatti, conservava ancora la sua Lincoln Continental del 1995 nel garage.

«Non ci posso credere...» esclamò Josie.

Turner la guardò perplesso con gli occhi ridotti a due fessure. «Oh, che ti prende?»

«Ricordi quando hai parlato con Margaret Bonitz qualche settimana fa?»

«Oh, dici la padrona di quel cagnaccio che mi ha pisciato sulla gamba? E come potrei dimenticarla?»

«Ti ricordi qual era il motivo della sua lamentela? Perché aveva chiamato?»

Turner scosse la testa, guardandola come se fosse pazza. «Non me lo ricordo mica. Era qualcosa riguardo a un vicino che metteva i sacchi della spazzatura nei suoi bidoni il giorno della raccolta. Ma che ci importa adesso?»

Josie scese i gradini e si fermò davanti a lui. «Hai guardato nei suoi bidoni della spazzatura?»

«Stai davvero perdendo la testa, Quinn...»

«Dimmi se lo hai fatto sì o no.»

Lui non disse nulla. Il modo in cui strinse le labbra le fece capire che era questione di secondi prima che mettesse fine all'intera conversazione.

«Turner!» sbottò Josie.

«Certo che l'ho fatto!» sbottò lui alzando le mani al cielo e lasciandole cadere lungo i fianchi. «So che non passa giorno in cui non pensi che io sia alla mia prima settimana di lavoro, ma non è così. So che pensi che io sia distratto e pigro e che sia qui solo per fare il minimo indispensabile per guadagnarmi lo stipendio, ma...»

«Cosa c'era dentro?»

«Dentro che cosa?»

«Cosa c'era nel bidone della spazzatura di Margaret Bonitz?» chiese ancora Josie mettendosi una mano sul fianco.

«Spazzatura, Quinn. C'era della spazzatura.»

L'impulso di mollargli un pugno in piena gola era molto, molto forte e lui dovette averlo capito, perché fece un passo indietro e disse: «Non me lo ricordo. Ho solo aperto il sacchetto e ho dato una rapida occhiata dentro. Non ci ho rovistato. C'era solo una vecchia tuta da disinfestazione o qualcosa del genere. Aspetta...»

Josie lo lasciò lì, a bocca aperta, e si allontanò a grandi passi diretta alla sua auto. Turner fece appena in tempo a infilarsi sul sedile del passeggero quando lei avviò il motore pronta a partire. «Pensi che Roger Bell sia venuto qui per sbarazzarsi delle tute protettive che aveva preso dal materiale di lavoro di sua moglie e che aveva indossato per uccidere quelle persone? Pensi che sia venuto qui per poterle buttare nei bidoni della spazzatura di Margaret Bonitz?»

«Non lo so...» disse Josie, facendo manovra per rimettersi in strada.

«Non c'era sangue sulla tuta che ho visto...» puntualizzò Turner. «E comunque Mrs. Bonitz ci ha chiamati prima che iniziassero gli omicidi.»

Josie imboccò la curva all'angolo e proseguì lungo la strada in cui viveva Margaret Bonitz. «Prima che iniziassero gli omicidi a Denton!» puntualizzò. «Bud Ernst è stato strangolato poco prima che l'omicidio di Cleo Tate avesse luogo... nella nostra giurisdizione. Viveva in una casa tra le Poconos Mountains. Non sono molto lontane da qui. È del tutto possibile che Roger Bell sia il responsabile. Forse ha indossato la tuta per evitare di lasciare tracce di DNA. Poi ha riportato la tuta a casa e l'ha gettata nella spazzatura. A chi mai sarebbe venuto in mente di andare a cercare le prove di un omicidio nella spazzatura di Margaret Bonitz?»

Questo poteva rispondere al dubbio che avevano sempre avuto su cosa ne avesse fatto Roger Bell delle tute protettive una volta che aveva finito di usarle.

Turner rimase un attimo a guardare la casa mentre si fermavano davanti all'ingresso. «Secondo te Margaret Bonitz potrebbe essere la vecchietta che stiamo cercando?»

Fermando l'auto, Josie inserì il freno a mano e spense il motore. «Andiamo a scoprirlo.»

SESSANTASEI

Il Jack Russell terrier era disteso sulla pancia a prendere il sole sulla schiena in mezzo al giardino. Non si mosse quando Josie e Turner gli passarono accanto, ma girò la testa ed emise un ringhio di circostanza. Margaret Bonitz impiegò qualche minuto per rispondere al campanello. Accolse Josie con un sorriso. «Che piacere vederla, signorina.»

Poi guardò alle spalle di Josie, dove l'enorme figura di Turner bloccava tutta la luce proveniente dalla porta e, con aria accigliata, disse: «Ancora lei.»

Turner non rispose.

«Possiamo entrare?» le chiese Josie.

Mrs. Bonitz guardò dietro di sé, dove l'ingresso si restringeva in un corridoio che conduceva alla cucina. Torcendosi le mani, disse: «Beh, se non vi dispiace ho compagnia. Una vecchia vicina è passata a trovarmi per fare due chiacchiere. Non la vedevo da quando era partita per l'università...» a quel punto le profonde rughe intorno agli occhi si incresparono mentre la sua espressione si incupiva. «Stavamo proprio parlando di Roger, dato che lo conoscevamo entrambe da molto tempo. È stato scioccante, glielo assicuro. Quelle povere donne... non avrei mai potuto immaginare cosa stesse combinando, sa? Non ho avuto alcun sospetto che fosse lui a commettere quei delitti finché non ho visto il notiziario.»

Una sensazione simile a un fremito d'ali riempì il petto di Josie. Per un breve istante, si voltò a guardare Turner. Un moto di sorpresa balenò nei suoi occhi. Poi la sua espressione si fece di pietra. «Mrs. Bonitz...» le disse Turner, «siamo spiacenti di dover interrompere la sua rimpatriata con la sua amica, ma avremmo bisogno che venisse con noi alla stazione di polizia. Abbiamo alcune domande da farle.»

Mrs. Bonitz barcollò mentre indietreggiava. Appoggiò una mano sul tavolino circolare al centro dell'ingresso per mantenere l'equilibrio, facendo oscillare la lampada in stile Tiffany. Josie la seguì, afferrandola prima che cadesse a terra. Per la prima volta notò che le modanature e i rivestimenti sembravano nuovi. Anche il pavimento in pino sembrava levigato e verniciato di fresco. In effetti, tutti i rivestimenti in legno e il parquet di pino dell'ingresso, così come le scale e il disimpegno che conduceva al salotto, sembravano appena restaurati. L'ultima volta che era stata in quella casa, gli interni erano malandati e trascurati, gran parte dei rivestimenti in legno erano deformati, scheggiati o marci. Margaret Bonitz aveva un'entrata fissa, che non le garantiva una somma adeguata a fare grandi lavori di ristrutturazione.

«Volete che venga alla stazione di polizia?» gli fece eco lei. «Non credo di poterlo fare... intendo dire che non sono vestita in modo adeguato e io... sono abbastanza sicura ci sia stato un malinteso.»

Turner varcò la soglia. «Un malinteso di cui potremo discutere alla centrale. Perché non avvisa la sua ospite che verrà con noi? Le daremo un passaggio.»

Mrs. Bonitz non si mosse. Le sue dita accarezzavano nervosamente il centrino di pizzo sul tavolo. In casa faceva solo leggermente più fresco di quanto facesse fuori. Un piccolo condizionatore ronzava davanti a una delle finestre anteriori, senza far molto per abbassare la temperatura. «Ve l'ho detto che non sapevo che quel giovanotto fosse Roger Bell. Non l'ho riconosciuto. È venuto e si è offerto di lavorare per me e non ha voluto un centesimo in cambio. Mi ha solo chiesto di aiutarlo a fare una cosa. Non lo avrei mai aiutato se avessi pensato che fosse un assassino, e per l'appunto non ho mai pensato che Roger Bell fosse un assassino. Aveva lavorato per me prima di iniziare a lavorare per i Cook. Lo sapevate?»

«Mrs. Bonitz...» disse Josie. «Perché non cerchiamo la sua borsa così possiamo andare a parlarne alla centrale? Può benissimo aspettare finché non saremo arrivati là per raccontarci tutto quello che è successo.»

«A quel tempo Roger era un ragazzo adorabile...» continuò l'anziana Mrs. Bonitz dando a intendere di non aver sentito una parola. «Era dolce e gentile. Un vero gentiluomo. Sapevo che non era stato lui a fare del male ai Cook. Non ci ho mai creduto. È rimasto con me, sapete? Dopo il processo. Non gli rimaneva più nessuno. Tutta la città gli si era rivoltata contro. Tranne io. Quella è stata l'ultima volta che l'ho visto. Poi, un paio di mesi fa, mi si è presentato un altro giovanotto che voleva lavorare per me. Riparare tutto il...» Indicò con un gesto ciò che li circondava. «Il legno, come aveva fatto Roger al piano di sopra. Mi sono offerta di pagarlo, ma lui voleva solo un favore in cambio. Voleva che dessi a un uomo dei soldi in modo che potesse avere accesso ad alcune auto. Poi dovevo andare a prenderlo in certi posti sperduti in mezzo al nulla.»

Josie toccò la spalla dell'anziana signora. «Mrs. Bonitz possiamo continuare a parlarne alla centrale. Dov'è la sua borsa?»

Mrs. Bonitz si allontanò da Josie, appoggiando entrambe le mani sul tavolo. «Le ho appena detto che non ho fatto nulla di male e che ho compagnia...»

Tamburellando con le dita sulla gamba, Turner sbotto: «Senta signora...»

Ma la voce di una donna lo interruppe. «Avete davvero intenzione di trascinare una donna di novant'anni alla stazione di polizia come se fosse una criminale?»

Con tutta la presenza che ci si sarebbe aspettati da un'influente produttrice televisiva, Vicky Platt, con i tacchi alti, una gonna nera aderente e una camicetta di seta senza maniche, apparve sulla soglia della cucina, tenendo una mano appoggiata sul fianco mentre l'altra pendeva mollemente con le dita strette intorno al cellulare.

«Stiamo facendo il nostro lavoro.» ribatté Turner squadrandola. «Le consiglio di raccogliere le sue cose e di andarsene.»

Vicky Platt ricambiò il suo sguardo lentamente, senza lasciarsi impressionare. «Mi piaceva di più l'ultima volta che abbiamo parlato insieme.»

«Sì, beh, alla maggior parte delle donne non piaccio affatto.» disse Turner superando Josie con un gesto deciso e posando delicatamente una mano sulla schiena di Margaret Bonitz, per accompagnarla all'altro capo dell'ingresso verso un ripostiglio. La cautela dei suoi movimenti era in netto contrasto con il suo atteggiamento scontroso. Frugando nell'armadio, trovò una borsa e un bastone.

Josie rimase immobile, a osservare Vicky Platt che chinava la testa sul telefono, digitando freneticamente con i pollici. Mrs. Bonitz l'aveva definita "una sua vecchia vicina". Non una produttrice della WYEP. Non una giornalista. Ed entrambe conoscevano Roger Bell. Finito di scrivere il messaggio, Ms. Platt alzò lo sguardo e incrociò quello di Josie. Gli occhi. Perché non li aveva notati prima? Ma, d'altra parte, perché mai avrebbe dovuto notarli? Aveva parlato con quella donna prima che venissero a conoscenza del collegamento col caso Cook.

«Quinn...» disse Turner mentre lui e Mrs. Bonitz si affrettavano verso la porta d'ingresso.

«Solo un minuto...» disse Josie. «Voglio parlare con Tory.»

«Va bene. disse lui sbuffando. «Fai come ti pare. Noi ti aspettiamo in macchina. Dammi le chiavi.»

Senza distogliere lo sguardo da Ms. Platt, Josie prese le chiavi dalla tasca e gliele lasciò cadere nel palmo della sua mano.

Una volta che Turner e Mrs. Bonitz si furono richiusi la porta alle spalle, Vicky Platt sorrise. «Non pensavo che se ne ricordasse.»

«Non me ne sono ricordata, infatti.» rispose Josie. «Il tuo nome non compare nel fascicolo della polizia relativo al caso Cook. È stato Roger Bell a dirmelo. Poco prima di morire.»

Il dolore attraversò il volto della donna e per un attimo, Josie pensò che stesse per scoppiare a piangere.

«Quando lo ha fatto, Roger ha parlato di te chiamandoti Tory. Non avevo collegato le cose fino a questo momento. Il tuo nome completo è Victoria. A quel tempo ti facevi chiamare solo Tory.»

Stavolta a Ms. Platt vennero le lacrime agli occhi. «Ho iniziato a farmi chiamare Vicky quando mi sono sposata. Vicky Platt aveva un suono migliore di Tory Platt. O, almeno, così la pensava mio marito. Abbiamo divorziato dopo due anni, ma io ho continuato a usare il nome Vicky Platt. Lei era... era con Roger quando è morto?»

Josie annuì.

Una lacrima le scivolò lungo la guancia, che asciugò prontamente con il palmo della mano. «Ha parlato di me?»

Josie avvertì un formicolio alla base della colonna vertebrale. Qualcosa cominciò a cambiare nell'angolo oscuro della sua mente, dove il suo cervello scaricava piccoli dettagli e frammenti di informazioni che non sembravano importanti. Particelle casuali che fluttuavano, prive di collegamenti allo schema generale delle cose, prive di significato senza un contesto preciso.

«Eri innamorata di Roger Bell.»

Ms. Platt non rispose, ma si asciugò altre lacrime con il palmo della mano. Era una produttrice dell'emittente televisiva locale. Stando a quanto aveva affermato Dallas Jones, era aggressiva nel perseguire le notizie, quasi al limite della molestia. Eppure, all'indomani della drammatica morte di Roger Bell e della riapparizione sulla cronaca del massacro della famiglia Cook, non aveva affatto sfruttato la sua relazione con lui per promuovere la propria carriera.

Intanto, all'esterno, si sentiva Mrs. Bonitz che rimproverava il suo cane e Turner che si lamentava rumorosamente.

«Tu e Roger Bell avevate una relazione.»

«Non è illegale.» ribatté Ms. Platt tirando su col naso. «Abbiamo soltanto... iniziato di recente. Ci siamo ritrovati appena un anno fa. Roger era separato dalla moglie. Se pensa che sapessi che aveva intenzione di commettere una serie di omicidi, si sbaglia di grosso. Se volete che venga alla vostra stazione di polizia per dirvelo, per dirvelo ufficialmente, posso farlo senza problemi.»

Josie voleva portare quella donna alla stazione di polizia perché non le credeva. Ma il suo istinto le diceva che nel tragitto fino alla centrale le avrebbe solo dato il tempo di ricomporsi e preparare una sfilza di fandonie. «Se sei disposta a venire alla centrale...» disse Josie, «non ti dispiacerà se ti leggo i tuoi diritti.»

Vicky Platt le rivolse un sorriso tremante e si asciugò il naso. «Possiamo spostarci in cucina?»

Josie annuì e la seguì in cucina. A quanto sembrava, i lavori di ristrutturazione che Roger Bell aveva fatto in casa di Margaret Bonitz non avevano interessato quella stanza, perché le assi del pavimento erano rese opache dal tempo e imbarcate in alcuni punti dall'umidità. I mobili in legno erano di un verde muschio sbiadito e alcuni dei pomelli erano spariti. Il pesante tavolo di quercia al centro della stanza era inclinato su un lato.

Sopra il ripiano c'erano due tazze di caffè non finito. C'era un enorme condizionatore posizionato su una finestra accanto alla porta sul retro, con il telaio che cedeva sotto il suo peso e un ronzio irregolare che fuoriusciva dalle bocchette che progressivamente cercavano con fatica crescente di spingere l'aria fredda all'interno della stanza. Mentre Josie le leggeva i suoi diritti, Vicky Platt strappò un tovagliolo di carta dal rotolo appeso sopra il lavandino e si asciugò il viso; poi, una volta che le ebbe confermato di aver compreso i suoi diritti, si preparò a rispondere alle nuove domande.

«Eri la migliore amica di Miranda O'Malley. Eppure, ti sei innamorata dell'uomo che tutti pensavano l'avesse ammazzata. Lo sapevi già che non era stato Roger Bell a massacrare i membri della famiglia Cook o è stato lui a convincerti di questo quando vi siete ritrovati?»

Ms. Platt appoggiò il fianco al bordo del lavandino. In quella stanza la luce era migliore e Josie notò che sul collo aveva dei lievi segni lasciati dalle dita di una mano che aveva cercato di coprire con un po' di fondotinta. «Sapevo che non aveva ucciso nessuno. Era troppo dolce, gentile e premuroso per fare una cosa del genere. Era evidente che non era stato lui dal modo in cui era ossessionato dall'idea di portare via Miranda da quella casa.»

Si percepiva una punta di petulanza nella sua voce quando pronunciò il nome di Miranda. Alzò gli occhi verso sinistra, come se stesse per rotearli, ma poi si trattenne.

Dal modo in cui aveva detto *"era ossessionato dall'idea di portare via Miranda da quella casa"* non si sarebbe mai detto che fosse particolarmente contenta che un uomo adulto si fosse preso cura della sua migliore amica e che avesse fatto un tentativo per aiutarla a uscire da una situazione pericolosa; sembrava piuttosto una ragazzina infastidita dal fatto che il suo fidanzato prestasse attenzione a qualcun'altra.

Josie si spostò, passando dalla porta alla testa del tavolo, per andare a mettersi a pochi metri da lei. «Tu e Roger vi frequentavate a quel tempo?»

Ms. Platt appallottolò il tovagliolo di carta nel pugno. Sul dorso della mano c'era un altro livido, scuro e più evidente. «Ero minorenne.»

«Non mi risulta che questo abbia mai fermato nessun uomo prima d'ora.»

Ms. Platt rise e Josie percepì una nota di amarezza nella sua voce. «Giusto. Beh, ha fermato Roger. Lui non mi avrebbe mai toccata.»

«Toccava Miranda?»

«No.» rispose lei togliendosi un pelucchio immaginario dalla camicetta. «No, ma qualche volta ho pensato che volesse farlo.»

«E invece Miranda?» chiese Josie con tono lusinghiero. «Cosa ne pensava?»

Il labbro superiore di Vicky Platt si incurvò in un sorriso quasi beffardo; era sconcertante, considerando che stavano parlando di una ragazza che era stata brutalmente ammazzata, una ragazza che avrebbe dovuto essere la sua migliore amica. «Lei pensava che lui fosse un cavaliere senza macchia e senza paura. Lo vedeva come il suo salvatore. Il giorno prima che... accadesse, mi disse che pensava di essersi innamorata di lui. Lui si era offerto di andare a prenderla per portarla via dalla casa dei Cook e ospitarla a casa sua finché non avesse potuto ricongiungersi con i suoi genitori. Miranda non mi disse niente ma ebbi l'impressione che lei avrebbe provato a fare qualcosa una volta che fossero rimasti soli nel suo appartamento.»

«Ma se hai detto che Roger non ti avrebbe mai toccata perché eri minorenne, per quale motivo pensi che avrebbe voluto avere rapporti fisici con Miranda?»

Ms. Platt rispose con una scrollata di spalle e, per un attimo, ritornò la ragazzina che Josie aveva visto sul marciapiede tanti anni prima, mentre guardava gli agenti di polizia che entravano e uscivano dalla casa della sua migliore amica. «Non lo so. Probabilmente per lo stesso motivo per cui anche Simon era ossessionato da lei. Tutto quello che io ho sempre voluto era Roger. Mi sono innamorata di lui per prima. Ho avuto la sua attenzione per prima. E Miranda lo sapeva benissimo! Solo che non le importava. Tutto ciò di cui le importava era che lui fosse il suo eroe personale e trovare il modo di rimanere da sola con lui nel suo appartamento.»

«Sei sempre stata innamorata di lui, dico bene?» commentò Josie osservando attentamente la sua espressione. «A tal punto che avresti fatto qualsiasi cosa per lui. Persino cercare di accedere ai documenti giudiziari secretati. Sbaglio forse?»

Nonostante Ms. Platt non desse segno di reazione e rimanesse immobile, gli angoli della sua bocca si contrassero in un leggero spasmo. «Non ho avuto bisogno di accedere agli archivi del tribunale per trovare Roger. Mi ha visto lui in televisione. Abbiamo realizzato un servizio dietro le quinte dedicato all'incontro con i produttori. Mi ha riconosciuta e si è messo in contatto con me.»

«E ti ha chiesto di dargli una mano a localizzare Simon Cook?» chiese Josie, ma senza ottenere risposta; così passò alla domanda successiva: «Allora hai sfruttato il desiderio di Stella Townsend di realizzare un servizio importante su suo nonno... manipolandola, saresti così riuscita a ottenere l'accesso alla nuova identità di Simon Cook.»

Stavolta Ms. Platt sospirò e qualcosa nel suo sguardo cambiò. La sua espressione si indurì. Una maschera che scivolava via per rivelare qualcosa di gran lunga differente al di sotto. «Le avevo suggerito di iniziare con il fascicolo relativo al massacro della famiglia Cook. Diciamo che per motivarla a dovere potrei averle detto che suo nonno aveva combinato un disastro clamoroso nel corso delle indagini sulla carneficina e che era riuscito a farla franca. Tutto quello che ci serviva era solo trovare Simon Cook e Roger Bell per poterli intervistare. A quel punto avevo già trovato Roger, ma lei non doveva saperlo.»

La squadra investigativa di Denton era già riuscita a scoprire la nuova identità di Simon Cook, ma non era riuscita a rintracciarlo. Viveva in una casa fatiscente alla periferia di Bellewood, una cittadina a sessantacinque chilometri di distanza da Denton, e lavorava in nero per un'impresa di ristrutturazione edilizia. Il suo capo aveva detto che non lo vedeva da settimane.

«Hai passato le informazioni su Simon a Roger?»

«Non ho potuto...» rispose lei in un sussurro.

Al di sopra del gorgoglio del condizionatore, Josie credette di sentire dei passi pesanti.

«E perché non hai potuto dire a Roger dove trovare Simon?»

Ms. Platt girò la testa verso la porta sul retro. Josie seguì il suo sguardo, ma non vide nulla. I passi si erano interrotti. La tensione era palpabile, come una scarica elettrica che correva tra di loro. Le dita fantasma della paura le accarezzarono il cuoio capelluto. La sua mano si affrettò con gesto automatico a raggiungere la fondina mentre la parte rettiliana del suo cervello registrava una minaccia prima ancora che lei potesse vederla.

Quando riuscì a sentire le parole successive di Vicky Platt, a Josie sembrarono come provenire da molto lontano. «Non potevo permettere che Roger trovasse Simon perché avevo creato un mostro.»

SESSANTASETTE

Un'ombra apparve sulla porta sul retro. La porta si aprì cigolando e un uomo si infilò all'interno. Era molto alto, pressappoco come Turner, ma aveva una corporatura più robusta, rotonda e larga. Era un muro in movimento che inghiottiva tutto lo spazio della stanza. Occhi piccoli e luccicanti brillavano sul suo viso paffuto, illuminato dalla fame. Un predatore al vertice della catena alimentare pronto a balzare sulla sua prossima preda. Josie lo riconobbe dal giorno trascorso sulla scena del massacro di tanti anni prima e dalle fotografie del fascicolo relative al caso che gli erano state scattate in ospedale.

Simon Cook.

Senza pensarci, le sue dita aprirono la fondina. Il palmo della mano avvolse l'impugnatura della pistola. Lui aggirò il tavolo e avanzò verso di loro. Con la coda dell'occhio, Josie vide Vicky irrigidirsi visibilmente e cominciare a grattare fino a graffiarsi i lividi sulla gola.

Simon si fermò a pochi metri da loro. Indossava pantaloni lunghi e una maglietta bianca. Sul lato dell'addome, una striscia rossa trasudava sangue, macchiando la maglietta. Sembrava malato, selvaggio. Con le braccia stese lungo i fianchi, le sue dita si contraevano. Guardando Josie, si rivolse a Ms. Platt. «Perché mi hai mandato un messaggio?»

Incapace di capire cosa diavolo stesse succedendo, Josie strinse il palmo della mano attorno all'impugnatura della pistola. Avrebbe voluto vedere il volto di Vicky, ma non osava distogliere lo sguardo da Simon.

«Lo sai...» gli rispose lei a bassa voce.

Lui si leccò le labbra. Josie sentì lo stomaco rivoltarsi. Per quanto ne sapeva lei, non era armato. Non era ricercato per alcun crimine. Non ancora. L'ufficio del procuratore distrettuale stava ancora esaminando il fascicolo sui Cook per vedere se ci fossero prove sufficienti per accusare Simon della morte dei suoi familiari. Tuttavia, era ricercato per essere interrogato. «Mr. Cook, sono la detective Josie Quinn del Dipartimento di Polizia di Denton. Abbiamo cercato di rintracciarla. Abbiamo bisogno che venga alla stazione di polizia per rispondere ad alcune domande.»

L'espressione di Simon Cook si incupì. «Dice sul serio?»

La voce di Ms. Platt si incrinò quando disse: «Sì.»

«Dico sul serio, Mr. Cook.» disse Josie con fermezza. Lentamente, girò di tre quarti in modo da poter guardare contemporaneamente sia l'uno che l'altra. «Il mio collega è qui fuori. Siamo pronti ad accompagnarvi alla stazione di polizia, adesso.»

In altre circostanze l'avrebbe fatta irritare non poco il fatto che Turner non fosse rientrato, ma a sua difesa non aveva motivo di pensare che Vicky Platt fosse una minaccia e non avrebbe avuto modo di vedere Simon Cook che entrava dalla porta sul retro.

«Non mi avevi detto che era una poliziotta.» disse Simon stringendo i pugni lungo i fianchi. «Mi hai ingannato.»

Ogni cellula del corpo di Josie gridava pericolo, anche se l'uomo che le stava di fronte non aveva fatto nulla che potesse rappresentare una minaccia per lei, nonostante le sue parole suggerissero ora il contrario. Non poteva puntargli contro la pistola senza motivo. Eppure, le sue dita fremevano, desiderose di impugnare la sua arma d'ordinanza.

Si percepiva un tremito nella voce di Vicky Platt. «No, non l'ho fatto.»

Lui le puntò un dito contro e lei saltò per lo spavento. Josie non aveva dubbi ormai che i lividi sul collo e sulla mano le fossero stati causati da Simon Cook. Sangue fresco gli colava dalla ferita sotto la maglietta, macchiandone il tessuto, ma sembrava non avere il minimo effetto su di lui. «Cosa stai cercando di fare?» le chiese. «Che cos'è tutta questa messinscena?»

«Lo sai bene.» gli rispose lei massaggiandosi la gola. «Abbiamo fatto un patto! O te lo sei dimenticato?»

Simon si toccò il sangue sulla maglietta. «L'accordo era che mi occupassi di una puttanella qualsiasi, non di una poliziotta! E tu mi avresti dato quello che volevo. Ogni volta che lo volevo. E non una volta sola.»

Josie la vide rabbrividire lampantemente e stringere le cosce.

«Dovete venire entrambi alla stazione di polizia per parlare con noi.» ripeté Josie.

«Oh, che ti prende? Non ti è piaciuto?» la canzonò lui avvicinandosi a lei. «Ma smettila di fare la scena. Sei tu che sei venuta a cercare me. Lo so che ti è piaciuto. E poi, era il minimo che potessi fare dopo che hai cercato di uccidermi. Forse dovrei raccontarlo alla tua amica poliziotta qui, che ne dici?»

«O forse io dovrei raccontarle quello che hai fatto alla tua famiglia.»

Simon fece un altro passo avanti, avvicinandosi di più a Vicky. «E forse io dovrei raccontarle cosa è successo davvero quel giorno. Per esempio, di quando mi hai detto che Roger sarebbe venuto a portarmi via Miranda. O di quando mi hai detto che lei aveva mentito sul fatto di non voler stare con me e che non avevo frainteso tutti i segnali che mi aveva mandato. Te lo ricordi? Hai detto che, in parole povere, non voleva fare certe cose finché eravamo a casa dei miei genitori. Mi hai detto che l'avrei persa, che Roger se la sarebbe presa per sé, se non mi fossi deciso a fare qualcosa.»

Indietreggiando, Vicky andò a sbattere contro il bordo del lavandino nel tentativo di allontanarsi da lui. «Intendevo dire che avresti dovuto parlare con i tuoi genitori per assicurarti che Roger non potesse più avvicinarsi a Miranda. Non ti ho mica detto di uccidere Miranda e di far fuori tutta la tua dannata famiglia, malato figlio di puttana.»

Josie non era sicura di potersi fidare di ciò che stava confessando quella donna, considerando la rivalità con l'amica per avere Roger Bell per sé. La sua infatuazione per quell'uomo era durata quindici anni, anche durante il suo matrimonio con un altro uomo. Aveva manipolato Stella Townsend per ottenere il nuovo nome di Simon Cook perché Roger voleva vendicarsi di lui; perciò, non era assurdo ritenere che Vicky non sospettasse quali fossero le sue vere intenzioni. Non ci pioveva sul fatto che Simon soffrisse di qualche problema mentale ai tempi in cui la sua famiglia e Miranda erano ancora in vita. Aveva spaventato a morte quella ragazza, a tal punto da averla indotta a barricarsi nella sua camera da letto chiudendo la porta con i mobili pur di tenerlo fuori. Era arrivata al punto di essere disposta a scappare con un uomo più grande nel tentativo di sfuggirgli. Quindi, non era azzardato dedurre che chiaramente quel ragazzo non viveva nella stessa realtà delle persone che lo circondavano, né allora né tantomeno quindici anni più tardi. Ma questo non aveva impedito a Vicky Platt di sfruttare la situazione a suo vantaggio per creare una frattura tra la sua amica e l'uomo di cui si erano infatuate tutt'e due, indubbiamente perché non aveva intuito fino a che punto fosse instabile la salute mentale di Simon Cook e, ancor meno, che fosse capace di un atto di violenza tanto efferato quanto il massacro della sua stessa famiglia; e, ciononostante, niente le aveva impedito di manipolarlo.

Ecco perché non aveva potuto dire a Roger Bell dove trovarlo: perché lui era tormentato da anni da ciò che era successo alla famiglia Cook e, di conseguenza, lei non poteva rischiare che l'uomo che amava scoprisse che anche lei aveva giocato un ruolo in quella tragica vicenda. E, senza ombra di dubbio, quando in seguito aveva ricontattato Simon le cose non erano andate come previsto.

Ma capire quale fosse l'obiettivo finale di Vicky Platt in quel momento era più difficile.

Doveva immaginare che Josie sarebbe stata pronta ad aprire il fuoco sul suo complice, qualora lui avesse cercato di aggredirla. E anche Simon doveva essersene reso conto. Vicky avrebbe cercato di manipolarlo ancora una volta, avrebbe fatto un patto con lui che non aveva alcuna intenzione di rispettare. Gli aveva scritto per farlo arrivare a casa di Margaret Bovitz approfittando del fatto che erano rimaste sole. Ma lui doveva averla seguita per arrivare così in fretta. E lei doveva aver scommesso sul fatto che lui fosse abbastanza pazzo da cercare di uccidere Josie nonostante fosse armata. Sarebbe morto per mano della polizia. Così, finalmente lei si sarebbe liberata di lui e i segreti che aveva custodito sarebbero rimasti al sicuro.

«Mi hai mentito di nuovo.» ringhiò Simon.

«E tu hai solo parlato a vanvera, stupido idiota. E adesso che cosa hai intenzione di fare?»

Mentre ogni processo nel corpo di Josie entrava in sovraccarico, il tempo rallentò. Simon si lanciò su Vicky, avvolgendole la gola con le sue mani carnose e spingendola all'indietro fino a quando il suo corpo non sbatté contro una vetrinetta. Uno dei vetri andò in frantumi quando la nuca di Vicky ci si infranse contro. Simon la sollevò così tanto che entrambi i suoi piedi penzolavano sul pavimento. Vicky si mise a scalciare così selvaggiamente che una delle sue scarpe volò via e con gli occhi spalancati dalla furia gli affondò le unghie negli avambracci, graffiandolo abbastanza profondamente da farlo sanguinare.

Josie gli si avvicinò, puntandogli la pistola al fianco, con il polpastrello dell'indice già premuto sul grilletto. Era una buona tiratrice, ma era comunque un rischio per Vicky a distanza così ravvicinata. Intimò a Simon di fermarsi, di lasciarla andare, ma alla fine, vedendolo sordo a ogni suo tentativo di ragionare, Josie gli dovette sparare.

Il boato esplosivo riecheggiò nella piccola stanza. Il corpo di Simon fu scosso da un sussulto e poi si irrigidì prima di cadere in ginocchio e infine sulla schiena. Un rivolo di sangue gli sgorgò dal lato della maglietta, subito sotto la gabbia toracica, diffondendosi rapidamente. Mentre la donna cadeva sulle mani e sulle ginocchia, ansimando per riprendere aria, Josie ripose la sua pistola nella fondina e si accovacciò per girare Simon a pancia in giù. Non era un compito facile, considerando quanto pesava. Era senza fiato quando riuscì a legargli i polsi con delle fascette.

Sentì Vicky Platt che balzava in piedi e un attimo dopo vide qualcosa lampeggiare e prima che potesse capire cosa stesse succedendo, il suo braccio si alzò automaticamente con uno scatto, a proteggersi il viso. Un dolore lancinante le attraversò l'avambraccio. Una parte del suo cervello registrò il grosso frammento di vetro conficcato nella sua carne che l'altra donna cercava di estrarre per colpirla di nuovo. Una rabbia selvaggia le deformava i lineamenti.

Josie riuscì a rimettersi in piedi proprio quando Vicky le strappava via il frammento dalla carne e caricava il colpo successivo. Nonostante dalla ferita le sgorgasse un fiume di sangue, il suo corpo non provava alcun dolore. L'adrenalina aveva bloccato ogni sensazione dopo la fitta iniziale, compreso il battito selvaggio e irregolare del suo cuore. Cancellò ogni traccia di stupore o di terrore che avrebbe potuto provare, restringendo la sua attenzione a un'unica cosa: sopravvivere.

Quando cercò di nuovo di prendere la pistola dalla fondina, Vicky alzò il frammento di vetro insanguinato sopra la testa e si lanciò contro di lei. Si udì un secondo sparo. Il boato assordante risuonò nelle orecchie di Josie, rendendola temporaneamente incapace di sentire. Il vetro cadde dalla mano di Vicky. Il sangue, il suo e quello di Josie, gocciolava dalle sue dita mentre le posava sull'addome, sondando il foro che le si era aperto nella cintura della gonna. Turner apparve da dietro e costrinse Vicky a mettersi a faccia in giù sul pavimento accanto a Simon. Josie capì dal movimento delle sue labbra che stava dicendo qualcosa che non poteva sentire mentre legava i polsi di Vicky con delle fascette.

Dopodiché strappò dei fogli di carta assorbente dal rotolo sopra il lavandino e scavalcando Vicky e Simon, li porse a Josie. La sua voce passò da impercettibile a flebile via via che lei cominciava a riprendere l'udito. «Ho già chiamato i rinforzi e un medico. Fai pressione sulla ferita, Quinn.»

Dato che lei non prese subito i fogli di carta, lui la afferrò per l'avambraccio e glieli premette contro il taglio e sollevandole il gomito, disse: «Tienilo sopra il cuore.»

Man mano che il suo udito migliorava, si rese conto che Vicky, con la guancia premuta sul pavimento, piangeva e urlava con tutte le forze che le erano rimaste. «Brutta stronza! Ti odio! Ti odio! Hai rovinato tutto.»

Turner si accovacciò e chinò la testa fino a portarla quasi allo stesso livello della sua. «Ehi, dolcezza, hai il diritto di rimanere in silenzio...»

«Le ho già letto io i suoi diritti...» disse Josie.

Gli occhi di Vicky erano velati dalla rabbia. «Tu eri sulla lista! Il mio Roger avrebbe dovuto uccidere anche te e poi tornare da me. Eri l'ultima! Eri l'ultima! Saremmo scappati insieme. Invece, ha deciso di risparmiarti se fossi riuscita a capire cos'era successo davvero. È morto per colpa tua! Mi hai rovinato la vita!»

Turner scosse la testa. Tirò fuori un paio di guanti di lattice dalla tasca interna della giacca e se li infilò. Inginocchiandosi accanto a Simon, lo girò senza il minimo sforzo e controllò la ferita.

«L'ultima polaroid...» disse Josie quando Vicky si fermò per riprendere fiato. «Quella l'hai scattata tu, vero?»

«Sì, sono stata io!» urlò lei con voce che cominciava a perdere forza. «Chi pensi che lo abbia accompagnato a casa dell'avvocato? Mi sono intrufolata dopo che lui se n'era andato via con quella ragazza. Se Roger non ti avesse uccisa, l'avrei fatto io stessa! Quel bastardo malato di Simon avrebbe dovuto farlo per me, ma poi sei arrivata tu e siamo rimasti soli. Avrei potuto sbarazzarmi di entrambi.»

Turner premette due dita sul collo di Simon Cook e poi scosse la testa. Era già morto. Passando a Vicky Platt, girò anche lei e le premette le dita sull'addome. «Fammi indovinare come avresti fatto. Quinn uccideva il tuo gorilla. Tu uccidevi lei. A quel punto saresti corsa fuori interpretando il ruolo della donzella in difficoltà inventandoti chissà quali convenienti puttanate su come si erano fatti fuori a vicenda. Devo dire che te la sei inventata in fretta. Sai chi farai davvero felice di ascoltare questo tuo raccontino? La tua compagna di cella.»

SESSANTOTTO
UN MESE PIÙ TARDI

Josie era spaparanzata sul divano, con i piedi appoggiati sulle ginocchia di Noah. Stavano guardavano Trinity che svolazzava da una parte all'altra del soggiorno, spostando oggetti e poi rimettendoli esattamente dov'erano un attimo prima. Fino a quel punto aveva risistemato per ben tre volte le foto e altri piccoli soprammobili di fianco al televisore. Aveva svuotato la scatola dei giocattoli che tenevano per Harris, spargendoli tutti quanti per la stanza in modo strategico per dare l'impressione che la stanza fosse molto usata, ma non troppo disordinata. Poi li aveva rimessi a posto. Dopodiché aveva messo insieme i giocattoli di Trout, li aveva riposti nel contenitore con il suo nome e lo aveva spostato da un'estremità all'altra della stanza e viceversa. Rannicchiato accanto a Josie, Trout osservava la scena, alzando la testa solo quando Trinity toccava il suo amato riccio e lanciando uno sguardo pieno di preoccupazione in direzione della sua padrona e puntualmente lei gli accarezzava la testa per rassicurarlo.

«Va bene che avevamo acconsentito alla tua offerta di aiuto per creare il nostro profilo per l'agenzia di adozione...» disse

Noah ridendo. «Ma penso che sarebbe tutto molto più veloce se lo facessimo da soli.»

Trinity si fermò al centro della stanza, mise le mani sui fianchi e lo fissò con aria minacciosa. «Dopo il casino causato da quella pazza con la polaroid che vi è entrata in casa, non pensi che sia più importante che mai dare il meglio di voi con questo profilo?»

Josie sentì una stretta allo stomaco pensando che, dopo la chiusura del caso del "Killer delle Polaroid" avevano installato telecamere e sistemi di sicurezza supplementari, ma si erano sentiti in dovere di segnalarlo all'agenzia di adozione, e questo, ne era convinta, avrebbe decretato la parola fine delle loro speranze di adozione; per fortuna sua e di Noah, dopo alcune riflessioni e dopo aver fatto innumerevoli promesse di implementare ulteriori misure di sicurezza, era stata concessa loro una seconda possibilità.

Ciononostante, questo non bastava a porre un freno ai dubbi di Josie su quale genitore al mondo sarebbe mai stato disposto ad affidare la sua creatura a una coppia di agenti delle forze dell'ordine.

Noah, che aveva già percepito il suo disagio, le strinse i piedi tra le sue grandi mani. Ne avevano parlato molte volte dopo l'arresto di Vicky Platt. Non solo del fatto che lei avesse commesso un'effrazione in casa loro, ma anche del fatto che entrambi avrebbero potuto morire sul Belvedere. Non era un argomento di cui avevano discusso con l'incaricato addetto alla loro pratica, e non era un argomento che i genitori naturali avrebbero dovuto scoprire, perché quella era solo una parte del loro lavoro quotidiano. Rimaneva però il fatto che quella parte del loro lavoro li preoccupava entrambi, specialmente di fronte alla prospettiva di ritrovarsi in una situazione analoga quando avessero avuto un bambino che li aspettava a casa. Si sarebbero precipitati a salvare Juliet Bowen con la stessa prontezza? O uno dei due avrebbe preferito rimanere a terra affinché al loro bambino potesse rimanere almeno un genitore? E in tal caso come avrebbero deciso chi dei due avrebbe affrontato il rischio e chi sarebbe rimasto per il bambino?

«Josie...» sussurrò Noah. «Ricorda quello di cui abbiamo parlato.»

Avevano deciso che, nonostante tutte le preoccupazioni e i timori che li ossessionavano, sarebbero andati avanti. Da quando il loro collega Finn Mettner era morto, avevano cercato di vivere secondo il suo motto di vita, "Nessun rimpianto", sebbene fosse molto più difficile di quanto Josie avesse mai immaginato.

«Che ti prende?» le chiese Trinity guardandola con occhi sospettosi. «Sei ancora preoccupata che tutta questa storia del profilo rimanga autenticamente "tua", dico bene?»

Josie si rallegrò che una volta tanto le capacità da gemella sensitiva di Trinity non riuscissero a cogliere la vera fonte della sua preoccupazione.

«E va bene.» concesse Trinity alzando le braccia al cielo. «Non dobbiamo usare per forza il mio produttore o il mio cameraman, se ti fa sentire davvero così a disagio.»

Noah scostò i piedi di Josie dalle sue ginocchia e si avvicinò alla scatola dei giocattoli, rovistandoci dentro finché non trovò il monster truck telecomandato con cui lui e Harris giocavano fino a consumare le batterie. Poi tirò fuori il telecomando e mise entrambi su uno degli scaffali più bassi del mobile dell'impianto stereo. Molto tempo prima, aveva fatto passare una prolunga attraverso il retro in modo da poterci collegare il caricabatterie. Soddisfatto, Noah prese il riccio di Trout dal cestino e lo mise nella sua cuccia. Il cane emise un sospiro di approvazione. «Non siamo a disagio...» le spiegò Noah. «Al contrario, ti siamo grati per il tuo aiuto.»

«È vero.» la rassicurò Josie. «Abbiamo provato a girare il video un paio di volte e... beh, diciamo solo che sono convinta che Harris avrebbe fatto un lavoro migliore. Anzi, se ci fosse qualcun altro a riprenderci e a dirigerci dandoci qualche consiglio, non saremmo così presi a preoccuparci della figura imbarazzante che staremmo facendo e potremmo semplicemente essere noi stessi.»

«Ma...» aggiunse Noah, «non credo che abbiamo bisogno di allestire questo posto. Dovrebbe apparire come appare sempre.»

«Cioè come se aveste un centinaio di ospiti a settimana e fosse il vostro cane a fare le pulizie in casa?» riformulò Trinity con uno sbuffo.

Josie soffocò una risata.

«Precisamente.» rispose Noah con un sorriso. «Perché noi siamo così. Autenticamente noi.»

UNA LETTERA DA LISA

Vi ringrazio infinitamente per aver scelto di leggere *Ricorda il suo nome*. Se questo libro vi è piaciuto e se desiderate rimanere aggiornati su tutte le mie ultime pubblicazioni, vi invito a iscrivervi al seguente link. Il vostro indirizzo e-mail non verrà mai condiviso e potrete disiscrivervi in qualsiasi momento.

italia.bookouture.com/subscribe/

È stato molto divertente scrivere questo libro, soprattutto perché, in un certo senso, mi ha dato la possibilità di ripercorrere i più grandi successi di Josie. Come ci tengo a sottolineare di volta in volta, quelle che scrivo sono opere di fantasia che hanno lo scopo di offrire a voi, ai miei fantastici lettori, alcune ore di intrattenimento e di emozioni. Pertanto, ho lavorato con i miei consulenti delle forze dell'ordine per descrivere le procedure di polizia nel modo più autentico possibile. La tecnologia è in continuo miglioramento e, di tanto in tanto, le procedure cambiano con il passare del tempo, ma ho cercato di incorporare le pratiche attuali nel modo più accurato possibile, come per esempio il modo in cui vengono gestite le impronte di eliminazione nell'evenienza in cui un dipartimento disponga di un esaminatore interno di impronte latenti (con certificazione di secondo livello). In ogni caso, la presenza di eventuali errori è interamente di mia responsabilità.

Vi ringrazio ancora per aver letto *Ricorda il suo nome*. Ogni libro che scrivo di questa serie mi regala una gioia infinita e sono infinitamente grata che i miei lettori siano ancora così affezionati a Josie Quinn. Sono sempre molto contenta di ricevere commenti dal mio pubblico, perciò, se desiderate mettervi in contatto con me, potete farlo tramite il mio sito web o uno dei social media elencati qui sotto, oltre che tramite la mia pagina Goodreads. Inoltre, vi sarei molto grata se voleste lasciare una recensione e consigliare ad altri lettori *Ricorda il suo nome*, così come altri libri di questa serie. Le raccomandazioni attraverso il passaparola non cessano mai di essere uno strumento prezioso nell'aiutare i nuovi lettori a scoprire i miei libri per la prima volta. Ci tengo, perciò, a ringraziarvi ancora tanto per la fedeltà e per la passione che dimostrate per questa serie. Josie e io ve ne siamo sempre riconoscenti e, come al solito, speriamo di rivedervi la prossima volta!

Grazie,

Lisa Regan

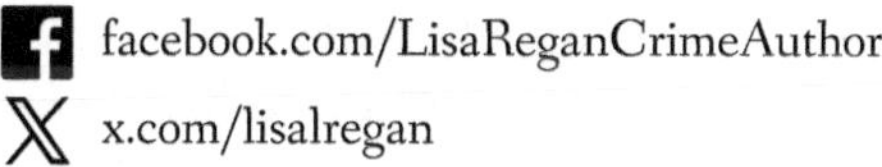

RINGRAZIAMENTI

Fantastici lettori, in conclusione di ogni libro ci tengo a rinnovare la mia immensa riconoscenza per la fedeltà che dimostrate verso questa serie. L'ho già detto in passato, ma lo ripeto: è davvero un privilegio e un piacere per me scrivere questa serie per tutti quanti voi. Siete i lettori più impagabili del mondo e vi ringrazio dal più profondo del cuore. Ammiro molto la vostra passione per tutto ciò che riguarda Josie Quinn. Sono sempre lieta di ricevere i vostri messaggi e, anche quando mi ritrovo immersa nella stesura di una prima bozza o in una serie di revisioni e non posso passare molto tempo sui miei social quanto vorrei, mi ritaglio sempre del tempo per leggere tutti i vostri messaggi, i vostri commenti e le e-mail che mi inviate. Sappiate che sono qui per tutto ciò che avete da dire! Vorrei cominciare ringraziando i membri della mia Reader Lounge: siete un gruppo di lettori davvero speciale e sono stupita dal modo in cui continuate a rendere la Reader Lounge un ambiente pieno di rispetto, di gentilezza, di tante risate e di passione per la lettura. Per me siete davvero un gruppo fondamentale e vi adoro uno per uno.

Come sempre, ci tengo a ringraziare mio marito Fred, per aver fatto in modo che ogni impegno della nostra vita familiare procedesse senza intoppi, dandomi così la possibilità di dedicarmi completamente agli intrighi di Denton quando è stato necessario. Ti ringrazio per aver capito quando avevo bisogno di staccare la spina per ricaricare le mie batterie creative. E ti ringrazio, amore mio, per aver protetto la pace e lo spazio di cui avevo bisogno per scrivere al meglio (e per avermi portato il tè anche a tarda notte). Come sempre, ti ringrazio anche di avermi aiutata a risolvere alcuni problemi della trama e a trovare nuove intuizioni, che fossimo in macchina, a cena o a tarda notte nel mio studio. Ti ringrazio per aver risposto a ogni domanda di ricerca che ti ho fatto, per quanto assurda ti potesse sembrare. La tua competenza non conosce confini. Ringrazio poi mia figlia, Morgan, per aver sacrificato così tanto di quel tempo che avrebbe potuto trascorrere con la mamma e per essermi stata immancabilmente di sostegno. La quantità di premure e di attenzioni che mi serbi significano più di quanto tu possa immaginare.

Grazie alla mia coordinatrice multimediale, nonché amica e prima lettrice, la superstar Maureen Downey, che ha saputo gestire così tanti aspetti durante la fase di scrittura di questo libro, per aver saputo cosa fare in ogni occasione e per avermi instancabilmente tenuta motivata. Ti ringrazio per aver letto una bozza davvero preliminare e per avermi fatto capire quando ero sulla strada giusta. Voglio poi ringraziare le mie prime lettrici e grandi amiche: Katie Mettner, Dana Mason, Nancy S. Thompson e Torese Hummel. Come accade immancabilmente, le vostre idee, i suggerimenti che mi date, le critiche che mi fate e le "osservazioni" che muovete sono essenziali per rendere il libro il migliore possibile! Un grazie va a Matty Dalrymple e a Jane Kelly si sono instancabilmente rese disponibili per una sessione di sviluppo creativo!

Un altro grazie va alle mie nonne: a Helen Conlen e a Marilyn House; ai miei genitori: a Donna House, a Joyce Regan, al compianto Billy Regan, a Rusty House e a Julie House; ai miei fratelli e alle mie cognate: Sean e Cassie House, Kevin e Christine Brock e Andy Brock; e per finire alle mie adorabili sorelle: Ava McKittrick e Melissia McKittrick. Un grande grazie va anche a tutte le persone che continuano a diffondere la notizia dell'uscita dei miei libri anche dopo essere arrivati al venticinquesimo (in totale): a Debbie Tralies, a Jean e Dennis Regan, a Tracy Dauphin, a Jeanne Cassidy, alla famiglia Regan, alla famiglia Conlen e alla famiglia House. Vi vedo in giro per il mondo che continuate a parlare della mia opera e non so dirvi quanto ve ne sono grata! Sono incredibilmente riconoscente anche a tutti i recensori e ai blogger che dedicano il loro tempo alla lettura e alla recensione di ogni singolo libro che scrivo. Lo stesso vale per quei recensori e quei blogger che hanno appena finito di leggere questo libro come loro primo episodio della serie su Josie Quinn. Vi ringrazio di cuore per aver dato una possibilità a Josie!

Un grazie speciale, come al solito, va al tenente Jason Jay per il suo straordinario e dettagliato contributo e per aver risposto a tutte le innumerevoli domande che gli ho fatto! Non potrò mai ringraziarlo abbastanza per la solerzia con cui mi risponde, anche quando è impegnato in qualche attività più divertente o a tarda notte. Non so cosa farei senza di lui! Grazie a Stephanie Kelley, la mia fantastica consulente in materia di procedure delle forze dell'ordine, per tutta l'assistenza, sempre attenta e dettagliata, che mi ha fornito e per aver compreso l'arduo compito di rendere questi libri autentici pur garantendo un alto valore di intrattenimento. Apprezzo davvero molto la tua pazienza e la tua gentilezza. Grazie poi a Leanne Kale Sparks per aver risposto a tantissime domande relative alle attività degli avvocati difensori. Sei di una gentilezza e generosità rare. Grazie a Michelle Mordan per la sua preziosa assistenza in tutto ciò che riguarda il pronto intervento.

Grazie a Jessie Botterill per il suo intuito, la sua brillantezza, l'infinita pazienza e per aver creduto in questo libro! Ti ringrazio per non aver esitato di fronte alle mie idee folli dell'ultimo minuto. Inoltre, ti ringrazio per avermi insegnato la parola "stonker" (coll. "impressionante"). Sei la migliore! Infine, ci tengo a ringraziare Noelle Holten, Kim Nash, Liz Hatherell e Jenny Page, nonché l'intero gruppo di Bookouture.

9 781836 188315